글 읽기와
길 잃기

재미와 교양을 넘어 자신의 길을 찾는 글 읽기

글 읽기와
길 잃기

홍성광 지음

연암서가

홍성광

서울대학교 독문과 및 대학원을 졸업하고, 토마스 만의 장편소설『마의 산』
연구로 박사학위를 취득하였다. 저서로『독일 명작 기행』, 역서로는 괴테의
『이탈리아 기행』『젊은 베르터의 고뇌』, 하이네·마르크스와 엥겔스의『독
일. 어느 겨울 동화·공산당 선언』, 헤르만 헤세의『헤세의 여행』『헤세의 문
장론』『데미안』『수레바퀴 밑에』『싯다르타』, 뷔히너의『보이체크·당통의
죽음』, 쇼펜하우어의『의지와 표상으로서의 세계』『쇼펜하우어의 행복론과
인생론』『쇼펜하우어와 니체의 책 읽기와 글쓰기』, 니체의『니체의 지혜』
『도덕의 계보학』『차라투스트라는 이렇게 말했다』, 토마스 만의『마의 산』
『부덴브로크 가의 사람들』『베네치아에서의 죽음』, 카프카의『성』『소송』
『변신』, 실러의『빌헬름 텔·간계와 사랑』 등이 있다.

글 읽기와
길 잃기

2021년 1월 25일 초판 1쇄 인쇄
2021년 1월 30일 초판 1쇄 발행

지은이 | 홍성광
펴낸이 | 권오상
펴낸곳 | 연암서가

등록 | 2007년 10월 8일(제396-2007-00107호)
주소 | 경기도 고양시 일산서구 호수로 896, 402-1101
전화 | 031-907-3010
팩스 | 031-912-3012
이메일 | yeonamseoga@naver.com

ISBN 979-11-6087-073-2 03810
값 18,000원

지난 2, 3년간 SNS상에 간간이 써왔던 글들을 추리고 모아서 정리했다. 가까운 친구들의 격려와 응원이 지속적인 글쓰기에 큰 도움이 되어 책으로 세상에 나올 수 있었다. 여러 가지 성격의 글이 모여 있다 보니 전체를 포괄하는 제목을 정하기가 어려웠는데 고심 끝에 '글 읽기와 길 잃기'로 했다. '여행이 끝나자 길이 시작된다'는 루카치의 말도 있지만, 글 읽기가 끝나니 길 잃기가 시작된다니! 약간 아이로니컬한 제목이면서 은근히 운을 맞춘 흔적도 있다.

　우리는 보통 책을 통해 교양과 지식을 얻음으로써 삶의 길을 찾기 위해 글 읽기를 한다. 그런데 여기서는 의문을 제기하여 종종 기존의 통념과 다른 생각과 시각을 추구한다. 그러니 이 책을 읽다 보면 삶에 대한 의문이 해소되는 것이 아니라 의문이 커질 수도 있다. 그리하여 길을 잃을 때 스스로 자신의 길을 개척하는 힘을 기르는 것이 필요하다. 이것이 니체가 말하는 위버멘쉬Übermensch의 길이기도 하다. 때로는 읽을 책이 꼬리에 꼬리를 물고 늘어나서 걷잡을 수 없게 되는 경우가 있다. 힘이 들고 난감하기는 하지만 그래도 그게 오히려 책을 읽는 즐거움이자 묘미가 아닐까 생각되기도 한다.

이 책은 가벼운 마음으로 편히 읽을 수 있게 되도록 짧고 간결한 글로 이루어져 있다. '소통'이 인문학의 본질이니만큼 어떻게든 독자들에게 다가서기 위해서이다. 또한 삶의 지혜를 가르친 로마 시대의 시인 호라티우스의 말대로 교양과 재미뿐만 아니라 신선함, 다른 생각, 새로운 시각을 가미하고자 했다. 그래서 종종 과연 그럴까? 라는 질문을 던진다. 뭔가 색다른 흥미를 느껴야 글을 읽을 마음이 동할 것이 아닌가.

이 책에는 문학뿐만 아니라 우리의 관심을 끌 만한 역사, 철학, 법, 정치 관련 내용도 들어가 있다. 90편의 다양한 글을 묶고 분류해 1) 삶의 지혜와 행복 2) 우정과 갈등 3) 법, 시사와 정치 4) 시 읽기 5) 소설 읽기 6) 소설과 인물 비교라는 여섯 부로 나누었다. 제1부에서는 마음의 평정과 삶의 지혜, 행복론에 관해 다루었다. 제2부에서는 모차르트와 살리에리의 갈등, 괴테와 실러의 우정, 그리고 니체와 바그너, 토마스 만과 브레히트의 갈등처럼 우정과 갈등에 대해 다루었다. 제3부에서는 법치, 정치, 관세동맹, 라이프치히의 촛불 집회, 독일과 프랑스의 과거 청산 등과 같은 시사 문제를 다루었으며, 우정과 갈등, 시사와 정치 항목에도 시와 소설 분석이 행해지고 있다. 소설과 인물 비교 장에는 텍스트 상호성을 중시해 비교 문학의 성격을 띤 글도 들어있다. 전혀 무관해 보이는 『마의 산』과 『무진기행』 『상실의 시대』 같은 작품들을 비교하면서 동서양의 글쓰기가 어떻게 진행되었는지 살펴보았다. 그리고 『데미안』과 『그리스인 조르바』나 『아Q정전』과 같은 작품들에서 니체의 초인超人이나 말인末人이 각기 작품 속에서 어떻게 형상화되었는지 살펴봄으로써 새로움과 쏠쏠한 재미를 느낄 수 있다. 아무래도 이때 연상 작용이 이러한 글쓰기에 도움이 되었다.

문학 작품에는 필자의 전공 분야인 토마스 만과 하이네의 소설과 시들이 많이 들어가 있다. 또한 독일의 위대한 고전주의 작가 괴테와 실러, 그리고 토마스 만뿐만 아니라 헤르만 헤세, 프란츠 카프카에 지대한 영향을 끼친 철학자들인 쇼펜하우어와 니체에 관한 글들이 주를 이룬다. 특히 1919년에 노벨문학상을 받은 오스트리아 출신의 페터 한트케의 『어느 작가의 오후』는 작가 한트케의 글쓰기 태도와 방식을 엿볼 수 있는 중요한 작품이다.

한국 문학으로는 김승옥의 『서울 1964년 겨울』, 이청준의 「누군들 초장부터 꾼으로 태어나랴」, 한강의 『채식주의자』, 박지원의 「열녀함양박씨전」「우상전」이 수록되어 있다. 또한 막심 고리키의 『어머니』 같은 러시아 문학, 중국 작가인 루쉰의 『아Q정전』, 무라카미 하루키의 『상실의 시대』, 아베 코보의 『모래의 여자』, 무라카미 류의 『타나토스』 같은 일본 문학 작품도 다루고 있다. 이리하여 독일 문학에만 편중되지 않고 어느 정도 균형과 구색을 맞추고 있는 셈이다. 영화로는 자아들의 투쟁을 다룬 〈파이트 클럽〉〈파이 이야기〉와 공산주의와의 결별을 다룬 〈굿바이 레닌〉을 심층 분석했다.

세상을 알기 어려운 것처럼 문학 작품을 이해하는 것도 쉬운 일이 아니다. 외부로부터 사물의 본질에 도달하기는 어렵기 때문이다. 이 글도 "마치 성의 주위를 돌면서도 입구를 찾지 못해 우선 그 정면을 스케치해 두는 것"[1]처럼 사물의 본질은 알기 어려우니 그냥 겉모양만 줄곧 스케치하는 것일지도 모르겠다. 어쨌든 길을 잃지 않고 성으로 들어가는 길을 찾아야 할 텐데.

---

1 아르투어 쇼펜하우어, 『의지와 표상으로서의 세계』, 홍성광 옮김, 을유문화사, 2019, 158쪽.

그리고 언제나 그랬듯이 하루하루 먹고살기 힘들고 바쁘다 보니 책을 읽기 어려운 시대라서 출판업계가 지속적인 불황을 겪고 있는데도, 이 에세이를 선뜻 출간해준 연암서가의 권오상 대표에게도 이 자리를 빌려 감사의 말을 전한다.

2020년 12월
홍성광

제4부 시 읽기

제1부

———

삶의 지혜와
행복

1   너 자신을 알라!─소크라테스와 오이디푸스 그리고 니체

우리는 아이한테 묻곤 한다. "너 몇 살이니?" "이름이 뭐니?"

아이는 물음에 답하면서 자신의 존재를 이름과 나이로 확인하게 된다. 이처럼 인간은 나름대로 자기 자신을 알고 있는 존재이다. 자신과 민족, 자기의 과거와 가능성을 알고 있다.

이와 같이 인간은 타자로부터 분리된 존재로서의 자기 자신을 알고 있다. 자기의 생명이 잠시 동안의 짧은 것이라는 사실을 알고 있다. 자기의 의지와는 상관없이 태어나서 자기의 의지와는 어긋나게 죽어야 한다는 사실을 알고 있다.

자기가 사랑하는 사람보다, 또는 사랑하는 사람이 자기보다 먼저 죽을 수 있다는 사실을 알고 있다. 자신이 고독하다는 것, 분리되어 있다는 것, 자연이나 사회의 힘 앞에 무력한 상태에 놓여 있다는 것을 알고 있다. 이런 모든 인식은 분리되어 흩어져 있는 인간의 실존을 비참한 감옥으로 만든다.

그러나 우리 인간은 우리 자신을 진정 제대로 알고 있는 것일까?

우리에게 잘 알려진 그리스의 신탁이 있다. '너 자신을 알라!' 고대 그리스인들은 현실에서의 삶이 여의치 않거나 삶의 방향을 잃었을 때 신전을 찾아가 신탁을 받았다. 이 말은 소크라테스가 남긴 경구로 더 많이 알려져 있지만 실은 델포이의 아폴론 신전에 적힌 말이라고 한다. 아폴론 신은 여사제 피티아의 입을 빌려 말했다. 갈라진 땅 틈으로 정신을 마비시키는 연기가 피어오르고, 이 연기에 여사제의 정신이 몽롱해진다. 이렇게 해서 피티아는 아폴론 신의 말을 전할 수 있게 된다.

'너 자신을 알라.' 이 말은 인간은 결코 인간 이상일 수 없으니 '인간아, 네 꼴을 알아라!'란 뜻이다. '인간아! 깨달아라. 너는 신이 아님을 또는 너는 기껏 죽어 없어질 존재임을 명심하라.' 인간은 누구도 인간 자신의 운명에서 벗어날 수 없다는 것이다.

그런데 소크라테스는 '너 자신을 알라!'란 말을 '너 자신의 무지를 인식하라!'는 뜻으로 달리 해석했다. 그는 자기의 무지를 자각하고 있었기 때문에 아테네 제일가는 현자로 떠받들어졌다. 니체는 이 말을 '객관적으로 되라!'고 해석한다. 괴테도 객관적 태도를 중시한다.

'아침에는 네 발, 점심에는 두 발, 저녁에는 세 발로 걷는 것이 무엇인가?'

스핑크스가 오이디푸스에게 낸 수수께끼 역시 인간에게 인간이 누구냐고 묻는 질문이다. 오이디푸스가 정답을 말하자 스핑크스는 놀란 나머지 바위에 머리를 치고 절벽에 떨어져 죽고 만다. 오이디푸스는 정답을 맞힌 대가로 여왕 이오카스테와 결혼하는 운명에 처하게 된다. 물론 그녀가 어머니인 줄 까맣게 모르고.

그전에 오이디푸스는 삼거리에서 노인을 만나 먼저 가겠다고 길을 다투다가 그를 때려죽이고 만다. 물론 노인이 아버지인 줄은 까맣게 모르고. 그렇지 않아도 신탁 내용이 마음에 걸려 기분이 영 안 좋은데 웬 늙은이가 '요새 젊은 것들은 버릇이 없고 도통 돼먹지 않았어.'라고 욕설을 퍼부으며 지팡이를 마구 휘두르자 분기탱천한 것이다.

소크라테스는 옳은 것이 무엇인가를 알면 그것을 행동으로 옮기지 않을 수 없다고 생각했고, 자신의 내면에 '다이모니온'이라는 '양심의 소리' 같은 것이 있어서 자기를 올바른 길로 인도해 준다고 믿었다. 과연 그럴까?

동굴의 우상에 사로잡힌 우물 안의 개구리 같은 존재인 인간 종족은 자연을 의인화하여 '꽃이 나를 보고 방긋 웃는다.'며 인간의 시각에서 세상을 왜곡해서 바라본다. 니체는 우리가 우리 자신을 제대로 탐구해본 적이 한 번도 없었기 때문에 우리 자신을 잘 알지 못한다고 말한다.

제1부 삶의 지혜와 행복

2   길바닥 철학자 디오게네스와 알렉산더 대왕 이야기

장애인은 정상인이 아니라는 인식이 있지만 요새 장애인 같은 정상인이 많이 보인다. 자기 돈 버는 것을 남의 목숨 희생시키는 것보다 소중하게 여기는 전쟁 사업가 부류도 도착된 비정상 장애인이다. 그러니 이쯤 되면 장애인과 비장애인의 구별이 모호해진다. 예로부터 동서양을 막론하고 신체적·지적 장애인이나 동물에 대한 인식이 과히 좋지 않았다.

플라톤은 결함 있는 아이들은 내다 버리라 했고, 칸트는 이성이 없는 존재에겐 인격이 없다고 말했다. 그러니 인격 없는 동물은 보호받지 못하는 존재가 된다. 미성숙에서 벗어나는 용기를 가지라고 했지만, 그도 이런 점에서는 미성숙한 철학자였다. 반면 아트만이라는 푸들을 늘 산책길에 데리고 다녔던 쇼펜하우어는 이성이 없는 동물도 존중해야 한다며 동물보호에 적극적인 입장이었다. 그래서인지 일 년에 애완용 동물 살처분 횟수가 5만에 달하는 일본과는 달리 독일은 살처분 횟수가 거의 영에 가깝다고 한다.

벤담은 다수의 행복을 위해서는 소수 장애인의 제거를 필요하다고 보고 인류의 쓰레기들을 수용소에 넣어 시민으로 개조해야 한다고 했다.

공리주의자인 그는 인간 개량을 위한 유용성을 높이 평가했다. 독일 헌법학자 카를 빈딩은 여기서 한걸음 더 나아가 쓸모없는 인간은 개조가 아니라 처분을 해야 한다고 역설했다. 히틀러는 이러한 안락사 개념을 받아들여 존엄 없이 생존을 이어가는 정신질환자 6만 명 이상을 간단한 검사 후 가스실로 보냈다. 그 뒤 유대인, 성소수자, 집시가 같은 신세가 되었다.

그런데 작은 배낭만을 갖고서 길바닥의 통 속에서 생활했던 디오게네스는 듣지 못하고 보지 못하는 자가 아니라 배낭을 메지 않은 자를 장애인으로 보았다. 견유학파인 그의 특이한 관점이다. 그는 철학자의 진리는 진실한 삶을 통해서만 드러난다고 했다. 그에게 배낭은 진실한 삶의 상징이었다.

디오게네스는 자연스러움을 중시하고 문화적·도덕적 편견을 무시했다. 그는 인류를 주인으로 모시는 개로서 자처했다. 한번은 알렉산더 대왕의 아버지인 필리포스 왕에게 붙잡혀 넌 누구냐는 물음에 '그대의 끝없는 탐욕을 탐지한 정찰병'이라고 대답하기도 했다.

디오게네스에게 배낭은 누구에게도 종속되지 않는 자율적 삶을 나타낸다. 그것은 자기 삶의 온전한 주인으로 사는 삶을 상징한다. 배낭은 울타리 밖, 길바닥에서의 삶을 상징한다. 길바닥은 추방된 자, 사회적 낙인이 찍힌 자들의 공간, 추위와 허기의 공간, 모욕과 모멸의 공간이다. 이처럼 배낭을 멘다는 것은 전사로서, 투사로서 기꺼이 길바닥을 단련의 공간으로 감내한다는 뜻이다.

또한 배낭은 자신뿐만 아니라 타인을 돌보는 이의 삶을 상징한다. 그는 길거리에서 편견과 악덕을 깨부수고, 억울하고 아픈 사람들을 돌보고 치료하는 것이 진짜 왕, 즉 배낭을 멘 자들의 일이라고 생각했다. 그리하여 현실의 집권자는 가짜 왕이 된다.

알렉산더 대왕이 그리스를 정복하고 페르시아를 치러 가는 중에 디오게네스를 방문했다. 자신이 알렉산더 대왕이라고 하자 그는 '나는 디오게네스, 개요'라고 답한다. 그러자 살짝 열 받은 알렉산더 대왕은 길바닥 걸인에게 자신이 무섭지 않느냐며 위협한다. 황제의 위협에 디오게네스는 그에게 나쁜 사람인지 좋은 사람인지 묻는다. 대왕이 자신은 좋은 사람이라고 하자 디오게네스는 좋은 사람을 자기가 왜 두려워해야 하느냐고 반문한다.

디오게네스의 논리적인 변증술에 한 방 먹은 대왕은 이번에는 그가 원하는 것을 말하면 뭐든지 들어주겠다고 회유한다. 그러자 디오게네스는 '내가 원하는 것은 햇볕, 그것뿐이오.'라고 대답했다. 자신이 누리는 햇볕을 가리지 말라는 뜻이리라. 이 말에 찔끔한 알렉산더는 '내가 알렉산더가 아니면 디오게네스가 되었을 것이다.'라는 말을 남기며 총총히 원정길을 떠났다고 한다.

대왕은 처음에 위협하다가 여의치 않자 호의를 보이며 화해를 청하는 것으로 보인다. 그러나 소원을 들어주겠다는 말에서도 세상 모든 것이 자기 것이라는 암시가 담겨 있다. 삶을 빼앗는 것뿐만 아니라 주는 것도 자기에게 달려 있음을 은근히 주장하는 것이다. 요컨대 생사여탈권이 주권자인 자기에게 있으니 까불지 말라는 뜻이다.

한편 중국 위진남북조 시대의 도홍경은 몸이 아파 관직을 버리고 깊은 산중에 은거하면서 가끔 왕의 자문을 해주었는데, 왕이 입조를 권해도 끝내 거절했다. 그러자 왕이 산중에 무엇이 있기에 그러느냐고 묻는 편지를 보내자 이런 시를 써서 답한다.

"산중에 무엇이 있냐고요?

산마루 위에 흰 구름만 자욱하답니다.

다만 나 홀로 즐길 수 있을 뿐

감히 그대에게 가져다 드릴 수는 없습니다."

山中何所有　산중하소유

嶺上多白雲　영상다백운

只可自怡悅　지가자이열

不堪持贈君　불감지증군

디오게네스가 햇볕을 즐긴 것처럼 도사 도홍경은 산중의 흰 구름을 즐기는 것으로 안분지족安分知足했다. 대왕이 햇볕을 줄 수 없는 것처럼 중국 왕도 흰 구름을 가져다 줄 수는 없다. 도홍경은 왕이 가질 수 없는 것을 누리고 있으니 덧없는 벼슬도 싫다는 것이다.

사실 알렉산더는 권력, 부, 학식을 다 가진 왕이다. 아리스토텔레스의 제자로 최고의 교육도 받았다. 그러나 원하는 것은 햇볕뿐이라는 답변 한마디에 그가 지닌 것은 죄다 부질없는 것이 된다. 통쾌하다. 대왕은 모든 것을 줄 수 있지만 햇볕을 줄 수는 없고, 디오게네스가 유일하게 누리는 그것을 가릴 수만 있을 뿐이다.

3   아곤과 안타곤

4년마다 치러지는 선거에서 열기가 뜨거워지는 바람에 도를 넘는 일이 왕왕 벌어진다. 그런데 건강하고 바람직한 선거는 정책으로 선의의 경기, 경쟁을 하는 '아곤agon'의 장이 되어야 한다. 우리의 현 정치에서 보이는 불필요한 다툼과 논쟁은 부정과 적대의 방법인 '안타곤antagon'일 뿐이다. 아곤은 윈윈win-win 게임이지만 안타곤은 제로 섬zero-sum 게임인 것이다.

아곤은 더 좋은 자를 뽑기 위한 경쟁, 예컨대 올림픽이나 경연대회에서의 대결 같은 것이다. 그것은 열등한 자를 탈락시키고 죽이는 것에 목적이 있지 않다.

반대로 아곤의 반대어인 안타곤은 좋은 자가 자신의 좋은 행위를 통해 뽑히는 것이 아니라, 상대방을 죽이고 모멸하고 깎아내리는 방식으로 자신을 세우는 것이다.

니체는 소크라테스가 변증술로 진리의 영역을 안타곤의 방식으로 바꾸어 놓았다고 비판한다. 그리스인은 아곤의 세계에서 지나치게 두드러진 사람을 도편추방법으로 제거했다. 체제 전체를 오염시키고 이상적인 진리의 세계를 해친다고 본 것이다.

　남이 불행하고 아픈 것을 보고 좋아하는 것은 자신이 아프고 병들어 있다는 반증이다. 이처럼 '남의 고통, 불행, 손실을 보고 느끼는 은근한 기쁨'을 독일어로 '샤덴프로이데Schadenfreude'라고 한다. 우리말로 '고소苦笑' 내지는 '쌤통'이라 할 수 있다. 경쟁이 치열한 사회에서는 남의 불행이 곧 나의 행복이 되는 일이 왕왕 발생한다. 국가 간의 관계도 이와 비슷하다.

　반대로 불교에서 말하는 '무디타mudita'는 '남의 행복을 보고 느끼는 기쁨'을 뜻한다. 좀 더 깊이 들여다보면 무디타는 '평온과 만족으로 가득 찬 기쁨의 상태'로 해석된다. 이처럼 우리는 우리 자신의 행복을 기뻐할 수도 있지만, 만물의 영장이기에 다른 사람이 행복해하는 것을 보고 기쁨을 느낄 수도 있다. 그것이야말로 진정한 기쁨이자 행복일지도 모른다.

4 　카르마와 다르마

고대 인도 철학 용어에 카르마Karma와 다르마Darma가 있다. 이것은 우리 인간이 가진 두 개의 서로 다른 운명을 말해주고 있다.

카르마는 나를 지배하는 운명이다. 절대적인 운명이므로 나는 그것으로부터 벗어날 수가 없는 것이다. 예컨대 내가 사흘 후에 비행기 사고로 죽게 된다고 하자. 그것이 곧 나의 카르마다. 내가 어떤 시간에 어떤 비행기를 타든 간에 나는 죽게 된다. 심지어 내가 그것을 알고 비행기를 타지 않는다면, 인근 상공을 날던 비행기가 내 쪽으로 추락하여 간접적 비행기 사고사가 되는 등으로 사건이 진행될 것이다. 즉, 나는 카르마에 의해 운명 지어졌다.

반면 다르마는 내가 지배하는 운명이다. 이것은 카르마 안에서 내가 무엇을 선택하느냐에 따라 변할 수 있는 운명이자 나의 의지이다.

위의 비행기 사고로 결정지어진 카르마를 다시 보자. 나는 다르마를 가지고 있다. 따라서 나는 비행기 사고로 죽기 전에 사흘 동안 내가 원하는 일을 할 수 있다. 이것이 다르마다. 비관에 빠져 하루하루를 의미 없이 보낼 수도 있고, 그동안 생각만 해왔지만 나태하여 실천하지 못했던 일들을 실천해 볼 수도 있다. 나는 결국 죽음이라는 카르마에서 벗어나지는 못하지만, 그 안에서 다르마를 통해 나름의 의미를 되찾을 수 있는 것이다.

여기서 이야기가 끝난다면 결국 카르마의 일방적인 승리이다. 그러나 카르마와 다르마에서 중요한 점은 그 뒤의 이야기다. 이번 생에서 내가 어떻게 다르마를 실천했느냐에 따라 다음 생에서의 카르마가 결정된다는 것이다. 확고한 의지 아래에서 행한 다르마의 성격에 따라 또 다른 카르마가 형성되는 것이다. 이것이 다르마가 가진 힘이다. 그래서 고대 인도의 현자들은 '카르마에 충실하고 다르마를 실천하라'고 말했다.

5   부처님에 대한 거짓 소문

요새 온갖 거짓 뉴스가 기승을 부리고 있다. 그리하여 진실과 거짓이 모호해지는 '탈 진실post-truth'의 시대라 할 수 있다. 무려 2600여 년 전에도 그런 일이 있었다. 부처님도 북 인도에서 차츰 교세를 확장하고 대중의 지지 기반을 넓혀가자 비슷한 일을 당했다.

사람들이 부처님에게만 공양을 올리자 브라만과 사문 들이 걸식을 하고 보시를 받기 힘들어졌다. 그러자 그들은 한 아름다운 여인을 곱게 단장시켜 기원정사에서 설법을 듣게 했다. 그런 후 옷 속에 물건을 넣어 배를 부풀리고는 사람들에게 부처님의 아이를 뱄다고 말하게 했다. 그러나 결국 그것이 거짓임이 밝혀져 그들은 망신만 당하고 말았다.

그러자 그들은 또 다른 여인을 시켜 부처님의 설법을 듣게 하고 부처님의 신도인 척하게 했다. 그 후 그 여인을 죽이고 시신을 기원정사 근처에 묻었다. 그리고 헛소문을 냈다. 부처님이 불륜을 저지르고 그것을 감추기 위해 그녀를 죽이고 묻었다고. 그런데 어느 날 그녀를 죽인 자들이 술에 취해 서로 싸우다가 자기들이 죽였다고 발설해버렸다.

이러한 허황된 중상모략이 실패할 때마다 부처의 명성은 오히려 높아

져갔다. 외부의 공격이 클수록 이를 이겨내는 부처님의 위력과 교세는 더욱 깊숙이 대중 속에 뿌리를 내리고 영향력을 확대해갔던 것이다.

부처님의 탄생에 관한 신화 같은 이야기가 있다. 부처님은 태어나서 몇 시간 만에 좌우 세 걸음씩 걷고 일곱 걸음째에 큰소리로 외쳤다고 한다. '천상천하 유아독존 삼계개고 아당안지天上天下 唯我獨尊 三界皆苦 我當安之.' 아니 깨달음을 얻은 후에 그랬을지도 모른다. 논리적으로 보면 그게 말이 된다고 할 수 있다.

천상천하 유아독존. 하늘 위 하늘 아래 나 홀로 존귀하구나. 얼핏 보면 이 말은 혼자 잘났다는 말로 들릴 수 있으니 그리 좋게 들리지 않는다. 그러나 진짜 중요한 그 다음 말은 잘 알려져 있지 않다.

삼계개고 아당안지. 삼계의 중생이 모두 고통에 빠져 있으니 내 마땅히 그들을 편안케 하리라. 그러니 유아독존이란 말도 실은 나만 존귀한 게 아니라 뭇 중생이 존귀한 존재라는 뜻으로 봐야 한다. 생명 있는 모든 것에 불성이 있다고 하지 않았던가. 개유불성皆有佛性.

그러니 누구나 행복을 누릴 수 있고 그럴 권리가 있다. 세상 모든 일이 마음먹기에, 또 이해하고 해석하기에 달렸다. 일체유심조一切唯心造. 시각과 관점을 바꾸면 다르게 볼 수도 있다. 깨달음을 얻지 못해 무명의 상태, 즉 어리석은 상태에 있으면 온갖 탐욕에 시달리고 분노를 참지 못해 스스로 세상을 지옥으로 만든다. 탐진치貪瞋癡. 집착하면 고통스럽고 그것에서 해방되면 마음의 평안을 얻을 수 있다. 고집멸도苦集滅道. 불교 교리는 무조건 믿으면 천국 간다는 말보다 왠지 믿음이 간다.

일체중생의 생일이나 마찬가지인 부처님 오신 날에 서양 격언이 생각난다. '가장 휴가를 바라는 사람은 방금 휴가를 끝낸 사람이다.'

6   마음의 평정과 영혼의 안식

마음의 평온과 평정이 어려운 세상이다. 사실 안 그런 적이 드물긴 하지만서도. 방송과 언론을 보면 더욱 그러하니 되도록 뉴스도 피하게 된다. SNS도 긍정적인 기능이 있지만 머리를 어지럽게 하고 사람을 피곤하게 한다는 점에서 부작용도 있다. 또한 하고 많은 사건사고가 생기고 또 그걸 매번 접하다보니 공감 피로증 때문에 무감각해지기도 한다. 아마 뇌도 지치다보니 눈 감고 제 살길을 찾는가보다. 물론 사람에 따라 정도 차이는 있겠지만.

그러나 아무리 그래도 욕망, 욕심의 불을 끄기 어려운 게 인간이다. 진정한 영혼의 안식을 얻으려면 헛된 기대도 행복도 인위적으로 추구하려고 하지 말고 그냥 놓아버리는 게 어떨까 한다. 물론 손에 들고 있는 것도 입에 물고 있는 것도 아니니 내려놓기가 쉬운 일이 아니긴 하지만 말이다.

그런데 5욕은 나이 들면서 조금씩 떨어지기는 하지만 그래도 나이와 상관없이 욕망을 떨치기가 쉽지 않다. 이럴 때 마음을 가다듬고 선인의 지혜를 음미해본다. 헤르만 헤세의 「행복」이라는 시에서 행복에 '도道'를 대입시켜도 뜻이 통하는 것 같다.

「행복」

"행복을 추구하는 한
행복해지지 않는 법
모든 연인이 그대의 연인이라 해도.

잃어버린 것 때문에 안타까워하는 한
목표를 갖고 부단히 노력한다면
평화가 무엇인지 아직 알지 못하리.

온갖 소망을 단념하고
목표도 욕구도 더는 알지 못할 때
행복이라는 말을 더는 입에 올리지 않을 때야 비로소

사건의 밀물이 더는 밀려오지 않고
그런 연후에야 영혼은 안식을 얻으리."

인격 함양을 위한 끊임없는 자기 수양과 수행은 필요하지만 행복이든
뭐든 어떤 목표에 도달하기 위해 집착하는 것은 좋지 않다. 그와 같은 야
심도 탐욕과 소유의 한 형태이기 때문이다. 어디까지 도달할 수 있느냐는
운명에 맡기고 성장하고 있는 삶의 과정 속에서 행복을 느끼면 족하다.
1792년 프랑스 원정에 나선 괴테는 물이 철벙거리는 풀밭에서 편히
잠드는 비법을 익힌다. 오래 서 있다가 야전용 의자에 앉고는 몸을 누일
곳이 있다는 것이 그토록 행복한지 처음 알게 된다. 로자 룩셈부르크는

　　　　　　　　　　　　　제1부 삶의 지혜와 행복

풀밭에서 여름과 삶의 아름다움과 향취를 풍성하고 충만하게 느끼며 행복을 체험한다. 삶의 기술은 주로 의지의 문제이자 노하우의 문제이며, 가벼운 생활 태도의 문제이다. 마샤 칼레코의 시 「나는 기쁘다」는 자연에서 인생의 의미와 비밀을 깨우치며 스스로에게 존재함의 기쁨을 선사하고 있다.

「나는 기쁘다」

"나는 기쁘다,
하늘에 구름이 두둥실 떠가고
눈비가 내리고 우박이 쏟아지는 것이.
장미와 라일락꽃이 피는
녹음緣陰의 계절도 기쁘다.
새가 지저귀고 벌이 붕붕거리며
풍선이 하늘 높이 오르는 것이
나는 기쁘다, 하늘에 달이 떠 있고
날마다 해가 새로 떠오르는 것
봄여름가을 그리고 겨울이 오는 것도 기쁘다.
거기에 하나의 의미가 숨어있다,
머리로 이해할 수 없고
똑똑한 사람들도 보지 못하는 비밀이.
이것이 인생의 의미다.
나는 무엇보다 기쁘다, 내가 존재한다는 것이."

7   성서와 생태학

성서는 생태학적인 측면에서 좋은 평판을 얻지 못하고 있다. 창세기 1장 28절의 '땅을 지배(정복)하라'는 구절은 땅을 마구 이용하도록 신이 허락해준 것으로 수백 년 동안 이해되어 왔기 때문이다.

그러나 생물학자 휘터만은 '태초에 생태학이 있었다'며 『성서 속의 생태학』이란 책에서 고대 유대인들은 척박한 땅에서 살아남기 위해 생태학적으로 살아갈 수밖에 없었으며, 이런 이유로 생태학적 지식이 성서 율법에 치밀하고 계획적으로 반영되어 있다고 주장한다.

휘터만은 유대인과 모슬렘이 돼지고기를 먹어선 안 되는 이유는 무엇인가? 성서에서 어떤 것은 먹어도 되고, 어떤 것은 '불결한' 것으로 정해두고 있는 이유는 무엇인가? 이때 신앙상의 이유가 중요한 걸까, 아니면 성서의 규칙에 어떤 '자연스런 이유'가 있는 걸까? 등의 질문들을 제기하며 자연과학적 관점에서 성서를 해석해나간다.

그는 성서가 자연에 대해 무관심하다고 비난받거나 심지어 환경 파괴의 지침서라고 간주되는 것은 정당성이 결여된 판단이라고 주장한다. 오히려 성서가 자연친화적인 율법과 지속가능성의 원형을 가득 담고 있음을 조목조목 밝혀내며, 그 속에서 현대의 자연환경 문제해결을 모색하려는 시도를 하고 있다.

휘터만은 '땅을 지배하라'는 성서 구절이 그 동안 많은 오해를 빚어왔다고 말한다. 신이 인간에게 자연을 지배하도록 한 것은 사실이나, 이는 인간이 품위 있는 존재로 밝혀지고 이에 걸맞게 자연을 존중하는 한에서 그렇다는 것이다.

열악한 환경에서 유대인은 어떻게 생존할 수 있었을까? 척박한 땅, 열악한 자연조건에서 수많은 인구가 수백 년에 걸쳐, 그것도 먹지 말아야 하는 것이 너무나 많은 상황에서 어떻게 자연과 조화를 이루며 살아갈 수 있었을까? 그건 바로 자연에 대한 이해를 바탕으로 한 생태 규칙을 지켜왔기 때문에 가능했다.

그럼 어떤 생태학적 규칙(계명)들이 있었는가? 토양의 지나친 황폐를 막기 위해 같은 땅에 다년생 식물을 함께 심어선 안 되었고, 나무가 열매를 맺는 첫 3년 동안 열매를 먹어선 안 되었다. 안식년 규칙으로 7년에 한 번씩 수확해서는 안 되었고, 희년 규칙으로 50년마다 2년 간 수확해서는 안 되었다.

유대인들은 지속 가능성을 성스럽게 여겼기 때문에 극도의 고통과 쓰라린 가난에 처했어도 장기적인 생존 기회를 위해 단기적인 이득을 포기한 것이다. 결국 이 조치로 인해 땅은 다시 비옥해졌다.

고대 이스라엘에는 엄격한 음식 계율이 있었다. 소는 먹어도 되지만 말과 돼지를 먹어선 안 되었다. 돼지는 인간이 먹는 음식물과 다소 비슷한 것을 먹고, 말은 음식물에 대한 요구가 까다롭지만, 소는 거친 풀 등 인간에게 별로 쓸모없는 음식물을 먹고 살기 때문이다. 이 규칙은 당시 자원이 한정되었기 때문에 생긴 것인데, 율법으로 굳어져 유대인과 모슬

렘이 돼지를 먹지 않는 종교적 이유가 되었다.

개구리는 인간에게 말라리아와 같은 전염병을 옮기는 곤충을 먹고 살기에 먹어선 안 된다. 독수리나 까마귀, 맹금류를 먹어선 안 되는 이유는 독수리나 까마귀는 썩은 고기를 먹고, 맹금류는 집쥐와 들쥐를 먹기 때문이다. 이들이 짐승의 사체를 먹어치우지 않으면 사체의 균이 인간과 자연에 폐해를 주기 때문에 식용을 금한 것이다.

메뚜기들은 대량으로 번식해서 들판을 황폐하게 만들었기 때문에 먹어도 되었다. 신약성서에도 세례요한과 예수가 광야에서 메뚜기를 먹었다는 내용이 나온다. 집쥐나 들쥐는 페스트와 같은 질병을 옮기는 동물이기 때문에 위생학적인 면에서 먹어선 안 되었다. 더불어 썩은 고기를 먹고 사는 동물들도 위생의 이유로 먹는 걸 금지했다.

고대 이스라엘은 높은 생물학적 지식수준을 갖추고 땅을 지속적으로 관리하는 모범적인 사회였다. 그러나 지금은 그런 지식이 사라져 유대인들이 그와 같은 규칙들을 지키지 않는다. 그것은 다음과 같은 이유 때문이다. 유대 전쟁 후 성전이 파괴되고 로마인이 유대인을 정복함으로써 국가의 소유관계 구조가 바뀌고 땅의 이용이 변했다. 소작농이 대부분이었던 시절에서 도시에 살고 있는 몇몇 사람들에게 토지의 소유권이 넘어간 것이다.

성전 파괴 후 삶의 중심이 지중해를 포괄하는 지역으로 옮겨지면서, 랍비들은 그곳에 사는 유대인들의 삶을 수월하게 해주기 위해 사는 지역의 법도 성서의 율법만큼 구속력을 갖는다고 가르쳤다. 이로 인해 안식년과 희년은 서서히 잊히고 말았다. 7세기 이후 유대인은 개간한 땅에서 추방되어 도시에서 살았다. 19세기에 첫 이주민이 팔레스티나에 정착해 농사를 짓기 시작했다. 그리고 1952년 다시 안식년과 희년을 시행할 기회가 있었으나, 충분한 음식물이 없다는 이유로 포기하고 말았다. 따라서 오늘날의 이스라엘은 생태학적 의식과 관련해 특별히 두드러지는 점이 없다.

그런데 고대 유대인들이 이런 지속성을 유지할 수 있었던 것은, 이스라엘이 생존하기에 너무 척박한 땅을 가졌고, 빈자와 부자의 격차가 심해지지 않고 엘리트와 민중이 유리되지 않도록 유의하는 공동체였으며, 사회적이고 생태학적인 면모가 강하면서도 자본주의적으로 조직된 경제였기 때문이다.

8　일거양득의 유래 — 한 번 들고 두 개를 얻는다?

초나라 사람 항우가 진나라의 폭정에 맞서 들고 일어나던 시절 그는 힘자랑을 해서 두 가지를 얻었다. 꿩 먹고 알 먹고, 가재 잡고 도랑 치고, 돌한 개로 새 두 마리를 잡은 격이다. 이름하여 일거양득. 그런데 누구나 잘아는 그 고사성어는 어디서 왔는가?

여러 가지 유래가 있다. 호랑이 두 마리가 싸우는데 한 마리가 죽기를 기다려 상처 난 호랑이를 수월하게 잡았다는 데서 왔다는 설도 있다.

그런데 '일거양득'이란 '한 번 들어 두 가지를 얻었다'는 뜻이다. 한 번들다니? 드는 힘이 좋은 사람이 항우장사이다. 산을 뽑아내는 괴력의 소유자, 역발산기개세力拔山氣蓋世(힘은 산을 뽑을 만하고, 기개는 세상을 덮을 만하다. 용기와 기성이 월등하게 뛰어난 것을 비유하는 말이다.)의 장본인이 아닌가? 과장이 좀심하기는 하다.

초패왕 항우는 강동의 뭇 사람들이 모인 자리에서 아무도 들지 못하는 무쇠 솥을 번쩍 들고 몇 바퀴 빙빙 돌았다. 1000명의 밥을 지을 수 있다는 초대형 솥이었다. 마찬가지로 아서 왕은 바위에 박힌 검 엑스칼리버를 뽑음으로써 자신의 존재를 과시하고 왕이 될 수 있었다.

그런데 솥을 들어 올리겠다는 만용을 부리다가 깔려 죽은 왕이 있다. 진의 무왕이 그 주인공이다. 그는 낙양을 정벌하던 중 그토록 탐내던 주나라 왕실 보물인 거대한 솥 구정九鼎을 보고는 장사 맹열에게 그걸 들어보게 시켰다. 맹열이 솥을 번쩍 들어 올리자 자기도 한번 들어보겠다고 객기를 부려 무거운 솥을 들다가 그만 솥에 깔려 죽고 말았다고 한다.

황우가 무쇠솥을 들어 올리는 모습을 본 강동의 자제 8천 명이 항우의 휘하에 몰려들었고, 우일공은 절세미인인 자신의 딸 우희를 그에게 아내로 주었다. 그야말로 일거양득, 솥 한 번 들고 두 가지를 얻었다. 그 후 항우는 황하를 건널 때 솥단지를 깨고 배를 침몰시키면서 결전의지를 다졌다. 여기서 파부침주破釜沈舟라는 고사성어가 생겨났다. 싸움터로 나가면서 살아 돌아오기를 바라지 않고 결전을 각오하는 말로 모든 일에 결사항전으로 임하라는 뜻이다.

그런데 항우는 초선만을 사랑한 여포처럼 다른 여자에는 한눈팔지 않고 우희만을 애지중지했다. 포악무도한 영웅의 순수한 사랑이랄까. 반면 유방은 애첩 척부인을 사랑해 조강지처 여치를 질투 분노케 했다. 후일 여태후가 된 여치는 한고조가 죽자 척부인을 잔인하게 죽였고, 모반에 가담했다며 한신 장군도 잡아 잔혹하게 살해했다. 전쟁 영웅이 그야말로 허망하게 토사구팽 당했다.

초패왕 항우는 70번의 전투에서 패한 적이 없건만 단 한 번의 패배로 몰락하고 만다. 31세라는 아까운 나이이다. 도망가서 후일을 기약하기에는 그동안 너무 승승장구했던가? 힘은 산을 뽑을 만하고 기개는 세상을 덮을 정도지만 사면에서 초가가 울리고 애마 오추마도 달리지 않으니 이제 어찌할거나.

"힘은 산을 뽑고 기개는 세상을 덮지만
때가 불리하니 추도 달리지 않구나
추마저 달리지 않으니 어찌할거나?
우여, 우여, 너를 어찌해야 할꼬."

중국의 경극 〈패왕별희〉는 바로 초패왕 항우와 우미인의 애절한 사랑
이야기를 다루고 있다. 결국 항우는 우희를 죽이고 자결하고 만다. 그런
데 실제로는 우희가 어떻게 되었는지 잘 모른다고 한다. 역사의 승자보
다 패자가 민간의 사랑을 받는 드문 케이스다.

9 　꿀벌이 말벌을 상대하려면

　꿀벌은 가공할 만한 힘을 지닌 말벌의 상대가 안 된다. 꿀벌들은 침으로 말벌을 찔러보지만 딱딱한 말벌 외피를 뚫을 수 없다. 꿀벌 학살자 말벌은 '일당백'의 엄청난 전투력을 가진 무서운 놈이다. 꿀벌도 이를 아는지 수십 마리가 말벌 한 마리를 에워싸 죽음으로 몰아넣는다.

　일방적으로 학살당하던 꿀벌들은 어느 순간 떼로 몰려들어 날갯짓을 한다. 맹렬한 날갯짓으로 체온을 끌어올려 어느 정도까지 올라가면 말벌이 죽는다는 것이다. 단 한 마리의 말벌을 죽이기 위해 수백 수천 마리의 꿀벌이 희생을 마다하지 않는다.

　꿀벌들이 말벌에게 그렇게 처절하게 저항하는 이유는 뭘까? 그들의 DNA에 각인된 본능 때문일까? 각자 뿔뿔이 흩어지면 적어도 상당수의 꿀벌은 목숨을 부지할 수 있을 텐데 말이다.

　그들의 희생 본능은 '꿀벌사회'와 아울러 그들의 미래인 애벌레를 지키기 위한 것일지도 모른다. 꿀벌들이 도망치면 각각은 생존할 수 있을지 몰라도 그들의 집단은 완전히 파괴되고 그들의 미래는 그 순간 끝나고 만다.

인간 사회도 마찬가지다. 평범한 시민들이 막강한 힘을 가진 세력에 대항해봐야 꼼짝없이 당한다. 그러나 저항하지 않고 도망친다면 당장은 살 수 있을지 모르지만 적어도 자식들 세대는 희망 없는 미래 속에 방치될 것이다. 떼로 에워싸 뜨거운 열기로 적을 숨 막히게 하고 무조건 항복을 받아내는 수밖에.

진짜인지 몰라도 아인슈타인은 '꿀벌이 사라지면 인류도 멸종할 것이다.'라고 말했다고 한다. 그러고 보면 양봉업자들도 참으로 귀중한 존재라 할 수 있다.

10   화투 비광 그림에 담긴 숨은 뜻은?

비광 그림에는 버들가지, 냇물, 개구리, 그리고 우산을 들고 모자를 쓴 남자가 보인다. 어찌 보면 뜬금없는 조합이다. 그 사람은 일본의 학자 겸 서예가인 오노 미치카제小野道風라고 한다. 10세기쯤 사람이다. 그런데 이 비광 그림에는 숨은 이야기가 담겨 있다고 한다.

비가 추적추적 내리는 어느 날이었다. 공부에 진전이 없어 심한 슬럼프에 빠져 있던 미치카제는 냇가를 거닐다가 온힘을 다해 버들가지 쪽으로 뛰어오르는 개구리 한 마리를 보게 된다. 그 개구리는 비에 불어난 개울물에 쓸려가지 않으려고 늘어진 버들가지를 향해 뛰어오르기를 되풀이한다.

하지만 가지가 너무 높아 개구리는 아무리 노력해도 버들가지를 잡을 수 없었다. 이를 보고 있던 미치카제는 코웃음을 치며 비웃었다. '어리석은 개구리 같으니라고, 할 수 있는 일을 해야지…….'

그런데 때마침 강풍이 불어 버들가지는 개구리 쪽으로 휘어졌고 마침내 개구리는 간신히 그 버들가지를 붙잡고 냇가를 벗어나 무사히 탈출할 수 있었다고 한다. 이 모습을 보고 미치카제는 큰 깨달음을 얻는다.

'미치카제야! 어리석은 건 개구리가 아니라 바로 너였구나. 한낱 미물에 불과한 개구리도 사력을 다해 노력한 끝에 한 번의 우연을 기회로 만들었거늘, 너는 미물인 이 개구리만큼도 노력해보지 않고 어찌 불만과 좌절에 빠져 있단 말인가!'

괴테의 말처럼 끊임없이 노력하는 자는 헤매고 방황하기도 하지만, 이처럼 우연한 기회를 낚아채 성공을 거두기도 한다. 기회는 누구에게나 주어지지만 그 기회를 눈치채고 낚아채려면 항상 노력하며 준비하고 있어야 하지 않을까.

11 　거인 괴테의 고뇌와 아픔

괴테는 거의 모든 면에서 최고 경지에 이른 완벽한 작가이다. 그러니 우러러볼지언정 인간적으로 좋아하고 사랑하기에는 어딘지 썩 내키지 않는 점도 있다. 살면서 허물도 없지 않다. 병적인 것을 싫어하고 건강한 것을 사랑하는 그지만 자신도 라이프치히 대학 시절과 실러가 사망하기 전후 중병을 앓아 목숨이 위태로운 적도 있었다. 매년 요양지를 찾아다닌 것도 몸이 좋지 않아서였다.

　그런데 평생 행복하게 살고 잘 지냈을 것 같은 괴테도 만년에 비서에게 털어놓는다. "평생 동안 단 한 달만이라도 진정으로 즐겁게 보냈노라고 말할 수 없다."[1] 즉 마음 편히 산 적이 거의 없다는 말이다. 범인이 볼 때 엄살이 좀 있는 것 같기도 하다.

　당시 문화 권력의 핵심에 있던 괴테의 말은 곧 진리나 마찬가지였다. 그는 문학의 제우스, 오딘(보탄)과 같은 존재였다. 괴테는 비서 에커만과의 대화에서 그의 인격을 걸고넘어지는 사람들에 대한 불만을 털어놓는

1　에커만, 『괴테와의 대화 1』, 장희창 옮김, 민음사, 110쪽.

다. 괴테의 재능에 대해서는 누구도 이의를 제기할 수 없기 때문이다.

"내가 거만하다느니 이기적이라느니 젊은 인재들에 대해 질투심이 많다느니 육욕에 빠져 있다느니 기독교를 믿지 않는다는 등 별의별 말을 다하다가 마침내는 나의 조국과, 내가 사랑하는 독일 사람들에 대해 애정이 없다는 말까지 하는 걸세."**2**

모두 어느 정도는 맞는 말이다. 재능 과잉의 괴테는 겸손을 좋게 보지 않는다. 하이네도 재능은 있지만 인격이 없다는 비난을 받았다. 이 점에서 쇼펜하우어도 괴테의 후계자다. 재능이 뛰어난 사람이 겸손을 떠는 것은 위선이라는 것이다. 동양과는 다른 사고방식이다. 『이 사람을 보라 Ecce Homo』에서 '나는 왜 이리 영리한가?'라고 외치는 니체 역시 마찬가지다.

괴테가 젊은 인재들에 대해 질투심이 많다는 것도 어느 정도 사실이다. 친구 렌츠는 괴테와 맞먹으려다가 바이마르에서 쫓겨나 이곳저곳을 떠돌다가 미쳐버렸다. 괴테는 횔덜린과 클라이스트를 평가하고 인정하는 것에도 인색했다. 위대한 시인이지만 괴테에게 외면당한 횔덜린은 장수했지만 인생의 중반부에 미쳐버렸고, 뛰어난 작가였지만 괴테의 인정을 받지 못한 클라이스트는 30대 중반에 베를린의 반제에서 애인과 권총자살로 삶을 마감했다.

괴테가 뭇 여성으로부터 창조력을 얻었다는 것은 유명하다. 근데 최근에 놀라운 사실이 밝혀졌다. 괴테는 바이마르에 가서 백작부인인 폰 슈

---

2 에커만, 『괴테와의 대화 2』, 장희창 옮김, 민음사, 314쪽.

타인과 유명한 플라토닉 러브를 했는데 실은 염문 상대가 바이마르의 군주 아우구스트의 어머니 아말리에였다는 사실이다. 아말리에는 20대 초에 남편을 잃은 청상과부였다. 그럼 괴테를 바이마르로 부른 사람도 아우구스트 대공이 아니라 그의 어머니란 말인가? 또 폰 슈타인 부인에게 1500통이 넘는 편지를 보냈다는데 그럼 최종 목적지는 아말리에란 말인가? 하긴 폰 슈타인 부인과는 지척에 살았기에 그렇게 많은 편지를 보낼 필요도 없었을 것이다. 괴테의 『이탈리아 기행』에도 아말리에의 안부를 묻는 구절이 잠깐 등장한다.

조국을 사랑하지 않는다는 비난에 대해서도 괴테는 다르게 응수한다. "평생에 걸쳐 해로운 편견과 맞서 싸우고 편협한 견해를 제거하고 국민 정신을 계몽하고 또 국민의 미적 감각을 순화시키고 국민의 지조와 사고 방식을 고상하게 만들려고 노력해 왔다면, 그게 애국"[3]이라는 것이다.

괴테가 친불적, 친나폴레옹적이고 프로이센을 싫어한 것은 사실이다. 7년 전쟁 때 자기 집에 주둔한 장군인 프랑스 백작으로부터 세련된 프랑스 문화를 접하고 반했기 때문이다. 괴테 집의 어린이와 여자들은 어른들과는 달리 프랑스적인 것을 좋아했다. 하지만 만년에 괴테는 자기가 친불적인 것은 프랑스를 극복하기 위한 것이라고 털어놓는다. 그리고 프랑스의 젊은이들이 잡지에 자신의 작품을 읽고 비평한 것을 뿌듯하게 생각한다. 물론 중년 이후에는 셰익스피어를 좋아했으니 친영적이기도 했다. 그의 필생의 작업은 프랑스와 영국에 맹종하는 것이 아니라 두 선진 국을 넘어서기 위한 것이었다. 괴테는 만년에 문화적으로는 영프를 어느 정도 따라잡았다고 자평하며 흐뭇해했다. 그러니 괴테의 경우 친불이란

---

3 『괴테와의 대화 1』, 같은 책, 736쪽.

말보다는 지불, 지불이란 말보다는 극불이라는 말이 맞겠다.

괴테는 또한 적대자들로부터 기독교 신앙이 없다는 비난을 받았지만 그들의 신앙이 너무 편협하기 때문에 그들 식의 신앙을 갖지 않았을 뿐이라고 반박한다. 당시 무신론자라는 것은 빨간 딱지나 다름없었다. 내세를 믿는지 집요하게 물어대는 어떤 인간에게 괴테는 '저 세상에 가면 내세가 있니 없니 그따위 질문하는 사람이 제발 없었으면 좋겠습니다.'라는 우문현답을 하며 상대방을 묵사발 만들기도 했다.

괴테는 "이성이 대중화된다는 것은 바랄 수도 없는 일"[4]이라며 대중이 감정에 휘둘리는 것을 아쉽게 생각했다. 여러 방송 매체에서 거짓 뉴스를 쏟아내고, 다들 거기에 마구 휘둘리는 현 상황을 보니 지금이라고 그리 다르지 않은 것 같다.

술을 마신 인간은 짐승이 된다고 한 칸트와는 달리 괴테는 매일 와인을 서너 병 마셨다고 한다. 쇼펜하우어는 식사 때 와인을 반 병 마셨다고 한다. 근데 『도덕의 계보학』에서 금욕적인 사제를 비판한 니체는 실은 금욕주의자에 채식주의자였다.

---

4 앞의 책, 447쪽.

제1부 삶의 지혜와 행복

12   비관론자의 행복론

쇼펜하우어는 인생살이란 어차피 그리 행복하지 않고 고통스러울 수밖에 없다고 본다. 인간의 욕망 추구는 끝이 없기 때문이다. 죽어서야 인간은 쥔 손을 펴고 모든 욕망을 내려놓는다. 그러기에 쇼펜하우어는 자신의 삶을 비관하는 것이 아니라 부자든 빈자든 인간의 삶이 결국 누구나 고통스럽다는 말을 하는 것이다. 그러면서 행복을 논하는 것은 난센스가 아닌가? 러셀은 그런 쇼펜하우어를 비난하고 있다.

하지만 바로 그렇기 때문에 오히려 현재를 즐기고 인생의 향유를 삶의 목적으로 삼는 것은 오히려 현명한 지혜가 아닐까? 다시 말해 오직 현실만이 실재하며, 다른 모든 것은 단지 사고의 유희에 불과하기 때문이다. 그래서 쇼펜하우어는 관념론자가 아닌 현실주의자의 입장을 취한다.

하지만 이와 마찬가지로 맹목적인 행복 추구를 가장 위대한 어리석음이라 칭할 수 있을지도 모른다. 다음 순간 더 이상 존재하지 않는 것, 꿈처럼 완전히 사라져버리는 것은 결코 진지하게 추구할 가치가 없기 때문이다. 어리석은 일이지만 그래도 행복 추구를 할 수밖에 없지 않은가.

쇼펜하우어는 대중적 인기를 끈 『소품과 부록Parerga und Paralipomena』(『쇼펜하우어의 행복론과 인생론』)에서 샹포르의 『성격과 일화』에 나오는 글귀를 인용하고 있다. "행복을 얻기란 쉽지 않다. 우리 자신의 내부에서 행복을 얻기란 매우 어려우며, 다른 곳에서 얻기란 불가능하다."[5] 그래도 그는 외부에서 의지로 가는 길을 구할 수 없듯이 행복도 외부에서가 아닌 자신에게서 구할 것을 권한다.

행복에 가장 중요한 것은 인격과 건강이다!

쇼펜하우어는 행복의 조건을 세 가지로 나누어 제시한다.

첫째 인간을 이루는 것, 즉 가장 넓은 의미에서의 인격을 말하는 것으로 여기에는 건강, 힘, 미, 기질, 도덕성, 예지가 포함된다.

둘째 인간이 지니고 있는 것, 즉 재산과 소유물을 의미한다.

셋째 인간이 남에게 드러내 보이는 것, 즉 타인의 견해를 말하는 것으로, 그것은 명예, 지위, 명성으로 나누어진다.

이 세 가지 중에서 쇼펜하우어는 첫 번째의 인격을 가장 중요하게 생각한다. 사실 인간의 행복은 거의 건강에 의하여 좌우되는 것이 보통이며, 건강하기만 하다면 모든 일은 즐거움과 기쁨의 원천이 되는 것이다. 반대로 건강하지 못하면, 외면적 행복도 아무런 즐거움이 되지 않는다. 또한 쇼펜하우어는 명랑힘을 최고의 자산으로 치는데 그것에 가장 큰 도움을 주는 것은 건강이다. 그러기 위해서는 무절제와 방탕, 격하고 불쾌한 감정의 동요, 또한 정신적 긴장을 피해야 한다.

반면에 쇼펜하우어는 부富란 바닷물과 같아서, 마시면 마실수록 갈증

---

5 아르투어 쇼펜하우어, 『쇼펜하우어의 행복론과 인생론』, 홍성광 옮김, 을유문화사, 2013, 8쪽.

제1부 삶의 지혜와 행복

을 느끼게 되므로 재산은 진정한 행복의 원천이 되지 않는다고 단언한다. 명성과 지위도 이와 마찬가지라는 것이다. 쇼펜하우어는 명예와 명성도 구분한다. 명성을 잃는 것은 이름을 잃는 소극적인 것이지만, 명예를 잃는 것은 치욕이며 적극적인 것이다.

형편없는 자가 명예를 얻으면 우리는 자신의 품위가 떨어졌다고 생각한다. 이때 괴테의 글이 우리를 위로해준다. 우리 사회에는 파문을 일으키지 못하는 늪 같은 자들이 너무 많다. 공감 능력이 없는 자가 악, 악마이다. 괴테는 애쓴 보람도 없이 다들 아무 반응이 없다고 슬퍼하지 말라고 한다. 늪에 돌을 던진다고 파문을 일으키지 않는 법이다.

인생을 향유하며 살 것을 가르치는 쇼펜하우어는 인간이 누리는 향유도 세 가지 종류로 나눈다.

첫 번째는 재생력과 관련된 향유로, 먹고 마시기, 소화, 휴식, 수면 욕구가 이에 속한다.

두 번째는 육체적 자극과 관련된 향유로, 산책, 뜀박질, 레슬링, 무용, 검도, 승마 및 각종 운동 경기와 심지어는 사냥이나 전투와 전쟁이 이에 속한다.

세 번째는 정신적 감수성과 관련된 향유이다. 탐구, 사유, 감상, 시작詩作, 조각, 음악, 학습, 독서, 명상, 발명, 철학적 사고 등이 이에 속한다.

이 세 가지 종류의 향유가 지닌 가치, 등급에 대해 그는 독자의 몫으로 남겨놓는다.

쇼펜하우어의 견해에 의하면 평범한 사람은 인생의 향유와 관련하여 자신의 바깥에 있는 사물, 즉 소유물이나 지위, 여자와 자식, 친구나 사교계 등에 의존한다. 이런 사람은 무게중심이 그의 바깥에 있고 어디에서든 외부에서 만족을 구한다.

그렇지만 정신적으로 탁월한 사람의 경우에만 자신의 무게중심이 완전히 자신의 내부에 있다고 할 수 있다. 따라서 정신적 욕구가 없는 속물 Philister은 정신적 향유를 누리지 못한다고 볼 수 있다. 속물은 무릇 이상적인 것에서 즐거움을 얻지 못하고, 무료함에서 벗어나기 위해서는 항시 현실적인 것을 필요로 하는 것이다. 그런데 현실적인 것은 곧 고갈되어 즐거움 대신 피곤을 안겨주는 반면, 이상적인 것은 고갈되지 않고 그 자체로 무구無垢하고 무해하다.

어차피 비열한 자가 출세한다!

쇼펜하우어는 프랑크푸르트에서 홀로 은자로 살면서 점차 고독한 생활을 한다. 고독은 뛰어난 정신을 지닌 사람들의 어찌 할 수 없는 숙명 같은 것이다. 극심한 추위 때 사람들이 서로 모여들어 몸을 따뜻하게 하는 것처럼, 사교성이란 사람들이 서로의 정신을 따뜻하게 하는 것이라서, 스스로 정신적 온기를 충분히 지닌 사람은 굳이 무리 지어 모일 필요가 없다는 것이다.

그는 사람과의 적당한 거리를 두는 것이 필요하다고 보고 다음과 같은 취지의 우화를 쓴다. "어느 추운 겨울날 고슴도치들이 몸이 어는 것을 막으려고 서로의 몸을 밀착했다. 그러나 서로의 몸에 있는 가시 때문에 아픔을 느낀 고슴도치들은 곧 다시 몸을 떨어트렸다. 그러나 추운 나머지 다시 서로의 몸을 붙인 고슴도치들은 다시 아픔을 느꼈다. 이처럼 추위와 가시라는 두 가지 고통을 거듭 맛본 끝에 그들은 그런대로 견딜 만한 적당한 거리를 발견했다."[6]

건강 다음으로 우리 행복에 중요한 요소는 마음의 평정이다. 사람과의 교제를 절제하면 마음의 평정을 얻을 수 있다. 볼테르가 말했듯이 이 지상에는 같이 대화를 나눌 가치가 없는 사람들로 득실거리고 있다는 것이다.

쇼펜하우어는 출세하려면 호의, 친구, 연줄을 얻어야만 한다고 말한다. 아무것도 없는 자는 출세하는 데에 그런 것이 필요하다고 생각한다. 그런 자는 예의의 탈을 쓰고 뻔질나게 머리를 조아리며 허리를 90도로 굽힌다. 동서고금을 막론하고 결국 철저히 비열해야 출세할 수 있는 모양이다. 출세하기 위해서는 반대편에 줄을 서기를 마다하지 않는 사람도 많다.

괴테도 이미 『서동시집』에 나오는 「나그네의 마음의 평정」에서 비열함을 불평해 보아야 아무 소용없다고 말한다. 어차피 그런 자가 세상을 지배하니. 괴테도 귀족들 틈에서 부대끼며 체념하고 살지 않았는가.

그럼 어떻게 살 것인가? 쉽고도 어려운 문제이다. 자신에게서 가치의 기준을 구하는 것이 필요하다. 쇼펜하우어는 가치의 기준을 타인에게서 구하지 말고 자신에게서 가져와야 한다고 역설한다. 자신의 행복을 타인의 눈에 비친 자신의 모습에서 찾는 자는 진정한 행복을 얻기 어렵기 때문이다.

타인의 견해와 생각의 노예가 되어 칭찬을 갈구하는 사람, 인정 욕구가 강한 사람은 하찮은 말에도 기가 꺾이고 우울해지기도 한다. 명예가 목숨보다 더 중요하다는 말은 생존과 행복은 무가치하고, 우리에 대한 타인의 견해가 중요함을 의미한다. 그래서 서양에서는 명예를 훼손당했다고 생각하면 목숨을 거는 결투가 벌어진다.

---

6 앞의 책, 464쪽.

한편 자신을 자기의 내부에서 높이 평가할 때 자긍심이 생기고, 남에게서 높은 평가를 받으려 할 때 허영심이 생긴다. 쇼펜하우어에 의하면 행복은 꿈에 불과하지만, 고통은 현실이므로 덜 불행하게 사는 것, 즉 그럭저럭 견디며 사는 것이 필요하다.

인생이란 향락을 즐기기 위해서가 아니라 고통을 이겨내고 처리하기 위한 것이다. 견유학파가 모든 향락을 배척한 이유도 향락에는 다소간 고통이 따른다는 사실을 감안하고, 향락을 얻기보다는 고통을 피하는 편이 훨씬 중요한 것 같다고 여겼기 때문이다. 한편 괴테는 "부유한 가운데 느끼는 결핍은 우리가 받는 고통 중에 가장 혹독한 것"[7]이라고 말한다.

알렉산더 대왕에게 '햇볕을 가리지 말고 비켜 달라'고 요구한 디오게네스가 생각한 탁월한 지혜의 결과는 바로 마음이 편안하고 자유로우며 단순 소박한 삶이었다. 디오게네스는 아무것도 가진 것이 없다는 풍요로움을 누리고 있다고 말한다. 진정한 마음의 평안은 많이 소유하는 것에서 얻어지지 않는다. 적게 가진 것만으로도 만족하는 데서 얻어진다. 적게 구하라, 그러면 너는 얻을 것이요 만족할 것이다. 많이 구하라, 그러면 너의 갈망은 영원히 멈추지 않을 것이다.

사실 너무 불행해지지 않으려면 너무 행복해지려는 요구를 하지 않는 것이 가장 확실한 방법이다. 기대가 크면 실망도 큰 법이다. 따라서 쇼펜하우어는 삶의 지혜를 가르치는 시인 호라티우스처럼 중용을 지킬 것을 권장한다. 중용의 미덕을 지키는 자는 쓰러져가는 오두막의 더러움을 멀리하고 분수를 알아 사람들이 부러워하는 궁전의 화려함을 멀리한다. 키 큰 소나무일수록 폭풍에 흔들리는 일이 잦고 우뚝 솟은 탑일수록 더욱

---

[7]　요한 볼프강 폰 괴테, 『파우스트』, 장희창 옮김, 을유문화사, 2015, 709쪽.

힘차게 무너지며 벼락을 맞는 것은 산봉우리이다.

탈무드에서는 중용을 얼음과 불바다의 가운데에 있는 길로 본다. "군대가 행진하고 있었는데 길의 오른쪽은 눈이 내려 얼음이 얼어 있었다. 그리고 길의 왼쪽은 불바다였다. 이 군대가 만약 오른쪽으로 가면 얼어죽고, 길 왼쪽으로 가면 불에 타 버린다. 하지만 가운데의 길은 적당히 따뜻함과 시원함에 조화된 길이었다."[8]

담담하고 당당하게 살아라!

세네카는 멋진 말로 우리에게 지침을 주고 있다. '우리는 자신의 것을 남의 것과 비교하지 말고 즐기도록 하자. 다른 사람이 행복하다고 괴로워하는 자는 결코 행복하지 못할 것이다.' '많은 사람이 너보다 앞서 있다고 생각하지 말고 많은 사람이 너보다 뒤쳐져 있다고 생각하라.'

그러므로 우리는 우리보다 형편이 나아 보이는 사람보다 우리보다 형편이 나쁜 사람을 자주 살펴보는 것이 좋다. 재앙이 닥쳤을 경우에도 우리의 고통보다 더 큰 고통을 바라보는 일이 가장 효과적인 위안이 된다.

또한 상상력을 억제하여 예전에 우리가 당한 불의, 손해, 손실, 명예훼손, 냉대, 모욕 등을 다시 생생히 떠올리거나 마음속에 그리지 않는 것이 필요하다. 그러므로 모든 불쾌한 일은 오히려 될 수 있는 한 가볍게 넘겨버릴 수 있도록 극히 담담하고 냉정한 시선으로 바라보는 것이 좋다.

---

8 마빈 토케이어(Marvin Tokayer), 『탈무드』, 지경자 옮김, 홍신문화사, 1988, 70쪽.

주체적인 사고를 하라!

우리는 스스로 자신의 주인이 되기 위해서는 스스로 생각하기, 즉 주체적인 사고가 필요하다. 반면에 온갖 종류의 지배적인 견해, 권위, 편견에 사로잡힌 속된 두뇌의 소유자는 법이나 명령에 묵묵히 복종하는 민중과 같다. 자신을 자신의 사고의 군주로 여기는 도덕이 곧 주인 도덕이다.

쇼펜하우어의 이러한 생각은 가치의 기준을 자기에게서 구하고 주체적인 사고를 하는 니체의 차라투스트라를 선취하고 있다. 니체의 힘에의 의지, 영원회귀, 노예 도덕, 주인 도덕, 운명애, 초인의 개념도 사실 알고 보면 쇼펜하우어에게서 비롯한 것이다.

그러므로 니체를 제대로 알기 위해서는 먼저 쇼펜하우어 독서가 꼭 필요하다. 쇼펜하우어는 인생의 종착지에서 「피날레」(1856)라는 시를 쓰며 자신의 오롯한 인생을 결산하고 있다.

"나는 이제 여정의 목적지에 지쳐 서 있다.
지친 머리는 월계관을 쓰고 있기도 힘들구나.
그래도 내가 했던 일을 기쁘게 돌아보는 것은,
누가 뭐라 하든 흔들리지 않았기 때문이리라."[9]

쇼펜하우어의 불충한 제자 니체는 정신착란에 빠지기 전 해인 1888년 다음과 같은 시를 쓰며 스승을 기리고 있다.

9　『쇼펜하우어의 행복론과 인생론』, 같은 책, 476쪽.

"그가 가르친 것은 지나갔으나,

그가 살았던 것은 남으리라.

이 사람을 보라ecce homo!

그는 누구에게도 굴복하지 않았노라!"**10**

1860년 8월 쇼펜하우어는 호흡곤란과 가슴 뛰는 현상을 겪었고, 9월 9일에는 노인성 폐렴에 걸렸다. 9월 18일 저녁 유언 집행인으로 지목된 그비너가 그와 마지막으로 대화를 나눈 사람이었다.

그비너는 쇼펜하우어가 행복한 회상에 젖어 있는 동안 이제껏 한 번도 본 적이 없는 온화한 인상을 받았다고 한다. 그런 후 9월 21일 위대한 철학자 쇼펜하우어는 아무런 고통의 흔적이 없이 평안한 얼굴로 고통스런 세상을 하직했다.

---

10 앞의 책, 476쪽에서 재인용.

13   쇼펜하우어 철학과 불교

쇼펜하우어는 자신이 생각해낸 이념들이 인도의 힌두교와 불교의 중심 이념임을 발견한다. 1814년에 쇼펜하우어는 바이마르에서 헤르더의 제자인 동양학자 프리드리히 마이어로부터 『우프네카트』(우파니샤드)를 소개받았다. 베단타와 힌두교 사상은 그에게 이미 낯설지 않았다.

쇼펜하우어는 자신의 고유사상이 유럽이 아닌 미지의 땅에서 이미 확립되어 있다는 사실에 놀란다. 힌두교에서는 영속적인 실재는 비물질적이고 공간도 시간도 없는 초월적인 단일자라고 가르치며, 비개인적이고 인식할 수 없으며 설명이 불가능한 것인데 비해, 우리의 신체 감각을 통해 알려지는 세계는 일시적인 현상의 스쳐가는 쇼나 그림자놀이 같은 것, 마야(환각)의 베일이라고 말한다. 힌두교에서 발전해 나온 불교는 무시간적인 실재에서는 별개의 자아가 없고, 모든 존재가 통합되어 있으며, 각 개인의 고통처럼 보이는 것은 사실은 모두의 고통이고, 잘못된 행동은 그 행위자에게 고통을 입힌다고 말한다.

『의지와 표상으로서의 세계』(1819)에서는 쇼펜하우어가 아직 불교에 대한 충분한 이해를 하고 있지 않은 것으로 보인다. 그는 초판 머리말에서 자신의 고유 사상이 칸트, 플라톤, 우파니샤드 사상이라는 세 축에 기반을 두고 있다고 밝히면서, '베다', '우파니샤드', '산스크리트 문헌', '고대 인도의 지혜' 등을 언급하지만, 불교에 대해서는 아직 구체적으로 적시하지 않고 있다. 그럼에도 이때 이미 불교와 유사한 세계관을 지닌 쇼펜하우어는 스스로를 불교주의자라고 여기고 있었다. 그러나 이 시기의 유럽에서는 불교 소개서가 극소수였고 단편적인 것들뿐이었다. 독일에 불교가 전파된 것은 쇼펜하우어의 영향으로 볼 수 있다. 그는 불교를 서양의 형이상학에 대응하는 복안으로 보았고, 불교의 인식 노력을 개체의 정신적 고립을 돌파하기 위한 수단으로 해석했으며, 자신의 철학과 불교의 가르침이 서로 연결되는 것을 발견했다. 그의 저서로 인해 당시의 지식인들이 인도에 열광하게 되었고 아시아의 작품들이 처음으로 번역되기도 했다.

불교 경전은 이 세상에서의 삶은 본질적으로 무거운 짐이며, 쾌락과 만족보다 훨씬 많은 고통과 고뇌가 있다고 말한다. 모든 것이 덧없고 파괴될 운명에 처해 있는 세계에서 실제로는 영원한 만족이란 없는 것이다. 이처럼 불교와 쇼펜하우어의 가까운 점은 삶이 끝없는 의지, 노력, 희망, 추구, 집착, 갈망으로 이루어진다는 생각이다. 우리는 갓난아이일 때부터 항상 무언가를 원하고 무언가를 가지려고 손을 뻗어왔다. 그렇지만 한 가지 소원이 충족되면 또 다른 소원이 그 자리를 차지하므로 이 끝없는 의지는 본질적으로 충족될 수 없는 것이다. 또한 우리는 스마트 폰, 정체 모를 알고리즘과 각종 앱으로 끝없이 욕망할 것을 강요당하면서 새로운 세계고世界苦에 시달리고 있다.

일반적으로 종교적 인물들은 이 세계를 눈물의 골짜기로 보기는 하지만, 시공간의 저편에 존재하는 어떤 것에 대해서는 도덕적으로 긍정적인 견해를 취하고, 그것이 자비로운 것이라 말한다. 하지만 쇼펜하우어의 철학에 따르면 초월계와 현상계가 다른 방식으로 보이는 동일한 실재이므로 초월계도 무언가 끔찍한 세계라는 결론이 나온다. 그는 초월계를 맹목적이고 목적도 없고 비개인적이며 도덕과는 무관한 힘이나 충동, 삶이나 생물에 대해 전혀 관심이 없는 어떤 것으로 보았다. 알려질 수도 이해될 수도 없는 이 초월적 존재를 쇼펜하우어는 '의지'라고 불렀다. 우리가 삶과 세계에서 완전히 해방되려면 이 삶의 맹목적 의지, 존재하려는 의지를 극복해야 하는데, 그러기 위해서는 의지를 놓아버리는 것이 필요하다. 이런 점에서 그는 에크하르트 신비주의의 맥을 잇고 있다. 그런데 자살은 오히려 적극적이고 격렬한 의지의 표명이므로 쇼펜하우어는 흔히 생각하는 것과는 달리 결코 자살을 옹호하지 않았다. 쇼펜하우어에 의하면 유일한 구원은 집착을 끊고 개입과 참여를 하지 않으며 맹목적인 삶에의 의지를 부정하는 것이다.

삶의 고통 및 죽음의 문제와 형이상학적으로 대면하고 있는 쇼펜하우어의 철학은 지금까지 죽음을 찬양하고 삶을 무조건 체념하라고 권하는 염세주의로 알려져 왔다. 그러나 사실 염세주의보다 비관주의라는 말이 적합하고, 『쇼펜하우어 평전』을 쓴 헬렌 짐머른의 말처럼 염세적이라는 말보다는 염인厭人적이라는 말이 나아 보인다. 그러나 쇼펜하우어는 자신의 철학에 대해 '염인적misantropic'이라고 평가하는 것에 반대 의사를 표명했다. 삶에의 의지의 부정이나 삶의 고통으로부터의 해방이라는 쇼펜하우어의 사상에는 시대의 고통, 즉 인간의 삶의 고통에 대한 철학적 문제 제기와 삶의 고통으로부터의 구제라는 치료적 처방전이 그 철학적 근본 동인으로 담겨 있다. 세계가 고통으로 가득 차 있다는 그의 사고는 세계에 대한 진단에 있는 것이지, 그의 철학이 궁극적으로 추구하는 목표는 아닌 것이다.

고통이 삶의 본질적 요소임을 망각하고 참된 행복을 추구하면 정서적인 우울증에 빠질 수 있다. 어두운 면을 보고 늘 최악의 사태를 우려하는 사람은 매사를 밝게 보는 사람보다 예상이 빗나갈 때가 적다. 그러니 수심에 찬 사람들은 상상 속의 고통을 겪긴 하지만 밝은 사람들보다 고통에 시달릴 일이 적다. 쇼펜하우어의 처방에 의하면 몹시 불행해지기 위한 가장 확실한 방법은 헛된 기대를 접고 대단히 행복해지기를 갈망하지 않는 것이다. 대단히 행복해지기란 아예 불가능하기 때문이다. 행복에 대한 요구 수준을 낮게 설정해야 큰 불행을 피할 수 있다. 행복은 허상이지만 고통은 현실이기 때문이다.

붓다가 세상이란 고해苦海라고 말했다고 해서 불교를 염세주의로 볼 수 없듯이, 우리는 쇼펜하우어의 철학을 삶의 고통과 고뇌를 극복하는 치유술이라는 관점에서 해석할 수 있다. 쇼펜하우어는 삶의 고통으로부터 해방되는 진정한 행복감을 추구한다. 그의 철학이 보여주고자 하는 것은 끊임없는 욕망을 일으키는 의지의 부정을 통해 오히려 적극적으로 초연한 삶을 긍정하는 역설적 논리이다. 이런 논리에서 비롯된 그의 행복론은 이렇게 말한다. 한 인간의 고락은 재산이나 지위 같은 외적 조건에 의해 결정되지 않는다. 즐거움과 슬픔의 정도가 때에 따라 달라지는 것도 내적 상태의 변화 때문이다. 인간의 행복, 나아가 인간의 모든 생활에서 가장 중요한 것은 자기 자신 속에 깃들어 있으며 또한 거기서 비롯된다. 따라서 우울한 사람은 곳곳에서 비극만을, 명랑한 사람은 희극만을, 무관심한 사람은 무미건조한 광경만을 볼 뿐이다.

쇼펜하우어는 기대를 낮출 것을 주문한다. 소유는 늘리되 욕망을 줄이면 된다. 그런데 현실에서는 반대로 소유는 늘지 않고 욕망은 늘고 있는 데서 문제가 생긴다. 또 고통을 덜기 위해 시각과 관점을 바꿀 것을 요구한다. 그러니까 우리는 늘 시간의 작용과 변모하는 사물에 유의하면서 현재 눈앞에 일어나는 사태와 정반대 경우를 생각해야 한다. 즉 행복할 때는 불행을, 맑은 날에는 흐린 날을, 우애에는 반목을, 사랑할 때는 증오를, 신뢰에는 배신을 분명히 머릿속에 그려야 한다. 그러니 나에게 피해를 준 사람에게 분노하기보단 그 역시 고통을 겪는 불행한 사람이라 생각해보자. 그러면 분노가 어느 정도 누그러진다. 불에는 물, 분노에는 연민을 발휘하자. 그 사람에게 보복을 했다고 간주하고 상대방이 고통과 불행에 시달리는 모습을 머릿속에 그리며 '이게 나의 보복이다'라고 중얼거리자. 그러면 실제로 보복할 마음이 사라질지도 모른다. 세상에서 분노의 불길을 끄는 방법은 이 길밖에 없다. 또 우리가 어떤 일을 수습할 수 없을 때는 후회해봤자 소용없다. 다윗 왕처럼 하면 된다. 왕은 자식이 아플 때는 하느님께 끊임없이 간구하며 기도했지만 아들이 죽고 나서는 수긍하고 조금도 회한에 잠기지 않았다.

어찌 할 수 없을 때 인간에 대한 인내를 배우는 것이 필요하다. 다른 사람의 행위에 분노를 느끼는 것은 마치 발끝에 돌이 굴러왔다고 화내는 것과 같다. 그가 새사람이 되기를 바라기보다 그의 개성을 이용하는 것이 현명한 태도다. 그리고 남을 설득하거나 교화시키는 일은 무척 어려우니 견해 차이로 다툴 필요가 없다. 상대방이 하는 말이 너무 어리석어서 화가 난다면 그것을 희극의 한 장면이라 생각하라. 이것이 가장 합리적이고 적절한 대응책이다. 게다가 적의 비난은 쓴 약이라고 생각하고, 그로부터 자기 자신에 대한 정당한 지식을 얻도록 해야 한다. 참으로 성실한 것은 친구가 아니라 적이기 때문이다.

쇼펜하우어는 불교에서와 마찬가지로 이 세상에서 유일하고 영원한 현상은 오직 '변화'뿐이라고 말한다. 따라서 진정으로 현명한 사람은 외관에 미혹되지 않고 변화가 일어날 시간과 장소를 재빨리 예측할 수 있다. 사람들이 일시적 상태나 과정을 영원한 것으로 간주하는 이유는 결과만을 보고 원인을 간파할 능력이 없기 때문이다. 불교에서 말하는 '제행무상'이란 '모든 것은 생멸 변화하여 변천해 가며 잠시도 같은 상태에 머무르지 않고 마치 꿈이나 환영이나 허깨비처럼 실체가 없는 것'을 말한다. 즉, 이 현실 세계의 모든 것은 매순간 생멸 변화하고 있으며, 거기에는 항상 불변한 것은 하나도 존재할 수 없다는 것이 현실의 실상임을 뜻한다. 그러나 일체는 무상한데 사람은 상常을 바란다. 거기에 모순이 있고 고苦가 있는 것이다. 불교 경전에 '무상한 까닭에 고인 것이다'라고 설명되어 있는 것과 같이 무상은 고의 전제이다.

현실을 그렇게 인식하는 것이 불교의 무상관이다. 무상의 덧없음은 '몽환포영로전夢幻泡影露電', 즉 꿈·환상·물거품·그림자·이슬·번개라는 무상의 대표적인 물질에 비유되어 불교적 인생관의 특색으로 알려져 있다. 그러나 무상관은 단순히 비관적인 덧없음을 말하는 것이 아니다. 어떤 상에 대하여 비관하거나 기뻐하는 것 자체가 상이며, 그것 자체가 존재하지 않는 것임을 뜻하는 것이다. 무상하기 때문에 인간은 지위나 명예에 집착하는 탐욕을 버리고, 오늘 하루의 소중한 생명을 방일함이 없이 정진노력하려는 정신적인 결의가 생겨나게 되며, 이러한 것이 무상관의 참된 뜻이다.

쇼펜하우어는 자족하기 위해 자신의 사상을 개진한 것이 아니라 결국 인류를 위해서이다. '위대한 정신의 소유자는 전 인류의 교육자로 인간들을 조잡하고 캄캄한 오류의 큰 바다에서 광명으로 이끌기 위해 이 세상을 살아간다.'는 그의 말은 붓다의 말을 상기시킨다. 사람들은 '천상천하 유아독존'이라는 말을 흔히 오해하고 있다. 세상에서 혼자 자기만 존귀하고 잘 났다는 독선적 사고로 이해하고 있지만 정작 '삼계가 모두 고통 속에 있으니 내 기필코 이를 편안케 하리라'라는 그 뒤의 말이 더 중요하다. 당시 사람들은 신이나 신적 존재, 권력이나 재물을 가장 존귀하게 여겼지만 부처님은 인간 그 자체를 가장 존귀하다고 선언했다. 인간의 존엄성이 외면당하는 신과 계급 중심적인 사회에서 붓다는 인간의 존엄성과 주체성을 선언했다. 이처럼 인간 스스로 자신의 운명과 우주의 주인임을 밝히고 주체적인 의지로 자기 삶의 주인이 되도록 하는 데 불교 사상의 참뜻이 있다.

이처럼 삶의 무상함과 죽음에 대한 쇼펜하우어의 논의는 삶이 무의미하다거나 버려야 할 무가치한 것으로 보는 데 있는 것이 아니라 오히려 삶의 무상함을 인식함으로써 삶의 고통을 치유하고 삶을 적극적으로 받아들이는 데 있다. 즉 최근 쇼펜하우어 철학에 대한 해석은 삶의 긍정을 모색하고 삶의 고통을 넘어서 정신적 자유를 찾으려는 긍정적 요소가 있다는 점에 주목하고 있다.

쇼펜하우어의 중심사상인 근거율과 의지 부정은 불교의 연기설緣起說과 고집멸도苦集滅道라는 사성제四聖諦에 대한 유럽적 해석이기도 하다. 붓다는 12연기를 통해 욕망의 무상함과 허망함을 보여줌으로써 욕망의 집착을 없애려고 한다. 12연기는 무명無明→행行→식識→명색名色→육입六入→촉觸→수受→애愛(갈애)→취取→유有→생生→노사老死의 십이지(十二支)로 이루어진 윤회의 사슬이다.

어리석음과 애착에 의해 고통이 연기되는 과정은 무명에서 시작한다. 인간은 4성제를 몰라 어리석어서(무명), 여러 맹목적인 의지와 활동이 생겨 업을 짓고(행), 이 업으로 말미암아 앎이 생겨나고(식), 이 앎으로 말미암아 몸과 마음의 현상이 생기고(명색), 이 현상으로 말미암아 여섯 감각이 생기고(육입), 이 여섯 감각에 힘입어 대상과 접촉하고(촉), 이 감각이 대상과 접촉하여 여러 느낌이 생기고(수), 이 느낌으로 말미암아 욕망과 애착이 생기며(애), 이 욕망과 애착으로 말미암아 집착이 생기고(취), 집착함으로써 이 세상의 존재가 생겨나며(유), 이 존재로 말미암아 생명이 있게 되고(생), 살아 있기 때문에 늙음과 죽음의 괴로움이 생겨난다(노사).

붓다의 사상은 측은지심에서 자비와 사랑이 생겨난다고 주장하지만, 쇼펜하우어는 타자의 고통에 대한 연민의 차원에서 자비의 윤리로써 해결하고자 했다. 그의 의지 부정은 실체의 절멸로서의 무아 또는 허무로서의 열반이 아니라 단순한 무의욕의 작용이다. 쇼펜하우어는 인식 주체로서의 영혼이 아닌 의지만이 윤회한다고 보았다. 어떤 것이 죽더라도 의지는 그대로 존속하는 것이다. 의지는 새로운 탄생과 더불어 새로운 지성과 새로운 관계를 맺는다. 이것은 엄밀한 의미에서 윤회가 아닌 재생이다. 그리하여 쇼펜하우어는 이 새로운 탄생을 불멸의 의지 자체에 도달하려는 갈망의 표현으로 읽었다. 그러나 그와 같은 존재의 의지 긍정은 고통을 초래한다. 이처럼 여러 형태의 탄생을 통하여 정제된 삶은 오직 의지의 절대부정의 방식으로만 자기완성에 도달하는 것이다.

그러나 쇼펜하우어는 절대적인 무無, 해탈에 이르지 않았다. 위대한 금욕자나 성자와는 달리 탐貪·진瞋·치癡에서 벗어나지 못한 쇼펜하우어에게 의지의 부정이 가능한 일이 아니었다. 러셀도 "금욕과 체념의 덕을 깊이 확신했던 사람이 스스로 확신한 덕을 실천에 옮기려고 전혀 애쓰지 않았다"[11]는 사실이 믿기지 않는다고 그를 비판한다. 쇼펜하우어는 죽

---

11 버트런드 러셀, 『서양철학사』, 서상복 옮김, 을유문화사, 2019, 938쪽.

기 전 자신의 유언집행인인 그비너 박사와 그의 대표작과 신비주의자 야콥 뵈메에 대한 마지막 대화를 나눈다. 쇼펜하우어는 벌레들이 자신의 육체를 갉아먹는 것은 걱정되지 않지만 철학교수들이 그의 정신을 난도질할까 봐 겁난다고 말한다. 그는 지금 죽어야 한다면 몹시 딱한 일이라고 말하며 『소품과 부록』에 추가할 중요한 문장들이 있다고 덧붙인다. 쇼펜하우어는 소파의 구석에 기대고 앉은 채 평안한 모습으로 숨을 거두었다.

14   밀레의 그림 「만종」에 숨겨진 놀라운 이야기 ─ 상식의 파괴

우리는 밀레의 그림 「만종」에 대해 농촌 부부가 하루 일을 끝내고 은은한 종소리를 들으며 평화롭게 기도하는 것으로 알고 있다. 학교에서 그렇게 배웠기 때문이다.

과연 그럴까?

원래는 그런 것이 아니라 먹을 것이 없어 아기가 아사하자 부부가 아기를 바구니에 담고 와서 땅에 묻는 슬픈 장면이라고 한다. 밀레도 당시 물감 살 돈도 없었다고 한다.

그런데 바구니 속에서 왜 아기가 사라졌을까?

「만종」을 우연히 보게 된 밀레의 친구 하나가 큰 충격을 받고 사회적 파장을 우려한 나머지, 바구니 속에 죽은 아기를 그려 넣지 않으면 좋겠다고 제안했다.

밀레는 고심 끝에 아기를 지우고 대신 감자를 그려 넣어 출품했다. 이 사연은 한동안 세상에 알려지지 않았고, 그림은 그저 농촌의 평화로움을 그린 것으로 유명해졌던 것이다.

그러다가 화가 살바도르 달리의 혜안으로 그 베일은 벗겨진다. 누구나

이 그림을 감상하며 신성한 노동 후의 고요와 평화를 느끼고 있을 때, 꼬마 달리는 이 그림을 보고 왠지 모를 불안감을 느꼈다.

달리는 성인이 되어 그 까닭을 알아내려 했고, 그에 관한 책을 쓰기까지 했다고 한다. 그에게는 그림 속의 감자 바구니가 어린아이의 관棺으로 보여 형용할 수 없는 불안감을 느꼈던 것이다.

수십 년이 흐른 후, 달리의 이 같은 투시력은 환각이 아니라 실제로 정확한 관찰이었음이 밝혀진다. 루브르 미술관이 자외선 투사작업을 통해 그 감자 바구니가 초벌 그림에서는 어린아이의 관이었음을 입증한 것이다. 달리의 놀라운 투시력이었다.

밀레는 원래 농촌의 목가적 풍경을 그리려 한 것이 아니라 당시 농민의 비참한 실상을 보여주려 했지만 사회적 파장이 두려워 자신의 마음과 그림을 은폐하고 자기검열을 단행한 것이다. 그러니 이 그림에서 겉의 평화로움만 볼 것이 아니라 이면의 슬픔과 아픔을 보는 게 중요할 것이다.

역시 달리는 보통 사람과 보는 눈이 다르다. 보이지 않는 이데아를 보는 눈이 있으니. 1000프랑을 지원받아 그린 그림을 백화점 소유주 쇼사르가 80만 프랑에 구입한 뒤 루브르 박물관에 기증해 현재 프랑스가 자랑하는 보배가 되었다고 한다. 괴테는 잘못은 늘 되풀이되는 것이니 사람들은 참된 것을 지치지 않고 끊임없이 되풀이 말해야 한다고 말한다.

15   나는 누구일까? ─ 평범의 위대함

나는 홍콩의 빈민가에서 태어나 처절하게 가난한 어린 시절을 보냈다. 부모님은 청소부와 야채노점상을 하며 근근이 생계를 유지했다. 나는 부모님을 도와 길거리에서 양갱을 팔았고, 학교가 끝나면 밭에서 일을 하는 등 온갖 궂은일을 했다. 집에는 전기도 들어오지 않았다.

　결국 하는 수 없이 중학교를 중퇴하고 가게 점원, 카메라 판매원, 택시운전사, 호텔 벨 보이, 우편배달부 등을 전전하다가 친구의 권유로 연극배우로 데뷔했다. 그러다가 지방 텔레비전 연속극 〈상해탄〉이 인기를 끌면서 나의 인생이 풀렸다. 그리고 1986년 〈영웅본색〉에 이어 〈첩혈쌍웅〉 〈가을의 동화〉 〈와호장룡〉 〈캐리비언의 해적〉 등 히트작을 냈고, 각종 영화제에서 수상했다. 그래서 빈손으로 자수성가한 입지전적 스타로 발돋움했다. 2003년에는 홍콩 배우 최초로 나의 인생 스토리가 중학교 교과서에 실리기도 했다.

　나는 〈영웅본색〉에 출연하여 아시아의 스타가 되었다. 이 영화에 출연하게 된 계기는 기부 때문이었다. 배우를 물색하던 오우삼 감독은 지역 신문을 보다가 소년소녀 가장들에게 장학금을 전달한 나를 보고 캐스팅

하기로 결심했다고 한다. 나는 〈영웅본색〉에서 의리를 중시하는 따거(대형) 역할을 맡았다. 나의 실제 모습과도 어울리는 배역이었다.

〈영웅본색〉에서 티링이 나에게 신이 있는 것을 믿는지 묻자 이렇게 답했다.

"믿어. 내가 바로 신이니까. 자신의 운명을 스스로 결정하는 사람이 바로 신이야."

인간이 신이 될 수는 없지만 진정한 영웅의 모습을 보일 수는 있다. 오우삼 감독은 나를 만난 뒤 이런 말을 했다고 한다. "그는 따뜻한 마음씨와 현대 사회의 잃어버린 의협과 기사도의 풍모를 지닌 사람이었다."

2013년 홍콩 민주화 시위 때 나는 몸을 사린 다른 배우들과는 달리 "시위에 참가한 학생들이 옳다. 평화적인 시위를 무력 진압해서는 안 된다."고 했다가 중국 본토에서의 활동이 어려워졌다. 그렇지만 나는 돈을 좀 덜 벌면 된다고 생각한다.

나는 재산의 99퍼센트를 기부하려고 한다. 사실 1퍼센트만 물려줘도 보통 사람들에겐 적지 않은 돈이다. 슈퍼카를 수십 내 굴릴 돈이 있지만 나에게는 개인 소유의 승용차가 없다. 슈퍼카가 대체 무슨 소용이란 말인가. 그러니 스케줄이 없을 때는 지하철과 버스를 이용한다.

"개인 운전사가 있으면 그는 하루종일 날 위해 기다려야 한다. 내 마음이 불편하기 때문에 지하철 타고 이동하고 거리를 다닌다."

취미는 돈 들지 않고 건강에도 좋은 조깅과 등산이다. 한 달 용돈은 11~12만 원 정도이다. 비싼 음식점에도 가지 않는다. 그리고 17년 동안 2G폰을 쓰다가 2년 전에야 스마트 폰으로 바꾸었다. 옷은 남에게 보여주기 위해 옷을 입는 게 아니다. 내가 편하면 그걸로 충분하다며 할인매장에서 주로 사 입는다.

돈과 인생에 대한 내 생각은 이렇다.

"이 돈은 내 돈이 아니다. 당분간 맡아둘 뿐이다. 내 꿈은 행복하고 평범한 사람이 되는 것이다. 그리고 내 삶에서 중요한 것은 평화로운 마음을 유지하고 남은 인생을 단순하게 사는 것이다."

성냥개비를 입에 물고 이리저리 굴리는 묘기로 유명해진 나는 누구일까?

제2부

———

우정과 갈등

1 　모차르트와 살리에리 — 천재를 질투하는 둔재?

모차르트에게는 세 개의 이름이 있다. 테오필루스, 아마데우스, 고트리프가 그것이다. 모두 '신의 사랑을 받는 자'라는 뜻이다. 테오, 데우스, 고트가 각기 신이고, 필, 아모르, 리프가 사랑이란 말이다. 그런데 이름 그대로 신이 너무 사랑하는 바람에 너무 일찍 그를 데려가 버렸다. 모차르트는 프리메이슨 단원으로 「이집트의 왕 타모스」나 「마술피리」 등에 그 흔적이 보인다. 그는 런던에서 크리스티안 바흐, 이탈리아에서 마르티니, 그리고 하이든의 영향을 받고 그들의 음악적 자양분을 받아들인다.

　그런데 과연 안토니오 살리에리가 모차르트를 죽였는가? 밀로스 포먼의 영화 〈아마데우스〉 때문에 다들 대체로 그렇게 알고 있다. 영화 속의 음악은 무척 감동적이지만 영화는 픽션을 토대로 만들어졌다. 의학계에는 살리에리 증후군이란 말이 있다. 살리에리가 모차르트를 지독히 싫어했고, 그의 재능에 열등감을 품었다는 소문 때문에 오늘날 '타인에 대해 지나친 열등감을 갖고 혐오하는 심리'를 살리에리 증후군으로 부르고 있다. 살리에리로서는 참으로 억울한 말이다. 아니 어찌 보면 고마운 말일 수도 있다.

영화에서는 살리에리가 모차르트를 죽음에 이르게 했음을 암시하고 있다. 영화에서 빈의 궁정악장 살리에리는 하인에게 검은 망토를 걸친 남자로 분장시킨 다음 모차르트를 찾아가 레퀴엠 작곡을 재촉하는 바람에 모차르트가 죽었다고, 자신이 모차르트를 죽게 만들었다고 고백한다. 실제로는 발제크 백작이 작곡을 부탁한 것으로 되어 있다. 그런데 영화를 보면 둘의 나이 차가 많은 것으로 생각하기 쉽지만 실은 살리에리가 1750년생으로 겨우 여섯 살밖에 많지 않다.

모차르트가 요절한 후 독살당했다는 루머가 퍼졌는데 푸시킨이 이 소문을 토대로 독살설을 극화했다. 살리에리가 죽은 지 5년 지난 1830년이다. 『모차르트와 살리에리』라는 이 희곡을 바탕으로 림스키-코르사코프가 오페라를 만들었고, 1980년대 후반 피터 셰퍼가 『아마데우스』라는 희곡을 썼다. 이를 바탕으로 동명의 영화가 생겨난 것이다.

이들 창작물에서 살리에리는 항상 모차르트를 시기 질투하는 2인자 역할을 맡고 있다. 반면 모차르트는 살리에리의 질투와 방해공작 때문에 제대로 인정받지 못하고 몰락하는 비운의 천재로 묘사된다. 살리에리는 신이 사랑하는 남자 모차르트의 재능을 뛰어넘으려고 노력하다가 벽에 부딪히는 모습에서 보통 사람들의 동정표를 얻기도 한다. 그는 재능은 없이 욕심만 가득한 추한 사람으로 그려진다. 또한 영화에선 살리에리가 늙어서 이런 자괴감 때문에 자살을 시도하고 정신병원에서 폐인처럼 생활하며 죽어가는 것으로 묘사된다.

과연 그럴까? 실제로는 살리에리는 75세까지 살며 당시로서는 상당히 장수하였고, 가족들이 지켜보는 가운데 편안하게 생애를 마쳤다. 그리고 사망하기 1년 전까지 빈의 궁정악장으로 봉직했다. 26세에 궁정작곡가가 되어 38세에 궁정악장이 되었으니 그의 삶은 무난하고 안락했다. 부유하게 태어난 그가 어린 시절 아버지를 여의는 바람에 한때 곤궁한 적이 있긴 했지만 말이다.

영화 때문에 살리에리가 폄하되었으나 오히려 덕분에 그의 이름이 세상에 알려지게 되었다. 역설적으로 그동안 잊힌 그는 영화 덕에 다시 살아나게 된 셈이다. 죽어서 살리라. 그의 음악을 들어보니 깊이가 있고 중후하다. 깊은 울림이 있고 묘하게 끌린다. 변주곡에 비발디와 헨델의 흔적이 보이긴 하지만 듣기에 무난하다. 교향곡 「베네치아나」도 좋고 그 밖에 여러 서곡과 협주곡도 뛰어나다. 「레퀴엠」이란 곡도 있다. 만약 그의 음악을 직접 들어보지 않았다면 그는 형편없는 작곡가로 처리될 뻔했는데 실은 그 정도는 아니다. 모차르트의 음악에 식상할 때 그의 음악을 들어보면 모차르트와는 비교가 되지 않더라도 분명 크게 실망하지는 않을 것이다.

그는 사실 당대 최고의 음악가였고 모차르트와의 경쟁에서 승리하기도 했다. 모차르트가 죽은 후에는 음악교육에 몰두하여 베토벤, 슈베르트, 체르니, 리스트, 마이어베어 같은 쟁쟁한 음악가를 배출했다. 모차르트의 사후 그의 아들도 그에게서 교육을 받았다. 그런 점에서 그는 모차르트를 독살했다는 의혹 때문에 저평가되고 잊힌 음악가인 셈이다.

그럼 그가 모차르트를 미워한 것도 사실이 아닌가? 죽기 전에 병원에서 그런 고백을 하기도 했다. 하지만 살리에리뿐만 아니라 궁정의 많은 사람들이 모차르트의 까칠하고 자유분방한 성격 때문에 그를 미워하고 그에게 학을 뗐다고 한다. 그래서 그는 궁정의 전문직 하인이 되는 걸 거부하고 프리랜서로 나섰다. 사실 잘츠부르크의 대주교 콜로레도는 모차르트의 천재성을 인정하지 않고 하인과 함께 식사하라고 지시하기도 했다. 그러자 자존심이 상한 그는 그곳을 박차고 뛰쳐나온다.

제2부 우정과 갈등

그러나 독살설 외에 살리에리가 모차르트에게 딱히 열등감을 느꼈다
는 증거는 별로 없다. 살리에리는 모차르트의 음악적 능력은 분명히 인
정하고 있었으며, 모차르트의 사후 그의 혁신적인 새로운 음악이 점차
인기를 얻고 자신의 보수적인 음악에 대한 관심이 줄어드는 것에는 상당
히 섭섭했을 수 있다. 하지만 평생을 편안하고 부유하게 산 그가 굳이 모
차르트의 재능을 시기할 이유는 없을 것이다. 지금은 모차르트가 더 유
명하지만, 그 시대에는 살리에리가 모차르트를 독살할 만큼 궁핍하거나
인기가 없었던 게 아니었다.

　　또한 처음에는 두 사람이 갈등을 빚기도 했지만 모차르트가 빈에서 자
리를 잡고 작곡가로 성공을 거둔 후부터는 서로 협력했다는 증거도 많이
나오고 있다. 살리에리는 모차르트의 「피가로의 결혼」을 지휘하기도 했
고, 또 두 사람이 합작해서 작품을 만들었다는 기록도 있다. 결론적으로
두 사람은 불구대천의 원수지간이 아니라 서로 비난도 하고 경쟁도 하며
때로는 협력하기도 했던 관계였던 것으로 보인다. 그러니 창작물에서는
모차르트를 띄우기 위해 살리에리를 지나치게 무시한 감이 없지 않다.
『삼국지연의』에서 제갈공명을 과도하게 띄우기 위해 사마의를 실제 이
상으로 낮추어 보았듯이 말이다.

2   괴테와 실러의 돈독한 우정 — 바이마르 고전주의 시대

괴테와 실러는 세계 문학사상 보기 드문 우정을 나누었다. 그러나 두 사람은 살던 집을 비롯해서 여러 면에서 대조적이었다. 가서 보니 바이마르의 괴테 집은 어마어마하게 큰 저택이었지만 예나의 실러 집은 조그마하고 초라한 서민 집이었다.

실러(1759~1805)는 카를스슐레 소년 사관학교를 졸업하고 군의관이 되었다. 1779년 12월 14일 그가 상을 받을 때 관중들 사이에는 괴테와 카를 아우구스트 공도 있었다. 『도적들』이 슈투트가르트에서 초연되었을 때 실러는 큰 갈채를 받았지만 뷔르템베르크의 카를 오이겐 공의 허락을 받지 않고 공연 구경을 갔다고 해서 이후 문학 작품 집필을 금지당했다.

그러자 실러는 뷔르템베르크 공국을 탈출해 여러 도시를 떠돌다가 만하임 국립극장의 극작가로 잠시 일하게 되었지만 이때부터 질병과 빚에 시달렸다. 그러다가 라이프치히의 친구 쾨르너의 도움으로 1785년부터 라이프치히와 드레스덴에서 걱정 없이 살면서 작품 활동을 할 수 있었다.

반면에 괴테(1749~1832)는 원래부터 부잣집 아들로 태어난 데다 바이마르에서 많은 봉급을 받고 있어서 자유문필가로 생존할 필요가 없었지만,

제2부 우정과 갈등

실러는 문필 활동을 해서 생계를 이어가야 하는 처지였다. 그래서 실러는 1787년 7월 빌란트가 문학잡지 《토이처 메르쿠어》를 발간하고 있어서 작가들에게 재정적으로 매력적인 바이마르로 갔다. 실러는 바이마르에서 괴테를 만나고 싶었지만 그는 이탈리아 여행 중이었다. 그래서 괴테가 여행에서 돌아온 후 1788년 가을에야 두 사람은 처음으로 만남을 가졌다.

그러나 이때의 만남은 별 성과 없이 끝나고 만다. 실러는 이 만남에 실망했고, 괴테는 실러에게 별다른 흥미를 느끼지 못했다. 괴테가 볼 때 실러는 여전히 슈투름 운트 드랑 시대에 머물러 있는 『도적들』의 작가였다. 힘차지만 미성숙한 재능의 소유자로 보였던 것이다. 그래도 괴테는 실러가 예나 대학의 역사학 교수가 되는 데 힘을 써주었다. 실러는 샤를로테 폰 렝에펠트와 결혼한 후 1790년 예나에 정착했다. 그러나 학생들에게 십시일반으로 돈을 받는 무급 교수로는 생계를 유지하기 어려웠기 때문에 실러는 소설이나 역사물로 문학 시장에서 돈을 벌어야 했다.

1791년부터 실러는 네덜란드의 어느 예술 보호자로부터 연금을 받게 되어 생계가 안정되자 칸트 철학 공부를 할 수 있게 되었다. 그 결과 미학 논문들이 나왔다. 이런 이론적 대결을 하는 과정에서 실러의 예술 구상은 변화를 겪게 되어 괴테의 구상과 가까워졌다. 실러도 예술의 자율적 성격을 인정하게 되었다. 예술은 인간을 실제로 자유롭게 해줘야 했고, 도덕적, 교육적 목적으로부터 벗어나야 했다.

실러도 고대 예술을 모범이자 입법자로 보았다. 괴테가 과거의 예술과 자연의 법칙성을 지향하는 반면에 실러는 칸트 철학과 역사 공부로 미적 원칙을 얻었다. 실러는 괴테처럼 현실 자체에서 경험을 모으지 않고 정신의 매개를 통해 세계를 추론했다.

그러나 실러의 이러한 방법은 괴테와 만남을 가졌을 때 생산적인 것으로 드러났다. 괴테는 실러를 처음 알게 되었을 때 그가 채 한 달도 못살 거라 생각했다. 괴테는 실러가 끈기의 소유자라서 간신히 삶을 지탱했지만 건강한 방식으로 섭생했더라면 더 오래 살았을 것이라고 안타까워한다.

괴테의 말에 따르면 실러는 일주일이 멀다하고 딴사람처럼 완성되어 갔고, 만날 때마다 독서, 학식, 판단력이 나아졌다. 잡지 창간 계획을 세운 실러는 까다로운 강령을 내세우며 정치적 일상현실을 떠나 인간의 미적 교육을 실현하려고 했다. 그는 잡지《호렌》을 위해 저명한 필진을 구했고, 1794년 6월 13일 괴테에게 편지를 보내 같이 참여해달라고 부탁했다. 괴테는 이에 대해 흔쾌히 동의했다.

그리하여 1794년 7월 20~22일에 실러와 괴테는 예나에서 처음으로 실질적인 대화를 나누었다. 이후 이들의 우정과 문학적인 공동작업은 10년 이상 계속된다. 1817년 괴테는 이 대화를 행복한 사건이라고 일컬었다. 1794년 8월 23일 실러가 괴테에게 보낸 편지가 두 사람의 우정의 시작을 알리고 있다.

괴테는 이탈리아 여행에서 돌아온 후 정신적으로 고립된 상태에서 살고 있었다. 그는 아무에게도 허심탄회하게 마음을 털어놓을 수 없었다. 그는 예술적인 교유를 할 상대를 발견하지 못했고, 옛 친구들인 빌란트와 헤르더도 그와 더 이상 가까운 사이가 아니었다. 실러의 편지는 괴테에게 자신의 창작방식의 확인이었고, 커다란 격려였다. 그는 실러한테서 이해받는다고 느꼈기 때문이었다. 실러는 괴테가 답장을 보내 자신을 분석해주기를 바랐지만, 괴테는 스스로 특색을 드러내라고 실러에게 촉구했다.

괴테는 여전히 두 사람의 개성의 차이를 지적했지만, 자신의 창작을 새로 부추길 수 있는 실러라는 친구를 얻었음을 인식했다. 1794년 괴테가 실러를 바이마르에 있는 자신의 집에 초대했을 때 실러는 '실례지만 당신의 집에서 아파도 될 자유를 부탁드립니다.'라고 편지를 보냈다. 두 사람이 서로 인간적인 공감을 했다는 것은 1795년 3월 18일자 괴테의 편지에서 자기를 사랑해 달라면서 그것이 일방적인 것이 아니라고 말하는 데서 알 수 있다.

둘의 공동작업은 어떠했는가? 두 사람은 재능의 차이를 의식하고 있었지만 괴테는 1797년 5월 17일 실러에게 보내는 편지에서 '우리의 차이를 점점 더 일치시키는 것이 우리의 목표'라고 표현하고 있다. 괴테의 편지에 의하면 실러는 이상주의자로서 자유의 복음을 설교하고, 자신은 사실주의자로서 자연권을 중시한다는 것이다. 실러는 괴테가 자기보다 더 위대한 시적 재능을 지녔다는 것을 늘 의식하고 있었다.

괴테는 자연과학에 관심을 가져 자연과 사물의 아름다움과 순수함을 파악하는 능력이 탁월했고, 실러는 철학과 역사에 관심을 가져 명상을 통해 이념을 추출해 내는 능력이 뛰어났다. 실러의 논문 「소박문학과 성찰문학」에 따라 이들 두 작가를 분류하면, 괴테는 소박문학을 추구하는 사실주의자였고 실러는 성찰문학을 추구하는 이상주의자였다.

괴테는 철학적 사변 때문에 문체 속에 추상적이고 불가해하고 장황하고 종잡을 수 없는 것이 섞여들어 대체로 독일인이 장애를 겪는다고 주장한다. 그러면서 '실러의 문체도 그가 철학적인 사변을 하지 않는 경우에는 아주 장려하고 효과적'이라고 말한다. 누군가가 실러를 악평하면 괴테는 '손톱을 깎을 때도 실러는 현대 작가들보다 위대했다'고 일갈하기도 했다.

이들의 공동작업은 《호렌》과 《프로필래엔》이라는 잡지 발행으로 시작된다. 1797년 괴테는 실러의 자극을 받아『초고 파우스트』와『빌헬름 마이스터의 연극적 사명』의 개작에 들어간다. 실러 역시 괴테의 충고를 받아들여『발렌슈타인』,『마리아 슈투아르트』등의 드라마를 쓰기 시작한다. 1798년부터 이들 두 사람은 편지를 주고받으며 각자 작품 활동을 계속한다. 1798년 1월 6일 괴테는 실러가 자기에게 제2의 청춘을 가져다주었고, 그동안 시작詩作을 중단한 거나 다름없었던 자기를 다시 시인으로 만들었다고 편지 쓴다.

1796년에 괴테와 실러는 2행 풍자시「크세니엔」을 함께 작성했고, 1797년에는「담시들Balladen」을 썼다. 1798년 10월 31일에 괴테는 '실러와 진지함과 사랑의 동맹을 맺고' 살고 있다고 실러에게 편지를 쓴다. 1799년 12월 실러는 괴테의 충고에 따라 가족과 함께 예나에서 바이마르로 이사를 하고 바이마르 국립극장에서 괴테와 함께 연극을 만드는 일에 동참한다.

1791년부터 괴테는 바이마르의 국립극장 감독이었다. 실러는 다양한 점에서 극장 감독인 괴테의 가장 중요한 협력자가 되었다. 1795년부터 생겨난 실러의 작품은 거의 모두 괴테의 연출로 바이마르에서 초연되었다. 괴테는『에그몬트』에서 보듯이 민중의 자유를 옹호한 자신보다 실러가 더 귀족주의적이었지만 그의 발언이 신중해서 그가 민중의 벗으로 간주되었다고 토로한다. 눈번 파우스트의 마지막 지혜는 이렇다. "자유도 생명도 날마다 싸워 얻는 자만이 그것을 누릴 자격이 있는 것이다. […] 자유로운 땅 위에서 자유로운 백성과 살고 싶다."[1]

괴테는 그리스의 고전문학 외에 프랑스와 페르시아 등 외국 문학에 많

---

1 요한 볼프강 폰 괴테,『파우스트』, 장희창 옮김, 을유문화사, 2015, 728쪽.

은 관심을 가져 '세계문학'의 개념을 정립하려고 노력한다. 이때가 바로 바이마르 고전주의 시기이며, 독일 문학의 황금기이다. 1805년 초 괴테는 병으로 고생을 하고 5월에 10년 지기知己 실러를 잃는 고통을 겪는다. 1805년 6월 베를린의 친구 첼터에게 보낸 편지에서 '한 친구를 잃음으로써 현존의 절반을 잃었다.'고 쓴다.

실러의 가장 중요한 강령인 '인간의 미적 교육론'은 괴테와 우정을 맺기 전에 이미 생겨났다. 그 작업은 「소박문학과 성찰문학에 대하여」라는 논문에서 계속되었다. 소박한 작가는 자신의 작품에서 자연을 서술하고, 성찰적인 작가는 잃어버린 자연에 대한 동경을 서술하는데, 괴테의 작품에서 양자가 종합되는 것이 발견된다는 것이다. 괴테는 초기의 실러의 미학 논문들에 비판적으로 대결했지만, 앞의 논문은 긍정적으로 평가했다. 실러의 날카로운 비판적 지성은 자연과학자인 괴테에게도 중요한 의미를 지녔다. 1790년부터 괴테는 실험가와 이론가로서 자연과학적 문제, 특히 식물학과 색채론의 문제에 몰두했다.

바이마르 고전주의자들의 창작은 작센-바이마르 소공국이라는 역사적 좌표를 통해 혜택을 받았다. 아우구스트 공은 공국에 사는 작가들에게 관직이나 물질적 안정을 보장할 수 있었다. 당시에 생겨난 예술은 과거의 위대한 예술업적을 지향하는 미학적 형식으로 근대인의 세계 이해와 자기이해를 발전시키고 주제로 삼는다. 예술에 자율성이 부여되고, 예술은 도덕과 종교로부터 해방된다. 실러는《호렌》지 발간사에서 '순전히 인간적인 것과 제시대의 영향을 넘어서는 것을 다시 자유롭게 하는 것'이 근대 예술의 과제라고 정의한다.

18세기의 독일은 몇 번의 군사적 갈등을 제외하고는 평화와 정치적 안정의 시기였다. 30년 전쟁이 끝난 후 1648년 베스트팔렌 평화조약이 체결됨으로써 독일 공국들의 독립성이 보장되었다. 실러는 1789년 예나 대학 취임 강연에서 정치적 자유의 제도로서 신성로마 제국의 체제를 칭찬했다. 이러한 정치적 안정은 나폴레옹 군대가 유럽을 정복하기 시작하여 독일 진주의 위험도 점점 커졌던 18세기 말에 와서야 위협받았다.

당시 괴테가 살았던 바이마르 인구는 6000여 명이었고, 바이마르 공국 전체의 인구는 10만 명 정도였다. 괴테와 실러는 바이마르와 예나에서 서로를 발견하기 전에 매우 상이하게 발전했으며 그들의 사회적 출신 신분 역시 달랐다. 괴테는 귀족 출신은 아니었지만 중산층 이상의 좋은 집안에서 태어나 물질적 어려움을 몰랐으나, 실러는 박봉의 가난한 군의관 아들로 태어났다. 그래서 괴테는 안정된 집안 환경에서 가정교사들에 의해 체계적이고 훌륭한 교육을 받았으나, 실러는 그럴 형편이 못 되었다. 어학 재능이 뛰어난 괴테는 이른 나이에 이미 과거와 현재의 위대한 유럽 문학을 섭렵했다. 괴테는 일찍부터 자신의 예술적인 재능을 의식하게 되었다.

괴테는 1774년에 나온 『젊은 베르터의 고뇌』로 유명해시면서 나음해 작센-바이마르 공국의 카를 아우구스트 공의 초청으로 바이마르에 가서 이내 매우 높은 관직을 받아 귀빈대접을 받으면서 살아간다. 바이마르에서 괴테는 계몽주의 문학가 빌란트를 만난다. 1776년에 괴테는 스트라스부르 시절에 만난 신학자 헤르더가 바이마르에 오도록 힘을 쓴다. 헤르더의 인문주의 철학은 괴테의 세계관에 커다란 영향을 미쳤다. 빌란트, 헤르더, 괴테는 실러와 함께 가장 넓은 의미에서 바이마르 고전주의의 정신적 핵심을 이룬다.

괴테는 작센-바이마르 공국에서 정치적 활동에 치중하는 바람에 예술적 활동은 정체 상태에 빠진다. 자신의 예술적 위기를 극복하고 새로운 방향 모색을 위해 괴테는 2년 동안 이탈리아 여행을 떠난다. 거기서 고대와 르네상스의 예술을 연구한 그는 이탈리아의 풍요롭고 아름다운 자연을 목격하고 사회학자처럼 민중의 삶을 관찰한다. 그리하여 그의 예술 개념이 변하게 되었다. 괴테에게 예술은 도덕적이거나 교육적 목적에 따르는 것이 아니라 단지 그것의 내재적인 법칙성에만 따르는 것이었다. 이탈리아 여행을 마친 뒤 괴테는 고전주의 작가가 되었다.

하지만 실러의 발전은 전혀 다른 방식으로 진행된다. 네카르 강가의 마르바흐에서 태어난 그는 어린 시절 뷔르템부르크의 카를 오이겐 공의 명령으로 카를스슐레 소년 사관학교에 들어가야 했다. 대공의 휘하에서 군의관으로 근무했던 실러의 아버지는 이러한 명령에 복종해야 했다. 이 학교에서는 공국에 필요한 관리, 장교, 의사 들이 양성되었다. 그 학교는 반쯤 군대식의 사관학교 성격을 지녔다. 학생들의 생활은 통제와 감시를 받았고, 가족과의 접촉도 매우 드물게 허용되었다. 학교의 수준은 높았다. 교사들은 훌륭한 자질을 갖추었고, 학생들에게 유럽 계몽주의의 사상, 영국의 도덕 철학, 몽테스키외와 루소의 사상을 접하게 해주었다.

실러는 처음에 법학을 전공하다가 의학으로 바꿔 군의관이 되었다. 그는 학교에 다닐 때 몰래 쓴 『도적들』로 유명해지지만 특정 지역을 비하했다고 해서 오이겐 공의 제재를 받은 후 곧 도망 다니는 신세가 되고 만다. 이 작품에서 폭군에 대한 비판을 하게 되는데, 그것이 은유적으로 자신이 살고 있는 지역의 군주의 폭정을 비판했기 때문이다.

부인 샤롤로테에게 충실했던 실러와는 달리 여러 여인들과의 교제는 괴테에게 아름다운 시문학을 만드는 데 원동력이 되었다. 고대문화를 배우게 되는 과정도 서로 다르다. 괴테는 이탈리아 여행을 통해 고대 예술과 문화에 눈을 떴지만, 실러는 역사와 철학 공부를 하면서 알게 된다. 두 사람이 바이마르에서 고대문화에 대한 문학 작품을 쓰면서 독일 고전주의 시대가 열린다.

두 사람은 서로 다른 점이 있기에 갈등도 있었지만 상호보완을 했다. 괴테가 느슨해지거나 침체를 겪을 때 실러가 자극을 주었고, 또한 실러에게 글을 쓸 소재가 부족했을 때 괴테가 『빌헬름 텔』의 자료를 제공해 주면서 글 쓸 환경을 만들어주었다. 그렇게 괴테와 실러는 독일 문학사에서 찬란한 고전주의 시대를 열어갔다.

3 괴테와 쇼펜하우어 어머니의 우정, 괴테와 쇼펜하우어의 대결

괴테는 바이마르에서 문학 살롱을 연 쇼펜하우어 어머니 요하나와 지속적으로 만나며 각별한 우정을 나누었다. 잘 알려지지 않은 이야기다. 요하나는 19세의 나이 차가 나는 남편이 1805년 4월 석연치 않게 창고의 통풍창에서 떨어져 사망하자, 남편의 상회를 정리한 뒤 1806년 9월 함부르크를 떠나 9세의 딸 아델레와 함께 괴테가 있는 바이마르로 간다.

쇼펜하우어 부모는 원래 단치히에서 최상류층으로 떵떵거리고 살았지만 도시가 1793년 프로이센의 침공을 받아 점령되기 직전에 함부르크로 허겁지겁 도주했었다. 쇼펜하우어가 다섯 살 때였다. 예민한 성격의 쇼펜하우어도 이때 큰 충격을 받았으리라. 쇼펜하우어의 아버지는 민족의식이 강한 반프로이센 파였다. 그는 한때 프리드리히 대제의 관직 제의를 받고 '자유롭지 않으면 결코 행복할 수 없다'면서 그 요구를 뿌리친 적도 있었다. 그는 볼테르를 따르고 영국을 사랑하는 공화주의자였다.

아르투어 쇼펜하우어는 존경하는 아버지와 한 약속대로 홀로 함부르크에 남아 상인 실습을 계속한다. 바이마르는 실용적인 것을 중시하는 한자동맹 도시 함부르크와는 달리 직위를 중시하는 곳이었다. 그래서 요하나는 남편이 얻었지만 사용한 적이 없는 폴란드 궁정고문관 직위를 급히 끄집어낸다. 바이마르에서 이제 그녀는 궁정고문관 부인 쇼펜하우어로만 불린다.

바이마르에 온 지 3주가 지났을 때 요하나는 그곳에서 즐겁게 살 수 있을 거라고 18세의 아들에게 편지한다. 바이마르에서 며칠을 보내고는 함부르크보다 더 고향 같은 느낌이 든다고 말한다. 19세 연상에다 질투심이 강한 남편이 사망하자 비로소 자유를 얻은 그녀는 여성의 한계를 벗어나 자아실현을 추구한다. 그녀는 젊은 여성들에게 돈을 보고 결혼하지 말라고 충고한다. 그러다간 자기처럼 애정 없고 영양가 없는 결혼 생활을 하게 된다며. 사교적이고 활달하며 허영심이 강한 그녀는 함부르크의 사교계에서 알게 된 사람들의 추천장을 가져와서 요긴하게 사용한다. 게다가 전쟁이라는 불운이 외지인인 그녀에게 오히려 도움을 준다.

요하나의 집은 다른 집들과는 달리 다행히 프랑스 군인들의 약탈을 당하지 않았다. 그리고 요하나는 부상자들을 도와주어 좋은 평판을 얻는다. 그녀는 이때부터 차茶 모임을 열었는데 괴테도 그 사교 모임에 지속적으로 참가한다. 괴테는 전쟁의 와중에 18년 동안 동거 생활을 하던 크리스티아네와 결혼식을 올린다.

나폴레옹 친위대가 밤중에 총검을 뽑아들고 괴테의 침실에 들이닥치자 크리스티아네가 목청껏 비명을 지르며 몸싸움도 마다하지 않지 오합지졸이 물러간 것이다. 화재와 약탈이 횡행한 끔찍한 밤에 크리스티아네가 단호하게 처신한 덕에 괴테는 화를 당하지 않았다. 그래서 고마운 마음에 괴테는 은밀히 결혼식을 치른 것이다. 이에 대해 바이마르 사람들은 괴테가 신분이 낮은 여자와 결혼한다며 불쾌해하며 조롱한다.

이런 상황에서 요하나가 신혼부부를 사교계에서 처음으로 자기 집에 초대하자 괴테는 고마워한다. 요하나는 크리스티아네 불피우스를 괴테의 부인으로 인정한 덕을 톡톡히 본다. 괴테는 뻔질나게 그녀의 집을 방문하는 것으로 답례를 표했고, 그 결과 낭만주의 이론가인 슐레겔 형제, 그림 형제, 훔볼트 형제, 브렌타노와 아르님 같은 저명인사들이 몰려들면서 요하나의 문학 살롱은 큰 성공을 거둔다.

쇼펜하우어는 어머니의 허락을 받아 원치 않던 상인 실습을 그만두고 대학에 들어가기 위해 고타의 김나지움에 들어갔다. 그러나 그곳에서 교사를 비방하는 시를 써서 물의를 일으키는 바람에 그 학교를 그만 둔 후 1807년 12월 바이마르에 와서 대입준비를 한다. 그러나 어머니와 사이가 좋지 않아 혼자 따로 하숙생활을 한다. 그런데 괴테는 대학준비생 쇼펜하우어에게 아직은 별다른 관심을 보이지 않는다. 쇼펜하우어는 자연이 빚은 기적인 괴테를 가까이서 보는 것으로 만족하는 수밖에 없었다. 괴테는 사교모임에서 부인네들 앞에서 멋지게 발라드를 낭독하기도 한다.

비판적인 언사를 구사하며 단정 짓기를 좋아하는 쇼펜하우어는 아마도 괴테에게 호감을 주지 못했을 것이다. 『젊은 베르터의 고뇌』에서도 베르터는 "나는 현재를 즐길 생각이야. 과거는 지나간 것으로 생각해야지."[2]라고 했듯이 괴테는 즐길 줄 아는 기술이 중요하다며 부인네들에게 가끔 야한 이야기도 서슴지 않는다. 쇼펜하우어는 괴테가 온다고 하면 어머니의 사교모임에 빠지지 않는다. 요하나는 괴팅엔 대학 의학부에 들어간 아들을 위해 괴테에게 추천장을 부탁하지만 괴테가 그걸 잊었는지 아니면 거절했는지는 불확실하지만 쇼펜하우어는 1809년 10월 추천장 없이 괴팅엔으로 떠난다.

---

2 요한 볼프강 폰 괴테, 『젊은 베르터의 고뇌』, 홍성광 옮김, 펭귄카페, 2014, 1~12쪽.

쇼펜하우어는 괴팅엔에서 네 학기를 공부한 후 철학 공부를 하려고 1811년 피히테와 슐라이어마허가 있는 베를린 대학으로 옮기기로 결정한다. 요하나의 부탁으로 괴테는 쇼펜하우어를 추천하는 편지를 당대 최고의 중세학자인 볼프에게 보낸다. 베를린은 그가 아버지와 1800년과 1804년에 들른 적이 있어 낯익은 도시다. 첫 번째 방문에서는 길 잃은 토끼 때문에 소동이 벌어져 프로이센 왕이 말에서 떨어지는 것을 목격한다. 두 번째 들렀을 때는 '정오에 드디어 베를린에 도착했다. 모든 게 여기서 끝이다.'라고 여행일지에 기록한다. 베를린 방문을 마지막으로 아버지와 약속한 하기 싫은 상인 실습을 해야 했기 때문이다.

쇼펜하우어는 포성으로 시끄러운 곳을 피해 1813년 조용한 소도시 루돌슈타트에서 박사학위 논문을 집필하여 예나 대학에서 학위를 얻는다. 「충분근거율의 네 겹의 뿌리에 대하여」라는 특이한 제목의 논문이다. 괴테의 친구인 요하나는 그동안 문필가로도 유명해져 요하나의 아들 쇼펜하우어는 예나에서도 특별대우를 받는다. 그런데 어머니는 논문 제목이 무슨 약초 뿌리 이름 같다며 빈정거리는 말을 해서 아들의 기분을 상하게 한다. 그리고 사람들이 쇼펜하우어에게 '유명한 요하나의 아들이군요' 하면 그는 짜증을 낸다.

괴테는 쇼펜하우어의 학위논문을 읽고 매료된다. 지금까지 눈여겨보지 않던 그에게 처음으로 관심을 보이며 극찬한 것이다. 이성적 성찰에 맞서 지적 직관의 우선적 역할을 강조하는 것이 괴테의 마음에 들었다. 괴테는 특이하고 흥미로운 청년 아르투어 쇼펜하우어를 자기 집으로 초대하여 색채론에 관한 철학적 대화를 나눈다.

괴테는 1810년에 나온 자신의 필생의 역작『색채론』이 사람들의 관심을 받지 못해 실망한 상태에 있었다. 그러나 쇼펜하우어는 괴테가 도움

제2부 우정과 갈등

이 되는 관찰들을 제시하기는 했지만 납득할 만한 이론은 제시하지 못했다고 본다. 쇼펜하우어는 드레스덴에서 『의지와 표상으로서의 세계』를 집필하는 중에 잠깐 시간을 내어 완성한 「시각과 색채」의 원고를 1815년 7월 괴테에게 보내 논문의 편찬자가 되어 달라고 부탁한다. 그러나 그전에 바이마르에서 두 사람이 토론을 하던 중 둘 사이에 이미 불협화음이 있어 괴테는 쇼펜하우어와 헤어지기 전에 '자신의 가치를 즐기고자 한다면 그대는 세계에 가치를 부여해야 할 것'이라는 우정 어린 충고를 한다.

괴테는 원고의 논리 전개가 충실하다고 칭찬하면서 쇼펜하우어가 독자적으로 사유하는 인물이라고 추켜올린다. 그러면서 서로 견해가 다르니 색채 문제에서 같은 입장을 취하는 제벡 교수를 추천해주겠다고 답장한다. 쇼펜하우어는 이에 실망하고 무시당했다며 분노한다. 쇼펜하우어는 '각하의 색채론을 피라미드에 비유한다면 제 이론은 피라미드의 꼭대기가 될 것입니다'라며 괴테의 색채론을 살짝 폄하하는 편지를 보낸다. 쇼펜하우어는 괴테를 넘어서는 이론을 제시하며 대리 아버지의 칭찬을 받고 싶어 하지만 괴테로서는 그럴 생각이 없다. 하룻밤 강아지 범 무서운 줄 모르는 격이랄까. 그러나 두 사람은 겸손을 모른다는 점에서는 공통점이 있다. 그토록 갈구하건만 쇼펜하우어는 모난 성격 때문에 어머니한테서도 괴테한테서도 사랑을 얻지 못한다. 괴테는 나중에 이렇게 회상한다. '쇼펜하우어 박사는 내게 좋은 친구가 되었다. 우리는 많은 것을 토론했고 의견을 공유했다. 하지만 결국 모종의 이혼을 피할 수는 없었다.'

쇼펜하우어는 4년에 걸쳐 역작 『의지와 표상으로서의 세계』를 쓴 후 괴테처럼 이탈리아 여행을 떠나며 여행을 위한 충고와 지침을 달라고 청한다. 괴테는 친절하게 답하지만 충고와 지침은 주지 않고 바이런 경에게 보내는 추천장을 써준다. 여행 중에 초판본이 나와 쇼펜하우어는 괴테에게 읽어보라며 보내준다. 쇼펜하우어는 괴테의 며느리 친구인 여동생 아델레를 통해 괴테가 『의지와 표상으로서의 세계』를 열심히 읽고 있다는 반가운 소식을 듣는다.

괴테는 '예술가의 영혼이 아름다움을 먼저 취한다'는 구절에 감명을 받았다며 쪽지를 아델레에게 보낸다. 그러나 쇼펜하우어는 괴테가 그 책을 다 읽었을 거라고 생각하지 않는다. 그는 35년 동안 철학계의 잔인한 무시, 냉대와 무명의 고통을 견디며 인고의 세월을 보내야 했다. 그러는 중에 성질도 더욱 까칠해졌다.

쇼펜하우어는 『의지와 표상으로서의 세계』가 출간되고 몇 달 후인 1819년 4월 나폴리에서 로마로 가는 여행길에 「부끄러움을 모르는 시」라는 자신만만한 시를 쓴다.

"그것은 오래 품어 깊이 느낀 고통에서
나의 가슴 속에서 솟아나왔다.
그것을 붙잡으려 오래 애썼지.
허나 결국은 내가 성공할 것을 알지.
너희는 늘 마음먹은 대로 행동할지라도
작품의 생명은 해치지 못할 거야.
저지할 수는 있겠지만, 결코 없앨 수는 없을 거야.
후세는 내게 기념비를 세워줄 것이다."[3]

---

3 『쇼펜하우어의 행복론과 인생론』, 같은 책, 470쪽.

제2부 우정과 갈등

'후세는 내게 기념비를 세워줄 것이다'라고 쇼펜하우어는 큰소리를 쳤지만 사람들은 그의 역작을 거들떠보지도 않았다. 애당초 쇼펜하우어는 자신의 책에 대한 자부심이 대단하여 그것으로 자신이 곧 철학계의 기린아로 등장할 것이라고 생각했다. 그러나 사람들은 진짜 금을 알아보지 못했고, 그의 주저는 철저히 무시되었다. 1825년 무렵에도 작가 장 파울 말고는 그의 책에 관심을 보이는 사람은 아무도 없었다. 괴테에게도 그 책을 보냈지만 별다른 응답이 없었다. 1840년대에는 철학자들이 아닌 몇몇 법률가들만이 그를 추종하는 정도였다.

그 후 25년이 지난 1844년에야 제2판이 겨우 나왔지만 쇼펜하우어는 아직 무명 학자에 지나지 않았다. 제2판 서문에서 쇼펜하우어는 '철학, 너는 헐벗은 채 다닌다'라는 페트라르카의 글을 인용하며, 두둑한 급료를 받는 피히테, 셸링, 헤겔 같은 강단 철학자들을 사기꾼, 협잡꾼이라며 맹비난한다. 강단 철학으로 밥벌이를 하며 무슨 말인지 알기 어려운 용어로 대중을 현혹시킨다는 것이다. 그래도 쇼펜하우어는 좌절하지 않고 세상의 무시를 받은 덕에 남의 방해를 받지 않고 살 수 있었으니 "어느 시대나 진정한 작품만이 아주 독특하고 은밀하며 더디지만 강력한 영향을 미치는 법"[4]이라며 의연히 말한다.

그러다가 1851년에 『소품과 부록』이 출간되어 대중에게 알려지면서 1854년부터 쇼펜하우어와 그의 주저가 세상의 관심을 끌게 되었다. 뒤늦은 성공이었다. 마치 눈사태가 난 것처럼 사람들은 쇼펜하우어에 새삼 열광했다. 그 전에 35년 동안 극단적인 냉대를 당하던 것과는 정반대 현상이 벌어진 것이다. 그리하여 1859년 주저의 제3판이 나왔을 때 그는

---

4 아르투어 쇼펜하우어, 『의지와 표상으로서의 세계』, 홍성광 옮김, 을유문화사, 2019, 26쪽.

서문에서 "온종일 달린 자가 저녁이 되어 목적지에 이르면 그것으로 족하다."[5]라는 페트라르카의 글귀를 인용하며 나름 위안을 받는다.

---

5 앞의 책, 27쪽.

4   하이네와 마르크스의 교유

하이네와 21세 어린 마르크스는 망명지 파리에서의 14개월 간 가까이 지내던 시절이 있었다. 하이네와 마르크스가 친구 사이라니! 게다가 나이 차도 많지 않은가. 하이네는 달콤 쌉쌀한 사랑의 시를 쓴 낭만주의 시인으로 알려져 있는 반면, 마르크스는 『공산당 선언』『자본론』을 쓴 혁명적 사상가가 아닌가. 하지만 하이네는 처음에 마르크스에게 큰 영향을 끼친 친구로서 사회의 근본적 변혁을 꿈꾼 혁명 시인이었다.

하이네는 마르크스, 하인리히 뵐, 하버마스, 귄터 그라스 등으로 이어지는 독일 지식인들 중 최초의 지식인으로 불리기도 한다. '종교는 민중의 아편'이라는 유명한 말도 실은 하이네가 마르크스보다 10년 앞서 한 말이었다. 그렇지만 두 사람 모두 종교의 부정적 측면을 지적한 것이지 아예 종교를 없애라는 말은 결코 아니었다.

마르크스가 파리에서 활동하던 14개월 동안 두 사람은 눈빛만 봐도 서로 통하는 사이였다. '가진 것이 많은 사람은 곧 더 많은 것을 얻고, 가진 것이 없는 사람은 그것마저 빼앗길 것이다'라고 노래하는 하이네의 시 「세상만사」는 마르크스는 물론이고 지금의 현실에 비추어 보아도 충분히 공감할 만하다. '뭔가 가지고 있는 자만이 이 세상에서 살 권리가 있으니 아무것도 가진 게 없는 자는 제 무덤이나 파는 수밖에 없다.'

이 시는 누가복음 19장 26절을 현실에 빗대 풍자적으로 표현한 것이다. "내가 너희에게 말하노라. 가진 사람은 더 받게 될 것이요, 가지지 못한 사람은 그가 가진 것마저 빼앗길 것이다."

하이네는 1831년 초 함부르크를 떠나 프랑스 파리에 도착했다. 당시 세계적 도시인 파리에는 귀족이나 사제의 특권이 사라졌고, 시민과 언론의 자유가 보장되어 있었다. 프랑스 대혁명도 실은 처음에 귀족과 사제에 대한 세금 부과 문제 때문에 일어났다. 그의 파리 이주는 처음에는 자발적 이민도 강제적 이민도 아니었다.

그 전에 하이네는 「칼도르프 귀족론」이라는 글의 서문에서 귀족계급을 공격해 물의를 일으켰고, 뮌헨에서 교수 자리를 얻는 데 실패했으며, 함부르크에서는 법률고문 자리를 얻으려다 실패하기도 했다. 당시 독일 상황에서 시인이자 유대인인 하이네가 교수 같은 전문직을 얻는 것은 불가능했다. 어떻게든 직업을 얻어 보려고 유대교에서 기독교로 개종해 소위 '유럽 문화로 들어가는 입장권'을 획득하기까지 했지만 아무 소용없었다.

그러나 그가 25년간 파리에서 자의반 타의반으로 보내게 된 것은 당시에 결코 그의 의도가 아니었다. 1835년부터는 프로이센 당국이 그를 '청년 독일파'라고 낙인찍으며 체포장까지 발부해 그가 독일 땅에 발을 들여놓는 것을 금했기 때문이다.

마르크스는 1843년 10월 파리에 도착했다. 쾰른에서 발행된 《라인신문》의 주필로 있던 그는 신문이 금지 처분을 받자 자발적인 망명의 길에 오른 것이다. 하이네는 함부르크 여행에서 돌아온 직후 25세의 마르크스를 알게 되었다. 둘은 21세의 나이 차가 있었지만 곧장 급속도로 가까워졌다. 그러던 중《전진》이라는 독일 잡지가 독일의 정치 세력들에 대한 공격을 시도하자 프로이센 정부는 루이 필리프 왕한테 이 잡지를 정간시키라는 요청을 했다. 그러자 프랑스 정부는《전진》을 정간시켰으며 기고가인 마르크스와 루게를 프랑스에서 추방시켰다.

그리하여 마르크스 부부는 1845년 초 파리를 떠나게 되었다. 하이네를 높이 평가했던 마르크스는 파리에서 추방될 위험에 처했을 때 무엇보다 하이네와 헤어지는 것을 가슴 아프게 생각해 '여기에 남겨두는 사람들 중에서 하이네를 남겨 두는 것이 가장 가슴 아프다며, 그를 트렁크에 넣어 같이 데려가고 싶은 생각이 간절하다.'고까지 말한다.

두 사람은 서로 떨어져 지내게 된 뒤에도 편지 왕래를 통해 서로의 마음을 전하고 안부를 물었다. 세상 사람들은 둘의 우정을 몹시 부러워하고 칭송했다. 몇몇 다른 시인들은 예니와 마르크스에게 정신적인 상처를 입히기도 했지만, 하이네는 마르크스와 좋은 관계를 유지했다. 그러나 하이네는 공산주의에 결코 경도되지는 않았다. 공산주의는 하이네의 삶의 이상과 맞지 않았던 것이다.

하이네는 마르크스와 친교를 맺기 전에 이미 생시몽의 사회개혁 사상, 푸리에, 프루동, 루이 블랑의 사회 혁명적인 계획을 접함으로써 정치의식이 첨예하게 되었다. 하이네가 특히 생시몽주의에 매료된 이유는 그 속에서 자코뱅적 엄숙주의의 극복, 육체를 해방하자는 그들의 요구, 예술과 학문, 감성과 정의의 결합 등을 엿볼 수 있었기 때문이다. 하지만 하이네는 소유권의 철폐를 유포하는 생시몽주의자들의 주장에는 비판적이었다.

마르크스와 그의 부인 예니는 시를 무척 사랑했고, 시에 대한 지식과

안목 또한 매우 높았다. 둘은 사회 문제를 주제로 해서 대중의 혁명적 감
정을 불러일으키고 그 의식을 일깨울 수 있는 시인들을 특히 사랑했다.
마르크스 부부는 파리에 망명 온 청년 독일파 시인들을 마치 부친처럼
조심스럽고 세심하게 대했다. 이러한 이유로 이들 시인들의 가장 뛰어난
작품이 생겨난 때는 그들이 마르크스 부부와 가깝게 지내던 시기였다.

마르크스 부부는 하이네를 매우 높이 평가하며 그를 일반적인 척도로
는 잴 수 없는 사람으로 여겼다. 마르크스 부부는 급진 공화주의자 뵈르
네의 공격으로부터 하이네를 옹호해주었다. 로베스피에르를 흠모한 뵈
르네가 죽기 전 하이네에 대해 악의적이고 오만한 비방을 가했기 때문
이다. 사실 마르크스의 이념은 하이네보다 오히려 뵈르네와 비슷했다.
그는 엥겔스와는 달리 자유분방한 성향의 시인과 사상가의 다름을 인정
했다.

반면 뵈르네가 볼 때 하이네는 어디까지나 시인의 입장에서 현실 정치
에 관심을 가진 데 불과했지 실제로 현실을 변혁하려는 사람은 아니었
다. 그는 하이네가 어딘지 모르게 나약하며 동요하고 있다고 생각했다.
그는 하이네가 독일 망명자들의 모임에는 나타나지 않고 금융 재벌 로트
쉴트 가의 사람들과 친하게 지내는 것을 못마땅하게 여겼다. 심지어 뵈
르네는 하이네의 등이 두 개라서 귀족주의와 민주주의 양쪽으로부터 타
격을 받는다고 공격하기도 했다.

이전에 괴테파의 자기만족적인 예술관이 예술의 시대 참여에 방해가
된다고 보았던 하이네는 이제 뵈르네와 그 추종자들의 금욕적 공화주의,
단세포적 정치 환원주의가 감각론을 위협한다고 보았다. 특히 루이 필리
프에 대한 하이네의 입장, 육체의 해방을 요구하는 생시몽주의자의 견해
에 동의하는 그의 태도, 생을 즐기는 낙천적인 그의 태도, 그의 다양한 관

심이 하이네와 뵈르네 사이의 관계를 악화시켰다. 뵈르네는 예술과 정치, 미와 진리는 결합할 수 없는 것이라고 보고, 양자의 결합을 시도하는 하이네를 진리에서 미美만을 사랑하는 귀족주의자라고 비판했다.

하이네는 마르크스의 부인 예니의 날카로운 비평과 세련된 지성을 높이 평가했다. 또한 마르크스는 쉽게 상처 받는 하이네가 이러저런 문학적 불화 때문에 위로가 필요할 때면 즐겨 그를 자기의 부인 예니한테 보냈다. 하이네는 자신의 작품을 완성하면 곧장 원고를 들고 마르크스 부부에게 달려와 비평을 요청하곤 했다. 이 작품 중에 하이네의 걸작으로 일컬어지는 「직조공의 노래」가 있다.

'지상에서 하늘나라를 세우겠다'는 표현과 '부지런한 손이 번 것을 게으른 위가 탕진해서는 안 된다'는 『겨울동화』의 핵심 구절은 『공산당 선언』의 기본 전제와 '시민 사회 안의 일하는 구성원은 돈을 벌지 못하고, 돈을 버는 사람은 일하지 않는다'라는 표현과 일맥상통하는 점이 있다.

그런데 하이네에게는 미와 즐거움이 필요했다. 당시 급진적 공화주의자나 공산주의자는 정치·경제 분야뿐만 아니라 문학과 예술 분야에서도 획일성을 강요했다. 하지만 시인인 하이네에게는 가난한 사람들을 위한 빵도 필요할 뿐만 아니라 이 지상에서 예술과 미적인 삶의 향유도 중요했던 것이다.

마르크스 부부의 막내딸 에레아놀의 말에 의하면 하이네는 매일같이 부모를 찾아와 자신의 시를 낭독해 그들의 의견을 듣고 시를 고치곤 했다. 어떤 문인이 하이네의 감정을 자극하면 그는 눈물을 흘리며 마르크스에게 달려왔고, 그럴 때면 마르크스는 어머니에게 도움을 청하지 않으면 안 되었다. 마르크스의 부인 예니 트라이벨이 기지와 친절을 베풀면 시인의 상한 기분이 어느새 풀어졌다고 한다.

그렇지만 하이네는 항상 시에 대한 비평만을 위해 마르크스를 방문하지는 않았으며 때로는 그를 도와주기 위해 오기도 했다. 맏딸인 제니가 생후 6개월째 되던 해에 갑자기 경련이 일어나 죽음 직전의 상황에 처하게 되었다. 마르크스 부부가 절망하고 있을 때 하이네가 찾아와서 응급처치를 하고 스스로 목욕물을 받아 제니를 목욕까지 시켜 생명을 구해준 일도 있었다.

독일에 산업 근대화가 시작되던 무렵인 1844년 슐레지엔의 직조공들이 기계의 대체에 따른 억압과 착취에 항거하여 폭동을 일으킨 일이 있었는데 이를 소재삼아 하이네는 「슐레지엔의 직조공」이라는 시를 썼다.

"침침한 눈에 눈물도 말랐다.
그들은 베틀에 앉아 이를 간다.
독일이여, 우리는 너의 수의壽衣를 짠다,
우리는 그 속에 세 겹의 저주를 짜 넣는다-
우리는 옷감을 짠다, 우리는 옷감을 짠다!

첫 번째 저주는 하느님에게,
우린 추운 겨울에도 굶주리며 기도했건만,
우리는 헛되이 희구하고 기다려 왔다
그는 우리를 원숭이처럼 놀리고 조롱했다-
우리는 옷감을 짠다, 우리는 옷감을 짠다!"

마르크스는 이 시에서 독일 반동정치에 대한 하이네의 분노를 보고서야 그를 '동지'라고 불렀다. 아울러 둘의 우정은 더욱 돈독해졌다. 이러한 사회적인 시는 마르크스와 엥겔스의 발전에 많은 도움이 되었다. 하늘에 대한 비판은 곧장 지상에 대한 비판으로 변모한다는 마르크스의 주장은 하이네적인 것일 수도 있다. 『독일. 어느 겨울동화』에서 서술자는 독일 국경에서 하프 켜는 소녀를 만난다.

"사랑과 사랑의 아픔,
희생과 모든 고통이 사라지는
저 위, 더 나은 저 세상에서의
다시 만남을 노래했다.

곧 녹아 없어져 버리는
지상에서의 고난과 기쁨에 대해,
영혼이 영원한 환희를 누리는
저 세상에 대해 노래했다.

그녀는 낡은 체념의 노래를,
무례한 민중이 울고 보챌 때
얼러 잠재우는
하늘의 자장가를 불렀다."[6]

하이네는 소녀의 노래에서 이 세상에서는 어차피 행복할 수 없으므로 저 세상에 가서나 행복하게 살겠다는 민중의 체념을 듣는다. 하늘의 자

---

6 『독일. 어느 겨울동화. 공산당 선언』, 같은 책, 46~47쪽.

장가는 민중의 비판 의식을 잠재우는 가짜 힐링에 불과하다. 더구나 사제는 신자에게는 물을 마시라 하면서 자기는 뒤에서 술을 마시고, 신자에게는 돈을 멀리하라 하면서 자기는 뒤에서 돈을 챙긴다.

미국의 하이네 연구가인 나이젤 리브는 세부에 이르기까지 마르크스가 하이네의 사상을 받아들였다는 것을 정밀하게 검증하고 있다. 또한 마르크스 비평가인 한스 카우프만은 운문 서사시『겨울동화』를 단테의 『신곡』, 괴테의『파우스트』에 버금가는 걸작이라고 칭송하면서 그것이 26세가 된 마르크스의 활동의 '일종의 시적 대응물'이라고 칭하고 있다. 하지만 마르크스는 하이네가『겨울동화』에서도 다른 어디에서도 결코 따라갈 수 없는 사상적 행보를 시작하며『공산당 선언』을 준비한다.

무엇보다도 마르크스와 하이네는 서로 방법과 목표 설정이 판이하다. 마르크스는 사실 이론가로서는 하이네보다 급진 공화주의자 뵈르네나 경향작가인 헤어베그에게 더 끌렸다. 하지만 시인으로서의 하이네는 경향작가들의 독선적 노선에 전적으로 찬성할 수는 없었다. 이 점에 대해 서술자는『겨울동화』에서 다음과 같이 비유적으로 표현하고 있다.

"늑대 동지 여러분! 여러분은
결코 저를 의심치 않을 겁니다.
제가 개들 편으로 넘어갔다는
악당들의 꾐에 말려들지 않을 겁니다.

제가 변절하여 곧
양떼의 고문관이 되리라는 것,
그런 말에 응수한다는 건

저의 체통에 전혀 어울리지 않습니다.

몸을 데우려고 때때로 걸쳤던
양가죽은, 믿어주십시오,
결코 저로 하여금 양의 행복을 위해
열광하도록 하지 않았습니다.

저는 양도 아니고 개도 아닙니다.
양떼의 고문관도 대구도 아닙니다.
여전히 늑대로 남아 있습니다, 제 가슴과
이빨은 늑대의 것입니다."[7]

이처럼 하이네는 늑대 편, 즉 경향문학 편이긴 하지만 그들의 견해에
전적으로 공감할 수는 없다. 하이네에게 정치문학은 단순한 정치적인 이
념이나 정치적 목적을 전달하는 기능을 넘어, 불합리한 현실과의 논쟁과
투쟁인 동시에 문학의 토대가 된다. 시인 하이네는 경향문학처럼 정치만
을 문학의 소재로 삼는 문학의 정치화를 넘어 이것에 예술적 형식을 부
여하여 정치를 문학화하고자 한다. 즉 그는 소재란 예술적 형상화를 통
해 비로소 가치를 획득한다고 보았다.

---

7 앞의 책, 107~109쪽.

5   하이네가 본 괴테 – 감탄과 거리 사이

하인리히 하이네는 고등학교를 중퇴하고 거부巨富 삼촌의 도움으로 상
회를 6개월간 운영했지만 나폴레옹이 실행한 대륙봉쇄의 여파로 실패로
끝났고, 잘로몬 삼촌의 지원으로 대학에서 법학을 전공했지만 그의 바람
과는 달리 가난한 시인이 되었다.

  게다가 삼촌의 두 딸 아말리에와 테레제를 차례로 사랑했지만 그의 반
대로 실패로 끝났다. 대학에서 자리를 잡는 데도 실패했다. 죽기 전 8년
동안은 척수 결핵으로 침대에 누워서 지내야 했다. 시를 구술하면 비서
가 받아 적었다. 나중에는 눈꺼풀을 뜰 수도 없었다. 그야말로 나자로와
같은 운명이었다. 그래도 사랑의 감정은 사그라지지 않았다.

  하이네는 괴테에게 감탄하며 그를 받아들이고 자기와 동일시하면서
또한 그를 비판하기도 했다. 아이는 세 단계 변화를 거치며 독립적 인간
으로 성장해간다. 나를 꼭 잡아주세요 – 나를 놓아 주세요 – 나를 혼자
있게 놔두세요.

  불교에서도 화두 참선에 '믿고 의심하고 분노하라'는 세 단계가 있고,
검도 수련법에도 '수파리守破離'라는 방법이 있다. 이는 기본을 정확히 배

우고, 배운 기술을 열심히 단련해 자신에게 맞추어 가고, 보다 진전된 새로운 경지로 나아감을 말한다. 괴테에 대한 하이네의 관계도 이와 비슷한 점이 있다.

1824년 가을 27세의 하이네는 하르츠 여행을 갔다가 돌아오는 길에 바이마르에 들러 75세의 괴테를 잠시 방문했다. 괴테 신봉자인 하이네는 바이마르에서 문학계의 주피터를 만나 커다란 문학적 수확을 하리라 마음먹었다. 그러나 당시 괴테는 하이네를 따뜻하게 대우하지 않고 차갑게 무심히 대했던 모양이다. 하이네로서는 우울한 경험이었다.

문학적 기대감을 잔뜩 품고 찾아간 하이네가 괴테와 나눈 대화라곤 '예나와 바이마르 사이의 미루나무 가로수'에 대한 대화가 고작이었다. 그리고 현재 무엇을 하고 있느냐는 괴테의 질문에 하이네는 현재 『파우스트』 1부를 읽고 있다며 자신도 파우스트 계획이 있다고 대답한다. 그러자 괴테는 약간 머뭇거리다가 그러면 현재 바이마르에서는 별 할일이 없느냐는 질문으로 하이네를 무시하며 대화를 끝냈다고 한다. 괴테는 1824년 10월 20일자 일기에 이렇게 간단히 적고 있다. '괴팅엔에서 온 하이네.'

그런데 사실은 이때 괴테는 병환을 앓은 뒤라 몸이 온전치 못했고 『파우스트』 2부가 완성되지 못해 정신적으로 불안한 상태에 있었기 때문에 하이네를 냉대하지 않았나 하는 추측도 있다. 하지만 나중에 하이네가 보낸 시에도 괴테는 아무런 반응을 보이지 않았다. 하이네는 자신의 편지에서도 괴테가 자기에게 그다지 관심을 보이지 않아 실망했음을 피력하고 있다.

하이네는 늘 괴테의 위대성을 인정하고 그의 작품들에 감탄했다. 그렇지만 그 자신은 창작에서 새로운 길을 모색하고 현대 작가에게 현재의 문제에 뚜렷한 관심을 가지라고 촉구했다. 그는 이러한 점이 괴테에게 결여되어 있다고 생각했다. 하이네로서는 괴테를 예술가로서는 높이 평가했으나 괴테의 예술세계가 현실세계를 외면하고 오로지 미의 영역에 안주하고 있다고 비판하면서 오히려 실러를 더 높이 평가했다.

그러나 하이네는 『파우스트』나 『서동시집』을 감각론적인 관점에서 거론하면서, 악마에게 사물의 인식뿐만 아니라 현실적인 향유도 요구한 파우스트가 기독교적 유심론으로부터 해방을 추구했다는 점에서 그를 현대의 선구자로 파악했다. 1832년 괴테가 사망하자 하이네는 '신들이 떠나가고 있다며, 지난해는 우리 지구가 가장 위대한 명사들을 잃어버린 의미심장한 해'라고 애도한다.

괴테와 하이네는 나폴레옹의 등장과 몰락을 같이 경험했고, 메테르니히가 유럽의 질서를 새로 확립하는 것을 함께 경험했다. 두 작가 모두 나폴레옹을 직접 보기도 했다. 하이네는 헬레나섬에 유배된 나폴레옹을 신화적인 인물로 부각시키고 그를 민중의 왕의 모델로 든다. 그리고 둘 다 프랑스와 민족적인 갈등 상황 속에서도 프랑스 문화를 체험하는 것을 즐긴 친불주의자였다.

하이네는 일찍부터 괴테의 작품들을 잘 알고 있었고, 1821년부터 23년까지 베를린에서 법학을 공부한 시기는 괴테를 자기 것으로 만드는 데 결정적이었다. 하이네는 괴테에 대해 가까움과 거리를 느꼈다. 괴테는 그에게 양가적인 관계로 전우가 될 수는 없지만 친화력이 있는 사람이었다.

헤겔의 세자인 하이네는 베를린 대학에서 괴테의 작품들을 각 장르의 모범으로 삼은 헤겔의 미학 강의를 들으면서 헤겔이 괴테를 편애한 것을 배우지 않을 수 없었다. 1823년의 한 편지에서 하이네는 거의 괴테 작품 전체를 읽었다고 쓰는데 이는 색채론을 비롯하여 자연과학 글들도 포함하는 것이었다. 하이네는 후일 '객관적인 자유'를 추구하는 괴테의 방식을 자신의 글쓰기 방식에 적용한다. 하이네는 사람들이 『젊은 베르터의 고녀』를 읽는 까닭이 베르터의 권총 자살 때문이라며 그가 귀족 모임에서 쫓겨나는 이야기엔 무관심한 것을 아쉬워한다.

하이네는 괴테를 호메로스, 셰익스피어와 나란히 세워놓는다. 하이네는 괴테를 열광의 반대자, 범신론적 무관심주의자, 그럼으로써 결국은 하이네 자신이 속해 있는 청년운동의 반대자로 만들어 놓는다. 그렇지만 하이네가 범신론을 진보로 이해하고 있기 때문에 그는 괴테와 가까이 있다. 하이네는 범신론을 '강한 이교도적인 성격과 근대적이고 감각적으로 된 기독교의 종합'으로 이해한다.

『서동시집』과 『파우스트』에 대해서는 감동적인 말을 사용하지만 '괴테의 문학작품들은 실러의 것처럼 행동을 낳지는 못하고, 괴테의 아름다운 말들은 자식이 없다.'며 혈기 없음과 자식 없음이라는 유보적인 입장을 표명한다. 그러나 피그말리온이 만든 조각상이 생명을 갖게 되었지만 아이를 낳았다는 얘기는 못 들었다며 하이네는 피그말리온 조각상과의 비유에조차도 양가적인 감정을 드러낸다.

그러나 구체적으로 괴테의 작품에 접근할 때면 감탄과 거리 사이에서 판단이 흔들린다. 하이네는 자신의 『낭만파』에서 이미 괴테의 『파우스트』를 '독일인들의 세속적인 성경'이라고 불렀고, 파우스트를 지식과 감각적인 즐거움을 향한 근대적인 추구를 대변하는 인물로 만들었다.

하이네의 바람은 괴테와 나란히 서기였다. 『노래의 책』이란 시집으로, 특히 거기에 수록된 「로렐라이」로 하이네는 괴테와 아울러 외국에 가장 많이 알려진 독일 시인이란 점에서 그의 바람은 어느 정도 이루어졌다고 볼 수 있다. 금발의 소녀 로렐라이에 대한 독자의 관계 역시 매혹과 거리라고 할 수 있다.

6   니체의 유곽 체험과 바그너 비판

1865년 21세의 니체는 친구 파울 도이센에게 기묘한 이야기를 들려준다. 그는 훗날 유명한 산스크리트 언어학자이자 베단타 연구자가 된 학자로 니체의 전기를 쓰기도 했다.

니체는 혼자 쾰른으로 여행을 떠나 시내의 명소를 구경시켜줄 안내인 한 명을 고용한다. 저녁이 되어 안내인에게 좋은 식당을 소개해달라고 하자, 아주 무서운 지옥사자의 형상으로 그려지는 그 건달 녀석이 니체를 어느 유곽으로 데려간다. 순수하고 지적인 청년은 번쩍이는 금박과 하늘거리는 얇은 복장을 한 여섯 명의 여인들에게 둘러싸인 것을 알아챈다. 이들을 헤치고 나온 젊은 음악가이자 고전어문학자이며 쇼펜하우어 예찬자는 본능적으로 악마의 살롱 뒤쪽에 있을 거라 생각되는 피아노 옆에 다가선다. 그는 살롱에 속한 것 중 유일하게 영혼이 깃든 물체를 들여다보고 건반을 몇 개 건드린 다음 부리나케 그곳에서 도망친다.

니체에게 이런 체험은 심리학자들이 트라우마라고 부를 수 있는 일종의 정신적 충격이었다. 20여 년 뒤에 출간된 『차라투스트라는 이렇게 말했다』의 제4부 '사막의 딸들'이란 장章에는 동양적인 영향을 받은 시 한

편이 들어 있다. '지극히 사랑스런 애인들, 어린 암코양이 두두와 줄라이카'에 관해 쓴 그 시에는 쾰른의 몸 파는 여인들이 입고 있는 나비 모양의 금박 의상이 다시 등장한다.

니체는 이 환락가의 여인들과 지낸 지 4년 만에 바젤의 요양소로 가게 된다. 그는 요양소에서 과거에 두 번 몹쓸 병에 감염되었다는 사실을 환자 보고서에 기록한다. 예나의 환자 일지에 의하면 1866년 처음 병에 걸린 것으로 되어 있는데 그것으로 보아 그는 쾰른의 환락가에서 도망치듯 뛰쳐나온 지 일 년 만에 이번에는 악마의 안내 없이 같은 장소로 되돌아간 것이다. 트라우마를 극복하기 위해서였다.

니체는 『비극의 탄생』을 바그너에게 바치며 그를 극찬했건만, 그런 니체가 바그너와 사이가 틀어지게 된 것도 이 일과 어느 정도 관련이 있어 보인다. 바그너가 여러 사람이 있는 자리에서 아무렇지 않게 이 이야기를 했던 것이다. 걱정해서 한 말이라고 하지만 예민한 니체는 자신의 비밀을 누설한 것에 격분했다.

니체는 1876년 여름 바이로이트 축제 기간 중 바그너와 내적으로 결별한다. 반유대주의를 비롯해 니체가 경멸하는 것들을 그가 속속 받아들이기 때문이다. 니체는 바그너를 부패한 절망적인 데카당이자 십자가 앞에 침몰해버린 기독교도라고 매도한다. 이후 니체는 바그너를 배우와 광대이자 늙은 마술사로 지칭한다. 바그너의 부인 코지마는 말비다에게 "니체 안에는 자신도 모르는, 어두우면서도 생산적인 힘이 있는 것 같다."[8]고 말한다. 니체는 자신의 이론이 쇼펜하우어의 이론과 차이가 있다는 점을 깨닫는다.

---

8 뤼디거 자프란스키, 『니체. 그의 사상의 전기』, 오윤희·육혜원 옮김, 꿈결, 2017, 475쪽.

1877년 니체는 주치의 아이저에게 건강 진단을 받고 눈의 통증이 끔찍한 두통의 원인임을 알게 된다. 바그너는 아이저의 진단을 듣고, 이 의사에게 니체의 병인病因은 다른 어떤 것이며, 니체의 사고방식 방식이 바뀐 이유도 방탕하고 무질서한 생활 때문일 거라고 하면서 니체에게 남색男色 성향이 있음을 암시하는 편지를 쓴다. 니체는 1883년 쯤 이런 사실을 알게 되었을 때 바그너의 언급을 치명적인 모독으로 여긴다.

한편 니체는 브람스와 천재 갈등을 벌이는 바그너를 '너무 인간적'이라고 부정적으로 평가한다. '영웅적'이거나 '초인적'이지 않다는 말이다. 그의 저서 『인간적인 것, 너무나 인간적인 것』이라는 제목도 그런 소인배 바그너를 에둘러 비판하고 있다. 그러나 니체의 비판에는 이중감정이 담겨 있다. 너무 사랑하기 때문에 사랑했기 때문에 비판하기도 하기 때문이다.

『우상의 황혼』이라는 제목은 『신들의 황혼』을 작곡한 바그너에 대한 적의를 담고 있으며, 우상은 바그너를 가리키는 것으로 보인다. 물론 여기서 우상은 한 시대의 우상이 아니라 소크라테스 같은 초시대적인 우상들을 말한다. 니체는 망치를 들고 우상을 깨트리며 모든 가치를 전도시키기 시작한다. 그러다가 위험하고 무서운 책 『선악의 저편』에서는 아예 소크라테스 이후 서구의 사상과 전통적인 기독교 도덕을 다이너마이트로 폭파시키려 한다.

토마스 만의 장편 『파우스트 박사』에서는 니체를 연상시키는 천재 음악가 아드리안 레버퀸이 니체의 유곽 경험을 반복한다. 아드리안은 니체처럼 매독에 걸려 천재적인 작곡 역량을 발휘하다가 24년 후 뇌에 균이 전이되자 사람들 앞에서 피아노를 치는 도중 쓰러져 니체처럼 정신이상이 되고 만다.

7   비트겐슈타인의 『전쟁일기』—그는 왜 죽음 속으로 뛰어들었는가?

비트겐슈타인의 『전쟁일기』를 읽었다. 그의 난해한 철학 『논고』에 비해 어렵지 않고 인간적인 면모가 잘 드러나 좋았다. 스승인 러셀도 『논고』를 이해하지 못했다니 하물며 일반인이야 어떻겠는가. 러셀의 회고에 의하면 비트겐슈타인은 천재에게서 나타나는 전통적 특징의 전형이 될 만한 인물로, 열정적이고 해박하며 좌중을 휘어잡는 인재였다. 러셀은 그가 옳다는 것을 알 수 있었고, 자신은 철학의 기초 작업을 더는 진행할 수 있으리라 기대할 수 없었다고 한다.

쇼펜하우어가 '세상이 의지의 객관화'라고 하듯이 비트겐슈타인은 '문장이 언어의 객관화'라고 말한다. 그의 초기 사유는 이처럼 쇼펜하우어로부터 강한 영향을 받았다.

1914년 전쟁이 일어나자 비트겐슈타인은 오스트리아-헝가리 제국 육군에 자원입대하여 함선에서 정찰 임무를 맡는다. 전쟁 기간 비트겐슈타인은 전쟁일기를 노트에 기록했는데 후일 이것을 보완 수정한 것이 『논고』이다. 『전쟁일기』는 일기와 논리 철학 두 가지로 나뉘는데, 일기는 남이 알아보지 못하게 암호로 기술했다. 그런데 비트겐슈타인은 러셀에게 이 일기를 난로에 불을 붙이는 불쏘시개로 사용하면 금방 없앨 수 있을 거라며 일기장과 노트들을 불타 없애라고 부탁한다.

사적인 내용을 담고 있는 일기가 공표되는 것이 거북했을 수 있으리라. 그의 작업으로 논리의 기초에서 시작하여 세계의 본질에까지 그의 관심 영역이 확장된다. 그의 철학은 이론이 아니라 행위이며, 철학적 진리는 정처 없이 방황한 자만이 얻을 수 있는 보상이다.

비트겐슈타인은 유산을 상속받아 유럽에서 굉장한 갑부가 되었다. 그는 유산의 상당량을 오스트리아의 예술가와 작가들을 도우려고 기부하였다. 그들 중에는 릴케, 트라클 같은 시인들이 있었다. 1914년 비트겐슈타인은 역시 참전해 가까운 곳에 근무하는 시인 트라클을 방문하고자 하였으나 그의 자살로 뜻을 이루지 못했다.

제1차 세계대전이 발발하자 독일의 젊은 표현주의 화가들은 카타르시스를 느끼고 전쟁에 입대했다. 니체의 전쟁 찬양에 고무받은 탓이다. 그러나 니체의 전쟁 찬양은 비유적인 표현으로 기독교 도덕, 노예 도덕과의 싸움을 말하는 것으로 보는 게 옳다. 표현주의자들의 낭만은 곧 배반당했다. 다수가 전사하고 갖가지 참상을 피부로 겪으면서 이들은 오히려 군국주의의 폐해에 눈을 돌리기 시작한다.

프랑스의 야수파 화가들도 니체에 깊이 빠져들었으며, 전쟁을 '세계 유일의 위생대책'이라고 찬미한 이탈리아 미래파도 니체를 오해했다. 이들 중에 '니체 지향성'이 제일 강했던 분파가 독일 표현주의를 주도한 다리파였다. '인간이란 목적이 아니라 다리'라는 『차라투스트라는 이렇게 말했다』의 글귀에서 이름을 딴 것으로 전해지는 다리파의 회원들 사이에서는 니체 읽기가 필수였다.

그러면 비트겐슈타인이 참전한 동기는 무엇인가? 당시의 많은 젊은이가 애국심과 모험심에 달아올라 집단광기로 전쟁터로 향했다면 비트겐슈타인의 침전 동기는 보다 내밀하고 정신적인 것이었다. 내면의 전쟁에 물질적 현실을 부여해주기 위해서라고 할 수 있다. 그의 참전은 깊은 개인적 절망에서 연유한 행위였으며, 특히 죽음과 자살에 대한 사유와 밀접한 관계를 맺고 있다. 그는 새로운 인간이 될 목적으로 참전했으며, 극단적인 상황에서 자신을 정화하려는 의도를 지니고 있었다.

비트겐슈타인은 언제 죽을지 모르는 불안한 상태에서 톨스토이, 니체, 에머슨의 저서를 읽는다. 함대의 선상에서 감자를 깎으면서 자신을 렌즈 연마공이었던 스피노자에 비유하기도 한다. 그는 저열한 동료들 사이에서 고립과 단절을 겪는다. 정찰선 '고플라나' 호에서 탐조등 임무를 수행할 때도, 크라카우와 소칼의 포병 정비소에서 일할 때도 그의 극단적 고립 상태는 계속되었다.

1916년 4월에는 지휘관이 후방으로 차출시킬 것이라 하자 그는 자살해버릴 거라고 기록하기도 한다. 그러나 죽음과 대척하는 상황에 직면하자 그는 역설적으로 삶에 대한 새로운 의지가 자신의 내부에서 싹트는 것을 경험한다. 그는 이렇게 기도한다.

"어려운 상황이다! 신께서 저를 지켜주시고 내 곁을 떠나지 마시길. 아멘, 가장 무거운 잔을 내게서 거두어주시길."(1916. 5. 3)[9]

자살로 삶을 마감한 뛰어난 형들과는 달리 비트겐슈타인은 자살이 정당한 죽음의 방식이 아니며, 삶의 문제에 대한 답이 아니라고 느낀다. 물

---

9 루트비히 비트겐타인, 『전쟁일기』, 박술 옮김, 인다, 2015, 370쪽.

론 전쟁 기간 중 극단적인 어려움에 처하자 그는 자살 충동을 느끼기도 한다. 그래도 죽음의 공포와 대면하면서도 행복한 삶을 사는 것이 가능하다고 믿는다. 전장이 아니더라도 '삶 속에서 죽음에 에워싸여 있는' 것이 인간의 조건이기 때문이다. "행복한 자에게는 두려움이 있을 수 없다. 죽음 앞에서도 마찬가지다."**10**

시공과 인과율에 따르는 현상에 집착하는 것은 잘못된 삶이다. 그는 스피노자와 쇼펜하우어를 연상시키는 방식으로 시간과 영원에 대한 견해를 확립한다.

"영원을 무한히 지속되는 시간이 아니라 비시간성으로 이해한다면, 현재 속에서 사는 자가 영원히 산다고 할 수 있다."(1916.7.8)**11**

1917년 1월의 일기에는 '무언가 허용되지 않은 것이 있다면 자살이 바로 그것이다'라면서 '자살은 원초적 죄악'이라고 기록한다. 그러면서 "자살을 탐구하는 것은 마치 증기의 본질을 파악하기 위해 수은 증기를 탐구하는 것과도 같다."**12**고 말한다.

그러나 포로수용소 동료였던 파울 엥엘만에 보낸 편지에 의하면 내려갈 수 있는 가장 마지막 지점까지 가라앉은 그는 자신의 상황이 비참 그 자체라며 종전 후에도 가끔 자살 충동을 느낀 모양이다.

---

10 앞의 책, 387쪽.
11 앞의 책, 387쪽.
12 앞의 책, 463쪽.

제2부 우정과 갈등

8   토마스 만과 하인리히 만의 지독한 형제 갈등

카인과 아벨, 요셉과 그의 형제들에서 보듯이 성서에서도 형제 갈등의 역사는 깊다. 아마 정도 차이는 있을지언정 집집마다 형제 갈등이나 자매 갈등이 있을 것이다. 물론 그림 형제나 슐레겔 형제처럼 사이좋은 유명한 형제도 없지 않다.

독일의 고전작가 토마스 만과 하인리히 만 형제는 갈등과 반목, 화해를 되풀이했다. 유명한 토마스 만과는 달리 하인리히 만은 한국에서 그의 작품 몇 편이 번역되기는 했지만 전공자를 제외하고는 그가 누구인지 잘 알지 못한다. 동생인 토마스 만이 그를 궁지로 몰아넣지 않았더라면 하인리히 만은 어느 정도 만족스런 삶을 살았을지도 모른다.

하인리히 만은 독일 시민계급의 봉건적 노예근성과 비민주적 사고방식을 날카롭게 풍자하고 비판했다. 하지만 처음에 군주제를 옹호했던 토마스 만은 독일 시민계급의 몰락상이나 제1차 세계대전을 정치적·사회적 시각으로 바라보지 않고 문화적 또는 미학적으로 보려는 경향이 있었다. 토마스가 시민이요 귀족이었다면, 하인리히는 구제불능의 보헤미안이요 경박한 예술가였다.

19세기 말의 독일 시민사회를 바라보는 두 형제 작가의 시각 차이는 독일의 정치와 사회 현상을 바라보는 데서 날카로운 대립을 보였는데 이를 '형제 논쟁'이라 부르게 되었다. 그 뿌리는 생각보다 깊었다. 두 형제 간에는 애증, 칭찬과 조롱이 교차했다. 이미 형이 오래전에 좌절한 뒤에야 동생은 형을 공개적으로 칭찬하기 시작했다.

두 형제를 묶어주기도 하고 갈라서게도 한 요인은 내적 본성, 즉 관능적 사랑에 대한 강렬한 집착이었다. 하인리히 만의 연인들은 대체로 품행이 단정치 못한 미심쩍은 여성들이었다. 그는 사회적 관습 따위엔 얽매이지 않았고, 내면의 갈등 없이 속 편히 지낼 수 있었다. 동생은 제멋대로 사는 형이 부럽기도 했다.

토마스보다 네 살 위인 하인리히는 어머니의 사랑을 못 받는다고 느꼈다. 어머니는 동생이 형의 바이올린을 부숴버렸는데도 그를 야단치지 않았다. 하인리히는 아버지의 믿음직한 장남도 아니었다. 아버지는 김나지움을 중퇴한 하인리히에게 출판 일을 배우게 했으나 그는 한 친구에게 "연극과 연주회, 카페와 매춘부. …… 인생은 정말 너무 재미있어!"[13]라는 편지를 보냈다.

아버지는 유서에 "하인리히는 인생을 제멋대로 살고 타인을 무시하려는 성향을 갖고 있다."[14]라고 썼다 그러나 토마스에 대해서는 "심성이 착해 무슨 일이든 쉽게 적응할 아이"[15]라고 평가했다. 하인리히와는 달리 지나칠 정도로 자기관리가 철저했고, 육체적 방종을 꺼려한 토마스는 아버지의 삶을 지표로 살아갔다. 1891년 그의 아버지는 수술 실패로 51

---

13 볼프 슈나이더, 『위대한 패배자』, 박종대 옮김, 을유문화사, 2005, 191쪽.
14 앞의 책, 192쪽.
15 앞의 책, 192쪽.

제2부 우정과 갈등

세의 나이로 사망했다.

하인리히는 단편 「무절제」(1890)를 쓴 뒤 첫 장편소설 『어느 가족』 (1894)을 집필했다. 토마스는 일찍 작가가 된 형을 자랑스럽게 여겼다. 그의 목표는 형의 그늘 밑에서 일단 형을 따라잡고, 가능하면 그를 능가하는 것이었다. 둘 다 하이네를 모방하는 시를 쓰는 것으로 습작을 시작했다. 『부덴브로크 가의 사람들』(1901)의 성공으로 토마스 만의 목표는 일찍 이루어졌다.

이 소설에서도 토마스와 크리스티안 형제의 갈등이 주된 테마로 다루어진다. 토마스 만은 이 작품으로 1929년 노벨문학상을 수상한다. 한편 1900년에 하인리히는 『게으름뱅이의 나라』로 최초로 성공을 거두기도 했다. 이 작품의 내용은 제국시대의 귀족, 은행가, 저널리스트를 신랄하게 풍자하는 것이었다.

하인리히는 동생의 대작에 큰 충격을 받는다. 26세의 동생이 일약 유명인사로 떠오른 것이다. 형은 포기하지 않고 동생에 맞서 열심히 글을 써댔다. 그러나 토마스 만은 형이 쓴 작품들을 왜곡과 과장, 무절제함의 전형이라며 혹평했다. 아우 아벨을 죽인 후 '내가 내 아우를 지키는 사람입니까?'라고 한 카인의 말이 아마 하인리히의 심정이었을지도 모른다.

하인리히 만은 소설 『오물 선생』(1905)으로 마침내 큰 성공을 거두었다. 하인리히는 거기서 빌헬름 황제 치하 시대를 비판하고, 권위적인 교사와 개방적인 여배우를 등장시켜 시민사회의 실상과 사회구조의 문제점을 극명하게 밝혀냈다.

토마스 만은 부와 명성을 지닌 수학자 집안에 데릴사위로 들어갔는데 이때 그는 영원히 형을 앞질렀다고 생각했다. 1905년 토마스는 유대인인 카트야 프링스하임과 결혼해 안정된 가정을 꾸렸다. 카트야와 그의 가족은 토마스 만을 '만성 간질환으로 시달리는 기병대 대장'이라고 불렀다. 창백하고 마른데다 단정하게 옷을 입고 콧수염까지 길렀기 때문이다. 반면 하인리히는 1914년에 여배우 마리아 카노바와 결혼했다가 1930년 이혼한 뒤 1939년에 넬리 크뢰거와 재혼했다.

토마스 만은 내적으로 이중의 고통을 겪고 있었다. 제1차 세계대전 중 토마스 만은 소박한 형태의 국수주의를 표방하고 있었고, 『토니오 크뢰거』(1903), 『베네치아에서의 죽음』(1912) 외에는 세인의 관심을 불러일으킨 작품을 쓰지 못하고 있었다. 두 형제는 극심한 정치적 대립을 보였다. 하인리히는 에세이 『에밀 졸라』(1915)에서 은근히 동생을 조롱했다. '환호에 눈멀고 일신의 영달에 사로잡혀 재앙을 알지 못하고 덩달아 무책임하게 날뛰는 국민작가'가 있다고 썼다.

그러자 깊은 상처를 받은 토마스는 형을 정치적 문명문사라고 공개적으로 비난하고 나섰다. 문명문사는 '도덕군자연하는 엉터리 심리학자에다 인류애의 원칙론자이면서 단두대를 선호하는' 인간이라는 것이다. 이러한 반정치적 입장은 정치가를 저열하고 부패한 존재 유형으로 일컬은 니체의 말을 근거로 든다. 문화의 입장에서 친불적인 형을 공격한 토마스 만의 에세이집이 『어느 비정치적 인간의 고찰』이다.

그러나 바이마르 공화국이 들어서자 토마스는 점차 형의 정치적 행로가 옳고, 그가 정치적으로 더 나은 혜안을 가졌음을 인정하기 시작한다. 1922년 토마스는 중병으로 앓아누운 형을 방문해 화해가 성사되었다. 토마스의 장녀 에리카와 장남 클라우스는 가부장적인 아버지와는 전혀 다르고, 재미있는 큰아버지를 차츰 좋아하게 되었다.

그러다가 1918년 마침내 하인리히가 『충복』으로 승리의 나팔을 불었다. 전쟁 발발 두 달 전에 완성했지만 전쟁이 끝날 무렵 나온 작품이었다.

6주 만에 10만 부가 팔려 하룻밤 사이에 동생의 인기를 능가해 버렸다. 그 작품은 빌헬름 2세 치하의 독일의 민족주의적 권력구조를 풍자적으로 예리하게 비판하고 있다. 하지만 그것으로 끝이었다. 그는 토마스 만의 대작 『마의 산』(1924)으로 인해 주춤하다가 1929년 토마스 만이 노벨 문학상을 수상하자 결정적으로 패배하게 되었다. 하인리히는 인생의 말기에 와서 토마스가 더 위대하다고 인정하게 되었다.

토마스 만은 『마의 산』을 발표한 후에도 『요셉과 그의 형제들』 『파우스트 박사』 『선택받은 남자』 『사기꾼 펠릭스 크룰』과 같은 뛰어난 작품들을 속속 발표했다. 그는 세계적인 명성을 얻은 작가가 되었다.

하인리히는 그래도 꾸준히 글을 썼지만 토마스는 "무료함의 고통이 두려워 쓸데없는 책이라도 잇달아 써야 한다고 생각하는 것은 비도덕적인 행위다."[16]라고 형을 비판했다. 토마스 자신은 하루에 한 쪽 이상은 쓰지 않는다는 원칙을 정해 놓고 그것을 철저히 지켜나갔다. 술에 취해 마구 글을 써내려가는 하인리히와는 달리 토마스는 철저한 장인정신으로 정교하고도 빈틈없이 글을 썼다.

하인리히 만은 『오물 선생』을 쓸 때까지 문화 비평가 폴 부르제의 영향을 받은 딜레탕트이자 플로베르를 존경하는 예술 지상주의자였으며 보수적인 군주론자였다. 하지만 30대 초반부터 빌헬름 제국에 반대하는 민주주의 경향을 보이기 시작했다. 그는 제1차 세계대전이 발발하자 대다수의 보수적인 지식인들과는 달리 전쟁에 반대했으며[17] 바이마르 공

---

16 앞의 책, 199쪽.

17 토마스 만과 함께 전쟁에 열광한 사람으론 데멜, 하우프트만, 마이네케, 릴케, 좀바르트, 체임벌린 같은 이들이 있다. 전쟁에 반대한 평화주의적이고 민주적인 문필가는 하인리히 만, 헤르만 헤세, 헤르초크, 르네 쉬켈레, 로맹 롤랑 같은 소수였다.

화국 시절부터 나치에 저항해 민주주의를 위해 투쟁했다.

하인리히 만의 모든 목적은 민주주의 수호였다. 그는 열렬한 민주투사였고 민주주의자였다. 1932년에는 하인리히 만을 제국 대통령 후보로 내세우자는 의견들까지 있었다. 하지만 이 의견은 실행되지 않았고, 힌덴부르크를 재선시키는 것으로 끝나고 말았다.

독일인들은 투철한 민주주의자로 사회와 문화에 대한 비판적 안목을 지닌 하인리히 만을 '자유 독일정신'의 지주로 여겼다. 그는 지성인의 대변인이었다.

또한 하인리히 만은 대표적인 나치 반대파였다. 그래서 그의 책들은 불태워졌다. 나치가 정권을 장악할 당시 그는 프로이센 예술원 문학분과 원장이었고, 나치가 정권을 장악하자 나치에 의해 원장직을 박탈당했다. 나치에 반대한다는 것은 당시로서는 목숨을 걸어야 하는 힘든 일이었다.

1933년 나치가 권력을 장악하자 하인리히는 조국 독일을 떠나 프랑스에서 수년간 망명생활을 했다. 프랑스를 사랑한 그는 그곳에서 『앙리 4세』를 썼다. 앙리 4세는 종교적 관용과 복지를 우선시하는 인기 높은 왕이었다. 이제 그곳에서도 더 이상 머물 수 없게 된 하인리히는 망명지를 미국으로 옮겼다.

나치가 등장하자 이제 두 형제의 정치적 견해는 비슷해졌다. 처음 2년간은 미적거렸지만 토마스 만도 나치에 적극적으로 저항했다. 두 형제는 민주주의에서 한 걸음 나아가 인간의 얼굴을 한 사회주의를 지향했다. 그러나 현실 세계에서 그들이 희구한 세상은 끝내 오지 않았다.

하인리히 만은 프랑스를 탈출해 피레네 산맥을 넘고 스페인을 통과해 포르투갈에 도착했다. 얼마 전에 벤야민이 통과하려다가 스페인 세관에 잡혀 음독자살한 그 길이었다. 하인리히 만 부부와 조카 골로 만은 우여

곡절 끝에 1940년 10월 4일 유럽을 떠나 열흘 만에 뉴욕에 도착했다. 그의 나이 70세 때였는데 항구에는 토마스 만 부부가 마중을 나왔다.

미국으로 망명 후 하인리히 만은 생존을 유지하기에 급급했다. 미국에서는 그의 작품을 알아주는 사람이 없었고 언론 매체에 글을 기고해 보려 해도 실어주는 곳이 없었다. 프린스턴대의 교수가 된 동생 토마스 만은 노벨문학상 수상자이자 독일의 저명한 망명객으로 루스벨트 대통령과는 악수하는 사이였다. 하인리히 만은 할리우드의 '워너브라더스' 영화사에 대본을 써주고 주급 100달러 남짓 받는 것이 고작이었는데, 그것도 1년이 지나자 끝이었다.

그 후 그는 부인 넬리 만이 벌어다 주는 돈으로 생활을 유지해야 했다. 동생이 매달 얼마씩 생활비를 보내왔다. 하인리히 만은 직업소개소에서 일자리를 구하려고 의자에서 기다렸다. 하인리히 만이 누구인가! 이를 보고 후일 어느 한 독문학자는 '독일의 치욕'이라며 울분을 토했다. 프랑스에서는 정열적으로 망명활동을 했던 그가, 이제 캘리포니아에서는 해변에 나가 '저 멀리 바다를 건너면 나의 조국 독일이 있겠지'라며 그리움을 달래는 고독한 노인이 되었다.

하인리히는 동생에게 이렇게 썼다. "넌 바쁘겠지. 하지만 난 아주 한가해."[18]

1933년 망명 이후 줄곧 하인리히 만의 반려자로 살았던 두 번째 부인 넬리 만은 너무 고되고 힘든 삶에 세 번이나 자살 기도를 했고 1944년 네 번째 실행에 성공했다.

토마스 만은 1946년 하인리히의 자전적 회고록 『시대의 점검』을 가

---

18 『위대한 패배자』, 같은 책, 201쪽.

리켜 '스스로에게 엄격하면서도 쾌활함이 빛나고 소박한 지혜와 도덕적 기품이 밴 매혹적인 회고록'이라면서 찬사를 아끼지 않았다. 독일에서 제때 혁명이 일어났다면 제2공화국의 적임자는 형밖에 없었을 것이라며.

1947년 하인리히는 친구에게 보낸 편지에서 '나의 세계는 황량한 묘지와 같다'라고 표현했다. 하인리히는 마지막 소설 『호흡』(1949)에서 둘의 사이가 갈라진 건 동생이 가진 욕심을 자신이 갖지 않아서였다며 다시 형제 관계를 되새긴다. 행복과 불행이 결정되는 분기점에서 토마스 만은 높이 상승하려 했고, 그런 동생에게 하인리히 만은 미지근하게 보였을지도 모른다. 그렇지만 동생을 이해한 사람은 형밖에 없었고, 그런 동생의 비판은 형에게 충격을 주었지만, 둘이 반목했을 때도 형은 동생을 사랑했다.

형만한 아우가 없다고 하듯이 이처럼 하인리히는 통이 컸고 포용력이 있었다. 세기의 이 망명객은 1950년 3월 79세의 나이로 캘리포니아 산타모니카에서 뇌출혈로 사망했다. 울적하고 외로운 삶이었다. 그의 주머니 속에는 독일로 가는 배표가 있었다. 막 정권을 수립한 동독 쪽에서 초대 예술원 원장으로 모신다며 보내준 돈으로 구입한 거였다.

여러분은 여러분의 민족을 사랑하면서 인류를 증오할 수는 없고, 민족과 민족 간에도 사랑이 있다는 것을 아는 사람만이 자기 자신의 민족을 진정으로 사랑하고 있다는, 민족주의에 대한 그의 말은 지금도 여전히 유효하다.

토마스 만은 서독과 동독 양쪽에서 돌아오라고 성화였지만 이를 마다하고 중립국 스위스에서 여생을 보내다가 5년 후 형의 뒤를 따라갔다. 서독에도 동독에도 돌아가지 않은 것은 『광장』의 주인공이 제3국 인도

로 가려고 했던 것과 비슷한 이유 때문이었다. 토마스 만은 종전 후 서독
에서 대통령으로 모시려고 했지만 사양하고 끝까지 작가의 길을 걸었다.
위대한 삶이었다. 두 형제가 없었다면 독일은 아마 훨씬 초라해졌을지도
모른다.

9   나치 문제를 둘러싼 토마스 만과 브레히트의 갈등

20세기 독일 문학에서 고전 문학가의 반열에 오른 두 사람, 토마스 만과 베르톨트 브레히트는 바그너와 브람스처럼 안타깝게도 그다지 사이가 좋지 않았다. 괴테와 실러, 토마스 만과 헤르만 헤세는 돈독한 우정을 나눴지만, 베르톨트 브레히트는 자기보다 23세 연상인 토마스 만을 늘 좋지 않은 시각으로 바라보았다. 대체로 브레히트는 거친 유머를 섞어 만을 공격했으며 만은 오만한 아이러니를 섞어 답변을 했다.

토마스 만은 독일에서 자신의 책이 출판 금지되는 것을 피하기 위해 처음엔 히틀러의 제3제국을 공개적으로 비판하는 일을 주저했다. 토마스 만이 히틀러 정권에 대한 공격을 자제하고 계속 침묵을 보이자 망명자들은 이에 대해 미심쩍어하면서 그에게 날카로운 비판을 가하기도 했다. 이 결과 전체 망명자와 연대하여 히틀러 정권에 대항하기가 힘들어졌다. 그는 1933년 이전에 행한 날카로운 연설과는 대조적으로 외진 곳에서 외국어로 발행된 몇몇의 정치적 간행물에서도 불확실한 태도를 보인다.

토마스 만이 잠시 이처럼 애매한 태도를 보인 이유는 뚜렷한 근거도 없이 가재도구를 비롯하여 뮌헨의 집을 되찾고, 심지어 여권 기한을 연장하려는 희망을 품고 있었기 때문이다. 1934년 봄에 토마스 만은 내무부 장관에게 여권 기한을 연장시켜주고 동산과 책을 내달라는 편지를 썼지만 답장을 받지 못했다. 그는 이 편지에서 자신의 정치적 입장을 명확히 밝히고 히틀러 정권에 대한 혐오감을 표시했다. 토마스 만은 망명 초기에 망명가들과 연대하지 않고 개인적으로 개인적 사명을 수행하려고 했지만 나중에 생각을 바꾸어 그들의 입장에 동조했다.

이리하여 토마스 만은 독일 망명자들 중 가장 핵심적인 인물이 되어 1935년 4월 1일에 처음으로 나치 정권에 대한 공개적 반박을 하기에 이르렀다. 토마스 만은 괴벨스의 문화 정책이 기회주의자들과 평범한 문사들이 사이비 애국주의의 물결에 편승하도록 그들에게 문을 활짝 열어주었다고 주장한다. 그러나 그는 개인적 예술가의 일이 조직의 일보다 더 중요하다고 생각한다. 그 때문에 그는 정신적이고 예술적인 문제와 관련된 독일 망명자들의 집단행동에 동의하지 않지만 평화를 위해 활동하는 것이 독일 예술가의 의무이자 무릇 모든 예술가들의 의무라고 생각한다.

토마스 만과 브레히트의 대결은 독일이라는 집단이 나치의 죄에 대한 사죄를 해야 하는가 아니면 비교적 소수의 나치 상층부가 대다수의 독일 국민을 탄압하여 그들의 의사를 왜곡시켰는가 하는 문제를 중심으로 진행된다. 전자의 입장을 대변하는 토마스 만은 독일이 단호하게 처벌받아야 한다는 입장을 취한다. 그는 나쁜 독일과 좋은 독일이 있는 게 아니라 하나의 독일이 있을 뿐이며, '나쁜 독일은 길을 잘못 든 좋은 독일'이라는 것이다. 반면에 브레히트는 독일을 변호하고 변명하면서 후자의 입장을 대변하여 비나치적인 독일까지 처벌받아서는 안 된다는 입장이다.

두 문학 거장 사이의 반목은 경쟁심이나 사적인 증오심 때문이라고 말할 수 있을지도 모른다. 그런데 토마스 만과 베르톨트 브레히트는 문필가로서 대체로 질투심 없이 서로 맞서고 있었다. 사실 문학에 대한 두 사람의 견해는 서로 상이했다. 시민적인 19세기의 후예인 토마스 만이 시민적이고 개인주의적인 성향의 작품을 쓴 반면 브레히트는 문학 작품을 수공업 제품처럼 생각하고 사회를 변혁시키기 위해 작품을 썼다.

만의 작품 중 브레히트가 제일 못마땅하게 생각한 작품은 소설 『마의 산』과 『요셉』이었다. 그는 20년대에는 카스토르프의 이야기를 시민적인 존재와 그 이데올로기를 정당화하기 위한 시도로 보았지만 나중에 가서는 오히려 그 반대라는 사실을 알게 되었다. 반면에 '교양 속물의 백과사전'으로 여겨진 『요셉』은 끝까지 그의 마음에 들지 않았다.

일찍이 『마의 산』을 퇴폐적인 부르주아의 문학적인 주문 제작품으로 이해한 브레히트는 이제 『요셉』을 부르주아의 교화 문학이라고 본다. 계획 경제적인 사회 개량주의가 폭동을 저지하기 때문이라는 것이다.

브레히트는 『한밤의 북소리』로 대단한 성공을 거두며 클라이스트 상을 수상했지만 하인리히 만과는 달리 토마스 만은 그를 평가하면서도 이례적으로 다소 유예적인 태도를 보였다. 브레히트에게는 그것이 섭섭했을 수 있다. 그렇다고 해서 브레히트가 처음부터 토마스 만을 무시하거나 비방한 것은 아니었고, 세월이 흐름에 따라 그의 공격적 어조가 거칠고 과격하게 변하게 되었다.

그러다가 베르톨트 브레히트는 토마스 만이 「사회주의에 대한 신봉」이라는 글을 쓰자 이를 높이 평가하는 발언을 하기도 했지만, 1934년 「세상을 인정하는 것에 관한 발라드」라는 시에서 『마의 산』의 작가가 자본가에 매수되었다고 의심했다.

1937년 브레히트와 루카치는 표현주의 문학이 '문화유산'으로 거론

될 수 있는가 아니면 다른 시민적 데카당스와 마찬가지로 단죄되어야 하는가의 문제를 두고 격렬한 논쟁을 벌였다. 이 논쟁은 전통적인 문학과 실험적인 문학 간의 대결로 확대되었다. 사실상 이는 은밀한 형태로 벌어진 토마스 만과 베르톨트 브레히트 간의 대결이었다.

1943년 전쟁이 끝날 조짐이 보이자 연합국 진영에서는 승전 후 독일을 어떻게 처리할 것인가 하는 현실적인 문제가 대두되었다. 토마스 만은 벌써 1938년부터 히틀러가 권력을 장악한 사실에 대해 서방 국가의 보수 세력에게 공동 책임이 있다고 주장했다. 그렇지만 만과 브레히트는 망명자들이 연합국의 독일 정책에 영향을 행사하려고 해야 하는가의 문제에 대해 서로 의견이 일치하지 않았다.

나치가 대다수 독일 국민의 정치적 의사의 구현인가 아니면 오히려 그들의 정치적 의사를 억압하는 체제인가 하는 질문에만은 명확한 답을 못 내리고, 독일 민중이 나치에 저항하여 이 체제를 격파해야 한다고 말한다. 브레히트는 이러한 주장에 대해 그의 시에서 '무장한 학대자에게 맨손으로 덤비라는' 무리한 요구라고 말한다.

토마스 만은 사회적인 민주주의를 불가피한 필연성이라고 선언하고, 파시즘에 의해 조장된 공산주의에 대한 시민 사회의 두려움을 미신적이고 유치한 것이며 '우리 시대의 근본적 어리석음'이라고 말한다. 그렇지만 러시아적인 사회주의의 형식에는 거리를 보인다. 그에게 중요한 것은 사회주의와 민주주의가 서로 반목하지 않고 타협점을 찾는 것이었다.

만은 민중이 죄를 지었으므로 벌을 받아야 한다고 보았던 반면, 브레히트가 볼 때 독일 민중의 죄는 문화 시민의 오만함이나 미학적 예술가의 지도 부족이 아니라, '제때에 착취자에게서 벗어나지 못한 노동자들의 태만함'이다. 브레히트가 독일 민중을 비난한다면 이는 히틀러에 동조해 살인, 방화를 저지르고 전쟁에 참여한 때문이라기보다는 사회 혁명을 하지 못했기 때문이다.

만과 브레히트는 정치 단체 결성을 둘러싸고 반목했다. 프린스턴에 있었던 토마스 만의 집은 미국 내 독일 망명자들의 정신적인 구심점이 되었지만 만은 정치 단체 결성에는 관심을 보이지 않는다. 만은 자신의 언행이 소비에트적인 행동을 지지하는 것으로 비쳐지지 않도록 노력을 기울였다. 브레히트는 토마스 만이 저명인사이기 때문에 안전할 거라고 생각해서 그에게 더 많은 위험을 무릅쓸 것을 요구했다. 그러나 만은 순교자가 아니라 대표자가 되고 싶었다.

그래도 토마스 만은 모스크바의 민족 위원회 '자유 독일'의 성명서를 환영한다는 선언을 하기도 했다. 사실 그는 브레히트 때문에 FBI의 조사를 받기까지 했다. 당시 토마스 만은 정치적으로 좌익을 외면하려고 하지 않은 개량주의적 사회주의자의 태도를 보였지만 동시에 공산주의자에 의해 조종되는 것은 원치 않았다. 토마스 만의 '독일에 대한 고뇌'의 원천은 교양 문화 시민의 대다수가 나치에 동조하거나 나치를 묵인한 것이었다.

자신의 정치적 근거지인 모스크바에서도 호감을 얻지 못한 브레히트는 1941년 7월 소련을 떠나 남캘리포니아에 도착했다. 소련에서 그는 모더니스트로 형식주의자라는 혐의를 받은 반면, 19세기의 시민직인 소설을 준거로 삼은 루카치의 문학 이론의 영향으로 토마스 만은 높은 평가를 받고 있었다.

이러한 사정으로 마르크스주의자인 브레히트는 역설적이게도 고도의 자본주의 국가인 미국으로 망명을 갈 수밖에 없었다. 말의 자유를 보장해준 미국에 대한 그의 관계는 처음부터 부담을 주었음에 틀림없다. 자신은 미국에서 별로 반응을 얻지 못한 반면 토마스 만이 성공을 거둔 것은 반동적인 시민성의 결과로 여겨졌다. 다른 망명 작가들과 마찬가지로 브레히트가 토마스 만에게 격분하는 것은 자기들이 미국에서 토마스 만과 차등 대우를 받고 있다고 느낀 때문이었다.

이처럼 토마스 만은 정치 조직에는 거리를 두면서 독자적인 행보를 보였지만 사적으로는 누구보다도 열성적으로 많은 망명자들을 물심양면으로 도와주었다. 토마스 만이 이처럼 정치적 조직에 가담하지 않자 브레히트는 그를 비난하는 「노벨상 수상자 토마스 만이 히틀러 정권이 범죄를 저지른 데 대해 독일 국민을 10년 동안 징계할 권리를 미국인과 영국민에게 부여했을 때」라는 긴 제목의 시를 썼다. 브레히트는 50만 명이 독일에서 죽어야 하며, 단호하게 독일을 징계해야 한다는 토마스 만의 말에 그를 금수와 같다고 느끼며 시를 썼다.

이 시에는 '문화 시민' 토마스 만을 한심스럽게 보는 브레히트의 증오가 노골적으로 드러나 있다. 브레히트는 '독일과 히틀러가 하나'라는 괴벨스의 선전에 토마스 만이 동조한다고 생각한다. 그는 '히틀러가 독일과 하나가 아니다'는 사실을 일찍부터 강조하고 있다.

나치도 토마스 만을 비생산적인 데카당스라고 매도했다. 브레히트도 이러한 비난을 주저 없이 수용한다. 증오감으로 촉발된 이 시는 토마스 만을 효과적으로 공격하지만 그가 자본가의 종이라는 말은 수긍하기 어렵다.

토마스 만은 마르크시즘과 같은 어떤 확고한 이데올로기를 신봉하는 것을 회피한다. 그는 개인적인 윤리의 차원에서 전쟁을 바라보면서 독일이 죄를 지었으므로 처벌받는 것이 정당하다고 생각했다. 반면에 브레히트는 전 국민이 처벌받는다면 죄를 짓는 데 가담하지 않는 노동자들이 주로 처벌을 받게 되어 불공평하다는 것이다. 그런데 이러한 견해를 이어받은 동독의 주장과는 달리 노동자들이 나치에 전혀 가담하지 않았다는 것은 사실이 아니다.

1948년 브레히트와 만은 취리히에 거주하게 되었다. 거기서 여배우 테레제 기제가 주연을 맡은 『억척어멈』 공연을 본 토마스 만은 그 작품과 작가에 대해 '유감스럽게도 너무나 재주가 뛰어나구나, 무시무시할 정도로!'라고 말했다. 브레히트는 이 이야기를 나중에 전해 듣고 감격해서 이렇게 소리쳤다고 한다. '너무 재주가 뛰어나다고 토마스 만이 말했어요? 사실 그의 단편들도 마찬가집니다!' 그리고 그는 토마스 만의 노벨상 수상작 『부덴브로크 가의 사람들』을 영화화하도록 추천하기도 했다. 그런 다음에는 두 거장은 다시는 만날 기회가 없었다.

이처럼 두 사람은 독일이 나치가 저지른 죄에 대한 책임을 져야 하느냐 그렇지 않느냐의 문제를 둘러싸고 첨예한 대립을 보였다. 브레히트가 노 히틀러였다면, 토마스 만은 노 저머니no germany였다. 이 문제는 노 아베냐 노 저팬이냐 하는 현재의 논란과도 겹친다. 일본인 대다수가 문제일지라도 일본 내의 일부 양심적인 평화세력과 연대하기 위해서는 노 아베라는 구호가 나아 보인다. 독일에서는 1960년대 아이히만 재판의 결과 독일인 대다수가 나치에 연루된 것으로 드러나 노 히틀러보다 노 저머니가 더 우세하게 되었다. 독일의 반성과 사과는 이러한 역사인식에서 시작된다.

그러다가 1980년대에 들어 다시 나치를 둘러싼 논쟁이 재연된다. 철학자 하버마스와 역사학자 에른스트 놀테의 논쟁이 그것이다. 1986년 놀테는 볼셰비키 혁명의 폭력성을 '아시아적 범죄행위'로 규정하고, 나치의 유대인 학살 또한 이와 관련되어 있다고 보았다.

즉 놀테는 이전까지 역사 속에 존재했던 여러 범죄들과 유대인 학살 문제를 동일하게 보는 상대주의적 관점을 표방하였다. 더 나아가 놀테는 볼셰비즘 때문에 나치즘이 생겨났으며, 나치는 볼셰비키를 방어하기 위한 불가피한 선택에 가깝다고 주장하였다.

이에 대해 하버마스는 놀테와 같은 해석을 '독일 현대사 서술에서의 자기 변호적 경향'이라고 주장했고, 서구 중심주의 시각에서 나치의 부정적인 면을 '아시아적' 형태로 치부한다고 비판하였다. 그는 홀로코스트의 유일무이성을 강조하며 놀테의 주장을 반박했다.

한편 국가사회주의를 전공한 역사학자인 한스 몸젠은 제3제국의 모든 책임을 히틀러와 나치의 소수 권력자에게 돌리는 것은 옳지 않다고 주장한다. 그러면 나치즘을 가능케 한 우익 군부와 엘리트 관료들에게 면죄부를 주게 된다는 것이다. 그는 역사가의 임무는 국민들의 자긍심을 고취하는 데 '쓸 만한 버전'을 제공하는 것이 아니라, 과거와 현재의 대화에 끊임없이 개입함으로써 보다 긍정적인 국민적 정체성을 형성할 수 있는 터전을 마련하는 것이라고 말했다.

몸젠은 홀로코스트가 히틀러와 나치 소수 권력자들이 장기적으로 기획한 결과가 아니라, 제2차 세계대전 말기 전시 상황에서 엘리트 관료와 우익 군부가 우발적으로 하지만 경쟁적이고도 효율적으로 자행한 만행이며 히틀러는 이를 승인 혹은 묵인했을 뿐이라고 주장했다. 또한 그는 스탈린의 소비에트 전체주의 국가와는 달리 나치즘의 제3제국이 히틀러 개인이나 국가노동자당의 지배하에 일사불란하게 조직화된 국가가 아니라고 주장했다. 그런가? 일반 상식과는 좀 다르다.

몸젠은 홀로코스트의 책임을 히틀러와 소수 권력자에게만 돌리면 독일이 나치즘의 책임으로부터 자유로워져 바이마르 공화국 시절부터 태동한 민족주의가 다시 부활할 수 있는 정서적, 이념적 토대가 마련될 우려가 있다고 보았다. 1990년 이후에 드러난 자료에 의하면 나치 친위대뿐만 아니라 독일 정규군도 나치의 범죄에 가담한 것으로 밝혀졌다. 그렇다면 토마스 만의 견해처럼 일부가 아닌 대다수의 독일인이 나치 범죄에 관련된 것으로 볼 수 있겠다.

얼마 전 세 살짜리 아이의 버릇을 가르친다며 화장실에 가두었다가 죽음
에 이르게 한 사건이 있었다. 또한 예천 군의회 의원들의 노래방 도우미
와 가이드 구타 사건, 피겨 스케이팅 코치의 성폭행 사건이 우리를 분노
케 한다. 국회의원들의 다낭 외유 사건도 마찬가지다. 다낭에는 코트라
가 개관도 하지 않았다는데 거짓말로 넘어가려다 들켜 버렸다.

　프란츠 카프카는 1919년 11월 아버지에게 보내는 편지를 쓴다. 아버
지에게 보내려는 의도에서 썼지만 실제로 보내지는 않았다. 편지 내용에
의하면 그의 아버지는 자수성가한 사람으로 자식들, 특히 장남 카프카를
공부시켜 번듯한 직업을 갖도록 하기 위해 평생 죽도록 일만 하고 살았
다. 덕분에 카프카는 남부럽잖은 자유를 누릴 수 있었고 먹을 것이든 뭐
든 걱정을 모르고 살았다. 그 점에서는 아버지에게 감사하는 마음을 잊
지 않는다. 그거면 됐지 무슨 말이 많나 할 수도 있겠다.

　그러나 카프카는 아버지에 대한 두려움 때문에 그를 피해 다녀야 했
다. 자신의 방 안으로, 책 속으로, 좀 정신 나간 친구들한테로. 물론 아버
지가 아들을 좋아하긴 했지만 아들에게 잘 대해주진 못했다. 카프카의

아버지는 군인 같은 아들을 원했다. 릴케의 어머니는 실제로 아들을 소년 사관학교에 보냈고, 실러의 아버지도 마찬가지였다. 그래서 부자관계는 멀어지고 서먹서먹해지고 만다. 아버지가 볼 때 아들은 차갑고 낯설고 배은망덕한 녀석이다. 둘은 서로 너무 달랐고 그런 점에서 서로에게 너무 위험한 존재였다.

카프카의 아버지는 걸핏하면 고함을 지르고 버럭 화를 내곤 했다. 아들을 씩씩한 소년으로 키우기 위해서였다. 부모의 화를 돋우기 위해서인지 그냥 이야기를 하고 싶어서인지는 몰라도 카프카가 어린 시절 언젠가 한밤중에 일어나 물을 달라고 계속 칭얼댄 적이 있었다. 아버지는 몇 번 경고를 해도 소용이 없자 아들을 바깥으로 끌고 나가 속옷 바람으로 세워두었다. 어머니가 도와주러 나왔으면 좋으련만 그러지 않았다. 이후 어린 카프카는 고분고분해졌지만 마음의 상처를 입게 되었다. 한밤중에 물을 달라고 졸라댄 일로 집 밖으로 내쫓겨야 한다는 것은 아이에게 너무 끔찍한 일이었다.

몇 년이 지나고 나서도 카프카는 자기가 아버지한테 아무것도 아닌 존재가 아닌가 하는 고통에 시달려야 했다. 어느 날 거인의 모습을 한 아버지가 최후의 심판관이 되어 그를 바깥으로 끌고 갈 수 있다고 느꼈다. 소년은 약간의 격려와 따뜻한 정에 목말랐다.

카프카의 아버지가 볼 때 자신의 의견은 언제나 옳은 반면 다른 사람들의 의견은 모두 정신 나간 것이고 터무니없으며, 엉뚱하고 비정상적인 것이었다. 아버지는 체코인이든 독일인이든 유대인이든 가리지 않고 욕을 퍼부었다. 그는 연극배우 뢰비처럼 맑고 순수한 영혼을 지닌 사람들조차 독충에 비유했다.

카프카의 아버지는 손주한테도 폭언을 서슴지 않았다. 여동생 엘리의 아들 펠릭스가 식탁에서 칠칠치 못한 짓을 하면 카프카한테 그랬듯이 '이 돼지만도 못한 놈아!' 하며 그것으로는 성에 차지 않아 '네 아비를 꼭 빼닮았구나, 네 애비 하는 짓이나 어쩌면 그리 똑같니?' 하기도 했다. 그래도 손자는 아들이 아니니 카프카만큼 충격을 받지는 않았을 것이다. 아버지는 그에 대해 신경성 심장 질환 때문이라고 설명한다.

그러나 아버지의 성격을 물려받은 셋째 여동생 오틀라는 달랐다. 아버지가 무슨 말만 하면 사납게 대들곤 했다. 그래서인지 카프카는 자신과 다른 오틀라와 각별한 오누이의 정을 나누었고, 그래서 병이 들었을 때 그녀가 사는 곳에서 요양하기도 했다. 아버지는 욕설과 위협, 비꼬아 말하기, 악의적인 웃음으로 카프카를 늘 주눅 들게 했다. 심지어 "널 생선처럼 토막내버릴 테다!"[19]라는 끔찍한 말을 퍼붓기도 했다. 카프카는 순종적인 아이가 되어 입을 다물었고 아버지 앞에선 설설 기게 되었다.

그런데 역설적으로 아버지에 대한 반항심, 혐오감이 카프카의 홀로서기에 도움이 된 측면도 있다. 반면 뒤에서 보호해준 어머니는 아들을 위해 남편에게 간청을 해줌으로써 아들이 울타리 밖으로 뛰쳐나가는 데 방해가 되었다. 몰래 무언가를 주고 은밀히 무언가를 허락해줌으로써 부자의 진정한 화해를 가로막은 셈이 되었다.

그렇다고 아버지가 아들을 실제로 때린 적은 거의 없었다. 아버지는 걸핏하면 신세 한탄을 한다. 그는 일곱 살 때부터 손수레를 끌고 이 마을 저 마을을 돌아다녀야 했고, 가족이 모두 한방에서 자야 했다. 어린 시절 피셱으로 장사를 다녀야 했고, 집에선 한 푼도 받은 게 없었다. 요즘에 누가 그런 걸 겪어보았겠어, 어떤 아이가 그런 걸 이해할 수 있겠어? 하면

---

19 프란츠 카프카, 『아버지에게 드리는 편지』, 이재황 옮김, 문학과지성사, 1999, 49쪽.

서 푸념을 늘어놓았다.

이러다 보니 카프카는 아버지 앞에만 서면 한없이 작아져 자신감을 잃고 죄의식만 갖게 된다. 자수성가해 출세한 일부 사람들도 같은 방식으로 젊은이들을 꾸짖고 있다. 자기는 어려운 환경에서도 역경을 헤치고 출세했는데 너희들은 왜 징징거리느냐며. 나름 일리가 있는 지적이지만 다 그들처럼 잘 날 수는 없는 일이다.

카프카는 아버지로부터 벗어나기 위해 유대교에 의지하기도 했지만 구원의 길을 찾을 수 없었다. 그러나 글을 쓸 때는 아버지한테서 벗어나 어느 정도 독립을 누릴 수 있었다. 글쓰기를 할 때는 어느 정도 안심이 되어 안도의 한숨을 내쉴 수 있었다. 비록 꼬리는 밟힌 상태지만 머리라도 이리저리 움직이는 벌레 모양이라 해야 할까.

이처럼 카프카에게 아버지는 거인 같은 존재였고 사물의 척도였으며 가부장적 질서의 대변자였다. 그가 속했던 현실은 20세기 초반 유럽의 자본주의적·제국주의적 질서였다. 그는 자본주의를 이렇게 말하고 있다. '자본주의는 종속의 체제이다. 즉 외부로부터 내부로, 위로부터 아래로 진행되는 온갖 종속 현상들의 체제이다. 모든 것은 종속되어 있고 사로잡혀 있다. 자본주의는 세계와 영혼의 한 상태이다.'

이러한 종속의 체제가 개개인의 마음속에 내면화되어 강자의 횡포와 갑질을 일으키는 것이다. 그것이 자본주의적 권력의 민낯이고 속성이다. 원자로 존재하는 힘없는 개인은 속무수책으로 당할 수밖에 없는 상태에 있다. 국가 간의 관계에는 제국주의적 세계질서가 약소국에 같은 횡포를 부리고 있다.

11 영화 〈파이트 클럽〉－단순한 폭력영화인가 또는 지난한 자아실현 영화인가?

누군가가 내가 관심을 가질 만한 영화라면서 〈파이트 클럽〉을 내게 소개 해줬다. 척 팔라닉 소설에 데이비드 핀처 감독 영화다. 폭력영화는 안 좋 아하지만 대충 들어보니 왠지 구미가 당기고 탐구의욕이 발동한다. 얼핏 보면 무의미한 폭력영화나 반사회적 영화로 비칠 수도 있다.

그래서인지 20년 전에 영화가 처음 나왔을 때 평이 극단적으로 갈렸 다. 어떤 평론가는 주제의식이 없고 철학도 없으며 스타일만 가득한 영 화라며 혹평을 하기도 했다. 브래드 피트와 에드워드 노턴이 열연하며 멋진 격투 신을 보여주었지만 흥행도 실패했다. 감독은 시사회 때 '괜찮 아요. 다른 일도 있겠지요.'라는 말도 들었다고 한다. 하지만 폭스사 사장 은 이 영화의 실패에 대한 책임을 지고 잘리고 말았다. 이처럼 개봉 영화 에서는 폭망했지만 〈파이트 클럽〉은 운 좋게도 DVD로 입소문을 타 뒤 늦게 대박을 치고 재평가받았으며, 2016년에는 리바이벌되기도 했다.

주인공(에드워드 노튼)은 이름이 없이 내레이터로 등장하는데 나중에 보 니 잭으로 드러난다. 내레이터, 즉 잭은 보험 회사의 리콜 심사관으로, 매 주 비행기를 타고 전국으로 『변신』의 주인공 그레고르 잠자처럼 출장을 다니며 무기력하게 살아간다. 그는 고통과 권태 사이를 오가며 몇 달 전부터 불면증에 시달린다. 우울증으로 인한 신경증으로 보인다. 유명 메이커의 옷만을 고집하는 그의 유일한 취미는 이케아 가구를 수집하는 것이다. 그래서 그는 일상의 무료함과 공허함 속에서 늘 새로운 탈출을 꿈꾼다. 욕망은 충족되기 어렵기 때문에 잭은 자신에 대한 불만에 사로잡히게 되고 자기분열에 빠지게 된다. 그럴수록 그는 물질과 쾌락을 즐기는 주체가 아니라 물질과 쾌락에 예속되는 노예가 된다.

의사와 상담하니 의사는 불면증으로 죽을 일은 없으니, 정말 고통이 뭔지 알고 싶으면 고환암 같은 말기 암 환자나 신경 기생충 환자 등 불치병 환자들의 모임에 가 보라고 한다. 남의 큰 불행을 보면 자신의 불행은 아무것도 아닌 것을 알게 되어 그런 징징 짜는 소리를 안 하게 될 거라며.

주인공은 그런 모임에 환자인 척 위장하고 참석하여 안도감을 느낀 뒤 잠을 설치지 않게 된다. 하지만 모임에서 본 말라 싱어라는 여자가 자신과 마찬가지로 가짜 환자로 모임에 참석한다는 사실을 알게 된 후부터 불면증이 재발한다. 둘은 타협점을 찾아 환자 모임을 나누어 가지게 된다.

그러던 중 주인공은 출장을 위해 탄 비행기에서 비누 판매상인 타일러 더든(브래드 피트)을 만나고, 그의 명함을 받는다. 그런데 출장에서 돌아오자 가스 누출로 살던 집이 폭발해버려 갈 곳이 없어진 주인공은 타일러의 명함에 적힌 번호로 전화를 건다. 술집에서 만나 대화를 나눈 후 주인공은 타일러의 집에 머물기로 한다.

그런데 집으로 가기 전 타일러는 주인공에게 아무 이유 없이 자신을 때려보라고 한다. 사람은 싸워봐야 진정한 자신을 알 수 있고, 진정으로 자유로워진다는 것이다. 잭은 처음에는 망설였지만, 술집 앞에서 치고받기 시작한 둘은 곧 기묘한 해방감을 느낀다. 타일러는 자신을 때리길 주저하는 잭을 설득하며 이렇게 외친다.

"너는 은행에 들어가 있는 너의 돈이 아니야, 너는 네가 모는 차가 아니야, 너는 너의 지갑에 들어가 있는 것들이 아니야. 너는 네가 입는 망할 옷이 아니야. 너는 노래하고 춤추는 세상의 쓰레기일 뿐이야."

이를 계기로 타일러는 그 술집 지하에 '파이트 클럽'을 창설하게 된다. 그 클럽은 곧 물질문명을 혐오하는 타일러의 사상을 따라 기존 체제를 부수려는 군대형 조직으로 발전해간다. 타일러는 잭을 각성시키며 말한다. "광고는 우리로 하여금 차나 옷을 쫓게 한다. 하기 싫은 일을 억지로 해가면서 번 돈을 필요하지 않은 물건을 사느라 허비하게 만든다."

그런데 어느 날 말라한테서 전화가 오는데 잭이 없는 사이 타일러가 전화를 받게 된다. 둘은 만나서 대뜸 격정적인 사랑을 나눈다. 잭은 나중에 그런 사실을 알고 질투심에 사로잡힌다.

이상한 사람들이 넘치는 영화에 무척 평범한 인물이 한 명 등장한다. 주인공 잭의 회사 판매 매니저이다. 그는 잭에게 판매부진 지역을 둘러보고 오라는 통보를 내린다. 그런데 잭이 파이트 클럽과 타일러에 빠져 회사 일을 소홀히 해서 매니저는 그에게 휴식을 종용하기도 하지만, 잭이 아랑곳하지 않고 기행을 일삼자 끝내 해고하려 한다. 잭이 덤비며 대들자 매니저는 경찰을 부르는데 오히려 잭은 무릎을 꿇고 자신이 매니저에게 맞는 것처럼 연기한다. 파랗게 질려버린 매니저는 잭에게 52주간의 봉급과 여러 가지 혜택을 주는 것으로 사태를 일단락 짓는다.

이제 파이트 클럽의 명성은 엄청난 반향을 불러일으켜 대도시마다 지부가 설립되고 군대 조직처럼 변해간다. 타일러는 독재자처럼 명령하고 철저하게 지배하게 된다. 심지어 멤버들은 초토화 작전을 계획한다. 그 목적은 문명을 박살내 원시상태로 돌아가는 것이다. 이처럼 자신의 의지와는 전혀 다른 방향으로 흘러가는 파이트 클럽을 보고 주인공은 당황하게 된다. 그러던 중 주인공의 정신적 지주였던 타일러가 갑자기 사라져 버린다.

그런데 타일러를 수소문하는 중 사람들이 이상하게도 잭과 타일러를 동일시하는 말들을 한다. 잭은 뭔가 이상함을 느끼고 타일러가 갔던 도시들을 찾아다니며 그의 행적을 추적하기 시작한다. 타일러가 방문한 곳을 찾아가보고 잭은 생각지도 않게 타일러가 자기 자신임을 발견한다. 타일러는 자신의 욕망하는 자아였으며 잭이 잠들면 타일러가 되는 것이었다. 그래서 타일러는 잭이 무슨 일을 할지 알고 있다. 잭이 테러 작전 도면을 갖고 경찰을 찾아가지만 경찰도 파이트 클럽 회원이 아닌가. 타일러는 잭이 찾아올 거라고 미리 귀띔해줬다고 한다. 타일러는 잭이 무슨 일을 할 것인지 다 알고 있다.

잭은 자신의 입 속에 총을 쏘아 타일러를 제거하고 다시 말라의 손을 잡고 말한다. "너는 내 인생의 이상한 순간에 날 만났어." 잭과 타일러가 동일 인물임을 암시하는 장면이 여러 번 등장한다. 영화 중간중간에 잭의 뒤에서 타일러가 0.1초 정도 나타났다가 사라지곤 하는 것이다. 아이러니하게도 타일러를 없앴는데 마지막에 창밖의 카드회사 건물들이 불꽃 축제 하듯 폭파되는 장면이 펼쳐진다.

실은 잭과 타일러의 싸움은 한 인간의 내부에 있는 억압적 자아와 본능적 자아의 싸움인 것이다. 클럽의 멤버들도 '나 안의 또 다른 나'들로 볼 수 있다. 나 안의 무수한 '나'들이 서로 격렬하게 싸우고 있다. 멤버들은 서로 두들겨 패고 맞으면서 모두 타일러가 되어간다.

타일러와 격정적인 사랑을 나누는 말라 또한 나의 또 다른 모습이다. 말라는 나 안의 여성적 인격인 아니마라 볼 수 있다. 그러니 타일러와 말라의 성적 결합은 나 안의 본능적 자아와 여성성의 결합으로 볼 수 있다. 타일러는 잭에게 말라를 처리해야 한다고 말한다, 너무 많은 것을 알고 있다며. 그러나 주인공인 '나'는 차마 그러지 못하고 그녀를 보호하려 한다. 버스를 타고 잭을 떠나는 후반부 장면에서 말라는 이제 처음 모습과는 달리 맑고 이성적으로 보인다.

비누 장수에다 영상 기사, 웨이터 일도 하는 타일러는 직업도 마음대로이고 사는 곳도 제멋대로이다. 아무런 거칠 것이 없다. 쇼펜하우어적인 삶의 맹목적 의지인 셈이다. 본능적이고 파괴적인 욕구에 충실한 그는 분노의 화신인데다가 니체적인 힘에의 의지를 구현하고 있다. 힘에의 의지로 충만한 타일러는 클럽에서 독재적 권력을 휘두르며 멤버들을 다시 낙타의 상태로 전락시킨다.

주인공 잭은 타일러를 만난 뒤 회사의 노예이기를 거부하고 니체의 낙타의 상태에서 사자의 상태로 진화한다. 자기 집이 불타자 잭이 타일러의 집으로 가는 것은 자신의 억압적인 자아를 파괴하고 본능적인 자아를 받아들이는 것을 의미한다. 잭은 한 세계를 깨뜨리고 알에서 깨어 나온다. 그는 이제 다람쥐 쳇바퀴 돌듯 살아가는 직장에서 얻어터진 얼굴을 그대로 드러내며 당당하게 나간다. 그리고 초자아 역할을 하는 매니저에게 통쾌한 복수를 하고 초자아의 통제에서 벗어난다. 이런 식으로 어둠 속에 쌓여있던 무의식의 내용이 의식 위로 떠올라 정화되고 있다.

그러나 잭은 머리에 총을 맞고 돌아온 전직 보디빌더 밥을 보고 마음이 흔들리기 시작한다. 잭은 말라를 만나기 전에 그의 넓은 가슴에 안겨 마음의 평화를 얻곤 했다. 그런데 죽은 밥의 시신을 마치 물건처럼 대하는 멤버들의 모습에 충격을 받는다. 내부의 수많은 자아들의 끔찍하고 잔인한 모습들이다.

게다가 타일러의 사상에 물든 멤버들이 초토화 작전, 즉 방화 폭력 테러를 벌이려고 하자 잭은 이건 아니라고 생각한다. 자아가 각성해 정신을 차리고 이드의 횡포를 자각하기 시작한다. 카타르시스 작용이다. 이드가 자아보다 강하긴 하지만 자아의 힘을 키우면 이드를 무의식 영토에서 의식의 영토로 데려와 처리할 수 있는 것이다.

마지막의 건물 폭발은 파괴가 아니라 오히려 해방과 기쁨의 표현이다. 자아가 욕망의 진면목을 알게 됨으로써 진정한 자신을 발견하는 순간이다. 현실적인 자아는 억누르고 있던 본능적인 자아를 의식 위로 끌어올려, 거인 안타이오스를 공중에 들어 올려 목 졸라 죽인 헤라클레스처럼 제거해버린다. 이른바 본능적인 욕구를 현실원칙에 적합하게 맞추는 승화작용이다.

이제 잭은 욕망을 억압하지 않고 있는 그대로 받아들인다. 새로운 자유로운 삶이 펼쳐지는 자기실현의 순간이다. 매슬로는 인간 욕구 5단계 이론에서 자아실현을 최고 단계로 치고 있다. 이 영화는 싱클레어가 데미안의 도움을 받아 자기실현을 이루어가는 과정과 비슷하다. 이제 자아를 튼튼하게 키운 싱클레어는 데미안 없이도 혼자 잘 해나갈 수 있게 된다. 마지막에 보면 두 사람 역시 동일인이라는 게 드러난다. 개인뿐만 아니라 공동체와 나라도 건강한 사회와 국가가 되려면 미성숙과 무지에서 깨어나 예속되어 억눌리거나 또는 억압하지 말고 자기실현을 해야 할 텐데 참으로 지난한 일이다.

제2부 우정과 갈등

제3부

———

법, 시사와 정치

1   상앙의 변법

법가의 원조라 할 상앙의 본명은 공손앙이다. 그는 진나라에 등용되어 상商이라는 곳에 봉해졌기 때문에, 이후 상앙商鞅이라 불렸다.

상앙은 위衛나라 왕의 서자로 태어났으나 위나라에서는 자신의 이상을 펼칠 수 없음을 알고, 위魏나라로 건너가 공숙좌의 가신이 되었다. 그러나 상앙의 능력을 알아본 공숙좌의 추천에도 불구하고 위혜왕도 자기를 등용하지 않자, 인재를 널리 구하는 진秦나라로 다시 건너가 진 효공에 의해 중용되었다.

유가는 인의도덕을, 도가는 무위자연을, 묵가는 겸애절용을 내세울 때 법가인 상앙은 패도정치를 통한 부국강병을 외쳤다. 진나라에는 묵가의 세력이 강했다. 그는 진 효공의 신임을 받아 법령과 제도를 개혁했으나 가혹한 법 집행으로 많은 적을 만들었고, 결국 자신이 만든 법에 의해 목숨을 잃는 신세가 되었다. 위나라로 도망치면서 신분증이 없어 객잔에서 숙박을 거부당하는 곤란한 일을 겪기도 했다.

상앙을 비롯하여 법가인 한비자, 이사도 비참한 최후를 맞는다. 한비자는 친구인 이사에 의해, 이사는 환관 조고에 의해 죽임을 당하지만 상앙은 왕족과 귀족 원로와 같은 기득권 세력에 의해 죽임을 당한다. 가혹한 법 집행으로 고통을 당한 일부 백성도 상앙에 적대적이었다. 그런데 조국은 시작도 하기 전에 빗발치는 공격으로 비슷한 상황에 처해 있다. 일본도 친일파도 이처럼 가혹한 비난을 당하지는 않는다.

상앙이 만든 법의 내용은 엄벌주의와 연좌제, 신상필벌 등 법률 지상주의였다. 왕족도 귀족도 법 아래에 있었다. 진정한 법치주의라 할만하다. 모든 사항을 법으로 세밀히 규정하여 백성의 일거수일투족에 이르기까지 법률의 구속을 받게 했다. 조선시대의 오가작통제도 상앙의 법에서 유래하고 있다.

상앙은 변법 개혁가이면서 노비를 해방시켜줬다는 점에서 혁명가의 성격도 지니고 있다. 그는 노비도 군 장교가 될 수 있게 해서 귀족의 원성을 샀다. 또 적의 수급首級을 따면 신분을 높여 주었고 귀족이라도 공로가 없으면 신분이 격하되었다. 그러니 하층민은 환호하며 앞장서 전장에 나갔으나 당연히 귀족의 반발이 컸다. 진시황의 군현제도 상앙 때부터 실시한 것이다.

새로운 법이 시행되고 1년 후 태자가 법을 위반하자 상앙은 그를 법대로 처벌하려 했다. 그러나 태자는 왕이 될 사람이라 처벌할 수 없으니 스승인 공자 건이 처벌받게 되었다. 그는 왕의 형으로 태자의 큰아버지였다. 드라마 〈대진제국〉에서는 그가 코를 베이는 형을 받아 복수의 집념을 불태우는 것으로 나온다.

새로운 법령이 시행된 지 10년이 지나자 진나라는 야만족의 악습이 사라지고 차츰 질서가 잡혀갔다. 길에서 남의 물건을 주워가는 사람도 없고, 산적이 없어졌으며, 개인끼리의 싸움은 서로 피하되 나라를 위한 전쟁에 임해서는 모두 용감했다. 이렇게 전국 방방곡곡이 잘 다스려졌다.

그러나 상앙은 법에 대한 찬반논의 자체를 아예 금지하며 무조건 자기를 따라오라는 식으로 나갔다.

그런데 2차로 시행된 법은 더욱 가혹해져 그를 원망하는 백성이 늘어 갔다. 그런데도 효공의 신임이 두터워 괜찮았지만 효공이 죽고 나면 상 앙 역시 실각하리라는 것은 자명했다. 효공이 죽고 태자가 왕위에 오르 니, 그가 곧 혜문왕이다. 그러니 상앙에게 가혹한 처벌을 받은 왕족인 공 자 건과 원로 귀족들이 들고 일어났다. 이전 재상은 상앙이 법을 어긴 지 인에게 가벼운 벌을 내리고 복직시켰다고 그를 탄핵하는 상소를 올렸다. 기득권을 뺏긴 귀족 가문들도 탄핵에 동참했다.

왕의 형인 공자 건도 변법이 진나라를 강국으로 만들었기에 변법 자체 에는 반대하지 않는다. 그러나 사적인 복수심에 불타고 있다. 혜문왕도 태자 시절 무고한 백성을 죽인 죄로 아버지에 의해 쫓겨나 나라를 떠돌 아다녀야 했으니 상앙에 대한 감정이 좋지 않다. 그러나 변법의 장점을 몸소 체험했기에 변법을 옹호하며 상앙을 존경하는 입장이다.

그러나 나라보다 가문의 이익에만 충실한 기득권층인 원로 귀족들은 상앙을 죽여야 한다고 소리를 높인다. 그리고 상앙의 법에 의해 고통을 당한 일부 백성들도 상앙에 적대적이었다. 이런 소리를 외면할 수 없는 왕은 왕권 안정을 위해 결국 상앙을 거열형에 처하고 만다. 처형장에 들 어온 백성들은 모두 통곡하며 상앙의 죽음을 애통해한다. 이때가 기원 전 338년, 그 후 상앙의 부국강병책을 토대로 강해진 진나라는 기원전 221년 진시황 때에 드디어 중국을 천하 통일한다.

상앙은 사람들이 법을 잘 지키지 않는 것은 첫째, 백성들이 나라에서 하는 일을 믿지 못하고 둘째, 고관 대신들이 법을 지키지 않기 때문이라 고 보았다. 상앙은 이것을 고치기 위해 노력했으나, 법을 지나치게 엄격히 적용함으로써 결국 백성들의 원성을 사게 되었고, 귀족의 기득권을 빼앗은 죄로 되치기 당하게 되었다.

2   법치주의의 명암 – 한비자와 이사

왠지 법치주의 하면 법과 원칙을 최고의 가치로 친다는 서슬 퍼른 독재 정권이 연상된다. 그 원칙은 힘없는 국민들만 대상으로 하지 국회, 법원의 기득권 권력자들과 재벌은 예외로 한다. 그런데 법치주의의 원래 정신은 그런 게 아니었다.

춘추시대 약 360년간은 중앙 정부의 권위가 무너지기는 했지만 아직 대의명분이 남아 있는 시기였다. 그러나 진의 통일까지 마지막 183년간의 전국시대는 약육강식의 논리가 지배하는 시대였다. 주 종실宗室의 권위는 땅에 떨어지고 힘에 의한 패권의 추구만이 최고 가치를 갖게 된다. 춘추시대까지만 하더라도 비록 명분에 불과하지만 그래도 제후들이 인의仁義의 기치를 내팽개쳐버릴 수는 없었다.

진시황에 의해 채택된 법가는 순자의 성악설을 받아들여 인간을 욕망을 추구하는 이기적인 존재로 본다. 그래서 국가의 강력한 통제와 권위에 대한 절대복종을 통해서만 사회적 화합을 이룰 수 있다고 생각했다. 법가사상은 법률에 따른 신상필벌과 군주에게로의 권력 집중을 주창한다. 그러나 권위주의적인 진나라는 이 정책을 너무 가혹하게 실행했기 때문에 결국 15년 만에 허무하게 무너진다. 그 후 한무제가 유가를 관학으로 채택함으로써 법가철학은 중국에서 불신을 받게 되었다.

법치주의는 유가의 덕치주의와는 달리 법에 의하여 백성을 통치할 것을 주장한다. 그것은 한비자韓非子에 의해 집대성되어 이사에 의해 계승된다. 두 사람은 순자를 스승으로 모시고 동문수학한 사이이다. 그러나 이사는 경쟁상대인 한비자를 모함하여 옥에 가두고 죽여 버린다. 자신이 계략을 써서 그를 한韓나라에서 진秦나라로 모셔왔으면서도 진시황이 중용할까봐 두려웠던 것이다. 이렇게 하여 동양의 마키아벨리인 한비자는 스스로 권모술수의 희생자가 되어 비운의 생을 끝마친다.

이사가 간지에 뛰어난 변설가인 반면, 한비자는 눌변이었다고 한다. 한비자는 두뇌가 매우 명석하여, 학자로서는 이사를 능가한 것으로 전해진다. 매우 정직하고 우직한 것으로 보이는 한비자는 문장은 뛰어났지만 말은 더듬었다는 기록도 있다.

법가는 군현제와 관료제를 근간으로 하는 중앙집권적 군주 국가를 본령으로 한다. 법가는 존비귀천을 불문하고 법을 공정하게 적용함으로써 귀족들의 특권을 폐지하고 군주의 절대 권력을 뒷받침했다. 과오를 저지르면 대신도 벌을 피할 수 없고, 필부도 선행을 하면 빠뜨리지 않고 상을 내린다. 법치에는 귀족이든 대신이든 장군이든 예외가 없다. 심지어 군주도 법 아래에 있다. 군주는 측근이나 간신에게 휘둘려서는 안 된다. 호랑이의 발톱과 이빨을 개에게 함부로 내어주어 개가 그것을 쓰게 한다면 호랑이는 반대로 개에게 굴복당하고 말 것이다.

한비자의 군주 철학은 강력한 중앙집권적 권력이야말로 난세를 평정하는 유일한 방법이라는 논리를 편다. 한비자는 공정한 벌을 주장하며 유가와 묵가의 인의와 겸애를 시대착오적인 것으로 비판하고 있다. 더구나 군주의 절대 권력을 옹호하고, 군주는 은밀한 술수도 마다하지 않아야 한다는 주장을 펴고 있다. 그래서 그에게는 동양의 마키아벨리라고 불릴 정도로 권모술수의 화신이라는 이미지가 있다. 그는 법령을 완비하지 않고 지모와 꾀로써 일을 처리하거나, 나라를 황폐한 채로 버려두고 동맹국의 도움만 믿고 있으면 망한다고 설파한다.

한비자는 인의 장막의 위험에 대해서도 경계한다. 신하는 어떻게든 군주를 속이고 사익과 무사안일을 추구하고 복지부동한다는 것이다. 그리하여 신하가 군주의 시야를 가리는 일이 거듭되면 군주가 고립되고 실권하는 것은 물론이며 급기야 국가가 찬탈 당하게 된다고 경계한다. 이 같은 말은 우리 현실에서도 목도한 바 있다.

그런데 한비자와 마찬가지로 이사 역시 BC 208년 자신이 제정한 법령에 의해 허리를 잘리는 형벌을 받고 죽임을 당한다. 진나라 최대의 공신이었던 이사는 법가의 단호함과 공명정대함을 지키지 못했기 때문에 환관인 간신 조고에게 이용당하고 결국 죽고 만다. 진시황은 적장자인 부소를 후계자로 삼으라는 유언을 남기고 죽는다. 총명한 아들 부소는 아버지 진시황에게 직언을 했다가 멀리 변방으로 추방되어 장군 몽염과 함께 오랑캐의 침입을 막고 있었다.

하지만 조고는 이 유서를 날조하여 다루기 쉬운 서자인 호해를 황제로 옹립한다. 이사와 호해는 이 모의에 가담하여 법치주의의 근간을 흔들고 황제의 유언을 배신한다. 이는 이사가 표방한 법가의 공명함과 공평함을 스스로 허무는 것이었다. 그것이 비극이자 아이러니가 아닐 수 없다. 먼저 이사가 조고에 의해 죽임을 당하고, 고립무원이 된 호해 역시 그에 의해 죽임을 당한다. 호해가 그렇게 고립무원이 된 것은 후환이 두려워 자신의 수많은 형제들을 모두 죽여 버렸기 때문이다.

만약 진시황이 군현제를 도입하지 않고 봉건제를 그대로 지속했더라면 조고가 호해를 쉽게 제거하지 못했을지도 모른다. 그랬다면 진시황의 아들들이 봉건 제후가 되어 권력을 가졌을 것이지만, 그들에게 아무런 지위와 권력이 없었기 때문에 조고와 호해에 의해 모두 죽임을 당하고 만다. 군현제라는 괜찮은 제도가 결국 제국을 무너뜨리는 계기가 되었다.

이렇게 조고는 이사와 호해를 차례로 죽이고 자신의 정적을 모두 제거한다. 환관 조고가 권력을 찬탈하자 진나라는 일대 혼란에 빠진다. 그리하여 이른바 『초한지』가 전개되는 것이다. 싸움에서 패배를 몰랐던 무적의 장사 항우는 마지막 전투에서 딱 한 번 유방에게 패배함으로써 목전에 둔 제왕의 꿈을 달성하지 못한다. 분서와 갱유 때문에 진시황이 많은 비난을 받고 있지만 정작 대규모의 분서는 항우가 함양궁을 불사를 때 일어났다고 하는 견해도 있다. 그리고 분서도 모든 책을 불태운 것이 아니라 박사관博士官이 주관하는 서적과 과학 기술서적은 제외했다. 이사에게 분서갱유는 반혁명의 싹을 자르는 것이었다고 할 수 있다. 봉건제를 복구하려는 구사회의 저항이 그만큼 완강했기 때문이다.

갱유에 관해서도 다른 견해가 있다. 땅에 묻힌 460명도 전쟁으로 죽은 수에 비하면 별거 아니라는 것이다. 항우가 함곡관에 들어가서 생매장한 사람의 숫자가 무려 1만 5천여 명에 달한다는 주장도 있다. 갱유의 발단이 된 것은 불사약을 구하던 방술사方術士인 노생盧生과 후생侯生이 도망을 쳤기 때문이다. 그래서 요괴한 말로 백성들을 미혹케 하는 자들을 잡아 매장함으로써 후세 사람들에게 경고로 삼았다는 것이다. 따라서 그들이 반드시 유학자라는 근거도 없다. 그리고 분서갱유라는 표현도 실은 진나라를 나쁘게 왜곡하기 위해 한나라 유학자들이 처음으로 사용한 말이다.

3   마녀사냥

중세의 마녀재판은 어떻게 했는가? 강물에 빠트려 감별한다. 물속에 집어넣어 익사하면 마녀가 아닌 인간이고, 떠올라 살아나면 마녀니까 화형에 처한다. 이러니 마녀로 찍힌 당사자는 어쨌든 죽음을 면치 못하게 된다.

14세기부터 불어 닥친 유럽의 '마녀사냥'은 17세기까지 대략 20~50만명의 사람들을 처형대에 올렸다. 마녀 용의자는 주로 엄청나게 부유한 과부들과 신을 믿지 않는 미혼 여성들이었다. 자기주장이 강하지만 뒤의 배경이 없는 사람, 뺏길 것이 있는 사람, 그리고 교황청, 즉 최고 존엄의 심기를 거스르는 것으로 의심되는 사람이다.

백년 전쟁에서 프랑스를 구한 여걸로 추앙되는 잔 다르크도 마녀로 몰려 화형당했다. 런던탑이나 콩코드 광장이 유명한 처형장이었다고 한다. 18세기에 들어와 계몽주의가 등장하면서 유럽에서 마녀재판이 사라지게 된다. 2003년 교황청은 마녀사냥에 대한 잘못을 인정하며 전 세계에 가톨릭의 이름으로 사죄했다.

토마스 만의 『파우스트 박사』에 나오는 마녀에 대한 묘사를 보면 '마녀는 키가 작고 백발에 허리가 굽었으며 겉모습은 음흉하다. 눈에는 눈물이 흥건하고 코는 뾰족하며 입술은 얇다. 지팡이를 쳐들어 위협하고, 고양이나 부엉이 혹은 앵무새를 기를 것처럼 보인다.'

이처럼 주로 외모 때문에 그런 의혹이 생긴다. 지하실에 살아서 '지하실의 리제'라고 불리는 한 노파는 소설에서 두려움과 놀림의 대상이 된다. 아이들이 그녀를 따라다니며 놀리면 노파는 앙칼진 목소리로 욕설을 퍼부으며 쫓아버린다. 그러면 노파를 기분 나쁘게 생각하지 않는 사람들도 태곳적 전율이 엄습함을 느낀다. 그녀의 행동이 비록 부당하지 않더라도 말이다.

그래서 노파의 이웃은 지상에 살 형편이 안 되는 가난한 노파를 마녀 취급하고, 그녀가 가까이 다가오면 마녀의 사악한 눈길로부터 보호하려고 자기 아이들을 붙잡으려고 할 것이다. 그리고 무슨 핑계를 대서 얼마든지 노파를 불태워 죽일 수 있을 것이다.

작가는 사람들의 이런 악행을 막는 데 도움이 되는 것이 종교보다 문학이라고 주장한다. 즉 그것에 도움이 되는 것은 문학, 즉 자유롭고 아름다운 인간이라는 이상을 꿈꾸는 인문학뿐이라는 것이다.

이처럼 마녀재판은 사라져도 마녀사냥은 끈질기게 살아남았다. 마녀사냥 논리를 적용하면 이렇게 해도 나쁜 사람, 저렇게 해도 나쁜 사람이 된다. 어떤 행동을 하든 비난받고 어떤 결과가 나와도 무조건 죽일 놈으로 매도되는 것이다.

이처럼 한번 마녀사냥에 걸리면 진창에 빠져 빼도 박도 못하고 허우적거리며 죽어가게 된다. 우리 내부에서 잠자던 악마가 깨어나 그걸 은근히 즐기기도 한다. 넌 죽어야 돼, 죽을 놈이야 하면서. 민주사회에서 내 맘에 안 든다고 마녀사냥을 하면 중세, 중세의 몽매함으로 돌아가는 셈이다. 그렇게 되면 세상이 점점 망가지고 미쳐가게 된다.

4   거인 친위대 이야기

김정은 위원장의 벤츠를 V자 형으로 에워싸고 각도 있게 달리는 장신 경호원들의 모습이 퍽 인상적이다. Victory를 그리며 헛둘 헛둘…… 차 주위를 빠른 속도로 달린다는 점과 모두 키가 훤칠하게 크다는 점이 그러하다. 언론 보도에 따르면 190cm 정도 된다니 북한인의 평균 키에 비교하면 놀랄 일이다.

프로이센의 호엔촐레른 왕가의 프리드리히 빌헬름 1세(1688~1740)도 거인 친위대를 거느렸다. 그 부대는 182cm 이상 되는 척탄 병사들로 이루어졌다. 반면 프리드리히 빌헬름 1세는 당시 프로이센 남자의 평균 키인 165cm 정도에 불과했다고 한다. 그땐 작았네, 아주 작았어.

그러고 보니 그의 키는 김정일의 키와 얼추 비슷하다. 둘 다 키에 콤플렉스가 있었다. 그러고 보면 김정일도 키 큰 경호원을 총애했을 법하다. 그는 김대중 대통령이 평양을 방문했을 때 자신을 난장이 똥자루라고 비하 내지는 희화화하기까지 했으니. 콤플렉스 대응책으로 머리를 부풀렸는데 그 아들도 권위를 높이는 경직된 헤어스타일을 하고 있다. 앞으로 어떻게 변할지 지켜볼 일이다.

프리드리히 빌헬름 1세는 학예를 애호한 부왕 프리드리히 1세와는 반대로 부국강병책을 실시했고, 청년들을 강제로 징집하여 선대왕 시절 보다 두 배나 많은 8만의 병사를 양성했다. 그의 아들이 바로 프리드리히 대제이다. 또한 그는 아버지보다 두 배 이상의 군대를 거느렸다. 플루트 불기를 좋아하고 시문학을 사랑한 그는 문약했지만 7년 전쟁과 슐레지엔 전쟁으로 프로이센을 유럽 강국으로 만든 위대한 왕이다.

프리드리히 빌헬름 1세는 의무감, 충성심, 규율, 질서, 근면을 최고의 가치로 생각했고, 그것이 가장 잘 이뤄지는 곳이 바로 군대라고 생각하여 프로이센 전국이 일종의 병영처럼 돌아갔다. 그래서 그는 강군을 키운 군인왕으로 불렸다. 이러한 프로이센의 가치가 이후 독일인의 덕목으로 자리 잡게 된다. 이런 군인왕에게 특이한 취미가 있었다. 그는 키 큰 병사들에 대해 병적으로 집착하여 키 큰 병사들을 각국에서 수집했다. 이러한 장신 병사들로 편성된 척탄근위대는 '포츠담의 거인들' 또는 '거인 친위대'로 불렸다. 이들은 모두 최소 182cm가 넘었고, 그중에서 호만이라는 훈련 교관은 213cm의 키를 자랑했다.

인구 2백만의 프로이센에 키 큰 병사가 부족하자 일부는 외국에서 용병으로 사왔고, 일부는 주변 국가의 왕들이 프리드리히에게 선물로 주기도 했다. 아들 프리드리히 왕세자(프리드리히 대제)도 아버지의 욕구를 충족시키고자 키가 198cm나 되는 영국 청년을 사오기 위해 군마 20마리를 살 수 있는 돈을 치르기도 했다고 한다.

그것으로도 왕을 만족시킬 만큼 키 큰 병사를 모으는 것이 어려워지자, 외국에서 장신의 남자들을 납치하기까지 해서 이웃 국가들의 분노를 사기도 했다. 한번은 장신의 외교관이 납치되어 영국, 네덜란드, 오스트리아가 모두 외교적으로 항의하기도 했다.

왕은 급기야 거인을 만들어낼 생각을 해서 자신의 척탄병들을 장신의 여자들과 결혼하도록 했다. 그러나 이 방법은 너무 느렸고, 또 이렇게 해서 태어난 아이들은 종종 키가 그다지 크지 않아 왕을 안타깝게 했다.

이렇게 구성된 척탄 근위대의 수는 무려 2천 명에 달했다. 그는 자주 잔치를 벌여 병사들과 함께 먹고 마시며 즐겼다. 또 키가 작은 장교는 군에서 승진이 힘들었다. 그야말로 루저인 셈이다. 그래서 왕은 '포츠담 거인들이 나의 유일한 약점'이라고 반성을 하기도 했다.

그러나 왕은 죽을 때까지도 그 버릇을 못 버렸다. 1740년 임종 직전 그가 병상에 누웠을 때 수백 명의 근위 척탄병들이 그의 병실을 가로 질러 보무당당 행진하자 왕은 이에 고무되어 크게 기뻐했다고 한다.

아버지가 사망하자 프리드리히 대제는 결국 척탄 근위대를 해체시켜 버렸다. 그리고 왕비와 자식들은 왕이 죽자 크게 기뻐했다. 그는 자식들을 너무 가혹하게 다루어 장남, 차남을 죽음에 이르게 했고, 졸지에 왕세자가 된 프리드리히도 걸핏하면 두들겨 팼기 때문이다.

영조는 사도세자가 공부를 안 하고 온갖 악행을 저지르는 것이 못마땅했다면, 프리드리히 빌헬름은 문약하고 성 정체성이 희박한 아들을 씩씩한 남자와 군인으로 키우기 위해서라며 매타작을 했다. 학자풍이지만 북진정벌을 단행한 세종대왕이 계몽군주이긴 하지만 전쟁을 치러 영토를 넓힌 프리드리히 대제 형型이라면 무인풍의 아버지 태종은 프리드리히 빌헬름 형이라고 할 수 있겠다.

그런데 김정은 위원장은 앞으로 자신의 이익만을 위하는 전제군주가 아니라 국리민복과 공익을 위하는 계몽 군주, 개방개혁 군주가 될 수 있을 것인가? 그리고 싶을지라도 기득권을 지키려는 사람들 때문에 주위 환경이 만만치 않아 쉽지 않을 것이다.

5   뷔히너의 드라마 『당통의 죽음』

25세의 나이로 요절한 천재 작가 게오르크 뷔히너. 그는 사회의 최하층 민을 전면에 부각시킨 독일 최초의 작품인 『보이체크』를 쓴, 삶과 작품이 일치한 혁명가이자 공화주의 작가.

괴테의 작품이 비현실적이라고 비난한 작가. 도피 중 몰래 결혼한 그의 삶과 작품이 파격적이다. 그의 작품들은 19세기 초에 나왔지만 그 안에 담긴 파격적 형식과 사실적 묘사, 과감한 표현은 현대 문학을 선취하고 있다.

불온 팸플릿을 뿌린 혐의로 수배자 신세가 되어 도망 중 4주 만에 집필한 희곡 『당통의 죽음』은 피비린내 나는 대혁명의 와중에서 삶과 혁명에 대한 회의에 빠진 당통을 그린다. 로베스피에르가 정권을 장악하고 공포 정치를 펼치지만 민중의 삶은 여전히 힘들고 팍팍하다. 그야말로 헬 프랑스다.

공포 정치를 끝낼 것을 주장하는 당통파와 공포 정치를 통한 혁명 완수를 외치는 로베스피에르파가 대립한다. 당통이 감각과 관능을 중시하는 쾌락주의자라면, 로베스피에르는 철두철미한 도덕주의자다. 그의 무기는 공포다.

"공화국의 무기는 공포고, 공화국의 힘은 미덕입니다. 미덕이 없으면 공포는 부패하기 쉽고, 공포가 없으면 미덕은 무기력해집니다. 공포는 미덕의 발로며, 신속하고 엄격한 불굴의 정의와 다름없습니다."[1]

당통은 로베스피에르가 내세우는 이상적 도덕과 사회의 모습이 허황된 것임을 깨닫지만 새로운 혁명의 방향을 제시하지는 못하고 괴로워한다. 그는 삶의 쾌락을 추구하면서도 죽음과 무無의 세계를 동경하기도 하며, 삶에서도 죽음에서도 의미나 가치를 찾을 수 없는 무기력함을 몸으로 보여 준다.

"죽음에는 희망이라는 게 없어. 삶이 좀 더 복잡하고 조직화된 부패라면 죽음은 보다 단순한 부패일 뿐이지. 차이라면 그게 다야!"[2]

민중 해방과 혁명을 위해 활동했던 뷔히너는 보다 나은 사회의 건설이라는 본래 목적에서 벗어나 처형과 광기로 치닫는 혁명을 묘사하는 동시에, 회의하는 혁명가이자 감각주의자인 당통을 통해 삶과 죽음 사이에서 고뇌하고 방황하는 인간의 전형을 제시한다. 특히 당통과 로베스피에르 등 주요 인물들의 대사들에서는 겉모습이 아닌 인간 내면의 깊은 울림이 생생히 전해진다.

---

1   게오르크 뷔히너, 『보이체크·당통의 죽음』, 홍성광 옮김, 민음사, 2013, 99~100쪽.
2   앞의 책, 189쪽.

우리의 현 상황에서 다시 생각하고 되돌아보게 하는 작품이다. 요절한 뷔히너가 좀 더 오래 살았더라면 하는 아쉬움이 든다. 당통과 로베스피에르의 대립은 19세기 초 독일에서 하이네와 뵈르네의 대결로 되풀이되었다.

6   미네르바의 부엉이 — 해석과 변혁

미네르바는 그리스 신화의 아테네에 해당되는 로마의 여신으로, 공예, 전쟁, 지혜와 음악과 시를 관장한다. 미네르바는 황혼녘에 산책을 할 때마다 지혜를 상징하는 신조神鳥 부엉이를 데리고 다녔다. 오비디우스의 『변신 이야기』에 따르면 미네르바의 원래 신조는 까마귀였으나 미네르바의 비밀을 누설한 죄로 쫓겨나고 그 자리를 부엉이가 차지했다고 한다. 우리나라에서는 부엉이가 재물과 어리석음을 상징한다고 한다. 돼지가 재물과 지저분함을 상징하듯이.

헤겔은 『법철학 강요』(1820)의 서문에서 다음과 같은 유명하고 의미심장하며 논쟁적인 구절을 썼다. '미네르바의 부엉이는 황혼이 깃들 무렵에야 비로소 날기 시작한다.Die Eule der Minerba beginnt erst mit der einbrechenden Dämmerung ihren Flug.'

왠지 멋있는 말이다. 여기서 '미네르바의 부엉이'는 '철학, 지혜'의 은유이고, '황혼'은 '한 시대가 마감되는 즈음'을 의미한다. 그러므로 이 비유는 '철학은 한 시대가 완성되는 즈음에야 그 진상을 파악할 수 있다'는 뜻이 된다.

혜겔의 미네르바의 부엉이 비유는 '현실적인 것은 이성적이고, 이성적인 것은 현실적이다'라는 유명한 구절과 더불어 여러 해석과 논쟁을 낳았다. '현실과 이성'은 해석 방식에 따라 혜겔학파를 좌우파로 갈라지게 한 계기가 되었을 정도로 그에 대한 논란이 분분했다. 눈에 보이는 현상과 현실의 배후에 '정신'이 있고, 현실적인 것은 잠재적인 것의 한 형태일 뿐이며, 변화를 품은 잠재적인 것은 늘 현실과 함께 한다. 이 말을 현실과 당위의 결합으로 보면 적극적인 실천의 주문으로 볼 수 있다. 이미 완성된 현실을 옹호하는 말로 이해되었던 이 표현은 마르크스에 의해 현실의 변화를 촉구하는 말로 이해되었다.

혜겔에 의하면 현실은 절대정신이 역사를 통해 자기 자신을 펼쳐 보이는 과정이며, 그 과정에서는 인간이 예상 못하는 사건들과, 또 어찌 보면 퇴보라고 할 만한 사태들이 있겠지만, 이 모든 것은 절대정신이 바라는 궁극적 목표를 이루기 위한 작은 패배이며, 2보 전진을 위한 1보 후퇴이다. 다시 말해 전투에서 지더라도 전쟁에서는 이기는 그런 과정들이다. 혜겔은 이를 '이성의 간지奸智'라고 표현했다. 그렇다면 인류 역사의 온갖 비극과 비참은 모두 앞을 향해 달려가는 이성과 정신의 뒤에 드리운 일시적인 그림자이자 그늘일 뿐이다.

혜겔은 괴테의 저서에 나오는 회색 이론을 원용해 '철학이 회색의 현실을 회색으로 그려낼 때 살아있는 인물은 이미 늙어버렸다. 회색에 회색을 덧칠해봤자 그 인물은 젊음을 되찾지 못하고 미네르바의 부엉이는 황혼이 깃들기 시작해서야 날기 시작한다는 진상을 깨달을 뿐이다.'라고 말한다. 이 구절은 괴테의 『파우스트』에서 메피스토펠레스가 말한 "모든 이론은 잿빛이고, 생명의 황금 나무는 영원히 푸르다네"[3]라는 대목을 빌린 비유이다.

그런데 마르크스에게 미네르바의 부엉이는 동트는 새벽을 향해 힘차게 날아가야 한다. 그는 『헤겔 법철학 비판』(1844)에서 '모든 내부 조건이 충족된다면 갈리아의 수탉은 힘찬 소리로 독일 부활의 날을 알릴 것이다.'라고 말한다. 니체라면 아마 '차라투스트라의 부엉이는 정오에야 날기 시작한다.'고 말했을 것이다.

마르크스는 '철학자들은 세계를 다양한 방식으로 해석하기만 했다. 정작 중요한 것은 세계를 변혁시키는 일이다.'라고 주장한다. 마르크스는 현실의 궁핍을 안 탓에 철학에 이르는 것이 아니라 철학이 궁핍하기 때문에 현실의 궁핍을 알게 된다. 마가복음 11장 15절에 이런 말이 나오는 걸 보면 예수의 경우에도 정치적 변화의 의지가 없지는 않다. "예수께서 성전에 들어가사 성전 안에서 매매하는 자들을 내어 쫓으시며 돈 바꾸는 자들의 상과 비둘기파는 자들의 의자를 둘러엎으시며." 부자가 천국에 들어가기 어렵다는 말과 오병이어의 이야기 볼 때 예수는 경제적 측면에서 공정한 분배와 기부를 강조하는 좌파로 분류되지만 낙태나 동성애 문제를 생각해볼 때 사회적 측면에서는 볼 때 우파로 분류된다. 이처럼 예수는 경제적 측면과 사회적 측면에서 다른 입장에 선다고 볼 수 있다.

한편 포이어바흐는 '신들이 인간의 제조품인데도 제조품이 인간을 지배하게 되었다.'고 말하는데, 앞으로 AI도 그러지 않을까 우려되기도 한다. 마르크스는 여러 종류의 사회주의를 모두 비판하고 공산주의를 옹호하지만 현재 마르크스가 말하는 공산주의는 사실상 지구상에서 사라졌다. 그래서 낡은 시민 사회 대신 "우리는 각인의 자유로운 발전이 모두의

---

3 요한 볼프강 폰 괴테, 『파우스트』, 장희창 옮김, 을유문화사, 2015, 122쪽.

제3부 법, 시사와 정치

자유로운 발전을 위한 조건이 되는 하나의 결사체를 가지게 된다."[4]는
마르크스의 말은 현실 사회주의를 볼 때 공허하게 들린다.

---

4 하인리히 하이네, 마르크스와 엥겔스, 『독일. 어느 겨울동화. 공산당 선언』, 홍성광 옮김, 연
암서가, 2014, 275쪽.

7   리스트의 관세동맹 – 정치통일에 앞서 경제통일을 먼저 이룩한 분열된 독일

독일은 철혈재상 비스마르크에 의한 통일이 이루어지기 전에 경제통일이 먼저 이루어졌다. 30년 전쟁으로 무려 300개가 넘는 소국으로 갈라진 독일은 나폴레옹 침공의 결과 통치의 편리를 위해 38개의 소국으로 통폐합되었다.

당시 유럽의 열강들은 유럽 중부에 하나로 통일된 강국 독일이 자리잡는 것을 원치 않았다. 그래서 영국과 러시아의 주도 아래 38개 연방국가로 구성된 독일 연방이 성립된 것이다. 연방국들은 각자 독립된 주권을 갖고 있었다.

역사에 대한 이러한 고민은 모든 독일 국민들의 마음속 깊이 새겨져 있었다. 괴테도 '우리는 독일이라고 부를 수 있는 단 한 개의 도시, 단 한 치의 땅도 없다.'며 독일의 부재를 아쉬워했다. 하이네도 독일은 땅이 없어 꿈의 나라에서나 지배해왔다고 푸념한다. "땅은 프랑스와 러시아인들의 것이고 바다는 영국인들 것이다. 하지만 꿈의 하늘나라에서 지배권은 확실히 우리 것이다."[5]

그래서 독일의 시인은 시로 민족의 미래에 대해 물었고, 독일의 음악가는 음표로 애향의 열정을 불러일으켰으며, 독일의 철학가는 신념으로 국가에 대한 존경을 키워나갔다. 19세기 독일 통일 운동의 목표는 바로 하나의 민족 국가와 입헌 국가를 세우는 것이었다.

나폴레옹은 독일 땅에 굴욕을 안겨주었지만 독일인의 통일에 대한 염원을 촉발시켰다. 그는 프랑스 대혁명이 얻어낸 자유와 평등의 원칙을 선전했다. 독일인들은 프랑스 대혁명 사상의 지도 아래 통일과 자유의 국가를 모색하기 시작한다.

그런데 독일의 통일 과정에서 가장 중요한 인물은 의외로 경제학자 프리드리히 리스트(1789~1846)이다. 그는 영국과 프랑스에 대항하려면 정치적 통일을 이루어야 하고 국가의 통일은 혁명에만 의존해야 하는 것이 아니라 평화적인 방법으로 이루어져야 한다고 생각했다. 또한 한 번에 통일을 이룰 것이 아니라 차근차근 밟아 나가자고 설파했다. 그래서 그는 독일 경제동맹이 가장 먼저 실현되어야 한다고 주장했다.

전쟁을 통해 나라의 문제를 해결해오던 19세기에 경제 통일을 출발점으로 정치 통일을 이루어내자는 리스트의 생각은 단연 시대를 앞서가는 것이었다. 그것은 관세동맹이라는 형태로 나타났다. 19세기에는 베를린에서 스위스까지 가려면 무려 10여 개의 연방국을 거쳐야 했고 열 번의 환전을 하고 열 번이나 관세를 물어야 했다. 그 과정에서 지불하는 관세가 운반하는 물건의 가격을 뛰어넘기도 했다. 그러니 독일 연방국들이 경제적으로 발전할 수 없었다.

리스트는 독일이 발전하고 강대국의 수준에 오르려면 반드시 이런 내부 관세를 폐지해야 하고, 독일의 경제발전과 국제 경쟁력을 높이기 위

---

5   앞의 책, 82쪽.

해 전쟁이 아닌 다른 방법을 찾아야 한다고 주장했다.

하이네도 『독일. 어느 겨울동화』에서 행인의 입을 빌려 관세동맹이 분열된 독일을 하나의 전체로 만들어 외적 통일, 즉 물질적 통일을 가져다 줄 것이라고 말한다.

"관세동맹은" 그가 말했다.
"우리 민족성의 토대가 될 것이며,
분열된 조국을 하나의 전체로
묶어 줄 것이오.

관세동맹은 우리에게 외적 통일을,
소위 물질적 통일을 가져다주고
검열은 정신적 통일을,
진정 이념적 통일을 가져다줄 겁니다.

그것은 우리에게 내적 통일을,
사고와 감각의 통일을 가져다줄 겁니다.
우리에겐 하나 된 독일이 필요합니다,
안팎으로 하나 된 독일 말이오."[6]

리스트는 각 연방 국가에 '관세동맹'의 설립을 강력히 주장했다. 그러나 독일의 연방 국가들은 그를 연방 밖으로 쫓아냈다. 연방국에서 두 번

---

6 앞의 책, 54쪽.

째로 컸던 오스트리아도 그를 위험한 선동자라고 불렀다. 가장 중요한 수입원인 관세가 폐지되면 연방국의 존립이 위태로워지기 때문이었다.

각국의 암살 위협에 스트레스를 받은 리스트는 건강이 악화됐고, 장기간 안정된 직업과 수입도 없었다. 천하를 주유한 공자처럼 리스트는 10여 년간 연방국을 차례로 돌아다녔지만 모두 실패로 끝났다. 결국 시대를 멀리 내다본 프로이센이 리스트의 제의를 받아들인다.

그리하여 관세동맹의 주도자 프로이센은 사실상 미래 통일 독일의 지도자 자리를 확보하게 된다. 관세동맹은 상품, 자본, 노동력을 유연하게 움직일 수 있어 통일된 시장을 구축하는 데 매우 유리했다.

관세동맹은 수립되었지만 영주에 맞선 진정한 애국자 리스트는 여전히 빈곤에서 벗어나지 못했다. 1846년 아들이 병으로 사망하자 그 충격과 가난, 병고에 시달리던 리스트는 안타깝게도 스스로 목숨을 끊고 만다. 만57세의 나이였다.

1834년 1월 1일부터 효력을 발생한 관세동맹에 그 후 여러 연방국들이 계속해서 가입했다. 독일 연방 내의 관세 철폐는 경제적 통일을 이루어, 훗날 독일의 정치적·군사적 통일의 밑바탕이 되었다.

또한 프로이센을 중심으로 한 철도망이 독일을 연결하는 강력한 동맥으로 급부상했다. 그것도 전쟁에 도움이 되었고 통일의 동력으로 작용했다. 19세기 중엽 관세동맹 지역의 프로이센의 산업 생산량은 영국과 프랑스에 이어 3위를 차지했다. 독일의 경제 통일 목표는 이미 실현되었고 정치 통일의 길에도 점차 서광의 빛이 보이기 시작했다.

사람들이 모두 평화를 원할 것 같지만 반드시 그렇지는 않다. 지금도 평화보다 대결이나 폭격, 전쟁을 바라는 무리나 세력이 다수 존재한다. 적대적 공생이 아니라 상생적 공존이 필요할 때다.

제1차 세계대전이 일어났을 때는 독일과 프랑스를 비롯하여 유럽 전역에서 전쟁에 열광하는 분위기가 압도적이었다. 헤세나 하인리히 만, 로맹 롤랑 같은 일부 작가들만 전쟁에 반대했다. 니체를 추종한 '다리파' 화가들도 그를 오독해 열광하여 전쟁에 뛰어들었다가 대거 목숨을 잃기도 했다. 무식하면 용감하다던가. 그 대가는 참혹했다.

레마르크의 『서부 전선 이상 없다』에서도 고3 담임이 애국심에 호소해 학생들을 대거 전쟁으로 내모는 장면이 나온다. 그들은 모두 죽음을 맞이했다. 마지막으로 주인공 파울 보이머가 죽었을 때도 사령실에는 '서부 전선 이상 없다'는 글귀가 쓰여 있었다. 학생들에게는 애국심에 호소해서 참전하라고 부추겨놓고 정작 담임 자신은 후방에서 향토 방위대에 소속되어 빌빌거리고 어정거린다. 장군은 전쟁 중 납품 비리를 저질러 돈을 번다. 이 책은 반전사상을 고취시켰다 해서 나치에 의해 금서 처분을 받았다.

헤세는 전쟁에 시달리며 청천벽력 같은 불행에 맞서 절망적으로 저항하고 있었다. 반면에 그의 주위의 모든 세계는 이런 불행에 대해 즐거운 감격에 들떠 있는 듯 보였다. 시인들은 전쟁을 축복하는 글을 쓰고 교수들은 전쟁을 부르짖었다. 온갖 종류의 전쟁 시를 신문에서 읽었을 때 헤세는 더욱 참담한 심정이 되었다.

1915년 도저히 참을 수 없었던 헤세는 '오, 이런 음조로 노래하지 말라'고 탄식했다. 그것은 실러의 시 「환희의 송가」 첫 구절이다. 지식인까지도 증오를 설교하고 거짓말을 퍼뜨리며 큰 불행을 찬미하는 것이 안타깝다는 말이었다. 상당히 조심스럽게 이런 탄식을 한 결과 그는 조국의 언론에서 배신자로 낙인찍히게 되었다. 특히 국수주의 언론이 그를 격렬히 공격했다.

헤세는 전쟁 초기에 독일이 승리하리라고 믿지 않았지만, 『데미안』의 주인공 싱클레어가 전쟁에 참여하듯이 1915년 베른의 독일 대사관에 찾아가 지원병으로 입대했다. 그는 독일 포로를 위한 구호업무를 맡아 1919년까지 처음에는 지원병으로, 그 다음에는 베른에 파견된 국방부 관리로 일했다.

헤세는 곤경에 처했을 때 자기를 도와줄 친구가 많을 거라고 생각했지만, 그의 친구들 중 감히 그의 입장을 변호하는 사람은 단 두 명밖에 없었다. 오래된 친구들은 자기들이 가슴에 뱀을 한 마리 키웠다고 그에게 알렸다. 그리고 그 가슴은 앞으로는 타락한 그를 위해서가 아니라 황제와 제국을 위해서만 고동칠 거라고 말했다. 모르는 사람들한테서도 헤세를 비방하는 수많은 편지가 왔다. 출판업자들은 그처럼 타기할 만한 신조를 지닌 작가는 그들에게 더 이상 존재하지 않는다고 그에게 알렸다.

어떤 편지에는 '신이여, 영국을 벌하소서!'라는 문구로 소인消印이 찍힌 것도 있었다. 이 체험은 학교에서 쫓겨난 이후 그의 생애에서 두 번째의 변화를 가져다주었다.

열세 살의 나이에 시인이 되겠다는 결심을 한 순간 이전의 모범생은 불량학생이 되었다. 그는 처벌받았고 쫓겨났으며 어디서도 고분고분 말을 듣지 않았다. 그는 자신과 자신의 부모님에게 한없이 걱정을 끼쳤다. 이 모든 것은 그가 현재 존재하고 있거나 존재하고 있는 것 같은 세계와 자신의 내면의 목소리 사이에서 화해의 가능성을 보지 못했기 때문이다.

이런 일이 이제 전쟁 기간에 다시 되풀이되었다. 그는 다시 혼자가 되어 비참해졌으며, 그가 말하고 생각한 모든 것은 다시 다른 사람들에 의해 적의가 담긴 오해를 받았다.

그래서 이번에는 자기 성찰을 피할 수 없었다. 정신분석의 결과 그는 그의 고통의 책임을 그의 바깥이 아니라 그의 내면에서 찾을 수밖에 없다고 보았다. 그의 내면에는 커다란 무질서가 존재했다. 이러한 무질서를 나 자신의 내면에서 움켜잡아 그것의 질서를 바로잡으려 하는 것은 즐거운 일이 아니었다.

제1차 세계대전 중 헤세는 전쟁과 풍비박산이 난 가정으로 고통을 겪었으며, 돈의 가치가 떨어져 극심한 생활고까지 겪게 된다. 이 시기에 세상과 단절하고 도피하려는 마음으로 몬타뇰라를 찾았다. 이때 그의 모토는 '내버려다오, 오, 세상이여, 오, 나를 내버려다오'였다. 그러면서 도피처를 바깥이 아닌 내면에서 찾기를 열망한다. 깊은 도피처, 내면의 조그만 방은 폭풍우나 불길, 전쟁으로도 파괴되지 않기 때문이다.

그러다가 제2차 세계대전이 발발하자 토마스 만과 같은 정치적 망명자들이 헤세가 사는 몬타뇰라로 피난을 왔다. 헤세가 그들의 정착을 돕

제3부 법, 시사와 정치

자 독일에서는 다시금 그를 비난했다. 그의 책들은 금서로 지정되었고, 『유리알 유희』는 나오자마자 금서가 되었다. 헤세는 전과는 달리 이제 비교적 침묵을 지켰다. 다시 전쟁에 휘둘리기 싫어서였다. 그러자 이번 에는 침묵을 지킨다고 비난이 쏟아졌다. 종전 후에도 헤세가 적극적으로 나치에 반대하지 않았다는 비난이 있었다.

그러나 1946년 『유리알 유희』로 노벨문학상을 받자 헤세의 명예는 회복되었다. 1929년 『부덴브로크 가의 사람들』로 노벨상을 받은 토마스 만이 헤세의 수상에 도움을 주었다. 헤세는 수상을 영예롭게 생각하고 감사를 표했으나 몸이 아파 상을 받으러 가지는 않았고, 사적으로는 냉소적 반응을 드러냈다. 독일에서도 번번이 헤세를 공격 비난한 것에 대한 속죄의 의미로 헤세를 기리기 시작했다. 그는 각종 문학상을 받는 등 인생의 전성기를 누렸다.

그러다가 1950년대 매카시즘의 여파로 헤세는 한때 '공산주의의 변장한 추종자'라는 혐의를 받기도 했다. 하긴 토마스 만도 공산주의자로 몰려 한때 어려움을 겪기도 했었다. 매카시즘이 절정인 시기에는 섬뜩하게도 '공산주의자는 자유주의자로부터 시작된다.' '루스벨트의 뉴딜정책도 빨갱이의 장난이었다.'는 슬로건이 생성되었다.

헤세는 비인간성에 사로잡힌 공산주의를 싫어했지만 부르주아 계급과 노동자 계급이 서로 반목하지 않고 정의와 형제애를 실현하는 게 필요하다고 보았다. 그는 폭력을 증오했고 이를 통해 공산주의를 실현하려는 것에 대해 개인적으로 비판하는 입장이었다. 그는 정치적으로 무당파였는데, 실제적으로는 차원이 다른 초당파가 아니었나 생각된다.

9   『마의 산』과 민주공화국

『마의 산』은 토마스 만이 죽음에서 삶으로, 군주주의자에서 공화주의자로 전환한 계기가 된 20세기 최고의 문제작으로 일컬어진다. 그러나 작품에서는 다양한 가르침을 받은 주인공이 자기 힘이 아니라 전쟁에 의해 죽음의 공간을 벗어난다. 그런데 전쟁 역시 또 다른 죽음의 공간이 아닌가? 그 대신 이제 죽음에의 공감은 내적인 차원에서 은폐되고 그런 만큼 민주주의로의 전환도 좀 미심쩍어진다.

함부르크 출신 한스 카스토르프는 결핵에 걸린 이종사촌 요아힘을 문병하러 3주 예정으로 멀리 스위스의 고산지대에 위치한 다보스 요양원으로 여행을 떠난다. 돌아올 수 있을지 장담할 수 없는 머나먼 모험적인 여행이다.

한스라는 이름은 그림 형제 동화의 「행복한 한스」를 연상시키고, 카스토르프라는 성은 '파국'이란 뜻의 '카타스트로프Katastrophe'를 연상시킨다. 즉 '파국으로 향하는 단순한 청년'이다. 조선공학을 전공한 조선기사인 그는 선박회사 입사를 확정짓고 머리도 식힐 겸 요양차 사촌을 찾아간 것이다. 그곳에서 카스토르프는 쇼샤 부인에게 빠지고, 죽음과 음악을 사랑하며, 결국 마법이 걸린 산에 머무르다가 또 다른 죽음의 세계인 전쟁, 즉 제1차 세계대전에 휩쓸려든다.

3주 예정으로 떠난 여행이 마법에 걸린 듯 어느덧 7년의 체재로 늘어난다. 옛날 앓았던 결핵의 흔적이 드러났기 때문이지만, 실은 카스토르프가 쇼샤 부인에게 반해 요양원을 떠나기 싫었기 때문이리라. 요양원에서 카스토르프는 사부師父 격인 세템브리니, 나프타, 페퍼코른를 만나며 여러 가지 가르침을 받는다.

세템브리니는 카스토르프를 저승을 찾아간 오디세우스에 비유한다. 세템브리니의 말에 의해 다보스 요양원은 '망자亡者들이 취생몽사醉生夢死하는 심연'이 된다. 그는 요양원 의사들을 어둠의 세력인 미노스와 라다만티스로 지칭하면서 신화적인 개념과 동일시한다. 그럼으로써 요양원은 하데스가 되고 의사들은 저승 재판관이 된다. 본의 아니게 카스토르프는 죽음의 세계에 들어간 셈이다. 요양원은 사실상 휴양 장소가 아니라 죽은 자들이 무위도식하는 저승세계이다.

카스토르프는 삶에 이르는 두 가지 길, 즉 직선으로 나 있는 일반적인 길과 죽음을 뚫고 가는 천재적인 길이 있다고 말한다. 이것은 헤세가 『데미안』에서 말하는 밝음의 세계와 어둠의 세계와 유사하다. 그는 평범한 길이 아닌 죽음을 뚫고 가는 험난한 천재적인 길을 택한다.

세템브리니는 오디세우스가 아닌 이상 이곳에서 무사히 지내지 못할 거라면서 마녀 키르케의 섬에서 빠져나가라고 촉구한다. 머지않아 돼지처럼 꿀꿀거리고 네 다리로 기어 다니게 될 거라면서. 발푸르기스의 밤에는 환자들이 실제로 돼지 그림을 그리는 놀이를 하기도 한다.

세템브리니는 자신을 인간에게 빛을 가져다준 프로메테우스에 비유한다. 그런 의미에서 그는 카스토르프의 어두컴컴한 방에 들어갈 때마다 실제로 방의 불을 켜곤 한다. 요양원 원장 베렌스는 X선 촬영을 하면서 카스토르프와 요아힘을 제우스의 쌍둥이 형제 카스토르와 폴룩스에 비유하기도 한다. 둘은 헬레나, 클뤼타임네스트라와 이복남매이기도 하다.

문명문사 세템브리니는 1905년 무렵부터 군주국을 비판하기 시작한 토마스 만의 형 하인리히 만을 모델로 한 것으로 보인다. 정치적 늦깎이 토마스 만은 『마의 산』을 쓰던 중인 1922년에 가서야 마지못해 공화국을 받아들인다.

그러므로 카스토르프는 처음에 세템브리니의 세계에 동감하지 않는다. 시도동기의 구조가 그러한 사실을 잘 말해준다. 세템브리니의 견해들은 자신의 의도와는 달리 처음부터 신용을 잃고 있다. 그의 말뿐만 아니라 말할 때의 행동도 함께 우스꽝스럽게 묘사된다. 루카치는 세템브리니의 이데올로기가 근대의 부르주아적 민주주의의 약점을 반영하고 있다고 본다.

동유럽 출신의 유대인인 나프타는 서구세계와 대립되는 인물이다. 스페인의 로욜라가 창시한 예수회 신자라는 신분 때문에 나프타는 과잉 형식의 나라인 스페인과 연결된다. 그의 외모는 토마스 만이 '또 한 사람'이라는 장을 쓰기 직전인 1922년 1월에 만나 알게 된 게오르크 루카치를 닮아 있다. 나프타는 일반적으로 보수적인 혁명의 여러 모순적인 노력의 형상화이다. 물론 그 속에는 니체와 쇼펜하우어의 견해도 들어 있다. 그는 세템브리니와 결투하면서 어이없게도 자신의 머리에 총을 쏘고 만다.

페퍼코른은 토마스 만이 1923년에 만난 극작가 하우푸트만의 인상을 따서 상세한 묘사가 이루어진다. 그래서인지 페퍼코른은 달변이 아니라 말을 더듬는다. 그는 소설에서 두 교육자를 왜소화시키고 쇼샤의 위험성을 중화시키며 카스토르프를 강하게 하는 기능을 지니고 있다.

마지막에 가서 자살로 그의 프로그램은 우스꽝스럽게 남는다. 그 성격과 프로그램의 정신사적인 배경은 생철학이며 그러므로 수미일관되게 니체이다. 그는 니체처럼 자신을 디오니소스, 예수와 비교한다. 12명의 요양원 손님과 가진 그의 연회는 최후의 만찬이다.

소설은 전체적으로 볼 때 죽음에 공감하는 하강구조를 지니고 있다. 하지만 토마스 만은 패전 후 바이마르 공화국을 지지하는 쪽으로 전환하면서 소설의 하강구조를 반전시키려고 시도한다. 하지만 전체 구조는 상승하지 않고 원래 구상대로 하강한다고 볼 수 있다. 토마스 만 자신도 '눈'의 장章이 마지막에 있지 않다는 점이 그 책의 구조상의 결점이라고 시인하며, 작품은 상승하거나 긍정적인 체험에서 정점에 도달하는 것이 아니라 하강하고 있다고 인정한다.

토마스 만은 1922년에 쓴 에세이 「독일 공화국」에서 뜻을 바꾼 것이 아니라 견해를 바꾼 것에 불과하다고 실토한다. 눈 속에서의 꿈 이래로 여러 가지 상승과 도약의 움직임이 있었지만 카스토르프는 제 힘으로는 마법의 산을 뛰쳐나갈 수 없다. 죽음의 요양원으로부터의 그의 해방은 청천벽력 같은 전쟁에 의해서이다. 훌륭한 행위나 발전된 인간성의 결과로서가 아니라 원초적인 자연력인 전쟁의 결과 해방되는 것이다.

전쟁은 마법의 산의 근본 모티프를 또다시 채택한다. 그것은 죽음의 세계 축제이며 하나의 열병이다. 이것은 카스토르프를 마법의 산에 붙잡아둔 힘이다. 그 때문에 평지로의 해방도 세템브리니적인 의미에서 일어난 것이 아니다. 그 해방은 죽음의 세계가 단지 형태를 바꾼 것에 불과하다. 전쟁에서 죽음의 형태는 보다 노골적인 형태를 띠게 된다.

따라서 서술자의 이야기 톤도 변하게 된다. 노골적인 죽음이 개입함으로써 서술 톤이 두드러지게 달라져 유희적인 문체가 장중하고도 엄숙하게 바뀌면서 서술자의 자의식이 동요 받게 된다. 여태까지는 서술자가 모든 것을 유희 재료로 삼을 수 있었지만 이제 그는 그림자와 같은 안전한 상태에서 자신이 전화에 당하지 않은 것에 부끄러워한다. 전쟁에 직면하여 아이러니로서의 유희가 끝나는 것이다.

카스토르프는 참전하면서 무의식적으로 보리수 노래를 부른다. '가지가 살랑거리네, 나를 부르는 듯이-' 노래에서 보듯이 그는 여전히 죽음에의 공감이 이끌리고 있다. 전쟁으로 이제 평지도 온통 죽음의 영역이 되고 만다. 카스토르프는 그 한가운데에 있다. 소설 결말은 또 다시 소설 전체를 되풀이한다. '언젠가 사랑이 샘솟는 날이 올 것인가?'라는 소설 마지막 문장의 질문에 대한 대답은 더 이상 제시되지 않는다.

"자네는 예감에 가득 차 술래잡기에 의해 죽음과 육체의 방종에서 사랑의 꿈이 생겨나는 순간들을 체험했네. 온 세상을 뒤덮는 죽음의 축제에서도, 사방에서 비 내리는 저녁하늘을 불태우는 열병과도 같은 사악한 불길 속에서도, 언젠가 사랑이 샘솟는 날이 올 것인가?"**7**

100여 년 전에 토마스 만이 민주주의자로 탈바꿈하기 어려웠듯이 21세기인 지금도 우리나라에는 민주공화국을 받아들이기 어려워하는 사람들이 많이 있다. 봉건 군주에 대한 향수 때문인가? 독일에서는 그런 사람들이 흑적금이 아닌 흑백적의 국기를 선호했다. 그런데 민주공화국을 신봉하는 사람들도 진정한 의미에서의 생활 민주주의를 실천하기는 아직 멀었다고 할 수 있다.

7　토마스 만, 『마의 산 2』, 홍성광 옮김, 을유문화사, 2008, 727쪽.

10   토마스 만이 종전 후 독일에 돌아가지 않은 이유

최인훈의 소설『광장』의 이명준을 생각하면 왠지 독일 작가 토마스 만이 떠오른다. 정치적인 탄압을 피해 조국을 등졌지만 전쟁이 끝난 후 결국 독일에 돌아가지 않고 제3국 스위스에서 여생을 보냈다는 점에서 말이다.

그는 나치를 피해 미국에서 망명 생활을 하던 중 전쟁이 끝났지만 서독에도 동독에도 돌아가지 않고 스위스에서 여생을 보냈다. 이런 의미에서 토마스 만은『광장』의 주인공 이명준의 원조 격이라 할 수 있다. 최인훈이 이런 스토리를 알고 이명준을 그렸을지도 모른다. 물론 인민군 포로들 중 남과 북 어느 쪽도 선택하지 않고 인도로 간 실제 모델이 있다.

1945년 독일이 패망하자 많은 독일인들이 노벨문학상 수상 작가 토마스 만에게 독일로 돌아오라고 요청했다. 심지어 그에게 신생 독일의 대통령이 되어달라고 부탁하기까지 했다. 이스라엘에서 아인슈타인에게 그랬듯이. 그는 1929년『부덴브로크 가의 사람들』로 노벨상을 받는 영광을 누렸다. 1924년에 나온 문제작『마의 산』도 상을 받는 데 기여했으리라. 또한 그는 전후에 헤세가 노벨상을 받는 데도 도움을 주었다.

문필가 발터 폰 오토 역시 토마스 만에게 독일에 돌아와 독일인들에게 조언하고 행동을 해달라고 요청했다. 심지어 소련의 통제를 받는 지역의 방송과 정당에서도 같은 요구를 제기했다. 토마스 만이 '독일에서 역사적인 과업을 이룩해야 한다'는 부담스러운 이유를 대면서.

그러자 토마스 만은 1945년 9월 7일 발터 폰 오토에게 공개편지를 보내 거부 의사를 밝힌다. 그러면서 1933년에서 1945년까지 독일에서 간행된 문학 작품을 깡그리 비판한다. 그러자 독일의 내적 망명자들은 토마스 만을 독일 조국의 배반자로 낙인찍으려 했다. 이러한 논쟁은 독일에서 엄청난 반향을 불러일으켰다.

구원 가능성이 거의 없어 보이는 당시 상황에서 독일이 다시 부른다는 사실에 그는 기쁜 마음이 없지도 않았지만 그런 호소가 부담스럽기도 했다. 또한 거기에서 그는 비논리적인 점, 심지어 부당한 점과 사려 깊게 생각하지 않은 점도 느꼈다. 어언 70대 노인이 된 작가가 완전히 꺾인 독일인의 기를 되살려줄 수 있을지도 의문이다. 또 돌아가려면 정신적, 육체적 어려움 말고 여러 가지 기술적 어려움도 있다.

토마스 만은 1933년 고국에서 하찮은 행동을 한 대가로 집과 고국, 책, 추억과 재산을 모두 버려야 했다. 그때까지 익숙하게 살아온 생활 토대를 잃어버린다는 것은 그에겐 큰 충격이었다. 그는 독일을 떠나 이 나라 저 나라를 떠도는 힘든 나그네 생활을 해야 했다. 여권을 얻어야 하는 어려운 문세에 봉착했고, 뜨내기 호텔 생활을 해아 했다. 반면에 잃어버린 나라, 황폐해지고 낯설게 된 독일에서 치욕스런 이야기들이 날마다 그의 귀에 들려오는 것도 고통이었다. 그는 망명 생활의 긴장으로 심장 질환을 앓았고, 뿌리를 박탈당하고 고향을 잃어버렸다는 사실에 대해 불안과 두려움을 느꼈다. 그는 독일 지식인들이 수치에 맞서 총파업이라도 일으키기를 바랐다.

그는 스위스 몬타뇰라에 사는 헤르만 헤세를 찾아갔다. 그는 안전하게 살아가는 헤세가 부러웠다. 그는 헤세와 대화를 나누며 영혼이 자유로운 그에게서 위안을 얻고 어느 정도 마음을 추스를 수 있었다. 그러나 헤세는 독일인들이 위대하고 중요한 민족이고 어쩌면 지상의 소금일지도 모르지만 정치적 민족으로서는 불가능하다며 이제 다시는 그런 사람들과 아무 관계도 맺고 싶지 않다고 말한다.

전통적으로 손님을 후대하는 스위스도 그에겐 안전한 곳이 아니었다. 독일이 못마땅하게 생각하는 손님이 오자 스위스는 당황하고 불안해하며 신중함을 요구했다. 그래서 그는 할 수 없이 자유롭고 위축되지 않은 미국으로 건너가 미국 시민이 되었다. 두 아들은 미군에 근무하며 미국에 뿌리를 박았고, 손자들은 영어로 말하며 성장하고 있었다. 그러니 다시 미국을 등질 생각이 없었다. 독일 민족에게 행해야 할 그의 직분은 독일이 아닌 캘리포니아에서도 할 수 있기 때문이다.

'모든 것을 용서하겠으니 돌아오라!'는 폰 오토의 요구에 토마스 만은 독일이 꽤 낯설게 되었고, 마녀들의 대 소란을 밖에서 체험한 자와, 함께 춤추며 악마를 기다렸던 당신네들 간에 여전히 의견일치가 어려울까봐 두렵다고 답한다. 그는 1933년부터 1945년까지 독일에서 인쇄된 책에는 피와 치욕의 냄새가 배어 있어 무가치하므로 폐기되어야 한다고 주장한다. 히틀러 치하에서는 독일에서 '문화'를 만드는 일이 허용되지 않았고 아예 불가능했다. 황폐함을 미화하고 범죄를 치장하는 일밖에 할 수 없었다.

베토벤의 곡 「피델리오」가 12년 동안 독일에서 금지되지 않은 것도 그에게는 이해되지 않았다. 독일 해방의 날을 위해 태어난 그 축제 오페라가 나치 독일에서 생각 없이 세련되게 상연되었다니. 관중들이 두 손으로 얼굴을 감싸고 밖으로 뛰쳐나가지 않고 둔감하게 듣고 있다니!

독일에서 그에게 오는 편지들 중에는 '선생님이 계시는 곳에 그대로 계십시오!'라고 소박하게 말하거나 '선생님의 노년을 새롭고 더 행복한 고향에서 보내십시오! 여기는 상황이 너무 슬픕니다……'라고 말하는 것도 있었다.

그는 1943년부터 대작 『파우스트 박사』를 쓰면서 4년 동안 번민으로부터 한시도 자유로운 적이 없었고 그 번민에 대항해서 매일 매일 그의 예술적 작업을 관철해야 했다. 그리고 나치에 대항해 50여 차례의 대對독일 라디오 방송을 했다.

또한 그 사이 중병에 걸려 집필을 잠시 접고 '독일과 독일인'이라는 주제로 강연을 하기도 했다. 거기서 그는 독일의 내면성의 역사에 관해 설명하며 선한 독일과 악한 독일이라는 두 독일에 대한 이론을 부인한다. 악한 독일은 길을 잘못 들어선 선한 독일이고, 불행을 당하고 죄악과 몰락의 길에 들어선 선한 독일이라며. 그러면서 그는 독일의 상황이 아무리 절망적으로 보인다 해도, 파괴로 아무리 희망이 없어 보인다 해도 은총과 독일의 미래를 믿는다. 그는 독일적인 유럽이 아니라 유럽 속의 독일을 바랐다. 일본이 아시아를 일본화하려는 것과 반대되는 생각이다.

그렇지만 어떤 일이 있더라도 독일에 돌아가지 않겠다는 말은 아니고 상황이 허락한다면 갈 생각도 있다고 피력한다. 그러다가 몇 년 후 미국에서 매카시 선풍이 불어 생각지도 않게 공산주의자로 몰리며 고초를 겪게 되자 그는 유감없이 미국을 떠나기로 마음먹는다. 한때 마음을 준 미국이 이제 정떨어진 것이다. 브레히트도 고초를 겪고 동독으로 무사히 탈출하는 데 성공했다. 토마스 만은 공개된 일기에서 한국전쟁 중 미국이 가공할 만한 무기로 북한을 초토화시키며 주민을 몰살하는 것에도 분노하며 그들에게 동정을 보내기도 한다.

　독일연방공화국과 이어서 독일민주주의공화국이 생겨나자 각기 토마스 만을 모셔가려고 경쟁이 붙었다. 그러나 그는 서독과 동독 둘 다 내키지 않아 영세중립국인 스위스에 가서 여생을 보낸다. 진정 독일을 사랑한 애국자이고 독일을 대표한다고 자처한 사람이지만 운명의 여신은 그를 독일로 데려가지 않는다. 반면 토마스 만의 형 하인리히 만은 동독에서 예술원장의 자리를 제안받아 돌아가려는 준비를 하던 중 안타깝게도 사망하고 말았다.

11   카프카의 단편 「법 앞에서」

멀리 시골에서 온 한 남자가 법 안으로 들어가려는데 문지기가 가로막고 있다. 이 법은 또 다른 '성城'이라 할 수 있다. 같은 이야기가 『소송』에도 삽입되어 있다. 그런데 홀에서 홀로 갈 때마다 점점 힘이 더 세지는 문지기가 서 있고 세 번째 문지기의 모습만 봐도 오줌을 지릴 지경이라고 한다. 문은 열려 있지만 들어갈 수 없다는 것이다. 시골남자는 문지기가 내주는 등받이 없는 의자에 몇 날 몇 년이고 앉아 안으로 들어가려고 시도하고 들여보내 달라고 간청하며 문지기를 지치게 만든다. 시골남자의 입장은 끝내 허락되지 않는다. 그런데 문지기는 죽음이 임박한 남자에게 '다른 사람은 누구도 이 안으로 들어갈 수 없었고, 오직 그 시골남자만이 입구로 들어갈 수 있었다.'고 알려준다. 그러면서 저음에는 문이 열려 있어 안을 들여다볼 수 있다고 했으면서 마지막엔 "난 이제 가서 입구를 걸어 잠그겠소."[8]라고 말한다.

 이 이야기는 이성적인 분석, 추리를 불가능하게 한다. 시골남자는 무

---

8 프란츠 카프카, 『소송』, 홍성광 옮김, 펭귄클래식 2009, 285쪽.

엇 하러 평생 법 앞에서 기다렸는가? 자유의지가 있으니 차라리 그냥 돌아가는 편이 현명한 일이 아니었을까? '아직은 들여보내줄 수 없다'는 문지기의 말로 미루어 봐서 언젠가는 입장이 가능할 듯 보이기도 한다. 그렇다고 주인공이 아무런 노력을 기울이지 않는 것도 아니다. 문지기를 매수하기 위해 가지고 온 귀중품을 서슴없이 내놓기도 한다. 하지만 그래도 아무 소용이 없다. 또한 자신의 털외투 옷깃에 붙어사는 벼룩들에게 문지기의 마음을 돌리게 해달라고 부탁하듯이 어처구니없는 일을 하기도 한다. 주인공은 어린애처럼 키가 줄어들고 시력이 약해지며 끝내 청력도 잃어간다.

『소송』에서 신부한테서 이 이야기를 들은 요제프 K는 문지기가 시골남자를 속인 거라고 한다. 그러자 신부는 그와 다른 견해를 밝힌다. 요제프 K가 볼 때 문지기는 남자의 입장이 가능할 것처럼 헛된 희망을 불어넣고는 평생 동안 기다리다가 늙어죽게 했다. 또한 문지기는 들여보내줄 가능성이 있다고 내비침으로써 자신의 직무를 넘어서는 일을 한다. 하지만 그는 결국 입장을 허락하지 않았으므로 시골남자를 속인 것이다. 그러면서 마지막엔 오직 그만이 입구로 들어갈 수 있었다며 앞뒤가 맞지 않는 이야기를 한다. 그러나 신부는 '안으로 들여보내 달라고 수많은 시도를 하고, 자꾸 간청하며 문지기를 지치게 만들었기에' 문제를 일으킨 자는 시골남자라는 견해도 있음을 알려준다. 그는 시골남자가 평생 동안 문 옆의 걸상에 앉아 지냈다면 그것은 강요가 아니라 자유의지에 의한 것이라고 지적한다.

반면에 문지기는 자신의 임무로 인해 자신의 자리에 매여 있는 처지여서, 마음대로 바깥으로 나갈 수 없고 아무리 들어가고 싶어도 안으로도 들어갈 수 없다는 것이다. 게다가 그는 이 문으로 혼자 들어가도록 정해져 있는 이 남자만을 위해 봉사하고 있을 뿐이므로 시골남자보다 낮은 위치에 있다고 주장한다. 그러면서 자유로운 사람이 얽매여 있는 사람보다 높은 위치에 있는 법이라는 근거를 댄다. 그런데 문지기는 법을 위해 일하고, 법에 속해 있는 사람이기에 인간적인 판단에서 벗어나 있다. 그렇다면 문지기가 시골남자보다 낮은 위치에 있다고 볼 수도 없다. 결국 절대적인 판단기준이 사라지고 만다.

신부가 "모든 걸 진실이라고 생각할 필요는 없고, 다만 필연적이라고 생각해야만 합니다."[9]라고 하자 요제프 K는 "거짓이 세상의 질서가 된다니 참담한 견해군요."[10]라고 말한다. 이것은 요제프 K의 결론적인 말이지 최종 판단은 아니다. 그는 이런 이야기가 자기보다 오히려 법원 관리들의 토론 모임에 더 적합할 비현실적인 것이라 여긴다. 이때 K가 손에 들고 있던 등불이 이미 꺼져 있다는 묘사는 모든 규범의 상대화와 절대적 척도의 상실을 암시하고 있다.

결국 누가 속이고 속임을 당했는지, 누가 정상이고 비정상인지 알 수 없게 된다. 이처럼 카프카의 소설에는 정상과 비정상, 합리성과 비합리성을 판가름하는 척도가 소멸된다. '거짓이 세상의 질서'라는 K의 표현은 우리가 진실이라고 알고 있는 것이 어쩌면 거짓일지도 모른다는 생각을 갖게 해준다. 이것은 '올바른 식견을 가진 사람도 우롱당한 사람들 틈에서는 그들의 잘못된 견해를 수용할 수밖에 없다.'는 쇼펜하우어의 말과 연결된다. "도시의 시계탑이 모두 잘못된 시간을 가리키고 있는데 혼자 시간이 맞는 시계를 갖고 있다 한들 무슨 소용이 있단 말인가? 모든

---

9 앞의 책, 293쪽.
10 앞의 책, 293쪽.

세상 사람들뿐만 아니라 자신의 시계만이 올바른 시각을 가리키고 있음을 알고 있는 사람조차도 잘못된 시계에 맞춰 생활하는 것이다."[11]

---

11 『쇼펜하우어의 행복론과 인생론』, 같은 책, 199쪽.

12　종전 후 독일 여성의 삶과 자녀 양육수당

패전 후 독일 여성들은 잔해청소부가 되어 건설 현장이나 광산에서 고된 일을 해야만 했다. 전쟁으로 많은 남자들이 죽거나 포로로 잡혀 있었기 때문이다. 1946년 통계에 의하면 여성이 남성보다 700만 명이나 더 많았다. 그런데 나치 시절에는 여성이 건설 일에 종사하지 못하게 법으로 금지되어 있었다.

전쟁 중 독일 여성은 소련군은 물론이고 미·영·프 연합군에 의해서도 성폭행을 당했다. 그래도 소련군과는 달리 연합군은 물질적 대가를 치르고 합의에 의한 관계가 많았다. 특히 베를린 여성의 소련군에 의한 피해가 압도적으로 많았다. 그 숫자도 수만에서 수십만에 달할 걸로 추정되고 있다.

소련군은 독일 여성을 전리품으로 생각했다. 또는 독일군이 슬라브 지역에서 저지른 일에 대한 보복의 성격도 있었다. 그런 의미에서 소련군이 북한에 주둔했을 때 집단 성폭행을 저질렀다는 사례는 별로 거론되지 않고 있다.

그러나 이런 어두운 역사는 독일에서 철저히 비밀에 부쳐졌다. 귄터 그라스는 자전적 소설 『양파 껍질을 벗기고』에서 자신의 어머니가 소련 군에게 당한 이야기를 담담하게 털어놓고 있다. 탈북 모녀가 중국 인신 매매범에 팔려 갔을 때 딸을 위해 어머니가 대신 자신을 희생하는 것과 같은 이야기이다.

서독에서는 잔해청소 여성에 대한 기억이 공적 담론의 장에서 사라졌 다. 보수 세력이 집권한 20년 동안 여성은 가정에 머물러야 하는 존재로 규정되었기 때문이다. 반면 동독에서는 여성의 노동을 장려하면서 잔해 청소 여성의 이미지가 국가적인 선전의 장에서 계속 등장했다.

종전 후 서독 헌법에서 어렵사리 양성평등이 이루어졌다. 사민당과 여 성단체들이 보수 정당 정치인들의 유보적인 태도에 맞서 끈질기게 싸운 결과였다. 전쟁을 일으켜 독일을 폐허더미로 만든 책임을 지고 남자들은 여자들에게 양보하지 않을 수 없었다.

그러나 보수 정당이 집권하던 시절 독일 여성은 가정에 머무르며 육아 와 가사노동에 종사해야 했다. 인구 감소를 막기 위해 출산 지원책으로 1955년에는 셋째 자녀부터 양육수당을 지급하기 시작했다. 1961년부터 는 첫째 둘째 자녀에게도 지급했다.

서독의 경제체제는 '사회적 시장경제Soziale Marktwirtschaft'를 근간으로 했다. 이는 복지정책의 요소를 가미한 자본주의 체제라 할 수 있다. 우리 로서는 의아하게 생각되지만 1948년 에르하르트가 구상하여 서독의 보 수정당이 이를 채택했다는 사실이 놀랍다.

1952년에는 모성보호법이 제정되어 임산부는 출산 전후 6주간의 유 급휴가를 얻을 수 있었고, 1965년에는 출산 전 6주, 출산 후 8주로 약간 연장되었다. 아동보육시설은 1950~60년대까지 거의 없었다. 모성보호 법으로 여성 취업이 증가하자 보수주의자들은 부정적인 견해를 피력하기 시작했다. 취학아동들이 보호받고 있지 못하다거나 여성들이 사치욕 때문에 직장생활을 한다고 하면서. 그러나 실은 남편의 임금이 부족하거나 자녀 교육비 때문에 여성들이 취업전선에 나서야 했다.

이처럼 여성의 취업을 부정적으로 보는 시각 때문에 또 급속한 경제발전으로 노동력이 부족해지자 서독 정부는 급기야 외국인 노동자를 받아들이기 시작했다. 대신 여성은 시간제 일자리에 대거 진출했다. 경제정책의 주역인 에르하르트의 구호 '모든 사람을 위한 풍요'가 전후 경제기적의 덕택으로 어느 정도 실현되어 여성들의 소비수준이 대폭 향상됨으로써 이들의 불만을 다소나마 잠재울 수 있었다. 그러나 자녀세대인 68세대는 그런 것으로 만족할 수 없었다. 갈등이 증폭되고 혁명이 시작되었다.

독일의 자녀 양육수당 Kindergeld

독일의 자녀 양육수당 역사는 무척 오래되었다. 서독 정부수립 직후부터 논의가 시작되다가 전쟁의 참화가 채 아물기도 전인 1955년부터 서독에서 양육수당 제도가 마련되었으니. 당시는 보수 정당인 기민당이 집권하고 있었고, 1인당 국민소득이 채 1000달러에도 미치지 않았을 때였다.

자녀수당의 도입은 인구감소를 막기 위한 대표적인 출산지원책이었다. 처음에는 셋째 자녀부터 주기 시작하다가 베를린 장벽이 설치된 1961년부터는 첫째, 둘째 자녀에게도 매월 25마르크와 40마르크를 각기 지급하기 시작했다. 처음에는 그 실효성에 대해 의문이 제기되었기 때문이다.

그것이 점차 발전 확대되어 서독의 자녀수당제도는 통일 독일에 이어져 오늘에 이르게 되었다. 표를 보면 10년 내지는 15년마다 한 번씩 크게 증액되고 있다. 1980년대 초만 해도 셋째, 넷째의 수당이 훨씬 더 많았지만 2000년에 들어와서부터 190에서 200유로 사이로 그 차이가 미미해졌다. 자녀 넷이면 백만 원 가까이 되니 식품비는 충분히 해결되겠다.

그러면 양육수당을 몇 살 때까지 줄까? 북미 지역에서는 속칭 우윳값이라 불리기도 하는 양육수당을 고3 때까지 준다는데 독일에서는 그보다 6년 정도 더 준다고 한다. 하긴 우유는 나이 들어서도 마셔야 하니까.

우리나라의 북방정책, 햇볕정책도 독일이 추진한 동방정책의 영향을 받은 것으로 보인다. 그런데 햇볕정책이란 명칭은 그다지 마음에 들지 않는다. 햇볕으로 덥게 해서 옷을 벗기겠다는데 그런다고 누가 그걸 알면서 옷을 벗겠는가. 순진하다. 차라리 북방정책이란 명칭이 포괄적인 의미를 지녀 더 나아 보이는데 노태우 정권에서 먼저 그 이름으로 정책을 추진해서 따라 쓰기가 어려웠던 모양이다.

빌리 브란트는 1969년 외무장관에서 총리가 되어 동독을 비롯한 동유럽 국가들과 대결이 아닌 화해를 추구했다. 이로 인해 아데나워의 할슈타인 독트린은 사실상 폐기되었다. 아데나워도 원래는 화해정책을 추진했지만 베를린 장벽 건설, 쿠바 위기로 그 정책이 좌초하고 만다.

베를린 장벽의 건설은 동독의 공산주의를 무너뜨릴 수 있다는 희망을 산산조각 내버렸다. 그러자 당시 서베를린 시장이었던 빌리 브란트와 그의 공보 담당관 에곤 바르는 벽을 부수는 게 아닌, 쉽게 건너갈 수 있는 벽으로 만들자는 목표를 세우고 '동독을 무시하지 말고 계속 논의를 하자'고 결정한다.

동방정책은 원래 에곤 바르의 아이디어였다. 바르는 1963년 투칭거 아카데미 연설에서 접촉을 통해 상대방의 '변화'를 유도하자며 '접근을 통한 변화'라는 표어를 내세웠다. 1969년 에곤 바르는 한 발 더 나아가 동독을 한 국가의 체제로 인정하고 소련을 비롯한 동구권 국가들과 교류를 하자고 역설했다. 그는 동독이 서독의 숙적이라는 이전의 정책들을 거부하고, '작은 발걸음'을 통한 독일의 통일을 장기적 목표로 삼았다.

　지금 보면 바르의 생각이 옳지만 그 당시에 그의 생각은 많은 논란을 불러일으켰다. 우익 언론과 동독에서 추방된 정치 망명자들은 바르를 거세게 비난했다. 특히 기민련은 바르가 반공정책을 버리고 동독과 동유럽에 대한 소련의 지배 야욕에 굴복했다고 비난했다.

　그리하여 빌리 브란트는 1969년 서독의 총리로 취임한 뒤 제2차 세계대전 피해국인 폴란드에 사죄하고 동독과의 교류 등의 전향적인 정책을 추진했다. 기민련 등 보수 진영에서는 공산권과의 교류를 인정할 수 없다며 크게 반발했다. 브란트가 바르샤바의 위령탑 앞에서 무릎을 꿇자 온 세계는 진정성이 담긴 사죄라며 찬사를 아끼지 않았다. 특히 이를 높이 평가한 고르바초프가 독일을 신뢰하게 되어 그 행동은 후일 독일 통일에도 큰 기여를 했다. 하지만 기민/기사련은 무릎 꿇기가 굴욕적이라며 그에게 매국노라고 맹비난을 가했다. 당시 헝가리의 뉴스 캐스터는 '무릎을 꿇은 것은 브란트 한 사람이지만 일어선 것은 독일 민족이었다.'라는 명언을 남겼다.

　동방정책을 신랄하게 비판한 대표적인 저격수가 바로 기사련의 프란츠 슈트라우스였다. 극우 반공주의자인 그는 아데나워 총리 밑에서 국방부 장관으로 있을 때 나토의 작전을 보도했다는 이유로《슈피겔》지 편집진을 반역죄로 고소하여 구설수에 오르기도 했다. 이후 헬무트 콜 정권에서 장관이 되자 그는 돌변하여 두 차례에 걸쳐 거액의 차관을 동독에 제공해 지지자들로부터 배신자라며 거센 비난을 받기도 했다.

빌리 브란트의 동방정책은 1민족 2국가 원칙으로 동독을 정식 국가로 존중하는 동시에, 서독과 동독을 특수한 관계라고 본다. 그렇지만 보수 야당의 반발을 의식해 서독 정부는 동독을 국제법상으로 인정하는 것은 아니며, 서독과 동독은 서로 외국이 아니라는 애매한 입장을 취한다. 동독의 존재를 인정하지 않는 기민련은 분기탱천해 브란트 총리를 불신임시키려고 했지만 불과 2표 차로 부결되었다.

반면 동독의 서기장 울브리히트는 울브리히트 독트린을 내세워 동독과 서독의 외교 관계는 두 나라가 각자의 주권을 인정할 때 생길 수 있다고 주장한다. 이는 서독만이 합법적인 국가라고 주장하던 서독의 할슈타인 독트린과는 상반되는 것이었다. 서독은 결국 냉전시대의 유물인 할슈타인 독트린을 폐기하고 동방정책을 채택했다.

1972년 12월 서독과 동독은 두 나라를 별개의 국가로서 세계적으로 재인식하게 하는 조약을 체결했다. 또한 이 조약으로 외교사절의 교환과 동서독 동시 유엔 가입이 가능해졌다. 서독은 이 동서독 기본조약이 체결된 후 약 18년 동안 동독에 총 1,044억 마르크를 지원했는데 달러로 환산하면 약 576억 달러에 달한다.

그전에 1970년 3월 제1차 동서독 성상회담으로 동서독 간의 우호관계를 확인하고 경제교류를 합의한다. 이어 서독은 소련과 불가침 조약을 맺는다. 이후 폴란드와의 바르샤바 조약을 통해 서독은 현 국경선인 오더-나이세 선을 인정하고, 동프로이센에 대한 영유권 주장을 철회하였다. 1971년 9월에는 동서독 간 우편교류 및 전화교류를 합의해 이후 우편과 전화 통신이 급증하게 된다.

1982년 자민당의 배신으로 정권이 기민련으로 넘어갔어도 에곤 바르는 헬무트 콜 총리를 만나 옛 소련에 있던 자신의 비선까지 고스란히 넘겨주고 조언을 아끼지 않았다. 독일 통일이라는 대업을 위한 초당적 결행이었다. 1983년 사민당이 선거에서 지자 바르는 사민당 사무총장에서 사임하지만 지속적인 정치 활동을 선보였다. 바르는 통일 문제는 정권을 뛰어넘는 사안이라 생각하고 계속 정치활동을 했다.

한편 1982년 총리가 된 헬무트 콜은 취임연설에서 동방정책을 충실히 계승하겠다고 다짐했다. 이러한 일관성은 동서로 나뉜 독일을 하나로 합치는 데 중요한 역할을 했다. 반면 사민당은 평화를 중시한 반면 기민/기사련은 압박 붕괴 정책을 실시하여 인권유린을 못하게 하고 경제적 지원을 하는 대신 대가를 요구했다. 베를린 장벽의 자동발사 장치를 제거하게 하는 조치가 그러한 것이다.

빌리 브란트와 에곤 바르가 추진한 긴장완화 정책은 주변국들에게 독일의 통일에 대한 신뢰감을 조성하였다. 그러나 화해 협력 정책이 처음부터 받아들여졌던 것은 아니었다. 초기에는 특히 미국이 이 대담한 행보를 좋아하지 않았다. 하지만 이 정책은 서서히 주변국들의 신뢰를 쌓으며 주변국들을 설득시켜 통일 독일의 기반을 닦을 수 있었다.

긴장완화 정책은 평화를 가져다주었고 그 결과 전쟁과 군사적 충돌에 대한 비용이 감소하였으며 인적, 물적 교류가 확대되었다. 이에 따라 국방비가 감소했을 뿐만 아니라 동서독 내부 간의 교류에 더해 독일 외부로의 교류까지 확대되었다.

접근을 통한 변화는 상대방과의 신뢰와 진정성이 중요하다. 인권법을 들먹이며 탄압을 중지하라고 한다고 해서 인권 침해를 중지할 나라가 있겠는가. 동독이 서독에 비해 인권상황이 훨씬 열악한 것은 사실이지만 다른 공산주의 권 국가에 비해서는 그래도 양호한 편이었다. 또한 몸값을 치르고 동독 정치범을 사오는 '프라이카우프Freikauf' 제도로 많은 동독 정치범들이 풀려나 서독으로 왔다. 그런데 일반 형사범은 그 대상에서 제외했다.

서독 정부는 1962년부터 1989년 11월 베를린 장벽이 무너질 때까지 27년간 총 34억 마르크가 넘는 대가를 지불하고 동독 정치범 3만 3755명과 그 가족 25만여 명을 서독으로 데려왔다. 정치범 1인당 약 10만 마르크(한화 5300만 원)를 지불한 셈이다. 동방정책이 실시되기 이전에 아데나워의 기민련 정권에서 시작된 일이다.

서독 측은 공산 치하에서 신음하는 동포를 한 사람이라도 더 구출한다는 순수한 인도적 목적에서 이 사업을 추진했던 반면, 동독 측은 불만세력의 배출과 외화획득에 목적을 두었던 것이다.

동서독 정치범 석방거래는 1962년 서독 개신교연합회가 옥수수, 석탄 등 트럭 3대 분의 물품을 몸값으로 지불하고 동독에 수감되어 있던 성직자 150여 명을 서독으로 데려온 것을 계기로 시작되었다. 이 거래는 서독 정부의 현명한 조치 덕분에 30여 년간 철저히 비밀에 부쳐질 수 있었다.

한편 평화를 중시하고 사람을 우선하는 사민당과 인권정책과 철저한 상호주의를 중시하는 기민/기사련은 인권정책 문제로 갈등을 빚었다. 1979년 기민/기사련이 대정부 질의에서 인권정책에 대해 질문하자 사민당 당국자는 이렇게 답변했다.

'연방정부는 동독과의 관계에서 한편으로는 인권상황 개선을 위한 모든 법적, 정치적 조치를 전적으로 실시하고, 다른 한편으로는 이와 관련된 우리의 행동이 동독 사람들이 처한 상한 상황에 어떤 영향을 미칠 것인지 항상 신중하게 검토해야 한다. 연방정부는 독일 상황의 특수성을 고려해 어떤 경우든 어떤 행동이나 말을 하기 전에 미리 우리의 행위가 야기할 생각 가능한 모든 사실적인 결과들을 더할 수 없는 성실성을 다해 검토해야 하는 의무가 있다.'

　이처럼 사민당 정권은 인권을 수단으로 압박을 했다기보다는 협상을 했다. 다시 말해 인권을 무기로 휘두르는 교만을 포기하고, 자신도 역시 인권 아래 두고 인권 앞에서 모든 행동을 신중하게 고려한 것이다. 대화를 하자면서 상대를 못 믿겠다고 하고, 주먹을 치켜들고 협박하는 것은 상대를 무시하고 인정하지 않겠다는 것이다. 그러니 애당초 대화가 되지 않을 것이 자명하다.

14   악의 평범성과 무사유의 죄악 — 시키는 대로 했다고 죄가 없는 것일까?

나치 전범으로 1960년 5월 아르헨티나에서 이스라엘 비밀경찰 모사드에 붙잡힌 아돌프 아이히만은 1961년 이스라엘에 끌려와 예루살렘의 법정에 서게 된다. 유대인 대량 학살의 주범이었던 그는 자신이 무슨 잘못을 저질렀는지 깨닫지 못했고, 그저 위에서 시키는 대로 했을 뿐이라고 스스로를 변호한다. 결국 그는 1962년 6월 1일에 교수형에 처해진다.

철학자 하나 아렌트는 아이히만의 재판 과정을 취재해 『예루살렘의 아이히만. 악의 평범성에 대한 보고서』를 쓴다. 아렌트는 임무는 인간의 모든 행위에 도덕적·법적·역사적 책임이 따르는 사실을 밝히는 것이었다. 그 책에서 아렌트는 학살범 아이히만이 '악마적인 심연을 가진 괴물'이 아니었으며 평범하고 성실하기까지 한 그를 엄청난 범죄자로 만든 것은 '순전한 무사유'였다고 단언한다. 아무 생각 없이 살았다는 것이다.

아이히만은 또한 니체의 말대로 '괴물과 싸우다가 괴물이 된' 경우도 아니었다. 학교 성적이 나쁜 열등생, 실업자로 전전하다 엉겁결에 군에 입대한 사회의 낙제생, 나치 친위대 장교였으나 히틀러의 『나의 투쟁』도 읽지 않은 인물이었다. 평범하고 정상적인 사람이지만 상부에서 시키는 대로 하다가 괴물이 된 경우였다.

많은 사람들은 아렌트가 아이히만의 병리성과 악마성을 폭로해주길 바랐다. 하지만 아렌트는 아이히만을 지극히 정상적이며 평범한 사람이라고 결론 내렸다. 아이히만은 본래 개인적으로 반유대적인 성향도 아니었고, 유대인 친척도 있었으며, 놀랍게도 유대인들이 팔레스타인에 조국을 건설하는 데 찬성하는 시온주의자이기도 했다. 아렌트는 이 책에서 지극히 평범한 사람들도 사유하지 않을 때 얼마든지 악행을 저지를 수 있음을 고발하고 있다.

그런 그가 어떻게 유대인 학살자가 됐을까? 그에게는 인간의 가치와 권리를 억압하는 사회·정치적 구조 악에 대한 저항의식이 없었다. 아이히만은 자기가 잘못하고 있다는 것을 알거나 느끼는 것을 거의 불가능하게 만드는 상황에서 범죄를 저질렀으며, 그는 타인의 입장에서 생각하는 데 무능력했을 뿐이라는 것이다. 하나 아렌트는 무사유야말로 '말과 사고를 허용하지 않는 악의 평범성'이며 '이러한 무사유가 인간 속에 아마도 존재하는 모든 악을 합친 것보다도 더 많은 대파멸을 가져올 수 있다'고 말했다.

아렌트에 의하면 아이히만은 평범한 사람이었고 상부의 지시와 명령에 충실히 복종한 관리자였다고 한다. 보고서에서 아렌트는 이 재판을 통해 '악의 평범성'과 '무사유의 죄악'을 고발하며 불의에 대해 사유하지 않는 자는 유죄라고 주장한다.

하나 아렌트는 아이히만의 행동에 대해 이렇게 말했다 '아이히만은 이아고도 멕베스도 아니었고, 또한 리처드 3세처럼 악인임을 입증하기로 결심하는 것은 그의 마음과는 전혀 동떨어진 일이었다. 자신의 개인적인 발전을 도모하는 데 각별히 근면한 것을 제외하고는 그는 어떠한 동기도 갖고 있지 않았다. 그리고 이러한 근면성 자체는 결코 범죄적인 것이 아니다. 단지 자기가 무엇을 하고 있는지 결코 깨닫지 못한 것이다.'

하지만 아렌트의 보고서를 액면 그대로 믿을 수 있을까? 그녀는 너무 순진한 것으로 보인다. 그녀가 노회한 악인의 술수에 말려 악의 심연을 제대로 파헤치는 데 실패한 것이 아닌가 생각된다. 악은 눈에 보이지 않고 증거도 남기지 않으니까. 그리고 악의 평범성banality, Banalität이란 번역도 뭔가 좀 미진해 보인다. 그 말은 너무 평범하니 차라리 악의 상투성이나 진부함 또는 비속성卑俗性이 어떨까 생각해본다.

작가 하인리히 뵐은 1960년대 중반까지 현실적인 정치 문제를 멀리해 왔지만 1966년 기민/기사당이 사민당과 연합한 대연정이 이루어지면서 상황이 달라졌다. 대연정은 사민당이 경제와 재정문제를 타개하기 위해 집권여당 기민/기사당에 연정을 제의하면서 성사되었다. 그 결과 할슈타인 원칙이 완화되는 성과도 있었다.

그런데 많은 사람들은 이와 같은 대연정Große Koalition을 유권자에게 금치산 선고를 내린 것으로 보았다. 앞으로 어떤 정당을 선택하든 언제나 정부를 지지하는 셈이었기 때문이다. 대연정이 전쟁, 내란, 재앙 등이 일어날 때를 대비해 긴급조치법을 준비하자 긴급사태가 무엇인가에 대한 격렬한 토론이 벌어졌다. 그러자 그때까지 작품으로만 말하던 하인리히 뵐은 이러한 긴급조치법에 대해 에세이와 대중 연설로 반대하면서 현실 참여 필요성을 느끼고 적극적인 정치 참여 작가로 변모했다.

나치당원 출신 쿠르트 키징어가 연방 수상으로 당선되면서 긴급조치법을 관철시키려 했고, 그러자 긴급조치법에 반대하는 대규모 시위가 일어났다. 대학생 시위가 과격해지는 가운데 급진적 도시 게릴라 그룹 적군파RAF, Rote Armee Fraktion가 테러 조직화해서 바더 마인호프 그룹으로 활동했다.

이 그룹이 68년 4월 프랑크푸르트의 한 백화점을 방화하자 학생시위에 대한 시민의 적대감이 점차 확산하는 가운데, 1971년 12월 소도시 카이저스라우텐 은행 강도사건으로 시민 한 명이 총에 맞아 사망하는 사건이 벌어졌다. 이에 대해 극우 보수지《빌트》지는 확인절차와 증거도 없이 이 사건을 바더 마인호프 그룹 소행으로 단정 지으며 보도했다.

하인리히 뵐이《빌트》지의 이런 보도 행태를 강력 비판하는 글을 싣자, 이를 바더 마인호프 그룹을 옹호하는 것으로 해석한 사람들에 의해 수많은 협박 전화와 편지를 받은 뵐은 몇 주 동안 집 밖으로 나갈 수 없었다. 1972년 11월 노벨문학상을 받은 뒤에도 악셀 슈프링어 계열사 언론인들의 뵐에 대한 공격은 계속되었다.

이런 시대사를 배경으로 하고 있는 페터 슐링크의 소설『주말』(2008)은 급진적 테러리스트로서 은행장이나 상공회의소 의장 같은 주요 인물에 대한 살인을 감행한 외르크를 다루고 있다. 그는 20여 년간 수감된 후 풀려나 자유인이 되었다. 이 소설은 외르크의 첫 주말을 기념하기 위해 누나 크리스티아네가 그의 옛 투쟁 동지들을 교외 별장에 초대한 이야기를 다루고 있다.

외르크가 감옥에서 간절히 원한 것은 야외로 소풍을 가고, 드라이브를 즐기고, 친구들과 파스타를 먹는 것 같은 평범한 일상이었다. 감옥을 나와서도 그는 여전히 혁명가로서의 신념과 소신을 버리지 않지만 그의 현실은 초라하다. 전립선암이 발발해 기저귀를 차는 신세가 되고 성적으로도 무력하다. 암세포가 전이되었다는 말을 들었을 때 외르크는 비참한 심경이 되어 차라리 25년 전의 총격전에서 총에 맞아 죽는 게 더

제3부 법, 시사와 정치

나았을 것이라고 토로한다. 이제 외르크의 소망은 자기 힘으로 돈을 벌어 누나의 보호에서 벗어나는 것이다. 그런데 여자들은 다 알고 있다. "남자들은 영웅이 아니라 어린애라는 것을, 기껏해야 다 큰 어린이라는 것을"[12]

젊은 시절 혁명을 꿈꾸던 친구들은 이제 변호사, 기자, 사업가, 교사 등이 되어 다들 중산층의 안락한 삶을 이어가고 있다. 외르크와 친구들 사이에 미묘한 긴장감이 흐른다. 최후의 테러리스트 외르크는 23년 전 자신을 밀고한 사람이 친구들 중에 있다고 생각하고, 친구들은 외르크가 살인을 저지른 것을 용납하지 못하기 때문이다. 외르크의 한 친구의 말은 의미심장하게 울린다. "우리 자신이 누구인지 안다면 우리에겐 자신을 뛰어넘을 기회가 생긴다. 반면에 알지 못한다면 늘 그 상태에 머물러 있을 수밖에 없다. 하지만 그렇다고 해서 타인에게 진실을 강요해선 안 된다. 진실이 너무 고통스럽고 우리가 그 진실을 감당할 수 없을 때 자기기만이 생겨난다."[13]

그러자 외르크가 자리에서 일어나 말을 하기 시작한다. "나도 우리가 길을 잘못 들었고, 우리가 저지른 행동이 잘못이었다는 것을 알고 있습니다. 우리는 승리할 수 없는 싸움을 시작했습니다. [……] 하지만 분명한 건 싸워야 한다는 것이었습니다. 우리의 부모 세대는 순응했고 저항을 회피했습니다. [……] 우리는 베트남 아이들이 네이팜탄으로 불타 죽고, 아프리카 아이들이 굶어 죽고, 독일 아이들이 치료감호소에서 삶의 희망을 잃는 것을 지켜볼 수 없었습니다. [……] 나는 우리가 폭력을 쓴 것이

---

12 베른하르트 슐링크, 『주말』, 박종대 옮김, 시공사, 2013, 161쪽.
13 앞의 책, 263쪽.

잘못이라는 것을 알고 있습니다. 하지만 폭력의 시스템에 저항하는 길은 폭력밖에는 없다고 믿습니다."[14]

---

[14] 앞의 책, 266~267쪽.

『장벽을 뛰어넘는 사람』의 작가 페터 슈나이더는 종전 5년 전인 1940년 북독일 도시 뤼벡에서 작곡가 겸 지휘자 아들로 태어났다. 10세 때 남독일 프라이부르크로 이주해서 프라이부르크, 뮌헨, 베를린 대학에서 독문학, 역사, 철학을 전공했다.

페터 슈나이더는 일찍 정치와 사회참여 운동에 관심을 가져 25세에 빌리 브란트의 연설문을 쓰기도 했다. 특히 그는 루디 두취케, 울리케 마인호프와 함께 68학생운동의 대표자로 두각을 드러냈다. 그는 연설과 팸플릿 등을 통해 이 세대의 세계관을 표명하면서 당시 혁명적인 학생들을 광적인 폭력집단으로 매도한 악셀 슈프링어 출판사에 대한 비판과 시위에도 적극적으로 참여했다.

또한 그는 프롤레타리아 좌파 정당을 설립하기 위해 보쉬 공장 임시노동자로 위장취업하기도 했다. 그로 인해 1972년 교사 자격증을 취득했으나 반체제적 인물로 간주되어 교원 연수 자리를 얻지 못했다. 1976년 법원에서 승소하여 교사 자격을 얻었으나 이미 자유문필가로 성공했기에 교사직을 포기하고 작가의 길을 걷는다. 그 작품이 뷔히너의 동명 소설

「렌츠」(1973)이다. 그 단편으로 슈나이더는 큰 반향을 불러일으키며 일약 68세대를 대표하는 작가로 떠오른다. 서른셋 잔치는 끝났다고나 할까.

이처럼 대표적인 68세대로 인정받는 슈나이더는 자기 시대에 대한 정치적·이데올로기적인 물음들을 꾸준히 소설 주제로 삼고 있다. 정치활동으로부터 거리를 취하면서 그는 학생운동의 환상과 정신적 착종상태에 관해 논쟁을 벌이기 시작한다. 69년의 한 정치 에세이에서 예술의 선동적 기능을 강조하며 문학을 정치적 목적을 위한 수단으로 보던 입장을 그는 몇 년 후 포기한다.

하지만 그는 정치적으로 전향했어도 과거를 부인하지 않으며 자신의 정치적 오류를 고백하지만 자신의 행보를 부인하지 않는다. 또한 그런 것을 없었던 일로 치부하려고 하지도 않는다. 그는 68세대로 남아 있지만 그때의 입장을 고수하는 데 긍지를 느끼는 부류의 인물이 아니다. 그는 과오를 인정할 줄 아는 비범한 인물이다. 오로지 변하는 자만이 자신에게 충실히 남아 있을 수 있는 것이다.

그는 대규모로 복종의 문화와 결별한 것을 68혁명의 가장 큰 성과로 본다. 하지만 그 운동의 모순적인 측면과 부정적인 결과도 정확히 지적하고 있다. 큰 죄는 기본적으로 지도자들이 민주적이고 자유주의적인 출발을 했으나 마지막에 가서는 반민주적 독트린에 굴복하고, 자신들이 혁명의 모범으로 삼았던 인물들이 쿠바, 베트남, 캄보디아, 중국에서 저지른 범죄행위에 눈을 감았다는 데에 있다는 것이다.

68혁명은 결국 반국가적이고 반사회적으로 변한 적군파의 과격한 테러로 민심을 잃으며 막을 내렸다. 작가는 운동의 자기 모순적인 전개와 진행에 더 이상 공감하지 못하고 비판적 거리를 취한다. 그래도 그는 전향자로 불리는 대신 68운동의 양심이자 대표적 권위자로 불리고 있다.

그는 대부분의 다른 사람들처럼 구시대의 정치적 잔해물로 남아 있는 대신 끊임없이 자기 변화를 꾀하며 시대변화에 발맞추어 혁명의 정신을 가장 탄력적으로 실천해왔다.

따라서 그에게는 우리와 집단보다 나와 성찰의 자유가 중요했다. 「렌츠」에서 그는 우리가 아닌 나를 성찰의 화두로 삼으며 집단적 사고로부터의 해방을 시도한다. 이처럼 그의 작가적 글쓰기는 행동과 성찰이라는 두 영역을 아우르고 있다. 즉 사회변혁에 관심을 기울이는 동시에 비판적 거리를 취하며 끊임없이 자기성찰을 하는 것이다.

그의 단편 「렌츠」는 질풍노도기의 천재 시인 렌츠를 1960년대 말의 독일 현실로 불러온다. 뷔히너가 이미 1830년대 중반 광기에 빠진 렌츠를 그린 바 있다. 소설에서 한 젊은 지식인이 노동운동에 참여하면서 겪는 동료들에 대한 환멸과 자기반성이 다루어진다. 렌츠는 침대 위의 마르크스 초상을 보고 묻는다. '아는 척했던 분, 당신의 꿈은 무엇이었나요? 밤에 꾼 꿈 말이오. 당신은 정말 행복했나요?'

렌츠는 동료들과의 틀에 박힌 토론, 위장취업에 환멸을 느끼고 돌연 로마로 떠난다. 거기서도 그는 이탈리아 친구들을 만나 정치운동을 하다가 체포되어 독일로 압송된다. 다시 베를린에 도착한 그는 여기가 자신이 있을 곳임을 실감한다. 마지막 문장은 이렇다. '렌츠가 대체 하려는 것은 뭔가. 여기에 머무는 것이라고 그는 대답했다.'

좌파 지식인의 심리적·정치적 불안을 다루고 있는 이 단편은 감수성과 과격성이 전적으로 통합될 수 있음을 보여주고 있다. 그래서 이 소설은 페터 한트케의 예에서 보듯이 1970, 1980년대의 독일 문학에서 보이는 새로운 내면성, 신주관주의의 효시로 간주되기도 한다.

17   독일의 정치교육은 어떻게 진행되는가?

독일의 정치교육은 민주주의가 생동감을 잃지 않으려면 끊임없이 민주주의를 습득해야 한다는 이유로 진행되고 있다.

정치교육을 두고 이념 갈등이 심하던 1976년, 좌우 진영을 포괄한 학자와 정치교육 주체들이 독일의 작은 마을 보이텔스바흐에 모여 치열한 토론 끝에 이념과 정권에 치우치지 않는다는 정치교육 대원칙에 합의했다. 이것이 '보이텔스바흐 협약'이다. 보이텔스바흐 협약은 공식 법규나 지침으로 도입되지 않았지만 독일 정치교육의 헌법처럼 자리매김했고, 이 협약이 흔들린 적이 없다.

1. 주입 및 교화 금지 원칙. 정치교육에서 교화 및 주입식 교육을 금지할 것.
2. 논쟁의 투명성 원칙. 논쟁이 되는 사안은 논쟁 중인 것으로 그대로 소개할 것.(주요 쟁점과 반대 의견을 모두 소개해 의견 차이 자체를 수용하는 태도를 갖추게 하자는 취지)
3. 수요자 지향성 원칙. 당면한 정치 상황과 자신의 입장을 분석한 뒤

자율적으로 자신의 결론을 도출할 수 있는 능력을 키우도록 할 것.
그리고 기존 정치 상황을 자신의 이해관계에 부응하도록 변화시키
는 능력을 키워줄 것.

'민주주의자※ 없이 민주주의는 이뤄지지 않는다.'는 바이마르 공화국
의 초대 대통령 프리드리히 에버트의 말은 지금도 경청할 만하다.

18   터키인으로 변신한 독일인 위장취업자 귄터 발라프의
르포기사

얼마 전 사기 기업 도쿄전력이 베트남 산업 연수생을 후쿠시마 원자로 폐로시설에 투입하려고 했다는 기사가 있었다. 물론 후쿠시마에서 일한다는 건 알려주지 않았다. 지금 후쿠시마 원전 현장에서 일하는 일본인 인부들은 대부분 방사능 피폭 한계치에 도달한 데다가 새로 일하러 오는 일본인 작업자도 매년 계속 줄어들고 있어 인부들을 점차적으로 교체해야 하기 때문이다.

그런데 이게 민간 인권 단체를 통해 외부로 알려졌고, 베트남 정부에서도 상황을 파악했다. 베트남 해외 파견법에는 '방사선량이 높은 현장에서 일하는 걸 금지한다.'는 항목이 있기 때문에, 베트남 측에서는 베트남 연수생을 후쿠시마에 보내는 걸 거부하기로 했다.

이 기사를 접하니 왠지 30년 전에 읽어 책 제목은커녕 작가 이름마저 가물가물한 충격적인 책이 생각난다. 그동안 오랫동안 잊고 살았다. 독일에서 1985년도에 출판된 책인데 한국에서는 1988년에 『밑바닥 인생』이라는 제목으로 번역되어 나왔다. 2012년에는 『가장 낮은 곳에서 가장 보잘것없이』라는 제목으로 다시 번역되어 나왔다. 도쿄 특파원이었던 〈택시 운전사〉의 독일기자 힌츠페터도 생각난다. 직업정신이 투철한 대단한 사람들이다.

이 책은 독일에서 베스트셀러가 되어 다수의 공감을 얻음으로써 많은 시민들의 양심을 일깨우는 데 성공했다. 노동문제를 다루는 대표적인 르포작가인 권터 발라프는 자신이 노동자로 위장 취업해 산업현장에서 벌어지는 일을 르포기사로 발표해왔다.

독일인인 권터 발라프는 터키인 노동자 '알리'로 변장해 독일 사회가 외국인 노동자를 무차별적으로 멸시 학대하고 권리를 짓밟는 것을 생생하게 고발한다. 변장한 모습이 정말 감쪽같다. 색깔 있는 콘택트렌즈와 콧수염 그리고 어눌한 독일 말투로 위장하고 터키 출신 이주노동자 '알리'로 완벽하게 변신한 권터 발라프는 노동시장에 몰래 잠입하는 데 성공한다. 그리고 산업현장에서 벌어지는 추악한 사실들을 있는 그대로 폭로한다.

독일의 산업현장은 놀랍게도 가장 기본적인 인권 문제조차 지켜지지 않는 곳이었다. 장시간 노동을 강요하고, 방사능이나 산업 먼지 등 유해물질에 무방비로 노출시키고, 일을 하다 다쳐도 보상은커녕 제대로 치료조차 받지 못하게 하고 오히려 일자리를 빼앗았다.

그들에게는 산업폐기물과 오염물질을 다루는 험악한 일들이 주어졌다. 외국에서 노동자를 데려와 힘든 일을 시키면서도 온갖 멸시를 하고, 노동력을 착취해 돈을 벌면서도 마치 아무 일도 일어나지 않은 것처럼 위선을 보였다.

권터 발라프가 생생하게 고발한 내용들은 독일 사회에 커다란 반향을 일으켰다. 그러자 노동현장에서는 노동시간을 준수하고, 보호책을 마련하는 등 한마디로 열악한 노동환경을 실질적으로 변화시켰다. 국가에서도 감독조치에 나섰고, 그 르포는 기업들과 협상을 벌이는 데도 중요한 증거자료가 됐다.

권터 발라프가 고발한 기업들은 각종 소송을 걸어 이 책에 나온 내용들이 사실이 아니라고 주장했지만 거의 모든 소송에서 사실로 확인돼 책 내용은 변화 없이 지켜질 수 있었다. 권터 발라프는 단순히 노동현장을 고발하고 개선하는 데 그친 게 아니라 외국인 노동자 인권문제를 제기하고, 그들과 연대하고, 그들도 우리와 같은 사람이라는 걸 보여줬다.

이 책으로 라인강의 신화라는 독일 성공신화의 배후에서 신자유주의의 그늘이 적나라하게 드러났다. 그럼 한국에서 일하는 외국인노동자 아니 한국인 노동자의 인권은 얼마나 보호받고 있을지 의문이다. 용역회사 사장은 총통 시절에는 빵과 일자리가 흘러넘쳤다며 히틀러 시절을 그리워하는 발언을 서슴없이 하기도 한다. 한국에서도 여전히 개발독재 시절을 그리워하는 사람들이 적지 않다.

가톨릭 사제들의 위선도 자본가들의 그것과 조금도 다를 게 없다. 추방 문제 때문에 세례를 받아야 한다며, 비관료적인 방식으로 속성 세례를 해주면 안 되겠느냐는 알리의 요청에 대다수의 사제와 주교들은 그야말로 매몰차게 거절한다.

용역회사에 중요한 것은 노동자들의 안전이나 건강이 아니라 오로지 납기에 맞춰 발주를 끝내는 것이다. 회사는 기본적인 보호 장구들인 안전모, 작업화, 장갑 그리고 방진 마스크 같은 장비들도 지급하지 않은 채 이주노동자들을 거의 사지에 내몬다. 권터 발라프는 그런 용역회사의 '사람 장사'가 인신매매단과 다를 게 뭐냐고 독자에게 묻는다.

원청회사인 티센은 위험수당을 포함해서 52마르크의 시급을 지급하는데, 하청회사인 렘메르트가 절반을, 재재하청인 아들러가 16마르크를 가져가는 반면, 정작 노동자들에게는 10마르크 내외가 지급되고 있다. 이윤추구라는 자본주의의 맹목적 추구 앞에 적정 시급이나 인권, 노동자들의 건강 따위는 아무런 문제가 되지 않았던 것이다.

실험 대상인 귄터 발라프 역시 티센의 코크스 공장에서 일하다 보니 만성적 기관지염과 갖가지 합병증에 시달리기도 한다. 원전 잠입취재에도 직접 참가해 보려고 하지만, 주치의의 만류로 시도하지 못한 자신을 그는 겁쟁이라고 자책한다. 또한 이주노동자들은 살인적인 노동시간과 산업재해에 시달리면서도 자신에게 딸린 식구들의 생존이 위협받기 때문에 어쩔 수 없이 감내하는 수밖에 없다.

티센과 맥도널드는 고소 고발로 대응했다. 허나 그의 책에 실린 취재가 기폭제가 되어 독일연방과 주정부들은 노동현장에서 벌어지고 있는 추악한 현실에 대해 조사와 감독을 강화하기 시작했다. 이런 노력을 하는 걸 보니 그래도 독일은 조금은 희망이 있는 나라다.

한국에는 왜 귄터 발라프 같이 자신을 희생하면서 사실에 접근하는 진정한 의미의 저널리스트가 없는지 생각해보게 된다. 공정거래위원회 같이 대기업의 불공정 거래와 관행을 관리감독 해야 하는 관청의 관리자들이 은퇴 후 재취업을 위해 암묵적 거래를 하는 것이 한국의 추한 실상이다.

스스로 '자유주의자이자 아나키스트, 사회 속에서의 훼방꾼'이라고 자처하는 발라프의 활동은 독일 주류사회와 갈등을 빚었으며, 독일 통일 이후에도 그 갈등은 계속되었다. 1993년 발라프는 슈타지에서 비밀정보 요원으로 활동했다는 혐의로 조사를 받았다. 이에 발라프는 모함과 무고를 주장하며 소송을 제기했고 결국 2004년 무죄 판결을 받은 바 있다. 최근에는 흑인으로 '변신'하여 독일 사회에 만연한 인종주의를 폭로하고

혹한기의 노숙자, 영세 노동자로서의 체험 등을 담은 책을 발표하여 파문을 일으키기도 했다.

19   1989년 라이프치히의 촛불 집회

1989년 11월 9일 생각지도 않게 베를린 장벽이 붕괴되었다. 무려 31년 전 일이다.

그해 10월 초까지만 해도 동독에서는 아직 대규모 시위가 일어나지 않고 있었지만 괴테가 유학한 도시 라이프치히에서는 달랐다. 10월 9일 오후 5시, 라이프치히의 니콜라이 성당에는 8천 명의 시민들이 집회에 참석했다. 사회주의 체제개혁을 위한 시민모임인 '새 포럼Neues Forum'이 개최하는 월례 집회였다. 성당 안팎에서는 비밀경찰, 무장경관, 보안군이 진압명령을 받고 대기하고 있었다.

한 달 전 천안문 광장에서의 유혈 시위진압을 알고 있던 시위대에게 성당 밖으로의 행진은 목숨을 건 무모한 행동이었다. 하지만 그들은 성당 밖으로 과감히 나섰다. 그들의 손에는 '우리가 인민이다.Wir sind das Volk.'라는 구호가 들려 있었다. 그들의 요구사항은 동독 사통당 집권종식과 자유투표 보장이었다.

일단 행진이 시작되자 경찰의 무력시위에도 대열이 급격히 늘어나 시청 앞을 지날 때에는 7만여 명의 인파로 불어났다. 시민의 10퍼센트 이상이 참가한 대규모 평화행진에 놀란 무장경찰과 보안군은 정부의 무력 진압 명령집행을 포기했다. 사복을 입은 비밀경찰들이 시위대에 잠입해 폭동을 유도하려 했지만, 시위대는 '비폭력'을 외치며 그들을 고립시켰다. 10월 23일 시청사 앞에는 30만 군중이 운집했고, 그것이 동독의 일당 독재가 무너지는 결정적 계기가 되었다.

라이프치히의 시민들은 외부의 힘에 의지하지 않고 스스로 사회주의 체제를 민주적인 체제, 인간의 얼굴을 한 사회주의로 개혁하려 했다. 한 달 뒤 일어난 베를린 장벽 붕괴의 충격과 독일 통일의 와중에서 이들의 개혁 요구는 덮이고 말았지만, '우리가 인민'이라는 구호는 이후의 시민 행동에서 반복해서 외쳐진 시대정신이었다. 인민의 이름을 도용해 당에 대한 비판을 금지하며 일당 독재를 지속해온 사회주의의 모순에 대한 통렬한 비판임과 동시에 독재 권력에 대한 시민의 자결 선언으로서.

20　독일 국민은 국기를 흔들고, 국가國歌를 불러도 되는가?

독일 국기는 지금의 '흑적금' 말고 '흑백적' 색상도 있었다. 그런데 종전 후 둘의 싸움에서 민주공화국을 대변하는 현재의 '흑적금'이 승리를 거두었다.

나폴레옹의 압제를 받던 시절 저항정신에서 생겨난 '흑적금' 색상에는 '피투성이(적색)의 싸움을 통해 암흑(흑색)의 노예 상태를 벗어나 자유의 광명(금색)을 찾으리라.'라는 의미가 담겨 있다고 한다.

'흑백적'은 왕당파가 선호하는 빌헬름 황제시대의 색상이다. 그것은 제국시대의 향수, 과거의 영광, 독일 민족의 영광과 관련이 있다. 그들은 흑적금의 '금색'을 '똥색, 겨자색'이라 조롱한다. 이들은 민주공화국을 지향하는 사람들이 아니라 군주국에 대한 향수를 품은 왕당파들이라 할 수 있다. 실은 자유가 아닌 억압과 독재 편이다.

나치도 초기에는 흑백적을 쓰다가 갈고리 모양의 나치 상징을 도입했다. 나치의 국기(1933~45)에 대해 히틀러는 '영광스러운 과거와 독일 민족의 영광에 대한 존경을 나타내는 존경받는 색상'이라고 했다.

'적색은 사회를, 백색은 운동의 국가적 사고를, 스바스티카는 유대인에 대한 아리안 민족의 승리'를 의미한다고 한다. 누구든 과거의 영광에만 집착하는 사람은 문제가 있다.

2000년대까지 함부로 독일 국기 흔드는 것을 꺼리던 독일에서 2006년 FIFA 월드컵에서는 국기를 공개적으로 사용하는 현상이 급격히 증가했다. 국기가 인기를 끌자 독일 국민들은 처음에는 놀라움과 불안을 느끼고, 수십 년 전의 공포에 사로잡히기도 했지만 대회가 끝난 이후에는 국기를 흔드는 행동이 국가의 자긍심으로 여겨졌다. 이제야 정상국가가 되는 건가.

독일에서는 하이든이 곡을 붙이고, 19세기 중반 국수주의적 시인이자 교수인 팔러스레벤Fallersleben이 가사를 쓴 국가를 1, 2절은 부르지 못하고 3절만 부를 수 있다. 1절은 제국주의 시대의 침략주의 시각을 담고 있고, 2절은 술과 여자, 여자의 충절을 노래하기 때문이다. 3절은 통일, 평화, 번영을 노래하니까 지금의 시각과도 부합한다.

그래서 독일에서는 교사가 1, 2절을 가르치면 학교에서 쫓겨난다. 하일 히틀러를 외치면 잡혀간다. 독일 도시에는 나치 집회를 금지한다는 팻말을 볼 수 있다. 반면 일본에서는 기미가요를 학생들에게 가르치지 않는다고 교사가 쫓겨난다. 나치 깃발은 당연히 흔들면 안 된다.

21   2003년도 영화 〈굿바이 레닌〉

1989년 10월 라이프치히 촛불 시위에서 알렉스는 베를린장벽 철거를 외치다가 붙잡혀갔고, 그 장면을 본 어머니 크리스티아네는 충격으로 쓰러져 혼수상태에 빠진다. 열렬한 공산당원이 된 그녀가 마침 훈장을 받고 집으로 돌아가는 길이었다. 그리고 8개월이 지나 그녀는 동독이 지구상에서 사라진 후 간신히 의식을 되찾는다. 아들의 기쁨도 잠시, 어머니는 심장이 약해져 조금의 충격이라도 받으면 목숨이 위험한 상태다.

이때부터 엄마를 위한 아들의 통 큰 거짓말 프로젝트가 시작된다. 우선 엄마의 아파트를 구동독 시절의 모습으로 꾸며 놓고, 엄마가 찾는 동독 시절 오이피클 병을 쓰레기통을 뒤져가며 구하고, 급기야는 동독의 발전과 서방의 붕괴를 다룬 과거 동독의 선전 TV 뉴스까지 친구와 함께 제작하기에 이른다.

이제 쓸모없어져 찢어버린 옛날 돈, 네덜란드제 피클, 조카의 신식 기저귀, 코카콜라와 버거킹, 돈을 바라고 노래 부르는 아이들은 그에게 야박한 자본주의를 생각나게 한다. 그것들은 알렉스에게 과거지사가 된 사회주의에 대한 향수를 불러일으킨다. 좋고 나쁨, 옳고 그름의 문제를 떠나 과거의 입맛과 가치, 기억과 습관 등은 쉽게 떠나보낼 수 없는 그의 '지난 삶의 일부'였기 때문이다.

어느 날 어머니는 별장에 가고 싶다고 했고 그곳에서 자식들에게 아버지에 대한 비밀을 말해준다. 아버지는 장벽 너머 여자와 바람나서 서독에 망명한 게 아니라 당원이 아니라는 이유로 차별을 받아 망명한 것이라고. 그리고 아버지는 가족들에게 편지도 많이 보냈다고. 온 가족이 도망치면 나라에서 자식들을 뺏어 갈까봐 겁나서 말하지 않았다고. 너희들에게 거짓말해서 미안하다고 말해준다.

그런데 아들 알렉스의 거짓말 작전을 어머니는 끝까지 몰랐을까? 동독의 수상이 사임한다는 뉴스를 본 어머니의 표정을 떠올려 보면 아닌 것 같다. 그녀는 멍하니 뉴스를 본다기보다는 알렉스를 지그시 바라본다. 그것은 아들이 자신을 위해 이런저런 일을 꾸몄다는 것을 알았을 때 가질 수 있는 어머니의 자애로운 눈빛이 아닐까? 고마움과 미안함의 의미를 지닌 눈빛 말이다.

이참에 '굿바이 유신'뿐만 아니라 나아가서 '굿바이 어버이 수령'도 함께 이루어졌으면 좋겠다. 다들 미몽에서 깨어날 날이 언제나 올까. 개구리를 벽에 얼마나 세게 내동댕이쳐야 하나, 인간이 되게, 그리고 왕자가 되게. 그리고 음모론 세계관을 현실로 진지하게 믿고 있는 망상에서 하루빨리 벗어나야겠다.

22   독일의 과거청산

'어서 와 한국은 처음이지'라는 TV 프로그램에서 다니엘 린데만의 독일 친구들이 판문점을 비롯하여 한국의 여러 곳을 둘러보던 중 생각지 않게 서대문 형무소를 방문했다. 역시 역사 교육을 잘 받은 개념 독일 청년들이다. 그래서 노잼이 꿀잼으로 이미지 변신 중이다.

그들은 일제가 독립 운동가들을 무자비하게 고문하던 공간들을 돌아보고 손톱 찌르기 같은 고문 도구들도 살펴보며 직접 체험해 보기도 하는데 '뭔가에 짓눌리는 거 같은 기분이다' '충격적이다'라며 소감을 피력하기도 한다.

마리오는 '과거를 기억하는 국가 모두에게 이건 여전히 문제가 된다고 생각한다, 일본은 외면하고 있다.'며 여전히 반성할 줄 모르는 일본을 질타한다. 아직 친일 인사들이 활개를 치는 지금 낯 뜨거워진다.

그럼 독일의 과거 반성은 어떠했는가. 독일의 철저하고 집요한 과거 반성은 우리의 부러움을 사게 한다. 몇 년 전 독일 언론은 '전직 나치 친위대 소속 경비원 오스카 그로닝이 이듬해 봄 재판을 받게 될 예정'이라고 보도했다. 당시 무려 93세였던 그의 혐의는 지난 1944년 5월 16일부터 7월까지 단 두 달 동안의 행적이다.

그는 당시 아우슈비츠의 경비원으로 일하면서 이곳으로 끌려온 유대인의 학살을 방조한 것과 이들의 돈과 물품 등을 가로챈 후 장부를 작성해 나치 정권에게 경제적 도움을 준 혐의를 받고 있다. 이에 대해 그로닝은 '친위대 상관이 아우슈비츠로 가라고 명령해서 간 것일 뿐'이라며 '유대인 학살 행위를 목격하긴 했지만 내가 직접 일을 저지른 것은 아니다'라고 주장했다.

독일의 과거사 청산작업은 종전 후 지체 없이 시작되었다. 독일은 제2차 세계대전 발발에 대한 진상규명을 철저히 한다는 원칙하에 히틀러 정권시기의 전쟁 범죄자를 처벌하고 나치이념 청산작업을 해나갔다. 이와 함께 나치의 희생자 및 전쟁 피해국에 대해 정치 지도자들이 앞장서 사죄하고 반성하는 모습을 보여주었다. 사과와 함께 배상도 아끼지 않았다.

또한 독일은 잘못된 과거를 반복하지 않도록 나치의 만행을 교과서에 왜곡 없이 수록하여 후세에 가르치고 있다. 유대인 학살의 만행에 대해서도 세대를 이어 철저한 반성의 자세를 보이고 있다. 그렇다고 아무도 자학사관이라고 비난하지 않는다.

그러면 독일이 처음부터 자발적으로 철저한 과거청산을 했는가? 실은 그렇지는 않다. 1945년 11월 20일부터 1946년 8월 31일까지 뉘른베르크 재판이 열렸으나 영국인 판사 로렌스를 재판장으로 한 타의에 의한 재판이었다. 그로써 독일인 스스로 나치를 사법적으로 청산할 수 있는 계기가 박탈되었으며, 처벌받은 사람의 수도 얼마 되지 않았다.

그러다가 1949년 9월 서독 정부가 출범하면서 과거청산보다 국민통합에 역점을 두게 된다. 구동독에서는 인적, 제도적 청산이 더 단호했지만, 공산당의 지지기반을 확대하기 위해 정치적으로 도구화했고, 나치 체제를 자본주의 체제의 '구조적 모순'으로만 파악하여 내면적 성찰은 부족했다. 또한 공산주의자들을 영웅으로 만들기 위한 국가적 지배전략의 일환으로 과거청산이 진행되었기에 결과적으로 독일 통일 후 극우집단이 준동하는 원인이 되었다.

그 뒤 1956년 소련의 독일군 포로 1만 5천 명이 최후로 귀환함으로써 나치 범죄에 대한 조사가 불가피해지자 나치 범죄의 진상규명을 위한 사법조사와 연구를 위한 본부가 설립되었다. 그리하여 1961년 예루살렘의 아돌프 아이히만 재판, 1963년 프랑크푸르트의 아우슈비츠 재판이 열렸으며, 만기 시효를 69년까지 연장했다가 시효를 아예 폐지했다.

1986년 하버마스의 역사가 논쟁에서 놀테가 홀로코스트와 스탈린의 대량학살의 내적 연관성 주장하여 홀로코스트의 '상대화'를 주장한 반면, 하버마스는 나치범죄의 유일무이성을 강조하면서 나치시대에 대한 기억과 반성이 전후 서독 사회의 구심점이라는 논거를 폈다.

마르틴 발저는 1998년 나치에 대한 자기반성이 이미 충분히 이루어졌고 나치를 과거의 문제로 인식해야 할 때라고 주장했고, 2000년에는 독일 정부와 기업이 공동 기금을 출연해 '기억, 책임 그리고 미래'라는 재단 설치했다. 이제 나치 미경험 세대가 사회 전면에 부상함으로써 '집단기억'에서 '문화기억'으로 바뀌는 중이다.

독일 통일 이후에는 과거의 나치 청산에 동독의 사회주의 통일당의 독재 청산이 첨가된다. 과거청산의 중요성은 과거에 일어났던 사실을 들여다보고 그것을 이해하여 똑같은 일들이 되풀이되지 않도록 하는 데 있다.

과거청산은 과거 잘못의 처벌에 그 목적이 있는 것이 아니고, 잘못을 저지른 쪽의 진실한 반성과 사죄를 바탕으로 피해당한 측이 용서하는 절차가 매우 중요하다. 적법한 보상도 되어야 하지만 그것보다 더 중요한 것은 사실을 있는 그대로 밝히는 일이다.

제3부 법, 시사와 정치

23 프랑스의 과거청산

프랑스는 한국이나 일본과 달리 과거청산을 철저하고 혹독하게 한 것으로 알려져 있다. 아직까지 반인류적 범죄자에 대한 색출작업이 끝나지 않았고, 최근까지도 부역자 재판이 사회적 이슈가 되고 있기 때문이다. 그래서 프랑스는 흔히 모범적인 과거청산 사례로 언급되곤 한다.

과연 그럴까? 외부에서 볼 때는 프랑스의 대독부역자 청산작업이 성공적인 것으로 보이지만, 프랑스에서는 청산이 진행될 당시부터 이미 끊임없는 비판과 논란의 대상이 되어왔다. 어떤 이는 청산 과정이 너무 허술하고 미진했음을 비난하고, 또 어떤 이는 그 과정이 너무도 난폭하고 과도했음을 지적하면서 불만을 피력했다.

1940년 5월 독일이 프랑스를 침공하고 며칠 만에 마지노선이 붕괴함으로써 페탱 원수는 6월 22일 독불 휴전협정을 맺었다. 이후 나치 괴뢰 정권인 비시Vichy 정부는 연합국에 선전포고는 하지 않았지만 많은 노동자들을 독일로 보내 군수산업을 떠받쳤으며 병참활동을 지원했다. 국내에서는 레지스탕스를 탄압했으며 조직적으로 유대인을 색출해 수용소로 보냈다. 비시 정권의 구호인 '노동, 가족, 조국'은 프랑스 혁명의 이념인 '자유, 평등, 박애'와 정면충돌했으며 혁명과 공화국을 상징하는 마리 안느도 각종 상징에서 사라졌다.

독일이 침입해오자 결사 항전주의자였던 부하 드골과 달리 페탱은 나치의 강함을 인정하고 피해를 최소화하는 쪽으로 주화적인 입장을 취했다. 그는 자신이 이끄는 비시 프랑스는 전후 재건을 위한 발판이고 드골의 자유 프랑스는 현실을 무시한 몽상가들로 본 듯하다. 이탈리아까지 참전해 영국이 위태로운 상황에 처하자 영국이 그대로 함락되고 독일이 전 유럽을 장악한다고 본 것이다. 권위주의적이고 반동적인 사상을 가지고 있었던 페탱에게 비시 정권은 평소에 자신이 바라던 프랑스의 상을 실현할 기회였다. 한편 프랑스의 극우 정당 국민전선은 장 마리 르펜이 당수이던 시절 비시 프랑스를 자랑스러운 역사이자, 문란한 공화국을 버리고 돌아가야 할 모델로 여기기도 했다.

이러한 비시 정권이 지배하는 동안 약 3만 명의 레지스탕스와 민간인이 살해당하고 7만여 명의 유대인이 강제수용소에 끌려가 목숨을 잃었다. 발터 벤야민이 피레네 산맥을 넘다가 스페인 세관에 붙잡히자 음독자살한 것도 수용소에 끌려가기 싫어서였다. 그러다가 노르망디 상륙작전으로 전황이 프랑스에게 유리하게 진행되자 레지스탕스는 9000명의 대독부역자를 총살 또는 교수형으로 보복 처형했다. 레지스탕스는 원래 국민의 지지를 못 받는 소수의 공산주의사와 사회주의자의 조직이었다. 그러나 독일이 패퇴해가고 프랑스가 해방될 조짐이 보이자 수가 늘어나 활발한 군사 활동을 벌이기 시작했다.

1944년 8월 25일 파리가 해방되자 프랑스는 비시 정권의 이념에 동조해 대독 협력에 앞장선 인사들에 대한 숙청 작업을 단행했다. 약 35만 명이 조사를 받아 12만 명이 재판에 회부되었다. 최고재판소는 18명에게 사형 선고를 내렸다. 사형을 선고받은 페탱은 너무 충격을 받고 기절했다고 한다. 그러나 제1차 세계대전의 영웅이고 고령인 점 등을 감안해 드골 장군에 의해 종신형으로 감형되었으며, 그 후 1951년 절해고도의 감옥에서 95세의 고령으로 생을 마감했다.

권위 있는 자료에 의하면 부역자재판소에서 사형이 선고된 나치협력자가 6763명, 실제로 사형이 집행된 나치협력자가 782명, 징역형을 선고받은 나치협력자는 89,779명에 실제 징역형이 부과된 자는 3만 8천여 명에 이른다. 독일인을 저녁 식사에 초대하거나 독일인과 성관계를 했다는 가벼운 이유로 처벌받고 공민권을 박탈당하기도 했다. 또한 독일 남자와 동침한 여성 2만여 명이 공개 삭발 당했고, 독일인과 프랑스인 사이에 태어난 20만 명의 어린이들은 '기생충'으로 불리며 손가락질 받기도 했다.

정치·경제·군사·문화계 등 모든 분야를 망라한 이러한 숙청작업에서 특히 유명 언론인과 문인이 여론의 지대한 관심을 끌었다. 나치 점령기간 동안 친독 성향의 신문과 잡지에 기고한 언론인, 비시 정권을 옹호하고 나치 찬양 글을 발표한 문인들이 이러한 숙청작업의 주된 표적이되었다. 파리의 부역자재판소에서 재판 받은 작가·언론인 32명 중 무려 12명이 사형선고를 받았고 그중 7명이 처형되었다. 활자화된 글은 부인할 수 없는 부역의 증거가 되었고, 몇 시간의 조사만으로도 '적과의 내통'이나 '반역죄'의 혐의로 재판에 회부하기 위해 필요한 증빙서류들을 쉽게 만들 수 있었기 때문이다.

그중 가장 논란이 된 인물은 로베르 브라지약(1909~1945)이었다. 1945년 1월 19일 재판을 받을 당시 36세였던 그는 반유대주의자로 나치의 파시즘에 공감하는 대표적 파시스트 지식인이었다. 문화계 인사들은 그의 뛰어난 문학적 재능을 아까워해 드골 장군에게 구명 탄원서를 보냈다. '철저한 정의'를 외쳤던 청산론자 카뮈도 59명의 탄원 서명자에 포함되어 있었다. 하지만 그들의 탄원 요구에도 1945년 2월 6일 브라지약은 결국 총살되었다.

숙청 작업은 법적 청산과 금지작가 목록을 통한 문단 내의 자체 숙청 두 가지 유형으로 이루어졌다. 문단에서 숙청당한 사람들 중에는 스스로 목숨을 끊어 영원히 작품을 끊은 작가도 있었고, 몇 년간 침묵하다가 작품 활동을 재개한 작가도 있었다. 프랑스에는 18세기의 볼테르를 비롯하여 사회적 불의에 저항하는 지식인들의 전통이 면면히 이어져왔다. 19세기 말 드레퓌스 사건에 적극적으로 참여한 에밀 졸라, 20세기의 사르트르와 카뮈, 부르디외 등이 그러한 지식인들이다.

부역지식인 청산 논쟁에서는 적극적인 처벌 옹호론자도 있었지만 관용론자나 처벌 반대론자들도 있었다. 대표적인 처벌 옹호론자이자 저항문학의 상징이기도 했던 베르코르는 '작가가 자신의 저작물들로 인하여 목숨을 바칠 만큼 그것들에 대해 책임을 질 수 있는 것'이 중요하며 '작가의 명예란 치러야 할 대가와 글을 씀으로써 겪은 위험을 인지하는 것'이라고 지적했다. 또한 청산론자였던 알베르 카뮈 역시 '청산 작업에 실패한 나라는 결국 스스로의 개혁에 실패할 준비를 하고 있는 것이다'라는 유명한 문장으로 자신의 입장을 피력했다.

반면에 프랑수아 모리아크는 숙청 범위를 되도록 축소하고 지식인에게 '오류를 범할 권리'를 인정함으로써 최대한의 관용을 베풀어야 한다고 주장했다. 단 한 명이라도 무고한 사람이 청산의 대가를 치르게 될지도 모르므로 차라리 모든 사람을 용서했으면 한다는 입장이었다. 극우주의에 경도된 모리아크는 로베르 브라지약의 매부였으니 이런 말을 하는 것이 이해되기도 한다.

그러나 청산론자들과 관용론자들 사이의 이 같은 논쟁은 금방 그 열기를 잃게 된다. 전쟁으로 피폐해진 사회의 정치적·경제적 재건이 시급한 과제로 대두되었기 때문이다. 또한 지식인들은 내홍의 양상을 띠게 된 책임 논쟁에 싫증을 내고 부역지식인 숙청에 실망을 표명하기 시작했다. 사람들은 숙청이라는 단어를 참기 어려워했다. 그 결과 침묵과 화합을 희구하는 목소리가 청산론 진영에서도 나오기 시작했으며, 대다수의 지식인들이 애초에 큰 희망을 걸었던 부역자 숙청 작업은 완수되지 못한 채 일단락되고 말았다. 카뮈는 1945년 8월 말에 이미 프랑스에서 숙청작업은 실패하였을 뿐만 아니라 신용을 잃어버렸음이 명백해졌다고 탄식한다.

1949년 여론조사에서 프랑스 국민의 60퍼센트는 부역자 사면에 찬성한다고 답했고, 대독 항쟁의 정신적 지주였던 드골도 '이 모든 것을 끝내자'고 주장했다. 과거사 청산에 대한 국민적 염증으로 1947년부터 사면 운동이 일어나 1951년 1월에는 형량 15년 이하의 국민 부적격 처벌자 자동사면 등을 골자로 하는 1차 사면법 통과로 이어졌지만 여론은 아직 불충분하다는 반응을 보였다. 그해 6월에 치러진 총선에서 사면법 제정에 반대한 사회당과 공산당은 의석을 잃고 선거에서 패배했으며, 드골이 이끄는 프랑스 인민연합이 원내 2당으로 도약했다. 이 신생 우파 정당은 2년 뒤 살인·고문·간첩행위 같은 중범죄자를 제외한 거의 전원을 사면하는 2차 사면법을 통과시키며 과거사 청산 작업을 사실상 마무리했다.

프랑스에서는 해방 후 점령기를 소재로 한 작품들이 쏟아져 나왔다. 대개의 경우 혁혁한 전과를 거둔 레지스탕스 활동의 신화와 레지스탕스 전사들에 대한 기억으로 집중되어 있었다. 반면 부역행위와 부역자에 대한 기억과 증언은 상대적으로 소홀히 다루어졌다. 좋지 않은 기억은 의식적으로 억압했거나 그에 대해 의도적으로 입을 닫은 것으로 보인다. 즉 나치에 저항한 레지스탕스 활동에 대한 기억은 무척 상세하게 기술되어 있는 반면, 부역 행위나 부역자들의 신상에 관한 언급은 대단히 제한되어 있고 그나마 불충분하게 언급되어 있는 것이다.

로베르 브라지약은 스스로를 소신에 의한 대독 협력자로 규정하며 파시스트적인 감정에는 공감한다면서도 나치 선전활동을 한 것은 언급하지 않고 있다. 말하자면 부역의 기억은 스스로 의식적으로 지우고 있는 것이다. 부역 활동이 뇌리에 깊이 새겨져 있었던 프랑스인들은 그에 대해 불편함 내지는 일종의 죄의식을 느꼈으므로 부역의 기억을 애써 축소하고 지우려 한 것으로 보인다. 레지스탕스 활동을 강조할수록 부역의 기억에 대한 진지한 성찰과 반성의 기회는 사라지고 만다.

그러다가 1970년대를 전후하여 나치 강점기의 부역활동과 일상생활이 문학과 영화에서 새롭게 조명되기 시작하여 최근까지 계속되고 있다. 이는 68혁명의 효과라 할 수 있는데 서독에서도 비슷한 일이 벌어졌다. 부역 기억이 집단의식의 내면 깊숙이 침잠하였다가 다시금 의식의 표층으로 떠오른 것이다.

이처럼 프랑스의 숙청 작업은 많은 문제점들과 아쉬움을 남긴 채 마무리되었다. 법적 청산에서 엄정성과 형평성이 지켜지지 않았다. 사회 분위기에 의해 청산의 강도가 너무 급격하게 변하는 바람에 해방 직후 재판을 받은 지식인은 처형을 받은 반면 도피생활을 하다가 몇 달 또는 몇 년 후에 재판에 회부된 지식인은 가벼운 처벌을 받았다. 같은 죄를 저질렀더라도 운명이 크게 달라졌기 때문에 최근까지도 숙청에 대한 논란이 완전히 잦아들지 않고 있는 것이다.

무라트 쿠르나츠는 파키스탄에서 독일로 돌아가려고 공항으로 버스를 타고 가는 도중 경찰에 연행되어 쿠바의 관타나모 수용소로 압송되었다. 『내 인생의 5년』은 그가 5년 동안 수감생활을 하다가 석방된 후 쓴 보고서이다. 과연 법치국가에서 그런 일이 일어날 수 있는지 믿기지 않지만 그의 진술은 상당히 신빙성이 있어 보인다. 그리고 세부 묘사는 무척 자세하고 글의 흐름은 의연하고 담담하다.

관타나모 보고서에 의하면 그곳에 수용되어 있는 많은 포로들은 탈레반이나 테러리스트와는 아무런 관계없는 평범한 사람들인데 어느 날 느닷없이 체포되어 그곳으로 끌려왔다. 카프카적인 세계가 정말로 실현된 셈이다. 그곳에는 단지 명령과 복종, 끊임없는 구타와 고문만이 존재할 뿐이다. 그곳의 포로들은 재판을 받을 권리도 변호사를 선임할 권리도 없다.

설령 미군의 주장대로 쿠르나츠가 탈레반이라 하더라도 그에게 그런 가혹행위를 해서는 안 될 것이다. 비록 범죄인이라 할지라도 인간이라면 누구나 인도적인 대우를 받을 권리가 있다. 그런데 감옥에 갇혀 아무런 저항도 할 수 없는 약자를 발가벗겨 굴욕을 안기며 비인간적 대우를 하는 것은 비겁하고 가증스러운 일이다. 심지어 코란까지 모욕하고 있다. 우월한 지위에서 굴욕을 주어 남을 굴복시키겠다는 것은 해서는 안 될 파렴치한 짓이고, 이는 개인이나 국가나 마찬가지이다.

30~40여 년 전 암울했던 독재 시절, 전기 고문, 물고문, 성 고문, 쇠사슬에 매달기 등 우리나라에서 자행되었던 각종 가혹 행위들이 관타나모 기지에서 미군에 의해 저질러졌다는 사실은 우리에게 큰 충격을 준다. 과연 인간이 얼마만큼 잔인해질 수 있는가? 죄수들은 아프가니스탄의 칸다하르에서 비행기를 타고 쿠바의 관타나모로 이동하는 도중에도 쇠사슬에 묶여 자신들이 어디로 가는지도 모른 채 수없이 구타당하고 모욕을 당했다.

터키계 독일인인 쿠르나츠는 조선공 수습을 마치고 19세의 나이에 터키에 있는 이슬람교 신자인 소녀와 결혼한 후 모범적이고 신앙심이 깊은 남편이 되고자 이슬람교를 좀 더 깊이 공부하고 싶어 한다. 청소년이었을 때 그는 운동과 노는 데 더 관심이 많았고 종교에 관심이 없었지만 이제 평화를 사랑하는 신앙심이 깊은 청년으로 변해가고 있었다.

무라트 쿠르나츠는 미국에서 9. 11 테러가 일어난 다음 달인 2001년 10월 3일 코란 학교에 들어가 코란을 공부하기 위해 독일에서 파키스탄으로 떠난다. 그는 가족이 걱정할까봐 파키스탄으로 떠난다는 사실을 프랑크푸르트 공항에서 어머니에게 전화로 알린다. 그리고 그가 떠난 4일 후인 10월 7일 아프가니스탄에서 전쟁이 발발한다. 이에 아랑곳 하지 않고 무라트 쿠르나츠는 이슬라마바드에 있는 여러 사원들을 찾아다니고, 매일 코란 수업에 참가하고, 코란을 읽고 이해하며 기도하는 법을 배우며, 예언자 모하메드가 남긴 말씀을 배운다. 또 코란을 공부하고 선교하는 타블리기로서 어떻게 행동해야 하는지, 다른 사람들을 어떻게 도와야 하는지 배운다.

파키스탄 경찰은 자국에 들어온 많은 외지 사람들을 체포해서 미군에 팔아넘겼는데, 무라트 쿠르나츠도 카프카의 소설 주인공 요제프 K처럼 이유 없이 체포되어 3000달러에 미군에게 넘겨진 다음 탈레반으로 몰려 관타나모로 이송되었다. 게다가 여러 가지 일이 꼬여 쿠르나츠는 아프가니스탄에 싸우러 간 것으로 의심받는 처지가 된다. 그의 직업학교 동급생들과, 그와 파키스탄에 같이 가려했던 셀쿡의 형은 이들이 아프가니스탄에 가려고 했다고 증언한다. 이처럼 쿠르나츠는 자신의 머리 위에 짙게 드리워져 있는 먹구름과 같은 국내외 정세를 잘 알지 못하고 무모하게 죽음의 땅으로 여행을 떠난 셈이었다.

독일 매스컴은 2002년 1월 쿠르나츠가 미군에 의해 아프가니스탄에 구금되어 있다고 사진과 함께 보도했는데, 이때 그는 '브레멘의 탈레반'이라는 낙인이 찍히게 되었다. 그리고 코란 학교를 다니던 학생들이 결국 탈레반이 되는 경우가 많았기 때문에 쿠르나츠는 더욱 탈레반이라는 의심을 받게 되었다. 결국 브레멘 검찰은 쿠르나츠와 세 명의 다른 사람들을 상대로 '범죄 단체를 결성한 혐의로' 소송을 건다. 절망적인 심정에 빠진 그의 어머니는 아들이 근래 들어 변화되었고, 수염을 길렀으며, 이슬람 사원의 기도 선도자의 영향을 받은 모양이라고 진술했는데, 이 말이 그에게 또한 불리하게 작용한다.

미군은 국제 사회의 여론과 눈이 두려워 포로들을 죽이려고 하지는 않았다. 하지만 미국은 무라트 쿠르나츠가 테러리스트가 아니란 사실을 진작 알았으면서도 그를 계속 관타나모에 억류하고 고문하며 자백을 강요했고, 독일은 그가 독일 시민권자가 아니라 영주권자란 이유로 독일에 돌아오는 것을 저지하려고 했다. 그의 국적이 터키란 사실을 핑계 삼아 독일은 그를 터키로 보내려고 비밀 계획을 꾸미고, 그가 독일에 체류 허가 신청을 못하게 미국이 그의 여권을 빼앗게 한다.

　미국은 쿠르나츠를 풀어주려고 하는데 독일이 오히려 거부한 셈이다. 독일은 미국과 달리 그곳에서 태어나도 자동으로 시민권을 주지 않기 때문에 독일 시민권이 없는 영주권자에 불과한 그를 터키로 보내는 것은 핑곗거리가 된다. 또한 터키도 그를 도와주지 않았으며 그는 감금되어 있는 동안 남편의 앞날을 모르는 아내에게 이혼까지 당했다. 우여곡절 끝에 겨우 독일에 다시 돌아올 수 있었지만 그는 카프카의 소설 『성』의 주인공처럼 결국 독일이라는 성城에 들어가지 못하고 성 밑의 마을에서 따돌림을 당하며 떠도는 상태에 있다.

　그가 독일에 돌아온 후 그의 집 부근에서 화재가 났을 때도 그는 다시 경찰에 연행되어 화재에 관련해 심문 받는다. 아무리 그가 부인해도 경찰에서는 여전히 그를 탈레반과 연계된 요주의 인물로 보고 호시탐탐 감시한다. 한번 찍히면 자신의 무죄를 주장하기 너무 힘들다. 어쩌면 그가 살아서 돌아온 것만 해도 기적일지도 모른다. 그리고 그가 쓴 이 보고서가 얼마만큼 기여를 했는지는 몰라도 국제 사회의 따가운 시선을 받았던 미국은 그러고 얼마 후 관타나모 수용소를 폐쇄하기로 결정을 내렸다고 한다.

제4부

———

시 읽기

1　　　「불청객」

"늙음은 예의 바른 손님인가
무례한 불청객인가
시도 때도 없이
몰래 우리를 찾아온다.

늙음이 조심조심
남의 집 앞에서 기웃거리며
문을 두드려보지만
아무도 열어주지 않는다.

그러면 손 비비고
쭈뼛거리며 당황해하다가
어느 순간 대문을 홱 열어젖히고
집 안으로 냉큼 들어선다.

그러니 늙음은
들어오라 하는 이 없어도
아무 집이나 마구 드나드는
무례하고 낯선 불청객

늙음은 세월과
앞서거니 뒷서거니 하다가
세월에 들러붙어
결국 우리를 무너뜨리고 말겠지."

2 「나비야 나비야」와 독일 민요 「꼬마 한스」

우리가 잘 아는 「나비야 나비야」는 우리나라 고유 동요가 아니고 실은 「꼬마 한스」라는 독일 민요의 번안 동요이다. 놀랍게도 「깊은 산 속 옹달 샘」도 윗동네와 아랫동네의 빈부격차를 노래하는 독일 민요이다.

그러나 두 민요 모두 가사는 우리 동요와 판이하다. 꼬마 한스가 눈물을 흘리는 어머니를 뒤로 하고 멀리 외지로 떠난다. 지팡이를 들고 모자를 쓴 채 기분 좋게. 엄마는 아들이 곧 돌아오기를 바라면서 자식의 행운을 빈다.

슬프게도 한스는 외지에서 온갖 고생을 한다. 그러다가 갑자기 고향 생각이 나서 집 떠난 지 7년 후 급히 집으로 돌아온다. 이마와 손이 검게 탄 한스를 형제자매는 잘 알아보지 못한다. 하지만 어머니는 아들의 눈을 들여다보자마자 곧장 아들임을 알아보고 반갑게 재회하며 소리친다. 내 아들 한스야!

나치는 민요화한 그 노래를 독일의 위대함과 애국심을 고취하는 데 이용했다. 그 노래는 독일의 동맹국 일본에 전해졌다가 우리나라에 귀여운 가사로 수용되었다.

"나비야 나비야 이리 날아오너라
노랑나비 흰 나비 춤을 추며 오너라
봄바람에 꽃잎도 방긋방긋 웃으며
참새도 짹짹짹 노래하며 춤춘다."

북한에서는 나비를 나방이라고 한다고 한다.

"나방아 나방아 이리 날아오너라
노랑나방 흰 나방 춤을 추며 오너라."

3   실러의 시 「환희의 송가」와 베토벤의 만남

「환희의 송가」는 『윌리엄 텔』(1804)의 작가 실러가 26세(1785) 때 지은 시이다. 질풍노도 시대의 정신인 자유와 평등, 인류애와 통합이라는 주제가 절대 왕정시대에 이 시에서 울려 퍼지고 있다. 그의 첫 극작품 『도적들』이 나오고 4년, 초연되고 3년이 지난 때이다.

이로부터 39년이 지나 베토벤은 54세(1824) 때 불멸의 합창 교향곡 제4악장에 이 시를 사용했다. 영화 〈카핑 베토벤Copying Beethoven〉(2007)에서는 이 합창곡 지휘 장면이 절정이라 할 수 있다.

베토벤은 송가 서두 부분에 '오, 벗들이여! 이 음조가 아닌 더욱 즐거운 또 더욱 기쁨에 넘치는 노래를 부르자!'를 첨가했다. 베토벤은 젊어서부터 이 시를 알고 여러 번 곡을 붙이려 시도했으나 뜻을 이루지 못하다가 청각을 완전히 상실한 만년에 가서야 꿈을 이루었다. 무려 35년 만이다.

실러는 친구 쾨르너의 초청으로 라이프치히를 방문했을 때 「환희의 송가」를 지었다. 다음해인 1786년 라이프치히의 문학지 《탈리아Thalia》에 발표되어 세인들의 호평을 받으며 널리 퍼졌다. 특히 프리메이슨 비밀결사 단원들 사이에 이 시가 애송되었다.

초임 군의관이었던 실러는 당시 탈영병 신세였다. 상관의 허락을 맡지 않고 『도적들』의 초연을 보러 간 죄로 오이겐 대공에 의해 보름간 감금 당한 실러는 창작 금지령을 내린 대공의 나라에서 살 수 없었다. 그는 친구와 함께 야음을 틈타 몰래 도망을 쳐 만하임에서 프랑크푸르트, 오거스하임을 거쳐 바우어바흐로 유랑생활을 했다.

바우어바흐에서 실러는 후원자 폰 볼초겐의 농장에서 머물렀다. 이후 그는 경제적인 어려움과 질병 등 숱한 역경과 싸우며 파란만장하고 위대한 삶을 헤쳐 나간다. 자고로 시련과 역경을 견디고 이겨내야 영웅이 된다. 그는 바람에 이리저리 휩쓸리는 줏대 없는 사람이 아니었다.

만하임 극장의 전속극작가 생활도 1년 만에 끝났다. 스물네 살에 그는 벌써 참담한 실패자가 되어 있었다. 그러다가 뜻하지 않게 쾨르너에 의해 라이프치히로 초대받아 그의 곁에 1년 반 동안 은신해 지내면서 그의 도움으로 창작을 재개해 「환희의 송가」를 쓸 수 있었다. 그 기쁨은 온갖 난관을 뚫고 극복한 뒤의 기쁨이자 환희라 할 수 있다. 청각을 상실한 베토벤의 기쁨도 이와 비슷한 종류의 환희이다.

1824년 5월 7일, 드디어 합창 교향곡의 역사적 초연이 실현되었다. 이 날의 분위기에 감명 받은 라이프치히의 한 비평가는 환희에 넘쳐 이 순간을 영원히 잊지 못할 것이고, 이 이상의 작품은 없다고 단언한다.

실러의 찬가는 인류 모두에게 기쁨에 동참하여 하나 될 것을 호소하고, 우리 모두의 영혼에 넘쳐흐르는 환희를 열정적으로 찬양한다. 특히 교향곡은 천재 시인 실러와 천재 작곡가 베토벤의 정신적 유사성이 이루어낸 고유하고 유일무이한 업적이다.

합창은 모든 대립과 갈등의 해소, 장벽의 제거를 선포한다. 합창단이 관현악단 뒤에 배치되어 기악부과 성부의 시각적·청각적 일체를 이루는 것도 만인의 통합을 상징한다. 독창과 합창이 주고받으며 결합하고, 독창부도 합창부도 남녀가 균형 있게 나누어 맡는다. 우리를 자유롭게 하는 기쁨을 통해 남녀노소, 상하귀천, 자국과 타국, 현세와 내세가 모두 시공을 초월하여 하나 됨을 보여주고 들려준다.

조화와 통일, 바로 이것이 베토벤의 음표에서 울려나오는 인류를 향한 요청이다. 이는 시인 실러의 열정적인 호소와 어울려 온 세계를 감동시킨다. 베토벤의 육신은 57년 밖에 살지 못했지만 그의 음악은 합창 교향곡과 함께 영원히 지속된다.

「환희의 송가Ode, an die Freude」

"오, 벗들이여! 이 음조가 아닌 더욱 즐거운
또 더욱 기쁨에 넘치는 노래를 부르자꾸나!

환희여, 아름다운 신의 광채여,
낙원의 딸들이여
우리 모두 정열에 취해
빛이 가득한 성소聖所로 들어가자!

세태가 엄중하게 갈라놓은 현실을
그대의 마법이 다시 결합시키는구나.
그리고 그대의 부드러운 날개가 머무르는 곳에
모든 인간은 형제가 되노라.

위대한 하늘의 선물을 받은 자여,

진실한 우정을 얻은 자여!

여성의 따뜻한 사랑을 얻은 자여,

다 함께 모여 환희의 노래를 부르자!"

헤세는 이 합창의 서두 부분을 인용하여 글을 썼다가 큰 낭패를 겪었다. 결국은 정신분석 치료까지 받아야 하는 위험한 상황에 처하게 되었다. 제1차 세계대전이 발발하자 헤세는 '오, 벗들이여, 그런 음조로 노래하지 말라'는 글을 곳곳에 발표했다. 베토벤의 합창 교향곡 서두를 따온 제목이다. 헤세는 전쟁에 반대해 단호한 태도를 보였다. 군국주의의 길로 나아가고 있던 게르만 민족을 향해 헤세는 패권주의와 국가주의, 혹은 심각한 국수주의의 경향과 광란에 맞서 싸우는 것이 인류의 과제라고 생각했다. 헤세와 같은 반전 지식인은 독일과 프랑스에서 극소수였다.

그러자 그에게는 '조국이 없는 놈', '자기 둥지를 더럽힌 새', '배신자'와 같은 비난이 쏟아졌다. 그리하여 그는 세상에 자기 이름을 떳떳이 밝힐 수 없어 처음에 『데미안』을 에밀리아 싱클레어라는 가명으로 발표할 수밖에 없었다.

그 후 「환희의 송가」는 냉전 시절 동서독이 1956~68년 단일팀으로 올림픽에 참가할 때 개별 국가國歌 대신 단일국가처럼 연주되기도 했다. 또한 1989년 베를린 장벽이 무너질 때 뉴욕 필하모니 합창단이 동베를린에서 특별 콘서트를 열면서 9번 교향곡이 주 레퍼터리로 연주되었다. 그리고 유럽연합이 1993년 결성되면서 유럽의 노래로 공식 제정되었으며, 또한 이 노래는 2018년 러시아 FIFA 월드컵 대회의 테마 음악으로도 정해져 있다.

칠레의 피노체트 군사독재에 반대하여 시위를 벌일 때 시위자들이 이 노래를 저항가로 즐겨 불렀고, 중국의 천안문 민주화 운동 때도 학생들이 이 노래를 유포시키기도 했다. 지금도 지구촌 어디에선가 권력자의 압제로부터 벗어나려는 곳에서는 환희의 송가가 불리고 있을 것이다.

4   하이네의 서사시 『아타 트롤』 중 「노예선」

하이네는 서구 지식인들 중 드물게 노예문제에 지대한 관심을 가진 시인으로 그에 대한 통렬한 시도 남겼다. 아울러 기독교의 허울 좋은 모습에 대한 공격도 곁들인다. 서구 지식인의 대부분이 노예무역 문제를 외면하고 은폐했던 시절이었다.

그 점에는 18세기 계몽주의 철학자들도 마찬가지였다. 서구 정체성은 사실 노예무역에서 출발한다. 우리를 무시 비하 능멸하는 일본도 그런 서구 정체성을 물려받은 것으로 보인다.

콜럼버스의 신대륙 발견으로 유럽과 아시아의 경제가 눈에 띄게 성장한다. 아메리카 광물과 농산물의 유럽 유입, 아프리카 노예무역, 아시아의 향료, 도자기 무역이 전 세계적으로 이루어진다. 이 시기에 유럽뿐만이 아니라 아시아의 여러 지역 또한 다양한 형태로 경제적 변화를 겪게 된다. 『파우스트』에서 메피스토펠레스도 힘이 정의라며 전쟁과 무역, 해적질이 떼어놓을 수 없는 삼위일체라고 말한다.

"단 두 척의 배로 떠났던 우리가

스무 척의 배를 끌고 항구로 돌아왔지 않느냐.
우리가 얼마나 큰일을 해냈는가는
싣고 온 짐을 보면 알 거다.
자유로운 바다는 정신도 자유롭게 하는 법,
사리 분별 따위는 집어치워라!"**1**

이 시기의 유럽 예술가들은 노예무역의 잔인한 광경을 앞 다투어 표
현했는데, 가장 대표적인 주제가 노예선에 관한 것이었다. 영국의 낭만
주의 화가 윌리엄 터너는 노예들이 열대의 질병이나 기타 사고로 죽거
나 흔적도 없이 사라지는 장면을 생생한 그림으로 보여주었다. 하이네
는 아프리카 노예들이 아메리카로 팔려가는 참혹한 장면을 「노예선Das
Sklavenschiff」이라는 시를 통해 문학적으로 형상화했다. 다음은 아프리카
노예들을 헐값에 사들인 화물선 관리인의 말이다.

"고무도 좋고 후추도 좋다.
각각 삼백 자루 삼백 통이라.
거기다가 사금도 있고 상아도 있다.
허나 더 좋은 것은 검은 상품이지.

세네갈 유역에서 아주 싼 가격으로
검둥이 육백 명을 사들였지.
탄탄한 근육과 튼실한 다리가

---

1 요한 볼프강 폰 괴테, 『파우스트』, 장희창 옮김, 을유문화사, 2015, 705쪽.

질 좋은 주물로 만든 쇳덩이 같았거든.

놈들을 손에 넣느라 지불한 것은
화주와 유리구슬, 철구뿐.
반만 살아남아도
여덟 배 남는 장사지."[2]

배 안의 열악한 상황에서 노예들이 죽어나가면 쇠사슬을 풀고 바다에
던져 상어의 먹이로 만든다. 그들의 우울증 치유책은 공기, 춤과 노래다.
그것으로 그들의 기분을 북돋운다.

화물선 관리인은 노예들을 살려달라고 기도한다. 아이로니컬하게도
그리스도에게. 그들 목숨이 중해서가 아니라 사업을 망치지 않기 위해서
다. 이처럼 기독교 서구의 자아 정체성은 아프리카 흑인을 타자로 삼은
인종주의에서 출발한다. 그것은 열대의 동식물과 광물, 즉 자연사의 약
탈로 이어진다.

"원컨대 저들의 목숨을 구해주소서
우리 모두를 위해 십자가를 지신 그리스도여
저 삼백 개의 상품이 살아남지 않으면
내 장사는 망쳐버리고 맙니다."[3]

---

2 Heinrich Heine, *Heinrich Heine Werke. Gedichte. Band 1*, Ausgewählt und
herausgegeben von Christoph Siegrist, Insel Verlag, 1968, S. 237.
3 『파우스트』, 같은 책, 241쪽.

알렉스 헤일리 작 『뿌리』의 주인공 쿤타 킨테도 이런 식으로 1767년 17세의 나이로 감비아 해안의 마을 주푸레에서 아메리카로 잡혀왔다. 몸이 튼튼한 장정이었다. 140명 중 42명이 도중에 죽고 말았다. 70년대 후반 TV 드라마를 재미있게 보았던 기억이 난다. 과거 노예 사냥꾼들은 흑인을 노예로 팔지 못하면 자신들이 노예로 잡혀 팔려가는 신세가 되었기에 악착같이 노예사냥을 했다. 블랙리스트도 국민을 서서히 말 잘 듣는 신민臣民이자 노예로 만들기 위해 작성했던가?

1807년 영미에 의해 노예매매 금지조약이 체결된 이후 1815년 빈 회의로 스페인, 포르투갈, 프랑스가 노예무역을 폐지했고, 1864년 링컨 대통령에 의해 노예제가 완전히 폐지되었다. 우리나라는 1894년 갑오경장 甲午更張으로 노비제도가 명목상으로 혁파되었다. 하지만 눈앞에 보이지만 않을 뿐 현재까지도 많은 노예들이 있다.

전 세계적으로 자그마치 3600만 명에 달하는 현대판 노예들이 몸도 영혼도 빼앗긴 상태로 지쳐가고 있다. 우리나라에도 인신매매 등으로 30~40만 명이 준準노예생활을 하는 것으로 알려지고 있다.

그럼 자본주의 경쟁 사회에서 힘겹게 하루하루를 살아가는 우리는 현재 어떤가, 완전 자유인인가 반쯤 아니 조금 노예상태인가? 개인적으로나 국가적으로 또 명절에는 어떤가. 더구나 끽소리도 못하고 살아가는 비정규직은 현대판 노예 신세나 마찬가지이다. 수용소 같은 북한은 전 국민이 일인의 노예상태로 신음하고 있다. 진짜 수용소는 말해 무엇 하겠나.

5 시 「로렐라이」는 과연 낭만적인 노래인가?

'나는 모르겠어, 왜 이다지도 슬픈지. 옛 동화 하나가 잊히지 않는구나.'
로 시작되는 로렐라이는 '언덕 이름 또는 노래'로 우리나라에도 잘 알려
져 있다. 로렐라이 언덕에는 현재 제주도 돌하르방이 설치되어 있다고
한다.

설문조사에 의하면 독일 하면 떠오르는 세 단어가 '히틀러, 괴테, 로렐
라이'라고 한다. 그러나 그것이 하이네의 시이며 질허Silcher의 곡이라는
사실은 잘 알려져 있지 않다. 「로렐라이」는 시집 『노래의 책』에 수록되
어 있는 시다.

로렐라이는 '요정(세이렌)의 바위'라는 뜻이다. 브렌타노를 비롯해 많은
낭만주의 작가들이 로렐라이라는 제목의 시를 지었고, 많은 작곡가들이
곡을 붙였지만 우리에게 전승되는 것은 하이네 시, 질허 곡이다.

옛날에는 하이네의 시라고 하지 않고 작자미상 또는 민요라고 하기도
했는데, 이는 하이네가 유대인인데다가 사회주의적 성향을 띠어 독일에
서 탄압받았기 때문이다. 히틀러 시대에는 금서 작가가 되었다. 하이네
는 줄곧 독일의 상처이자 스캔들이었다.

사랑하는 두 남녀가 있었는데 남자가 변심하자 처녀는 언덕에 올라가 하염없이 강물을 바라보다가 떨어져 죽었다. 음악 그룹 칭기즈 칸의 노래에서는 남자가 군에 가서 돌아오지 않은 것으로 되어 있다. 그 후 근처를 지나는 뱃사공이 급류에 휩쓸려 죽는 일이 빈발하자 그 처녀의 귀신이 저지르는 것으로 여겨졌다. 평범한 언덕이 시인, 작곡가의 스토리텔링으로 세계적인 명소가 된 것이다.

시에 등장하는 '라인 강', '산봉우리', '석양', '황금 빗', '노래' 등의 어휘들은 낭만주의 전통과 직접 관련된다. 독일인도 대체로 이 시를 낭만적인 시로 이해하고 있다. 그러나 도입부의 시적 자아는 '옛 동화'를 회상하면서 관찰자의 위치에 서게 되고, 결말부에서는 '내 생각으로는, 물결이 마침내 사공과 배를 삼켜 버리리라. 노래로 그렇게 한 것은 로렐라이였다.'라며 추론적 단정을 내림으로써 성찰하는 시적 자아의 모습이 더욱 강하게 부각된다.

"바람은 서늘하고 날은 저무는데 라인 강은 고요히 흐른다. 산봉우리는 석양으로 빛난다.

놀랍게도 아름다운 처녀가 저 위에 앉아 있다. 황금빛 장신구를 번쩍이며 금발을 빗어 내린다.

황금 빗으로 머리를 빗으며 그녀는 노래 부른다. 기묘하고도 강력한 선율의 노래를.

조각배를 탄 사공은 거친 비탄에 사로잡힌다. 그는 암초는 보지 않고 언덕 위만 올려다본다."

이처럼 2~5연은 낭만적 전통을 수용하지만, 1연과 6연은 화자가 개입하여 감상성과 매혹에 대해 비판적 성찰을 한다. 공간적으로 보자면 위에는 로렐라이(의 노래)가 있고 아래에는 차디찬 강물 또는 강바닥이 있으며 그 사이에 사공이 있다. 따라서 낭만적 가상에 현혹된 사공은 낭만적인 분위기와 비낭만적인 거친 현실의 심연 사이에서 실존을 위협받고 있다고 볼 수 있다.

이 시는 여러 가지 관점에서 살펴볼 수 있다.

역할시로 본다면, '사공'을 낭만주의자로 '처녀'는 낭만주의적 이상, 조화로운 총체적 세계로 보는 것이 가능하다. 따라서 이 시는 역사적 현실을 고려하지 않고 과거의 이상을 동경하는 '시의에 걸맞지 않은' 낭만주의자의 몰락을 노래한 시로 해석할 수 있다. 현실을 외면하고 낭만적 허상에 사로잡히다가는 현실의 암초에 부딪혀 파멸한다는 내용이다.

체험시로 본다면 사공은 사랑에 실패하게 될, 또는 실패한 작가 하이네를, '아름다운 처녀'는 하이네의 사촌 동생들인 아말리에 또는 테레제라고 해석할 수도 있다. 그러나 이것이 하이네 연구에 중요한 요소이기는 하지만 하이네의 시작詩作에 영향을 미친 다양한 체험을 사랑 한 가지에만 국한시키는 것은 잘못이라 할 수 있다. 하이네의 초기시의 출발점인 '불행한 사랑'이란 테마는 자신의 체험을 거리를 두고 객관화하려는 시도이자 인습적인 전통의 구속, 그리고 이를 벗어나고자 하는 자유의 추구, 즉 '해방'을 의미한다.

결론적으로 이 시는 낭만적인 시가 아니라 반낭만적인 시, 즉 현실주의적인 시로 보는 것이 옳다. 즉 인간이 인생이란 항로를 항해하면서 로렐라이에 매혹당하면, 암초(현실에서 겪게 되는 위험, 난관)를 간과하게 되고 결국은 이것에 부딪쳐 좌초(파멸)하게 된다는 것이다. 또한 사공은 배를 탄 채로는 절벽 위의 로렐라이에게 가까이 다가갈 수 없다. 로렐라이에게

다가가기 위해서는 배에서 내려 절벽을 기어 올라가야 할 것이다. 결국 실제적인 삶의 항로를 이탈하지 않고는 접근이 불가능하다.

이 시는 하이네의 의도를 잘못 이해함으로써 세계적인 시가 된 하나의 사례라고 할 수 있다. 어쨌거나 세계인에게 애송된다는 것은 좋은 일이다. 사공의 죽음은 타인이 아닌 허투루 산 바로 나 자신의 죽음인 것이다.

6   저 산봉우리 너머엔 뭐가 있을까

어린 시절 궁금했다. 저 산들 너머에 저 바다 건너에 뭐가 있을까 하고. 미지의 그 무엇이 있을 것이다. 산 너머의 세계를 동경한 헤세는 젊은 시절 산 넘고 물 건너 정처 없이 방랑하기도 했다. 등산객에겐 산 너머에 목적지가 있고, 희망을 잃고 불행해진 사람에게는 희망이나 행복이 있을 것이다. 누군가에게는 가버린 청춘이 있을지도 모른다. 『이멘 호』의 주인공 라인하르트는 그렇게 가버린 청춘을 탄식한다.

괴테의 시 중에 가장 유명한 「나그네의 밤 노래」가 있다. 31세에 쓴 시다. 그런데 그 시의 번역이 제각각이다. 대부분 '산봉우리(산꼭대기, 봉우리, 산정) 위에 휴식(고요, 쉼, 정적)이 있다'고 옮겼고, 일부는 '휴식'을 '안식'이라 옮기기도 했다.

그런데 나는 '산봉우리 너머에 안식이 있다'고 옮겨본다. 보통 산봉우리의 저 위쪽은 고요하지 않고 바람이 세차게 불지 않겠는가. 그리고 마지막에 '쉰다 또는 휴식을 취한다'는 표현도 '안식을 얻는다'로 '숨결'도 '미풍'으로 고쳐본다. 산봉우리 이쪽에 삶과 빛이 있다면 저 너머엔 죽음과 어둠이 있을 테니. 시 제목도 「정착민의 낮 노래」가 아니고 「나그네의 밤 노래」가 아니던가.

"모든 산봉우리 너머에
안식이 있나니
모든 나무 우듬지에서
한줄기 미풍조차
그대는 느끼지 못하네
숲속의 작은 새들은 잠잠하구나
기다려보렴, 머지않아
그대 또한 안식을 얻으리니."

"Über allen Gipfeln
Ist Ruh',
In allen Wipfeln
Spürest Du
Kaum einen Hauch;
Die Vögelein schweigen im Walde.
Warte nur! Balde
Ruhest du auch."

짧은 시지만 절묘하게 운을 맞추고 있다. 기펄른과 뷔펄른, 루와 두,
하우흐와 아우흐, 봘데와 발데로. 괴테는 일메나우에 있는 키켈한의 산
장 벽에 적어둔 이 시를 죽기 전 마지막 생일날에 다시 찾아가 회한에
잠겨 읽으며 눈물지었다고 한다. 아, 머지않아 안식을 얻으리라 생각하

면서. 이 시를 쓰기 4년 전인 1776년에도 그는 같은 제목의 시를 쓴 적
이 있었다.

　"아, 나는 떠도는 데 지쳤다
　이 모든 고통과 기쁨은 뭐란 말인가?
　감미로운 평화여
　오라, 아, 내 가슴 속으로."

　우리 모두는 지상의 나그네이자 험한 물살을 헤치며 나아가는 사공이
다. 여기서 평화는 안식을 의미할지도 모른다. 독일어에서 묘지Friedhof는
'평화의 뜰'이란 뜻이다. 결국 인간은 살아서는 궁극적인 평화도 안식도
얻지 못하는 존재다. 살아서는 불화와 불안, 죽어서는 평화와 안식. 그래
도 나는 전분세락轉糞世樂에 한 표를 던진다. 물론 개똥밭보다는 풀밭이
좋기는 하지만.
　괴테는 만년에 비서 에커만에게 털어놓는다. 평생 동안 맘 편하게 산
적이 고작 몇 달밖에 되지 않을 거라고. 늘 행복의 정점에 있었을 것 같
은 사람인데 좀 의외이다. 그러나 알고 보면 그 역시 젊은 날부터 평화와
안식을 희구한 인간이었다. 오죽하면 안식을 얻고 싶겠는가? 이 시에 곡
을 붙인 슈베르트는 너무 일찍 31세에 안식을 얻었다.

7   하이네의 시집 『노래의 책』─사랑의 고통과 좌절

하이네의 대표 시집 『노래의 책』(1827)을 오랜만에 다시 읽어보았다. 237개의 시들 중 무려 60퍼센트가 사랑의 시다. 그렇다고 모두 하이네의 체험시는 아니다. 물론 체험시 비슷한 것도 더러 있긴 하지만.

책을 읽은 후 있지도 않은 사랑의 고통과 환멸에 빠져 괜히 허우적거린다. 하이네의 시는 말미에 가서 아이로니컬한 반전이 매력이다. 나름늘 독화살을 날린다. 그래야 자기도 훌훌 털고 살아갈 힘을 얻을 수 있지 않겠는가. 다른 낭만주의 시와 다른 점이다.

노래의 여자는 유혹하고 달아나며 독화살을 날린다. 그 다음에 만나면 또 아무 일 없었던 듯이 군다. 여자는 유혹한 것이 아니고 다정한 말을 건넨 것에 불과한데 상상의 나래를 펼쳐 사랑에 빠진 남자는 혼자 착각하는 것이다.

하이네는 이 한 권의 시집으로 괴테에 이어 세계적인 시인으로 등극했다. 그러나 이 시집이 처음부터 성공을 거둔 것은 아니었다. 시들이 단조롭다고 평자들의 비난을 받기도 했다. 10년 후인 1837년에야 재판이 나왔을 정도로 그다지 팔리지도 않았다. 그래도 1844년에는 5판까지 나와 그럭저럭 성공을 거둔 셈이다.

그러다가 19세기 후반에 이르러 그의 시에 곡을 붙인 작곡가들 덕에 그는 큰 성공을 거두게 된다. 멘델스존, 슈만, 리스트, 브람스, 슈트라우스 등 수많은 작곡가들이 이 시집에 실린 시들에 곡을 붙인 것이다. 그런데 비교적 짧고 선율적이며 사랑의 감정을 표현한 시들이 선호된 반면 비판적이거나 반어적인 울림이 있는 시들은 외면 받았다. 그 결과 하이네는 낭만적이고 감상적인 시인으로 각인되었고, 그의 시에 담긴 비판적이고 예리한 시각은 잘 알려지지 않게 되었다.

해설을 읽어보니 옮긴이도 「로렐라이」가 독자에게 낭만적이고 감상적인 노래로 수용된 것을 지적하며 비판하고 있다. 나의 주장과 같다. 아름다운 요정에 대한 예찬이 아니라 그녀의 위험성에 대한 경고가 이 노래의 가장 중요한 전언이라는 것이다.

하이네는 민요, 푸케와 울란트 같은 낭만주의 시인들의 시, 괴테의 발라드, 페트라르카주의 문학의 사랑의 시, 낭만주의 이론가 아우구스트 슐레겔뿐만 아니라 영국 시인 바이런의 영향도 받았다. 하이네는 특히 괴테가 높이 평가한 바이런에 대해 고통 속에서 새로운 세계를 발견했다며 정말 위대하다고 말한다. 세계고의 개념을 바이런과 공유하는 하이네의 이런 평가는 하이네 자신에게도 적용된다고 할 수 있다.

시집에서 사랑의 대상인 소녀의 외모는 아름답지만 그것이 그녀의 영혼을 반영하는 것은 아니다. 그녀는 냉정하고 무정하며 내게 무관심하다. 사랑스럽지만 음험하고, 달콤하지만 뱀처럼 나를 속인다. 유혹적이면서도 내게 좌절을 안겨주는 그녀는 스핑크스 같은 팜므 파탈이다. 나의 자아는 그녀에게 종속되어 자율성을 잃고 분열을 겪는다.

"저기 성문 앞에는 스핑크스가
공포와 욕망의 합체가 누워 있었어.
몸통과 앞발은 사자 같았고
머리와 가슴은 여자 같았지."[4]

1839년 3판 서문에 실린 시다. 스핑크스는 나를 유혹한 후 잔인하게 파괴한다. 스핑크스의 입맞춤이 나를 행복하게 하는 사이 앞발은 내게 끔찍한 상처를 입힌다. 황홀한 고문이고 열락의 고통이다. 그래서 나는 한없는 아픔과 쾌감을 느낀다. 여기서는 하이네의 체험적인 사랑을 중심으로 기술하고자 한다.

"창백한 소년을 보면
누구나 마음이 아프지.
그 소년의 얼굴에는
고통과 고뇌가 새겨져 있어."[5]

「슬픈 소년」이라는 제목의 시는 1821년 하이네가 아말리에의 결혼 소식을 들은 것과 관련이 있는 것으로 추정된다. 당시만 해도 사촌과 결혼하는 것이 비윤리적인 일이 아니었던 모양이다. 특히 합스부르크 왕가의 후손들은 거듭된 근친상간의 결과 턱이 길어지는 유전병을 앓은 것을 확인할 수 있다. 멀리서 여자를 데려오는 것이 유전적으로 건강하다

---

4 하인리히 하이네, 『노래의 책』, 이재영 옮김, 열린책들, 2016, 18쪽.
5 앞의 책, 63쪽.

고 할 수 있다. 그렇다면 왕족과 소위 말하는 야만인 중 어느 쪽이 더 야만적인가.

시에서 나의 얼굴은 파리하고 창백하며 늘 고통에 일그러져 있다. 다음 시도 시기상으로 보아 아말리에가 결혼한 것과 관련이 있어 보인다.

"파도의 거품에서 태어난 여인처럼
내 사랑은 아름다운 광채 속에 빛나는구나.
그녀는 낯선 남자의 선택을 받은
귀여운 신부니까.

마음아, 참을성 많은 내 마음아
배신을 원망하지 마라
견디고 용서해라.
사랑스러운 바보가 저지른 일을."[6]

여기서 파도의 거품에서 태어난 여인은 바다의 거품 속에서 태어난 아프로디테를 암시한다. 그녀는 우라노스의 피와 정액으로 만들어졌다고 한다. 시적 자아는 바보가 저지른 일이니까 참고 용서하겠다고 자위한다. 다른 시에서 부부놀이를 하는 연인은 끌어안고 입 맞추며 놀다가 마지막에 숲과 골짜기에서 숨바꼭질 놀이를 한다. 그러다가 둘은 너무 꼭꼭 숨어서 영영 서로를 찾지 못한다. 다들 그렇게 사랑하고 언제 그랬냐는 듯이 헤어진다.

---

6 앞의 책, 129쪽.

"하지만 나를 가장 괴롭히고
화나게 하고 슬프게 한 그녀는
나를 전혀 사랑하지도
미워하지도 않았어."**7**

하이네는 친구에게 보낸 편지에서 자기가 사랑하는 아말리에가 자신을 사랑하지 않는다고 심정을 토로한다. 하이네는 자신의 여동생이 웃는 모습을 보고 아말리에와 빼닮았다고 생각한다. 그럴 때면 더욱 참담하고 비감한 기분이 되기도 한다. 하이네는 아말리에가 결혼하고 함부르크를 떠난 것을 두고 이렇게 묘사한다.

"허나 성문들은 내 사랑이
조용히 달아나게 내버려뒀다.
어리석은 여자가 원하는 건
성문은 뭐든 다 들어주지."

남자는 자신의 애인이 살았던 집을 찾아갔는데 거기서 고통에 휩싸인 자신의 분신을 본다.

"너 도플갱어여, 이 파리한 놈아!
내 사랑의 고통을 왜 흉내 내느냐?
수많은 밤 바로 이 자리에서

---

7 앞의 책, 151쪽.

한때 나를 괴롭혔던 그 고통을."[8]

결국 하이네는 후일 파리에서 7년 동거 후 마틸드와 결혼했지만 그녀
는 남편이 위대한 시인인 것도 제대로 인식하지 못했다. 그러나 이 시집
의 시에서는 그런 여자와는 이혼하겠다고 큰소리친다. 그런데 살아보니
그렇지 않다. 생각이 다 행동으로 옮겨지면 아마 큰일 날 것이다.

"네가 나의 아내가 되고 나면
사람들이 너를 부러워할 거야.
너는 그저 즐겁게 놀기만 하고
재미와 기쁨만 누리게 될 거야.

네가 화를 내고 소란을 피워도
나는 너그럽게 참아 줄 거야.
하지만 내 시를 칭찬하지 않으면
너와 이혼하고 말 테야."[9]

하이네는 일찍부터 자신의 인생행로를 종종 퇴각전에 비유하곤 한다.

"너 씩씩한 퇴각의 심장이여!
얼마나 자주, 괴롭도록 자주

8　앞의 책, 187쪽.
9　앞의 책, 127쪽.

북방의 야만인 여자들이 널 몰아세웠던가!
그들은 의기양양한 큰 눈에서
불화살들을 쏘아댔다.
그들의 비뚤어진 날선 말들은
내 가슴을 갈라놓으려 했다."**10**

　여기서 북방의 야만녀들은 아말리에와 그녀의 동생 테레제로 보인다. 가련한 하이네는 사촌 여동생 둘을 잇달아 짝사랑했지만 돌아오는 것은 결국 좌절과 환멸뿐이었다. 사랑의 시들이 우수수 생겨난 것이 그나마 불행 중 다행이라 할까. 그것보다 지금으로부터 200여년 전에 정략결혼이 아니라 젊은이가 사랑을 하고 그로 인한 아픔과 좌절을 느꼈다는 것이 중요하다.

---

10 앞의 책, 316쪽.

8   헤르만 헤세의 시 몇 편

헤세의 시 몇 편을 소개해본다. 가수 서유석은 헤세의 시 「아름다운 여
인」을 읽고 「아름다운 사람」을 작곡한 것으로 보인다.

「아름다운 여인」

"장난감을 받고서
그것을 바라보며
얼싸안다
기어이 부셔 버리고
내일이면 벌써
그것을 준 사람조차
잊어버리는 아이처럼,
그대는 내가 드린 마음을
귀여운 장난감처럼
조그만 손으로 만지작거릴 뿐

내 마음이 괴로움에 떠는 것은
헤아리지 못하는군요."

「나는 창공에 떠 있는 하나의 별」

"나는 저 높은 창공에 떠 있는 하나의 별
세상을 내려다보고 비웃으며
스스로의 불길에 타오르며 흩어지는 하나의 별

나는 밤마다 포효하는 노여운 바다
묵은 죄 위에 새로운 죄를 쌓아
희생의 고통에 괴로워하는 바다

나는 너희들 나라에서 쫓겨난 사람
긍지 있게 자라나 배신당한 나는
영토가 없는 외로운 왕

나는 침묵에 싸인 정열
집에 아궁이가 없고 전장에서는 칼이 없는 나는
스스로의 견딜 수 없는 힘에 병이 든 사람."

이 시는 헤세가 20세 무렵에 쓴 것으로 고향을 떠나 외지에서 이방인
으로 살아가는 자신의 곤고한 삶을 잘 보여주고 있다.

「꽃핀 가지」

"쉼 없이 바람결에
꽃핀 가지가 흔들린다.
쉼 없이 아이처럼
내 마음이 흔들린다.
갠 나날과 흐린 나날 사이를
욕망과 단념 사이를

꽃잎이 모두 바람에 날려가고
가지에 열매가 열릴 때까지.
치졸한 거동에 지친 내 마음이
차분히 평온에 싸여
인생의 소란한 놀이도 즐거웠고
헛되지 않았다고 말할 때까지."

「시든 잎」

"꽃은 모두 열매가 되려 하고
아침은 모두 저녁이 되려 한다.
이 지상에 영원한 것은 없다.
변전과 세월의 흐름만 있을 뿐.

더없이 아름다운 여름도

언젠가는 가을과 조락을 느끼려 한다.
잎이여, 끈기 있게 조용히 참으렴,
불어오는 바람이 낚아채려 할 때

너의 놀이를 그대로 계속하고
거스르지 말고 가만히 둬라
너를 꺾어가는 바람에 실려
너의 집으로 날려가렴."

헤세는 자신의 삶을 꽃이 피고 시드는 것에 비유하고 있다. 그는 평생 건강이 좋지 않아 걸핏하면 의사들과 요양원 신세를 져야 했다. 그에게는 건강염려증이 있었으나 실제로 심장이 좋지 않았고 백혈병이 발생하기도 했다. 그리고 무의식 깊이 죄의식도 완전히 해결되지 않아 가벼운 우울증 증세는 계속되었다. 마지막 시에서 그는 자신의 만년의 삶, 그것의 겨울 모습을 '꺾인 나뭇가지의 삐걱거림'으로 표현하고 있다.

「꺾인 나뭇가지의 삐걱거림」

"꺾인 나뭇가지
벌써 여러 해 동안 그대로 매달려
바람에 메마른 노래 삐걱거린다.
잎도 다 떨어지고 껍질도 없이
벌거숭이로 색 바랜 채
너무 긴 생명과 너무 긴 죽음에 지쳐 버렸네.

딱딱하고 끈질기게 울리는 그 노랫소리,

반항스레 들린다.

마음 속 깊이 두렵게 울려온다.

또 한 여름, 또 한 겨울 동안……."

85세에 쓴 이 시를 혜세는 세 번이나 고쳐 썼다. 그의 우울한 심정은 여전해 보인다. 즉 꺾인 가지는 고립무원으로 죽어가는 상태를 나타내는 것으로 보이고, 삐걱거리는 메마른 노랫소리는 마지막 저항과 체념, 그리고 삶의 회한과 임박한 죽음을 표현하고 있는 것 같다. 더구나 세 번이나 고친 것은 그의 강박적 완벽주의를 잘 보여준다. 그러나 메마른 가지도 겨울이 가고 봄이 오면 파릇파릇 살아나듯이 자연의 순환에 의한 재탄생의 희망이 사라진 것은 아니다.

9 독일의 목사 마르틴 니묄러의 시 「나치가 그들을 불렀을 때」

이 시는 루터교 목사인 마르틴 니묄러Martin Niemöller(1892~1984)가 쓴 것으로 추정되는 시다. 보수적인 가정에서 태어난 그는 처음에 히틀러가 국가 재건에 도움이 될 거라 생각해 나치의 등장을 지지하기도 했다. 그러나 히틀러가 국가의 우월성을 종교처럼 주장하며 인종주의 정책을 펼치자 이에 환멸을 느끼고 반히틀러 성직자그룹의 리더가 되었다. 하지만 다른 성직자들은 나치의 위협에 굴복하고 말았다.

회유와 위협에도 굴복하지 않아 히틀러의 미움을 받은 그는 결국 나치에 체포당해 작센하우젠과 다하우 강제수용소에 감금되는 신세가 되었다. 1945년 수용소에서 풀려난 그는 이후 성직자로, 독일인들을 참회와 화해를 이끄는 대변자로 활동했다.

이 시는 나치가 특정 집단을 하나씩 제거해나가며 권력을 장악하고 남용할 때 저항하지 않고 침묵한 독일 지식인과 성직자 들 그리고 니묄러 자신에 대해 말하고 있다. 자유와 정의, 연대를 강조하려는 의도로 자주 인용되는 시다.

"나치가 공산주의자들을 불렀을 때,
나는 잠자코 있었다.
알다시피 난 공산주의자가 아니었으니.

그들이 사회민주주의자들을 가둘 때,
나는 잠자코 있었다.
알다시피 난 사회민주주의자가 아니었으니.

그들이 노조원들을 불렀을 때
나는 항의하지 않았다.
알다시피 난 노조원이 아니었으니.

그들이 유대인들을 불렀을 때
나는 잠자코 있었다.
알다시피 난 유대인이 아니었으니.

그들이 나를 불렀을 땐
항의해 줄 수 있는 자가
더 이상 아무도 없었다."

10 「관악산에서」

"산을
오르는 건 힘들어도
추락하는 건 잠깐이더군
명성을
쌓기는 힘들어도
잃어버리는 건 순간이더군
미처 생각할 틈 없이
아래를 내려다볼 짬 없이
아주 잠깐이더군

그대가 처음
힘들게 올라갈 때
박수치고 밀어주던 우리
이제
하염없이 추락하면서도

짐짓 아무렇지 않은 듯
고개 돌려 외면하는 그대여
오르는 건 힘들고
추락하는 건 쉬워도
내려가는 건 한참이더군
영영 한참이더군."

제5부

———

소설 읽기

1 괴테 말년의 단편 「노벨레」―우리에서 뛰쳐나간 괴수怪獸를 어떻게 해야 할까?

얼마 전에 동물원에서 뛰쳐나간 퓨마를 사살했다는 기사를 보았다. 안타까운 일이다. 인간의 야만성, 야수성을 보는 기분이다. 마취총을 쏘아서 무사히 데려오는 게 그토록 힘들었을까? 몇 년 전에는 과천 동물원의 곰도 우리를 뛰쳐나간 적이 있었다.

장터에서 큰 화재가 나자 우리에서 뛰쳐나간 괴수怪獸, 즉 호랑이와 사자를 어떻게 처리해야 할까? 쏘아 죽여야 하나 또는 살살 달래서 우리에 도로 집어넣어야 하나, 아니면 자연에서 평화롭게 살도록 도와주어야 하나?

괴테는 말년의 단편 「노벨레」에서 이 문제를 다루고 있다. 산악지대에 위치한 조그만 영주국 이야기다. 자본주의가 막 태동하는 시기이다. 산악지역과 평지와의 교역이 원만하게 이루어져 물품이 풍부하다. 나라의 백성들은 활기차고 근면하게 살아가고 있다.

영주는 외국 손님들과 사냥에 나가고, 영주 부인은 후작인 숙부와 시종 겸 마구간지기를 데리고 산행에 나선다. 부인은 숲 속의 평화로운 주민들을 불안하게 할까 봐 멀리 산 속으로 들어갈 계획이다.

영주 부인 일행이 사람들로 북적이는 장터를 지난다. 사람들은 즐거운 마음으로 젊은 숙녀를 바라보며, 나라의 퍼스트레이디가 더없이 아름답고 우아하다는 사실에 미소 지으며 즐거워한다. 여자들은 필요 이상의 레이스 장식과 리본에 만족하고, 남자들은 획일적인 것에 만족한다.

교외로 통하는 탁 트인 장소에 도달하자 수많은 노점과 소매점 가판대의 끝에 비교적 큰 판잣집이 나타난다. 거기서 귀청을 찢는 커다란 울음소리가 들려온다. 거기에 전시되어 있는 맹수에게 사료를 줄 시간이 다가온 모양이다. 사자가 숲과 황야에서 울부짖던 어마어마한 소리를 내자 말들이 두려움에 몸서리를 친다.

무어 인에게 덤벼들려는 사자를 보고 후작이 말한다. "사람들이 내부의 일도 마찬가지로 생각하도록 호랑이가 분노에 차 무어 인을 습격해야 합니다. 살인하거나 때려죽이는 것, 화재나 파멸로는 아직 충분치가 못해요. [……] 착한 사람들은 겁을 먹을 필요가 있지요. 자유롭게 숨을 쉴 수 있다는 게 얼마나 멋지며 칭찬할 만한지를 나중에 제대로 느낄 수 있도록 말입니다."

전망이 탁 트인 곳에 올라가니 웅장한 성과 위쪽 도시, 아래쪽 도시, 장터의 노점과 강도 내려다보인다. 이때 장터에서 불이 나기 시작하는 것이 보인다. 젊은 시종은 성이나 도시에 불에 대한 대비가 완벽하니 안심하라고 말하지만 영주 부인에게는 연기가 넓게 퍼지고 불꽃이 활활 타오르는 모습이 보이며 우지끈 꽝꽝 하는 소리가 들리는 것 같다.

그래서 서둘러 골짜기로 들어서 내려오는데 저 아래 골짜기의 덤불에서 호랑이가 보인다. 불이 나자 놀라서 우리에서 뛰쳐나간 모양이다. 괴수가 풀쩍 뛰어오르면서 다가오는 것이 아닌가. 젊은이가 방아쇠를 당겼으나 총알은 빗나갔다. 부인이 말을 마구 몰아대자 말은 땅에 푹 쓰러지고 호랑이는 가까이 접근하고 있다.

젊은이가 재차 권총을 발사해 머리를 관통시키자 괴수는 고꾸라진다. 가죽은 영주 부인을 즐겁게 해주기 위해 쓸 예정이다. 시종은 영주에게 부탁해 휴가와 여행을 보내주게 해달라고 부인에게 간청한다.

이때 호랑이의 주인인 듯한 어떤 여자와 소년이 다가와 무릎을 꿇고는 눈물을 흘린다. 여자는 호랑이가 평소에 온순한 동물이라며 통곡을 한다. 그런데 소년의 아버지인 몸집이 큰 사내가 나타나서 사자도 달아났다고 말한다.

사내는 사자를 보호해주고 죽임을 당하지 않도록 자비를 베풀어 달라고 영주에게 애원한다. 사내는 쇠 우리를 가져올 때까지 아내와 아이가 짐승을 길들여 조용히 있게 하겠다고 말한다.

사내는 피리를 불고 셋이 함께 소리 높여 노래를 부른다.

"지상에서는 영원한 자가 다스린다.
그의 눈길이 바다를 지배하기 때문에
사자들은 어린양이 되어야 해
그러면 파도가 요동하며 물러가지.
번쩍이는 검이 내리치는 중에 굳어진다.
믿음과 희망이 이루어졌다.
기도 속에서 모습을 드러내는 사랑이
놀라운 힘을 발휘하였구나."

이들이 여러 가지 노래를 부르는 동안, 사자가 소년의 바로 옆에 앉아 자신의 앞발을 그의 무릎에 올려놓자, 소년은 계속 노래를 부르며 앞발을 쓰다듬어 준다. 그리고 사자의 발가락 사이에 박힌 가시를 빼내주고는 자신의 비단 목도리로 짐승의 앞발을 묶어준다. 그러고는 아이는 피리를 불며 노래 부른다.

"그리하여 축복 받은 천사는
착한 아이들에게 기꺼이 충고하지요.
나쁜 생각을 막아내고
선행을 하도록.
그리하여 경건한 뜻과 선율이
마법으로 사로잡으려고
사랑스런 아이들의 부드러운 무릎에
숲 속의 제왕을 불러내지요."

이처럼 우리를 탈출한 호랑이를 쏘아 죽인 젊은이와는 달리 아이는 피리를 불면서 위험한 사자를 부드러운 노래로 어우르고, 사자는 아이 옆에 붙어 앉아 정겨운 친구가 된다. 무시무시한 맹수 얼굴은 이제 정겨움과 감사의 표정으로 바뀌고, 아이는 무적의 승리자처럼 보인다.

그렇다고 사자가 패배자처럼 보이지도 않는다. 사자의 힘은 몸속에 숨겨져 있었고, 그것은 길들여져 스스로의 평화로운 의지에 모든 것을 내맡긴 자처럼 보인다.

괴테가 77세인 1826년에 쓴 「노벨레」로 대가의 고전주의 이념이 잘 드러난 수작이다. 괴테는 에커만의 『괴테와의 대화』에서 말한다.

"제어하기 어렵고 극복하기 어려운 것은 때로는 강제력에 의해서가 아니라 오히려 사랑과 경건한 마음을 통해 해결될 수 있음을 보여주려는 게 이 노벨레의 목표였네. 아이와 사자의 모습으로 구현되어 있는 이러한 아름다운 목표가 나의 창작을 이끌어 주었던 걸세. 바로 이것이 이상적인 것이고, 바로 이것이 꽃인 셈이야. [……] 우리들 내부의 보다 고귀한 본성에 정말로 도움이 되는 것은 오직 시인의 마음으로부터 솟아 나오는 이상적인 것일 뿐이네."[1]

괴테는 노벨레를 '예기치 않은 전대미문의 사건'으로 규정한다. 보카치오의 『데카메론』이 그 원형이다. 이후 클라이스트, 하우프트만, 토마스 만, 프란츠 카프카 등이 노벨레 장르를 발전시켰다.

음악의 카타르시스적 효과를 인식한 괴테는 모든 예술에서 디오니소스적인 것을 아폴로적인 것으로 순화시키려고 했다. 오르페우스의 음악처럼 음악이 사자에게 영향력을 행사한다. 자연의 제왕은 달콤한 피리의 선율에 순종하며 순진무구한 소년이 인도하는 대로 따라간다. 모든 영원함 속에서 작용하는 드높은 존재가 눈에 보이지 않게 개입하고 있기 때문이다.

피리소리로 사자를 길들여 달랜다는 감동적인 주제는 괴테가 1797년에 이미 실러, 훔볼트와 의논했지만 그들은 그 주제로 글을 쓰는 것을 말렸다고 한다.

'착한 백성에게 겁을 줘야 한다'는 후작의 말이 인상적이다. 그러면서 후작은 백성들에게 자유를 누리는 걸 고마워할 줄 알아야 한다고 말한다. 전제 군주주의자, 기득권 지배 세력의 시각이다. 영주보다 오히려 후

---

1 『괴테와의 대화』 1, 같은 책, 300~301쪽.

제5부 소설 읽기

작이 더 문제다.

이 작품은 사람과 맹수와의 교감을 소재로 인간과 자연의 이상적인 평화 공존을 그림으로써 세계의 조화와 균제라는 고전주의 문학이념을 고스란히 담고 있다. 종결 부분을 보면 인간은 드높은 존재로부터 완전히 버림받은 것은 아니다. 오히려 드높은 존재는 인간을 염두에 두고 있으면서 인간의 일에 간섭하고 인간이 역경에 처한 경우에 기꺼이 도움의 손길을 내민다. 사자는 아이를 찢어놓지 않고 오히려 부드럽고 고분고분한 모습을 보인다. 모든 영원함 속에서 작용하는 드높은 존재가 눈에 보이지 않게 개입하고 있기 때문이다.

이처럼 무조건 맹수를 죽이려 할 것이 아니라 내부의 평화로운 의지가 깨어나도록 하는 피리 부는 소년의 지혜가 필요할 때다. 괴수인 줄 알았는데 신비로운 노래를 부르며 피리를 불어주니 다소곳해진다. 알고 보면 괴수라고 지칭되는 맹수도 때로는 압박과 강제력이 아니라 신의와 성실, 사랑과 경건한 마음으로 순화시켜 충분히 길들일 수 있는 것이다. 인간의 두려움에 호랑이는 죽였지만 사자는?

차라투스트라는 "세계는 새로운 소음을 만들어낸 사람들 주위가 아니라 새로운 가치를 만들어낸 사람들 주위를 돈다."[2]고 말한다.

2　프리드리히 니체, 『차라투스트라는 이렇게 말했다』, 홍성광 옮김, 펭귄클래식, 2009, 222쪽.

2 열녀와 재가금지 풍속이 생긴 이유─박지원의 「열녀 함양박씨전」

유교에서 중요시한 덕목으로 효와 충, 열烈이 있다. 세종시대 삼강행실도 는 이를 다루고 있다. 특히 여성의 수절을 미덕으로 삼는 풍조는 열녀라 는 이름으로 여성의 희생과 고통을 강요하는 봉건적 발상이었다.

고려 말까지는 남편이 죽은 후 아내가 재혼하는 것은 일반적인 일이었 다. 그래서 수절한 여인은 무조건 열녀로 나라의 칭송을 받았다. 그러나 조선시대에는 남편이 죽으면 재혼할 수 없도록 만들었다. 1485년 성종 때 나온 『경국대전』에 재가한 여자와 서얼의 자손은 벼슬길을 막는다는 조항을 넣었다. 그러다가 중종 때에 와서는 개가 자체를 일반적으로 범 죄시하게 되었다.

이수광이나 이익 같은 실학자도 봉건적인 열녀관을 지니고 있었다. 이 익은 여자가 책 읽는 것도 경계했고, 미천한 여자가 재가하지 않고 수절 하는 것도 아름다운 풍습이라고 보았다. 그러다 보니 심지어 남들과의 차별화를 위해 재가하지 않는 것에 그치지 않고 남편을 따라서 목숨을 버리는 열녀까지 생겨났다.

그런 가운데 차츰 변화의 싹이 트기 시작했다. 남편을 잃은 여성도 살 권리가 있다고 본 것이다. 이런 상황에서 박지원의 「열녀함양박씨전」이 나왔다. 여기에는 두 가지 이야기가 담겨있다. 평생 수절한 어느 노모 이야기와 남편이 죽자 따라서 죽은 열녀 함양 박씨 이야기가 그것이다.

박지원은 이 글에서 과부가 된 여성들이 왜 기꺼이 남편을 따라 물에 빠져 죽거나, 불에 뛰어들어 죽거나, 아니면 독약을 먹고 죽거나, 목매달아 죽는지 묻는다. 친정 부모가 과부가 된 딸에게 재가하라고 핍박하는 것도 아니고, 자손이 관직에 임용되지 못하는 수치를 당하는 것도 아닌데 왜 그렇게 하는지 질문을 제기하고 있다.

여성의 수절이 온 나라의 풍속이 되는 바람에 옛날에 칭송받던 열녀들이 이제 사방에 널려있게 되었다. 이 때문에 재가하지 않는 것만으로는 남다른 절개를 보일 수 없어 목숨을 버리게 되었다고 본 것이다. 그러면서 박씨가 열녀이긴 하지만 너무 안타깝다는 소회를 피력한다.

박지원은 여기서 더 나아가 여성의 욕망을 인정한다. 오랜 세월 동안 엽전을 닳도록 굴리며 외롭고 쓸쓸한 기나긴 밤을 견디고 참아낸 어느 노모의 수절담을 소개한 것이다. 그래서 그 여성의 아들이 안의 고을의 현감이 되었으니 그녀의 수절은 충분히 보람이 있는 일이라 할 수 있다. 노모는 눈물을 흘리며 말한다. "과부란 고독 속에 살며 슬픔 또한 지극하지 않겠느냐. 그리고 혈기는 때를 따라 왕성한 것인데 과부라 해서 어찌 정욕이 없겠느냐."[3]

"어린 종년은 깊이 코를 골며 자는데, 가물가물 졸음도 없는 그 깊은

---

3   박지원, 『호질/양반전 외』, 박정수 엮음, 청목, 2000, 91쪽.

밤에 누구에게 나의 고충을 하소연하겠는고."**4**

노모가 자신의 이야기를 들려준 뒤 모자는 함께 서로 껴안고 눈물을 흘린다.

이어서 작가는 함양으로 시집 가 남편의 3년상을 치른 뒤 약을 먹고 자결한 열녀 박씨 이야기를 소개하고 있다. 박지원은 박씨를 열녀라고 칭하면서도 죽을 수밖에 없었던 그녀의 마음을 이렇게 헤아린다.

"이렇게 나이가 어린 과부로서 오래도록 이 세상에 머문다면 친척들의 한없는 동정을 받기도 하겠지만, 이웃의 좋지 않은 생각도 면치 못할지니, 빨리 이 몸도 없어져야겠다."**5**

그러나 반시대적 고찰을 하는 박지원은 사대부의 질타를 우려해서 '지아비의 죽은 날과 같은 날 같은 시에 마침내 그 처음의 뜻을 이룩했으니 그 어찌 열부가 아니겠는가?'라며 박씨를 짐짓 열녀라고 칭송한다.

한편 박지원보다 25년 뒤에 태어난 다산 정약용은 의로운 상황이 아닌데도 남편을 따라 목숨을 버리는 것은 쓸데없는 죽음이라고 주장한다. 또 슬픔을 딛고 연로한 시부모와 어린 자식을 위해 삶에 힘써야 한다고 역설했다.

이리하여 18세기 후반부터 반봉건적인 가치관이 대두하면서 여성관도 차츰 변화하기 시작했다. 개가를 보다 긍정적으로 보는 견해가 생겨

---

4 앞의 책, 92쪽.
5 앞의 책, 95쪽.

낳으며 동학에서는 여성의 수절을 비판하였다. 가치관의 이러한 변화로 갑오개혁 때 여성의 개가를 허용하는 조문이 포함되게 된다.

사실 재가를 한 과부 자식에게 관직을 허용하지 않는 것은 특권 계층이 자신들의 기존 권력을 독점하기 위해서이다. 과부의 자식에게까지 관직을 나누어주면 자기들에게 돌아올 자리가 부족해진다. 사다리를 걷어차고 문을 좁혀버린 것이다. 서얼 차별도 원래는 마찬가지 이유에서 행해졌다.

그러니 양반 출신 여성은 자식의 출세를 위해 재가하지 않는 것이 필요하다고 하겠다. 인정한다. 그러나 아전 출신으로 자식이 과거를 볼 수 없는 박씨는 재가를 한다 해서 손해될 것이 없으며 죽을 이유는 더더욱 없다. 그러나 그녀는 미덕이라는 풍속의 희생양이 되고 말았다. 사대부들은 자신들에게 처첩제도를 허용하면서.

그런데 조선인들은 계층을 불문하고 다들 지배층의 도덕을 수용하였다. 그래서 두 차례의 전란을 겪은 뒤에 조선의 여성들은 남편의 사후 재혼하지 않는 것을 당연한 일로 여겼다. 이 어찌 슬픈 일이 아니겠는가. 니체도 『도덕의 계보학』에서 같은 이유로 당대의 도덕을 비판적으로 바라본다.

3   박지원의 「우상전虞裳傳」 — 요절한 천재시인 우상 이언진

얼마 전 어느 정치인이 외무부 장관을 통역관 출신이라며 낮추어 말한 것이 보도되었다. 귀를 의심케 하는 역관 비하 발언이다. 이처럼 어처구니없게도 아직 조선시대의 봉건적 사고방식에 사로잡혀 있는 사람들이 더러 있다.

이언진(1740~66)은 중인 출신의 역관으로 연암 박지원보다 세 살 연하다. 그러나 두 사람이 직접 만난 일은 없다. 대대로 역관을 지낸 집안에서 태어난 그는 어릴 때부터 지혜롭고 총명했다. 문장이 빼어나고 글씨가 뛰어났으며, 아울러 그림에도 조예가 깊었다고 평가되고 있다. 시대를 앞선 선구자였으며 일곱 걸음을 가기 전에 시가 나오는 천재적 인물이지만 사대부의 벽을 넘지 못한 불우하고 불운하며 불온한 천재였다.

배척당한 시인에게는 두 가지 선택지가 있다. 주류에 편승하기 위해 애쓰고 노력하거나, 자신만의 성을 굳게 쌓고 그들을 조롱하고 허위와 부조리, 부당함을 공격하는 것이다. 대개의 천재시인이 그러했듯 이언진은 물론 후자의 길을 택했다.

이언진에게는 강한 자의식과 높은 자존감, 누구에게도 굴종하지 않으려는 오만함이 있었다. 그는 과거의 부처는 나 앞의 나, 미래의 부처는 나 뒤의 나라고 스스로를 부처라고 했으며, 시선 이백과 자신을 동일시하기도 한다. 그러나 신분적 속박에서 벗어나지 못하는 시인은 '세태는 이랬다저랬다 하고 몸은 고통과 번민이 많고, 높은 사람 앞에서 배우가 되어 가면을 쓴 채 억지로 운다'며 울분을 토한다.

생전의 활동은 1759년 역과譯科에 합격해 청에 두 번 다녀오고, 1763년 왜에 다녀온 것이 전부였다. 당시의 인물 중 두 나라를 같이 다녀온 사람은 이언진이 유일하다고 한다. 왜어가 아닌 한어 역관인 그는 물건을 관리하는 한학 압물통사押物通事의 자격으로 통신사를 따라간 것이다.

그러므로 직책으로 보면 이언진은 일본 문사나 학자들과 시를 주고받거나 필담을 나눌 처지가 아니었다. 그럼에도 그는 성대중, 남옥 등의 서기, 제술관을 제치고 일본에서 최고의 대우를 받았다. 그는 일본인들이 시를 청하면 즉석에서 시를 지어주었는데 심지어 하루에 수백 편이나 되는 시를 지어주기도 했다고 한다.

우상은 일개 통역관인 만큼 국내에 있을 때는 그의 이름을 아는 자가 없었다. 그러나 이제 그의 이름을 먼 나라에 떨치며 뭇사람의 관심의 대상이 되었다. 이에 대해 박지원은 「우상전」에서 '물고기는 깊은 물을 떠나서는 안 되고 보배로운 그릇은 남에게 보이지 말아야 할 것'이라며 경계할 것을 주문한다.

일본에서 문인들의 환대를 받고 돌아온 그는 박지원에게 자신이 지은 시를 종종 보냈다. 이 세상에서 오직 한 사람 박지원만은 자기를 알아주리라고 생각한 것이다. 그러나 연암은 시를 전해준 사람에게 농담으로 '이건 오나라의 가는 침이야. 너무 자질구레해서 보잘 것 없어.'라고 말했다.

이 말을 들은 우상은 노하여 미친 놈이 남의 기류를 올린다면서, 이내 한숨을 쉬며 '내 어찌 이 세상에서 오래 버틸 수 있겠나.' 하고는 눈물을 주르르 흘렸다. 누가 다시 자신의 글을 알아주겠냐고 생각한 것이다.

그가 죽었다는 소식을 들은 박지원은 슬퍼하며 '우상은 아직 젊으니 부지런히 길을 잘 잡는다면 글을 지어서 세상에 전할 수 있으리라고 생각했었다.'라고 변명했다. 실은 마음속으로 그의 재주를 사랑했는데, 우상은 필시 연암이 자기를 좋아하지 않는다고 생각했으리라는 것이다.

연암에게 모욕을 받은 이언진은 밥숟갈을 뜨지 못하고 온종일 멍하니 하늘을 쳐다보다 슬프게 눈물 흘리기를 반복했다. 그 무렵 이언진은 더욱더 병이 깊어 있었다. 그는 밤늦도록 잠을 이루지 못하고 뒤척이다 그동안 자신이 쓴 시를 마당에 갖고 나와 불에 태웠다.

두 손은 떨고 있었고 눈에서는 눈물이 연신 쏟아지고 있었다. 아내가 시를 담은 보자기를 빼앗았다. 이렇게 해서 이언진의 시는 얼마간 건질 수 있었다. 며칠 뒤 이언진은 숨을 거두었다. 박지원에게 품평을 구했다가 혹평을 당한 충격이 컸던 모양이다.

이언진이 졸지에 세상을 떠나자, 연암은 자신이 젊은 천재를 타박한 것을 뉘우치고 우상을 한 번도 만나보지 못한 것을 한스럽게 느끼며 그가 자기에게 보여준 시 몇 편을 가지고 「우상전」을 지어주었다.

이 글에서 박지원은 논어에 나오는 글을 인용하여 덕은 그릇에 재에 才藝는 물건에 비유하며, "덕만 있고 재주가 없으면 빈 그릇이 될 것이며, 재주만 있고 덕이 없으면 재주를 담을 곳이 없을 뿐더러 그 그릇이 얕으면 넘기가 쉬운 법"[6]이라며 그릇을 키울 것을 주문한다. 그러면서 "저 조

---

6 앞의 책, 79쪽.

출한 자에게는 복이 붙을 곳이 없으며, 남의 정상을 잘 엿보는 자에겐 대저 사람이 잘 붙지 않는 법"**7**이라며 이언진에 빗대어 말하고 있다.

괴테와 하이네도 재주는 있으나 인격이 없다고 적들에게 공격을 당했다. 괴테는 에커만과의 대화에서 그의 재능은 어찌할 수 없으니 인격을 걸고 넘어서는 사람들에 대한 불만을 털어놓는다. 하이네 역시 '재능은 있으나 인격은 없다'고 자기를 비난하는 경향파 작가들을 향해 『아타 트롤』에서 '재능은 없지만 인격은 있었다'고 문장을 뒤집어 그들을 공격한다.

그러나 괴테 역시 사람을 제대로 보지 못해 횔덜린과 렌츠를 미치게 했고, 클라이스트를 권총 자살하게 했다. 하이네도 대학시절 괴테를 방문했으나 제대로 평가를 받지 못해 이후 괴테를 공격하는 쪽으로 방향을 틀었다.

그러니 공자는 『논어』 '학이'편에서 이렇게 말한다. '세상이 나를 알아주지 않는다 해도 화내지 않으면 어찌 군자가 아니겠는가! 人不知而不慍 不亦君子乎!'

---

7 앞의 책, 79쪽.

김중배의 다이아몬드가 그렇게 좋더냐? 그럼 예술이 밥 먹여 주나요? 지금도 해결되지 않은 어려운 문제로 자본주의가 고도화할수록 오히려 더 심각해졌다고 볼 수 있다. 19세기 중반 이후의 독일처럼 우리도 이제 돈 없으면 결혼을 못 한다.

예술성과 시민적 삶의 갈등을 다루고 있는 시적인 작품으로 발표 후 큰 성공을 거두었다. 이루어질 수 없었던 젊은 시절의 사랑 이야기가 목가적 분위기에서 전개된다.

주인공 라인하르트의 예술성은 에리히로 대변되는 속물적 시민성에 패하고 만다. 토마스 만의 『토니오 크뢰거』(1903)에 큰 영향을 준 작품이다. 『이멘 호』는 신파극 『이수일과 심순애(장한몽)』의 원조격이다.

또한 조중환의 『장한몽』은 일본의 『금색야차』를 번안한 작품이다. 실은 『금색야차』도 영국의 여류작가 버서 클레이Bertha M. Clay의 『여자보다 약한』에서 캐릭터와 스토리의 구조를 가져온 2차 창작 소설이란 사실이 최근에 밝혀졌다. 영화 〈쉘부르의 우산〉도 비슷한 종류이다.

라인하르트는 사색적이며 예술적 감수성을 지닌 주인공이다. 엘리자베트는 라인하르트가 사랑한 여인이지만 어머니의 결정에 따라 에리히와 결혼한다. 에리히는 큰 농장을 소유한, 현실적이고 출세 지향적 청년으로 엘리자베트와 결혼한다.

집시 소녀는 엘리자베트의 심정을 대변하고 있다. 집시 소녀는 아름다움이란 내일이면 사라지는 순간적인 것일 뿐 영속하지 않음을 노래한다.

"오늘, 오직 오늘뿐
아름다운 내 모습도
내일, 아 내일이면
모든 것은 사라지리라!

오직 이 순간만
당신은 아직 내 사랑,것.
죽음은, 아, 죽음은
나 혼자 맞으리."**8**

지방 민요 역시 엘리자베트의 입장을 대변하고 있다.

"어머니가 원했어요.
다른 이를 맞으라고.
예전에 가졌던 것
내 마음 그걸 잊으라고.

---

8   테오도르 슈토름, 『슈토름 대표 단편선』, 우효순 옮김, 혜원, 2006, 29쪽.

내 마음 원치 않았지만."**9**

젊은 날의 청춘과 사랑을 회상하는 고독한 노인의 이야기가 우수 어린 체념적 분위기가 지배하는 서정적 이미지들 속에서 전개된다. 줄거리 또한 산딸기 찾기, 홍방울새의 죽음, 수련과 같은 상징적 장치에 의해 진행된다. 회상을 통한 이중 구조의 틀 소설로 되어 있는데, 과거에 대한 회상은 이미 그 자체 내에 체념과 순응의 성격을 내포하고 있다.

어느 늦가을 오후 한 노인이 산책을 갔다 온 후에 쉬고 있다. 노인은 민요를 쓰고 연구하며 홀로 살아가고 있다. 저녁이 되어 어두컴컴해지고 방의 초상화에 달빛이 비추자 '엘리자베트!' 하고 나직이 소리친다. 그리고 어린 시절로 돌아가 이야기가 시작된다.

엘리자베트는 5세, 라인하르트는 10세 정도 되어 보이는 아이들이다. 라인하르트는 직접 쓴 동화나 시를 소녀에게 들려주며 그녀와 함께 하는 인생을 꿈꾼다. 그들은 정원과 숲 속에서 놀곤 했는데, 라인하르트는 짚으로 집을 만들고 나무로 의자를 만들어놓고 엘리자베트를 불러 집이 완성됐으니 들어가자고 한다. 그리고 라인하르트는 소녀에게 옛날 동화를 들려주기도 한다.

7년의 세월이 흘러 라인하르트는 학업 때문에 고향을 떠나 생활하게 되지만, 둘의 교제는 편지를 통해 계속 이어진다. 그는 방학 때 고향을 방문하고, 동네 사람들과 소풍을 갔는데, 오전에는 산딸기를 따와야 하는 과업이 주어진다. 딸기를 못 따오는 사람들은 점심이 제공되지 않는다. 라인하르트는 엘리자베트와 여기저기 찾아다니지만 결국 산딸기를 찾

---

9 앞의 책, 60쪽.

는 데 실패한다.

다시 세월이 흘러 라인하르트는 대학에 진학하게 되어 대학시절을 보내게 되는데, 크리스마스가 다가오자 고향에 대한 그리움으로 외로움을 느낀다. 그는 외로움을 느낄 때마다 장편의 시를 쓴다.

그러다가 고향을 찾았는데, 엘리자베트와의 사이에 서먹한 감을 느낀다. 부활절 방학을 맞아 돌아온 라인하르트는 두 사람 사이의 변화를 감지한다. 그가 없는 동안 학교 선배인 에리히는 아버지의 농장을 넘겨받았고 라인하르트가 선물한 홍방울새가 죽은 자리를 에리히가 선물한 값비싼 카나리아가 차지하고 있었던 것이다.

떠나기 전 엘리자베트는 라인하르트에게 남아 있는 2년의 학업 시기 동안에도 여전히 그를 사랑할 것을 약속하지만, 라인하르트는 편지를 보내지 않는다. 2년이 지난 어느 날 라인하르트의 어머니는 엘리자베트가 에리히의 청혼을 두 번이나 거부했지만 어머니의 강요를 이기지 못하고 결혼했다는 소식을 알려준다.

몇 년 후 에리히는 라인하르트를 농장에 초청한다. 엘리자베트는 라인하르트가 온다는 소식을 모른다. 깜짝 놀라게 해주려고 에리히는 엘리자베트에게 말을 하지 않은 것이다.

라인하르트는 엘리자베트를 보고 안타까움을 느끼지만 표현은 하지 않는다. 라인하르트의 깜짝 도착에 엘리자베트는 무척 기뻐한다. 그날 저녁 라인하르트가 그동안 쓴 자신의 시와 노래를 모임에서 들려주자 엘리자베트는 혼란스런 심정으로 그 자리를 떠나고, 호수에 간 라인하르트는 수영을 하면서 호수 수면 위에 떠올라 있는 수련 꽃에 닿으려고 시도하지만 끝내 다다르지 못한다.

다음 날 오후 라인하르트는 엘리자베트와 함께 호수 건너편에서 산책을 한다. 산책을 하면서 라인하르트는 어린 시절 산딸기를 찾으러 나섰던 소풍을 회상하며 호숫가에서 그녀에게 "엘리자베트, 저 푸른 산들 너머에 우리들의 청춘이 있었는데, 지금은 어디에 있을까?"[10]라고 묻는다.

수련 꽃을 발견하자 잃어버린 청춘에 관한 이야기를 하는 라인하르트의 말을 들으면서 엘리자베트는 눈물을 흘리고, 두 사람은 침묵 속에 배를 타고 되돌아온다.

며칠 지나고 엘리자베트는 라인하르트와 단 둘이 남았을 때 어머니가 원해서 결혼했다고 말한다. 농장에 도착하고부터 자신의 생각을 정리할 수 없었던 라인하르트는 한통의 편지를 남기고 이른 아침에 떠난다. 엘리자베트는 다시 돌아오지 않겠다는 라인하르트의 의중을 이미 예감하고 있던 터였다.

저녁 어스름이 지는 무렵 화자인 노인은 내면의 눈으로 호수 수면 위에 피어 있던, 가까이 있지만 결코 닿을 수 없는 듯한 수련 꽃을 조용히 응시한다. 다시 달빛이 초상화를 비추는 시점으로 돌아와 이야기는 끝난다.

시적인 구성, 절제된 줄거리, 모티프의 연결과 상징적인 비유가 절묘하다. 중심 소재는 수련이다. 그것은 손에 닿을 듯 가까이 있지만 결코 손에 넣을 수 없는 행복과 아름답고 예술적인 것을 추구하는 라인하르트의 현실에서의 실패를 상징한다.

사라져버린 청춘에 대한 허무함이 작품 전체에 감상적이며 시적인 언어로 잔잔히 흐른다. 동경과 꿈, 환상에 가득 찬, 그러나 소극적인 인물 라인하르트와 유능하고 활력적이며 출세 지향적인 에리히는 예술과 현

---

10 앞의 책, 66쪽. 번역은 필자가 일부 수정했음.

제5부 소설 읽기

실 사이의 대립을 나타낸다고 볼 수 있다.

슈토름은 후에 슐레스비히-홀슈타인의 해방운동에 참여하여 '귀족은 종교와 마찬가지로 민중의 혈관에 흐르는 독'이라면서 정치적으로 진보적인 작가로 발전한다. 그가 꿈꾸는 민주적 공동체는 '신분이나 계급에 얽매이지 않고 인간 자체의 존엄성을 돌아볼 수 있는 곳'이다.

5   프란츠 카프카의 단편 「선고」

아버지가 아들에게 선고를 내린다. 너 같은 놈은 아무 쓸모없으니 물에 빠져 죽으라고. 아들은 아버지의 말을 그대로 순순히 이행한다. 무슨 이런 말도 안 되는 작품이 다 있는가.

카프카가 생전에 마음에 들어 한 몇 안 되는 작품 중 하나이다. 그는 이 소설을 밤 10시부터 아침까지 열 시간 만에 썼다고 한다. 카프카가 처한 상황을 고스란히 반영하고 있는 수작秀作이다. 그러나 액면 그대로 읽으면 이해하기 어렵다.

게오르크는 요즘 꽤 잘 나가는 사업가다. 이제 아버지의 그늘에서도 어느 정도 벗어났다. 그런데 뒷방 신세가 되었지만 그래도 아버지는 아버지다. 가끔 아들의 가슴에 대못을 박는 발언도 서슴지 않는다.

사업에 어느 정도 기반을 잡은 그는 약혼을 하게 된다. 그래서 멀리 러시아에서 힘들게 살아가는 친구에게 양갓집 규수와 결혼하게 되었다고 소식을 알린다. 그렇지만 결혼식에 참석할 사정이 안 될 테니 알아서 행동하라고 한다.

그의 아버지는 어머니가 돌아가신 후 사업의 주도권을 아들에게 빼앗기고 주로 자신의 방에서 생활하고 있다. 사업에서 크게 성공한 게오르크는 결혼 후 아버지의 집을 떠나려고 한다. 그는 오랜만에 아버지의 방으로 들어가 바지와 양말을 벗긴 뒤 뼈가 앙상한 아버지를 안아서 침대에 옮긴다. 깨끗하지 않은 속옷을 보니 죄송한 마음이 들기도 한다. 아버지를 제대로 돌보지 않았기 때문이다.

팔에 안긴 아버지가 그의 옷깃에 달린 시곗줄을 만지작거린다. 왠지 섬뜩한 기분이 든다. 그것은 운명과 시간을 상징하는 물건이기 때문이다. 비록 힘을 잃고 바짝 말랐지만 아버지가 아들의 운명과 시간을 지배하겠다는 의미가 아닌가. 아버지는 그에게 무서운 존재다. 가부장적인 아버지의 그늘에서 영영 벗어날 수 없을 것 같다. 그래도 늙어 초라해진 아버지의 모습을 보면서 아들로서 의무를 다해야겠다고 다짐한다.

그러나 아버지는 아들을 이해하려 하지 않는다. 아들이 성공한 것을 남에게 자랑하는 데만 관심이 있을 뿐 그의 말을 귀담아 듣지 않는다. 햇볕이 잘 드는 방으로 옮기라 해도 싫다며 마다한다. 심지어 그 여자가 치마를 들어 올렸기에 그녀에게 홀딱 빠졌다며 아들의 약혼녀를 심하게 비난하기도 한다. 얼토당토않은 이야기다. 심지어 아버지는 아들 친구의 존재도 의심하며 부정한다. 이불을 덮어줘도 이불이 전혀 덮이지 않았다고 불평하며 딴죽을 걸기도 한다. 아버지는 아들의 비밀을 알고 있는 것이다. 그래서 그에게 선고를 내린다. 다리 위에 가서 물에 빠져 죽으라고. 익사 형이다. 황당한 명령이지만 그는 아버지의 선고를 그대로 이행한다.

이 이야기를 어떻게 이해해야 할까? 아니 누가 제대로 이해할 수 있을까? 게오르크의 자아는 분열되어 있다. 데카르트의 명제가 틀린 것이다. 나는 나지만 동일한 나가 아니다. 친구도 아버지도 심지어 약혼녀도 그의 또 다른 자아인 것이다.

사업가로서의 그는 시민적 자아이고 먼 곳의 친구는 그의 예술적 자아이다. 그것은 그가 그렇게 되고 싶어 하는 이상적 자아이다. 그는 일이며 결혼 따위는 그만두고 외롭고 힘들지라도 예술가로 살아가고 싶다. 이처럼 그의 자아는 분열되어 있다. 아버지는 그의 초자아로 그를 언제나 비판하고 제어한다. 그러니 그는 아버지라는 존재가 늘 부담스럽다. 약혼녀는 본능적 힘을 의미하는 이드로 그 핵심은 리비도이다.

이렇게 보면 아버지가 아들의 약혼녀를 창녀라며 비방하고 욕하는 것도 무리는 아니다. 초자아는 언제나 이드를 억압하고 압살하려고 하니까. 자신을 엄격하게 평가하는 역할을 하는 초자아는 도덕적 행동을 하도록 스스로를 비판하고 양심에 어긋나면 죄책감을 느끼게 한다. 자아를 도와 이드의 욕망을 조절 제어하기도 한다.

자아가 초자아에 심하게 억압당하면 자아는 의기소침해져서 우울하고 불안해진다. 그럴 때 익사 형을 선고받으면 맥없이 강물에 뛰어들 수도 있다. 그렇게 해서 다 죽어가던 늙은 아버지가 소심한 아들을 이기게 되었다.

평범한 결혼 생활을 꿈꾸면서도 그는 예술가로서의 자아를 버릴 수 없는 것이다. 두 가지를 양립하는 것은 불가능하지는 않더라도 무척 어려운 일이다. 친구의 고독한 외지 생활은 독신자로 살아가는 예술가의 쓸쓸한 삶을 상징한다. 반면에 고향에서 사업에 성공한 게오르크가 행복한 결혼 생활을 꿈꾸는 것은 시민적 삶을 상징한다.

다리 위에서 바라 본 거리에는 자동차의 물결로 가득하다. 그는 언제나 부모님을 사랑했다고 나지막하게 외치고 다리 아래로 몸을 날린다. "이 순간 다리 위에는 끊임없는 차량의 행렬이 이어지고 있었다."[11]는

제5부 소설 읽기

마지막 구절은 분망하고 번잡한 도시 생활을 이야기하고 있지만 다른 한편 내적으로는 억압되고 은폐된 성 욕동을 암시하기도 한다.

---

11 프란츠 카프카, 『변신 외』, 홍성광 옮김, 열린책들, 2009, 56쪽.

6   카프카의 단편 「여가수 요세피네, 또는 쥐들의 종족」

카프카의 마지막 작품인 「여가수 요세피네, 또는 쥐들의 종족」은 1924년 3월에 완성돼 그해 6월 작품집 『단식 예술가』에 수록되어 출판되었다. 이 작품을 쓴 후 카프카의 병이 점점 악화되어 그는 더는 글을 쓸 수 없게 되었다. 이 작품의 모티프는 체코의 뵈멘 지방의 민간설화에 쥐들 종족이 노래에 매혹당한다는 이야기에서 유래하고 있다. 카프카의 문학에서 일반적으로 음악은 자유로운 비상飛翔, 영혼의 양식에 대한 갈망으로 이해된다.

이 작품은 여가수로 활동하는 쥐 요세피네와 쥐들의 종족에 관한 이야기이다. 사실 그녀가 찍찍거리는 소리는 보통 쥐들이 아무 생각 없이 그냥 찍찍거리는 소리와 다를 것도 없지만, 요세피네의 노래는 쥐들의 종족을 지배하는 묘한 힘을 가지고 있다. 그녀의 노래에 매혹당하지 않는 자가 없는데, 쥐들의 종족이 원래 음악을 좋아하지 않기 때문에 이 점은 더욱 높이 평가된다. 그녀의 목소리를 듣고 쥐들 종족은 자기 자신을 깨닫고 확인하며 소속감을 느끼는 것이다.

그것은 또한 흘러간 어린 시절에 대한 향수이자, 행복했던 지난 세월에 대한 그리운 추억이기도 하다. 요세피네의 소망은 그녀의 예술이 공공연하게 인정받고, 지금까지의 어떤 인물들보다 높은 칭찬을 받아 시대를 초월해 오랫동안 명성을 유지하는 것이다. 그녀의 자부심에는 허영심과 예술가의 오만이 들어 있지만, 쥐들도 종족의 대표자로 그녀를 사랑하고 그녀의 자긍심을 감수한다. 그런데 요세피네는 자신에게 노래 기술이 있다는 핑계로 일을 면제해달라고 요구하나, 쥐들 종족은 이를 거부한다. 그러자 쥐들 종족의 인기를 한 몸에 받은 요세피네가 어느 날 실종되었다는 소문이 퍼지며 드디어 그녀는 종적을 감춰버린다. 이리하여 그녀는 쥐들의 종족, 즉 유대 민족의 역사에 길이 남을 일화의 한 토막이 된다.

이 작품은 「단식 예술가」처럼 예술가 개인과 관중의 관계를 다루고 있다. 이런 점에서 이것은 자신의 작품의 예술성에 대한 카프카 자신의 성찰이기도 하다. 언뜻 보기에 우스꽝스럽고 불쾌한 여가수와 카프카 사이에 아무 관계가 없어 보이지만 실은 뚜렷한 연관성이 드러나고 있다. 이를테면 예술에 전념하기 위해 그 밖의 일을 면제받으려는 여가수의 소망은 카프카의 삶에서도 커다란 문제였다. 하지만 이 이야기는 여가수의 시각이 아니라 쥐들의 종족, 즉 청중의 시각에서 전개된다. 힘들게 살아가는 종족 사람들과는 달리 여가수는 현실과 거리가 먼 프리마돈나 상으로 나타난다.

다른 한편 요세피네는 쥐들 종족을 위해 아주 중요한 기능을 지니고 있다. 다들 침묵을 지키는 가운데 홀로 높이 울려 퍼지는 요세피네의 찍찍거리는 가냘픈 소리는 적대적인 세계가 소용돌이를 겪는 가운데 쥐들 종족이 처해 있는 가련한 삶의 모습이다. 요세피네의 노래는 자신의 의도와는 무관하게 종족을 지켜주고 안식을 얻게 해주는데, 이는 위험에 처한 쥐들 종족, 즉 유대인에게 대단히 필요한 일이다.

카프카는 자신의 예술 작품이 독자에게 영향을 끼칠 거라고 별로 기대하지 않았을지도 모르지만, 이런 점에서 예술 창작은 대단히 긍정적인 역할을 한다고 할 수 있다. 카프카는 이 작품에서 정상적인 사람과 처지가 다른 자신의 예술가로서의 삶을 아이러니컬하게 바라본다. 그리고 카프카는 자신이 죽은 후 요세피네처럼 대중에게 잊힐 것으로 보았지만 그가 죽은 지 80년이 지난 오늘날에도 전 세계에서 카프카에 대한 관심이 사그라지지 않는 상황으로 볼 때 그의 생각은 잘못된 것으로 드러났다.

7   카프카의 장편 『소송』에서 법원 권력의 실체 ― 원죄 설과 구원설

"누군가 요제프 K를 중상 모략한 게 분명했다. 아무 나쁜 짓도 하지 않았는데 이날 아침 느닷없이 그가 체포되었기 때문이다."[12]

『소송』의 충격적인 첫 문장이다. 요제프 K는 누운 채로 고개를 돌려 건너편 집에 사는 노파 쪽을 바라본다. 노파는 보통 때와 달리 호기심에 찬 눈길로 그를 관찰하고 있다.

주인공 요제프 K는 은행의 업무주임이다. 그는 자신의 서른 번째 생일 날 아침 잠자리에서 급습당하고 자신이 체포되었다는 사실을 통고받는 다. 혐의 사실이 무엇인지 알 수 없고, 법정에서도 이에 대해 아무 말이 없다. 행동의 자유는 허용되었으므로 그는 계속 은행 일을 보면서 소재 를 알 수 없는 재판소와 자신의 혐의를 알아내어 무죄를 입증하려고 안 간 애를 쓰며 자신의 무죄를 주장한다. 그러나 법정투쟁도 소용없이 그 는 점차 기진맥진한 상태로 빠져든다. 그로부터 1년이 지난 후 요제프 K

---

12 프란츠 카프카, 『소송』, 홍성광 옮김, 펭귄클래식, 2009, 7쪽.

는 두 명의 사형 집행인에 의해 채석장으로 끌려가 아무 저항도 못하고 처형되고 만다.

작품에서 미혼의 은행원인 요제프 K는 서구 자본주의 사회의 가치관을 그대로 따르는 평범한 시민이다. 직장의 상관은 그의 능력을 높이 평가하고, 하숙집 주인은 그를 착하고 좋은 청년이라고 말한다. 그의 삼촌 역시 그를 집안의 명예라고 자랑스럽게 생각하고 있다.

첫 장면에서 '여행복 차림의 낯선 사람'을 만나면서 요제프 K는 1년간 소송 여행을 떠난다. 요제프 K 역시 토마스 만의 토니오 크뢰거나 아셴바흐처럼 '길 잃은 시민'이라 할 수 있다. 실제로 카프카는 주인공 요제프 K를 토니오 크뢰거처럼 부유한 상인의 아들로 구상했다가 고쳤다고 한다. 그런데 요제프 K에 대한 유혹은 훨씬 강하고 착오는 더 크며 탈선은 더욱 걷잡을 수 없다. 이렇게 보면 불확실한 위협으로 고통 받는 요제프 K의 여행은 예술가가 겪어야 하는 수련기의 또 다른 모험과 방황으로 비쳐지기도 한다.

『소송』에서 법원은 임대주택의 지붕 밑 다락방에 위치하고 있다. 현실적인 법원의 실체를 그로테스크하게 폭로하는 비현실적인 묘사이다. '법원사무처 입구'라는 푯말은 어린애가 쓴 것 같은 서투른 글씨로 적혀 있다. 법원 살림이 너무 쪼들리는지 법원 사무처는 극빈층의 세입자들이 잡동사니를 던져두는 곳에 위치하고 있다. 피고로서 굴욕감이 드는 그 장소는 그다지 존경스럽지 않은 모습이다. 요제프 K는 관리들이 돈을 착복해서 법원이 그렇게 가난할지도 모른다는 상상을 해본다.

소설에서 소송은 '인생이라는 연극'의 기능을 하고 있다. 체포 사실을 통고 받는 장면에서 피고라는 새 역할을 맡은 요제프 K는 소송이란 희극에 함께 참여하겠다는 의지를 보여준다. 물론 반어법이긴 하다. 작품의 끝머리에서 죽음을 맞이하는 요제프 K는 법원이 보냈다고 여겨지는 인물을 '연극배우'의 등장이라고 여기며, '당신들은 어느 극장에 출연하는가?'라고 그들에게 물어보기도 한다. 여기서 '지붕 밑 다락방에 위치한 법원'이 바로 연극 무대라는 사실이 간접적으로 드러나고 있다.

『소송』에서 법원 관리들의 서열제도와 변호사들 내부의 서열은 피라미드 모양의 위계질서 구조로 특징지어진다. 마치 「법 앞에서」 문지기 숫자가 정해지지 않고 끝없이 이어지듯, 법정 내부의 관리들의 서열은 파악불가능하고 그 꼭대기를 짐작할 수 없게 한다. 따라서 『소송』에서 판사는 이 서열제도에서 하급에 속하는 '예심판사'로만 등장할 뿐 고위직 판사는 단지 존재한다고 이야기될 뿐이다.

상인 블록이 '무면허 변호사와 소변호사, 대변호사'가 있다고 말하는 것으로 보아 변호사들 내부에서도 서열이 존재하고 있다. 그리고 이 대변호사들은 도달 가능하지 않은 은밀한 어둠 속에 존재할 뿐 볼 수 없는 존재로 그려진다.

「법 앞에서」의 문지기가 시골남자의 모든 물건을 뇌물로 받은 것처럼 법원은 말단부터 부패하고 위선적이다. 심지어 법을 집행하는 최고 심급인 최고 법정도 무능하고 부패할 따름이다. 그런데 이러한 권력구조에서 책임을 지는 권력 핵심부가 부재하며, 법정은 단지 '대리인의 기능' 내지 '중개의 원칙'을 통해 작동한다. 요제프 K를 체포하러 온 감시인들은 이러한 대리인에 불과하다.

요제프 K는 마지막으로 죽는 순간까지도 최고 심급의 법정과 자신의 사건에 최종 판결을 내려줄 재판관의 존재를 확인할 수 없었다. 카프카에게 권력의 서열체계의 맨 꼭대기에는 최고의 심급이 가정되기는 하지만 실제로는 텅 비어 있고 존재하지 않는 것이다. 결국 K는 최종 법원이 아득히 먼 곳에 있음을 의식하고 죽는다. 카프카의 소설에서 죽음은 끔찍스럽긴 하지만, 동시에 자유로 향하는 유일한 길이기도 하다.

그런데 요제프 K는 왜 아무 잘못도 없이 체포되어 결국 '개같이' 처형되고 마는가? 수많은 해석이 있지만 이 문제에 대한 설득력 있는 설명은 여전히 찾아보기 힘들다. 카프카는 인간이 처해 있는 상황 자체를 유죄로 여긴다. 이런 점에서 요제프 K가 죄 없이 체포되는 것은 인류의 원죄와 관련이 있는 것으로 보인다. 그는 체포된 다음 하는 수 없이 아침식사로 전날 저녁에 남겨둔 사과를 먹는다. 두 감시인이 K의 아침식사를 먹어치웠기 때문이다. 이 사과는 인류의 타락과 관계되는 선악과를 연상시키는 과일이다. 처음 그는 두 감시인이 그의 아침식사를 먹어치운 일로 자살 충동을 느끼기도 하지만 사과를 한 입 베어 물고 '기분이 좋아져서 일도 잘 풀릴 것으로' 생각한다.

카프카는 이러한 죄와 벌 개념을 쇼펜하우어에게서 취한 것으로 보인다. 쇼펜하우어는 인간이 고통과 처벌을 면할 수 없는 것은 죄 지을 본성을 타고 났기 때문이라고 말한다. 그에 의하면 원죄설은 구약성서와 신약성서를 이어주는 유일한 형이상학적 원리이다. 쇼펜하우어는 기독교의 원죄설을 자기 식으로 해석하여 삶에의 의지의 긍정, 즉 욕망과 욕정을 원죄로 보고, 삶에의 의지의 부정, 즉 해탈을 구원으로 본다. 그리고 삶에의 의지의 부정의 대표자가 구세주이다. 우리가 삶에서 적지 않은 고통을 겪는 것은 시간이 우리를 숨 돌릴 틈 없이 몰아대고, 우리 뒤에서 교도관처럼 채찍을 들고 있기 때문이다.

쇼펜하우어가 보기에 인간은 '삶의 선고를 받았지만, 판결의 내용은 아직 모르고 있는 아이 같은 존재'이다. '이 세상 사람들은 자신의 생존에 대해, 더구나 각자 자신의 방식으로 벌을 받고 있다'는 것이다. 쇼펜하우어는 『소품과 부록』에서 이렇게 말한다.

"모든 인간을 평가하기 위한 올바른 척도는 그가 애당초 존재해서는 안
되고, 다양한 고통과 죽음에 의해 자신의 생존을 속죄하는 존재라는 점이
다. 그러한 존재로부터 무엇을 기대할 수 있는가? 우리는 모두 사형선고
를 받은 죄인이 아닌가? 우리는 일차로 우리의 출생에 의해, 두 번째는 죽
음에 의해 속죄한다. 원죄도 이것을 알레고리로 나타내고 있는 것이다."[13]

이 문장이 요제프 K의 체포와 처형에 대한 단초가 될 수 있지 않을까?
알다시피 카프카는 쇼펜하우어와 니체의 철학을 열심히 읽었고 또 많은
영향을 받기도 했다. 쇼펜하우어는 '인간이 도살업자가 자기들을 하나
하나 고르고 있는 줄도 모르고 들판에서 뛰어노는 어린 양과 같다.'고 말
한다. 즉 어린 양은 도살업자에 잡히면 죽음을 면치 못한다. 인간도 그와
같은 운명이라는 것이다.

우리는 행복한 나날을 즐기고 있는 중에는 운명이 바로 지금 우리에게
어떤 액운을 준비하고 있는지 알지 못한다. 그래서 쇼펜하우어는 '우리
는 모두 사형선고를 받은 죄인이 아닌가?'라고 묻고 있다. 카프카가 체포
와 마지막 처형 부분을 먼저 같이 쓴 것은 이와 관련이 있는 것으로 보인
다. 쇼펜하우어에 의하면 죄 지을 본성을 지녔기에 인간은 출생과 죽음
에 의해 자신의 생존에 대해 두 번 속죄해야 하는 존재이다. 이렇게 보면
요제프 K의 체포와 처형은 인간이 처한 근원적 실존에 대한 알레고리로
볼 수도 있다.

---

13 아르투어 쇼펜하우어, 『쇼펜하우어의 행복론과 인생론』, 홍성광 옮김, 을유문화사, 2013,
314쪽.

8   프란츠 카프카의 장편 『성』에서 본 권력과 욕망

현직 여검사가 당한 성추행 사건을 보니 카프카의 장편 『성』의 한 장면이 생각난다. 분노를 일으키고 가장 기억에 남는 에피소드이다. 여기서 성은 갑질의 견고한 성이다. 피라미드 같은 그 구조 안에서 성희롱, 성추행과 성폭행이 일어난다. 카프카의 성은 알고 보면 안정된 정규직의 성이자 나아가서 권력의 성이다.

검사가 그 정도라면 아무런 힘도 없는 일반인은 어떻겠는가? 오히려 피해를 입은 사람이 전전긍긍하고 주위에서도 피해자를 따돌리는 일이 벌어진다. 주위에서 도와주지 않고 외면하는 것이 더 힘들 수도 있다. 아무런 대안이 없을 때 지구를 떠나고 싶다.

이때 가해자는 대부분 남성이지만 드물게 인사권을 쥔 여성 상관이 그런 일을 하기도 한다. 자칭 수재병에 걸린 사람들한테서도 그런 일이 왕왕 벌어진다.

카프카는 『성』에서 개인의 삶 자체가 정치임을 보여주고자 한다. 그의 작품이 역사와 세계에서 고립된 개인의 실존적 고통, 즉 근본적으로 비정치적이거나 혹은 반정치적인 삶을 그리려는 것은 아니다. 그와 반대로

『성』에서는 욕망과 권력의 관계에 대한 천착이 더욱 강력하다. 성은 권력의 중심에 있으며 성 아래 마을 사람들은 자신들의 권리를 포기하고 성의 권위를 무비판적으로 받아들인다.

마을 사람들의 외적인 모습에서도 맹목적으로 복종하는 태도가 엿보인다. 마을에 도착한 다음날 벌써 K는 마을 농부들의 모습에서 무기력과 고통의 기색을 발견한다. 그런데 K도 무의식적으로 권력에 종속되어 있는 모습을 보인다. 그는 여관 주인에게 은밀한 비밀처럼 자신의 생각을 털어놓는다.

"사실 나에겐 힘이 없어요. 우리끼리 말하자면 정말 아무 힘이 없어요. 그래서 힘 있는 사람에겐 분명 당신 못지않게 존경심을 품고 있긴 하지만, 당신처럼 솔직하지 못해 그런 사실을 항상 시인하려고 하지 않을 뿐이오."[14]

이러한 권력을 휘두르는 대표적 인물로 성의 관리 소르티니를 들 수 있다. 소르티니는 공허하고 추하며, 불공정하고 무자비한 권력을 대표하며 이에 저항하는 인간을 멸시하고 고립시키는 힘으로 작용한다. 이러한 관료적 분위기는 성에 딸려 있는 마을에서도 감지된다. 성의 관리 소르티니가 아말리에에게 수청을 들라고 요구한다. 아말리에는 다른 여자들과는 달리 그의 요구를 과감히 거절한다.

그러자 마을 사람들이 소르티니가 아닌 아말리에를 꺼려하는 일이 벌어진다. 아말리에가 소르티니의 요구를 거절한 사실이 마을 사람들에게

---

14 프란츠 카프카, 『성』, 홍성광 옮김, 펭귄클래식, 2008, 15쪽.

알려지자 오랜 동안 친하고 다정하던 이웃 사람들이 그녀의 아버지에게
맡겼던 일감을 찾아가고, 그를 마을의 소방대원 자리에서도 쫓아낸다.

　이처럼 마을 사람들은 성의 명령 없이도 자진해서 아말리에와 그녀의
가족을 멀리한다. 그녀의 가족은 졸지에 따돌림을 당하고, 가족의 삶은
급속히 파괴된다. 아버지는 성의 관리를 만나 용서를 빌려 하지만, 그들
을 만나는 것도 용서도 불가능하다. 그들이 지은 죄가 뭔지 몰라 아무도
그들을 용서할 수 없기 때문이다.

　사실 성이나 소르티니가 그 가족에게 어떤 처벌이나 제제도 가하지 않
았지만 그녀의 가족은 더 없이 고통스런 형벌을 받는다. 그것은 '위'에서
통치하는 성의 관리가 아닌 바로 '옆'의 이웃들에 의해서이다. '권력은
위가 아니라 아래에서 행사된다'는 푸코의 말이 실현되는 셈이다. 카프
카는 이웃사람들이 행사하는 이런 권력, '밑으로부터의 권력'이 어디서
연유하는가를 잘 알고 있다. 그것은 성의 명령이나 규칙에 따르는 그들
의 복종에서 나온 게 아니라, 그들 자신의 욕망에서 나온 것이다.

　주종관계에 있을 때 상관의 말을 거역하기는 힘들다. K에게서 해고된
예레미아스도 주인과 조수라는 권력관계의 함수를 이야기해주고 있다.

"즉 나는 당신과 처지가 달라요. 내가 당신과 주종관계에 있는 한에는
당신은 일의 특성 때문이 아니라 일을 지시하기 때문에 물론 나에게 무
척 중요한 인물이었어요. 그때는 당신이 원하는 거라면 뭐든지 해드렸지
만 이젠 당신은 나에게 아무래도 상관없는 사람입니다. 회초리를 부러뜨
린다 해도 나는 꼼짝 하지 않을 겁니다. 내가 한때 잔혹한 주인을 가졌구
나 하는 생각만 날 뿐이지, 내 마음을 사로잡기에는 어림도 없어요."[15]

　　　　　　　　　　　　　　제5부　소설 읽기

현실에서는 대부분 권력에 철저히 복종하고 또 그것을 이용하려고 한다. 가령 프리다의 양어머니를 자처하는 브뤼켄호프 여주인 가르데나도 한때 성의 대리인 클람의 애인이었다. 성의 대리인 클람은 조용하고 영리하며 신뢰할 수 있는 반면 의중을 알 수 없는 인물로 묘사된다. 뭇 여성들의 욕망의 대상인 클람은 수많은 여성들과 관계를 맺고는 상대방에 대한 관심이 없어지면 가차 없이 관계를 끊어버린다.

하지만 가르데나는 그 이후에도 클람에 대해 강한 욕망을 버리지 않고 있다. 클람이 준 사진, 숄, 나이트캡을 그녀는 평생 기념물로 간직하고 있다. 그 물건들은 그녀가 억척스레 일하고 사업을 번창시켰다는 점에서 그녀를 살아가게 한 추동력이지만 동시에 그녀의 심장에 자리 잡고서 그것을 잠식하는 병이다.

---

15 앞의 책, 345-346쪽.

9   『어머니』의 작가 막심 고리키와 그의 죽음의 미스터리

오래 전에 고리키에 대해 써놓은 글이 불쑥 눈앞에 나타난다. 무려 20년 전으로 한창 때 나라가 한창 힘들 때다. 강산이 두 번이나 바뀌어 세상이 많이 달라진 이 시점에 다시 한 번 고리키에 대해 생각해본다.

민중의 아들 막심 고리키는 1868년 볼가 강가의 니스니 노브고르트에서 태어났다. 본명은 알렉세이 막시노비치 페슈코프이다. 필명인 고리키는 '쓰라린 자'로 불린다. 할아버지는 예선曳船 인부였고 아버지는 가구공이었다. 그 해 40세의 톨스토이는 『전쟁과 평화』를 출간하고, 47세의 도스토옙스키는 유형지 시베리아에서 가까스로 살아 돌아온다. 2년 후에 레닌도 볼가 강가에서 태어난다.

지식인인 톨스토이와 도스토옙스키보다 무학자에 가까운 고리키가 왠지 마음에 끌리는 것은 무슨 까닭인가. 시골 수공업자 출신인 고리키 주위 사람들은 글을 모르는 자들이었다. 그는 넝마주이, 신발 가게 점원, 주방 보조, 제도사 견습생, 새 장수, 하역 인부, 빵집 종업원, 미장이, 야경꾼, 철도원, 언론인 그리고 마지막으로 작가였지만 실제로 산업 노동자였던 적은 한 번도 없었다.

어린 시절 고리키는 밖에 나가는 일이 드물었지만 거리에 나갈 때마다 소년들한테 얻어맞고 들어왔다. 어머니는 싸움질하는 아들을 혁대로 때렸다. 그러자 화가 난 그는 소년들과 더욱 치고받고 싸웠고 어머니는 그에게 더욱 가혹한 벌을 주었다.

보다 못한 어머니가 아들을 학교에 넣었지만 첫날부터 그는 학교에서 조롱의 대상이 되었다. 어머니의 신을 신고, 할머니의 실내복으로 만든 외투를 입고, 무릎 부분을 졸라맨 폭넓은 반바지에다 노란색 셔츠를 입고 학교에 나타났기 때문이었다. 노란 셔츠 때문에 그는 죄수의 등에 다는 표지인 '다이아 에이스'라는 별명을 얻었다. 하지만 선생님들이 그에게 아무런 호의를 보이지 않자 고리키는 거친 행동으로 교육자들에게 복수한다.

고리키는 학교에 다니면서도 돈을 벌어야 한다. 이른 아침부터 자루를 메고 쇠고기 뼈, 넝마, 종이, 못을 줍기 위해 거리를 돌아다닌다. 학생들은 그를 넝마주이, 부랑아라고 비웃으며 냄새가 나서 그의 곁에 앉을 수 없다고 선생님에게 말한다. 그는 아침마다 옷을 샅샅이 씻었고 넝마 주울 때 입은 옷은 학교에 입고 가지 않았지만 말이다. 깊은 상처를 입은 그는 학교 가는 것을 끔찍하게 싫어하게 된다.

어머니가 죽은 후 12세 소년은 신발 가게 점원으로 일하다가 그만두고 구걸 행각에 나서기도 한다. 그 후 주방 보조가 되었다가 제도사 견습생으로 일하며 책의 세계에 빠져든다. 책은 상처받은 그를 보듬어주고 그의 영혼을 깨끗이 씻어주었으며 가련하고 쓰라린 현실의 껍데기로부터 영혼을 정화시켜 주었다.

고리키의 내부에는 비열함과 추잡함을 잘 알고 있는 의기소침한 자아와 책의 정신으로부터 세례를 받은 성스러운 자아가 있었다. 바이런을 숭배한 그는 디킨스와 월터 스콧, 하이네와 투르게네프의 책을 열심히 읽었다.

고리키는 직접 공장 노동자 생활을 경험하지는 못했다. 『어머니』에서도 줄거리는 공장 바깥에서 이루어진다. 다른 작품의 주인공들도 진정한 노동자는 아니다. 뿌리 뽑힌 노동자들로 이루어진 그들은 오히려 프롤레타리아 이전 단계의 인간 유형에 속한다.

고리키가 볼 때 '인간을 내적·외적으로 억압하는 모든 것, 자신의 능력을 자유롭게 펼치지 못하게 하는 모든 것'을 증오한다면 그 작가는 프롤레타리아이다. '한 작가가 독자를 행동에 옮기게 하고, 그를 투쟁에 끌어들여 그 투쟁의 엄청남을 인식하게 한다면 그는 프롤레타리아이다.' 일반적인 생각과는 좀 다른 그만의 독특한 견해이다. 그의 낭만주의에 대한 견해도 독특하다. '삶에 대한 능동적인 입장, 노동에 대한 예찬, 삶에의 의지의 교육, 새로운 생활 형식을 구축하는 것에 대한 감격, 구세계에 대한 증오.'

『어머니』에서 어머니 닐로브나가 바라는 것은 그저 소박하고 평범한 삶이다. 하지만 그녀는 남편에게 매질당하지 않으려고 불안에 떨며 가슴 졸이며 산다. 남편이 갑자기 죽고 난 뒤에는 아들이 행패를 부리기 시작한다. 그런데 웬걸 어느 날부터 아들이 변하기 시작한다. 생각에 잠겨 진지해지고 책을 읽기 시작하며 어머니를 부드럽게 대한다.

아들 파벨은 저항의 깃발을 들고 맨 앞에 서다가 결국 체포된다. 사람 장례도 못 치르게 하고 관에 장식된 리본조차도 허용하지 않는 것에 분노한 것이다. 그러자 어머니 닐로브나는 점점 변하며 자연스럽게 아들의 동지들과 함께 움직이기 시작한다. 아들의 친구들은 쫓기는 몸이 되고 어머니는 유인물을 운반하는 위험한 일을 한다.

　　　　　　　　　　　　　　　제5부 소설 읽기

그런데도 그녀의 삶에서 이전과 같은 불안은 사라진다. 자신에 대한 모욕을 허용하고 그냥 웃고 넘긴다면 모욕을 가한 자는 그녀의 힘을 시험해보고, 내일은 다른 사람의 껍질을 벗길 거라며, 그녀는 이제 저항하는 인간이 되어 영혼이 새롭게 태어나게 된다. 그녀는 이제 스스로 자신의 가치를 부여하는 인간이 된 것이다.

『어머니』가 발표되자 소련 정부의 언론위원회는 '중대한 위법 행위를 야기하고, 유산계급에 대한 노동자들의 적대감을 부추겨 저항과 반란을 촉구하는 작품의 배포자'로 고리키를 소추하기로 결정한다.

그러나 고리키는 이제 작가로서 최고의 영예를 누린다. 그러면서도 그는 무한히 겸손하게 처신한다. 고리키의 사회주의는 원시적인 상태를 벗어나지 못했다. 그것은 인간에 대한 사랑, 인간에 대한 믿음을 의미했다. 이는 그리스도의 사랑과 흡사한 것이다. 그에게는 인간 이외의 아무런 이념도 없다.

그에게는 오로지 인간만이 오로지 모든 사물과 이념의 창조자이며 인간만이 마법사로 자연의 모든 힘을 지배하는 주인이다. 고리키가 볼 때 세상에 무언가 위대하고 성스러운 것이 있다면 그것은 앞으로 나아가는 성장의 도정에 있는 인간이다.

고리키는 자신을 볼셰비키라고 생각했지만 어떤 정파에 소속된 적은 없었다. 그는 볼셰비키 파들이 전쟁으로 무정부 상태에 빠진 농부들을 다스릴 능력이 없다고 보고 1918년 볼셰비키 파들에 맞서 투쟁한다. '전쟁에 찬성하는' 공산주의에 단호하게 반대한 고리키는 소련 정부에 반기를 든다. 심지어 레닌 측근으로부터 미움 받고 감시당하는 상황에 처하기도 한다.

결국 소련 정부에 성가신 존재가 된 고리키는 1921년부터 망명 생활에 들어간다. 1924년 레닌이 사망하자 후계자 스탈린을 못마땅하게 생각하는 그는 소련에 돌아가지 않고 소렌토에 거주하게 된다.

고리키는 1936년 폐렴으로 사망한다. 비밀경찰의 지령을 받은 의사들이 그를 '의학적으로 독살했다'는 공식 발표가 있었다. 그의 아들도 그가 죽기 일 년 전에 폐렴으로 사망했음이 드러난다. 아들도 동일한 음모의 희생자로 보인다. 고종 황제도 궁정 의사가 음식에 조금씩 독을 주입해 사망했다는 설이 있다. 1953년에 와서 이번에는 베리야가 교사했다는 유사한 비난이 제기되기도 했다. 그리고 스탈린이 사망한 후 그 사건이 즉각 폐기된 사실이 모든 정황을 의심스럽게 만든다. 니체의 말대로 국가는 괴물 중의 괴물인가.

이에 대해서는 확실한 전거가 없다. 68세 된 남자가 50년 동안 진행된 결핵으로 쇠약해져서 사망하지 않았나 생각되기도 한다. 문학사에 등장한 가장 사심이 없고 가장 정직한 고리키를 둘러싸고 여러 가지 의심이 있다는 것이 우리를 안타깝게 만든다. 하여튼 그의 죽음은 미스터리로 남아 있다. 체홉은 고리키의 작품이 잊히는 시대가 올지라도 인간 고리키는 천 년이 지나도 잊히지 않을 거라고 말하기도 한다.

시작도 나쁘고 끝도 나쁘지만 그렇다고 그의 모든 것이 나쁘다거나 그의 인생이 잘못되었다고는 할 수 없으리라. 그는 그 자신의 삶을 꿈꾸었고, 그 자신의 삶을 살았으며, 그 자신의 길을 걸었다.

10   꿈틀거림과 『서울 1964년 겨울』

'지렁이도 밟으면 꿈틀한다'는 속담이 있다. 꼬리 쪽을 살짝 밟으면 머리 부분이 꿈틀할지 모르겠으나 거시기 포함 가운데 부분을 밟으면 지렁이가 아마 살아남지 못할 것이다.

어떤 무소속녀가 비장한 표정으로 삭발하면서 밟으면 꿈틀한다는 얘기를 한 모양이다. 삭발과 꿈틀거림이란 단어의 조합이 피부에 와 닿지 않고 생뚱맞지만 흥미롭기도 하다. 김승옥의 「생명연습」에는 머리털은 물론이고 눈썹까지 확 밀어버린 학생이 나온다. 극기를 위해서라며. 게다가 그 단편에는 털깎기 정도가 아니라 생식기까지 밀어버린 부흥회 전도사도 등장한다. 하나님의 뜻이라며. 하나님이 아신다면 크게 혼을 내실 것 같은데. 괴테와 맞장 뜨려다 파멸한 렌츠도 『가정교사』에서 귀족 여제자를 임신시킨 죄로 스스로 거세한 가정교사를 그리고 있다. 정말 질풍 같은 충동이자 돌진이다.

꿈틀거림 하니까 유명한 소설 『서울 1964년 겨울』이 생각난다. 1966년 동명의 소설집은 공전의 베스트셀러가 되었다. 『젊은 베르터의 고뇌』를 쓴 작가와 비슷한 상황이다. 나이까지도 25세 무렵으로 비슷하다. 추운 겨울날 서울 거리의 어느 선술집에서 25세의 대학원생 안과 동갑인 구청 직원이 무의미한 대화를 나눈다. '파리를 좋아하십니까?' 삶에 지친 파리 한 사람들, 혁명을 잃어버리고 잊어버린 소시민의 초라한 자아.

구청직원인 나는 장교가 되려고 육사에 지원했다가 떨어져 실의에 잠겨있다. 꿈이 크면 실패가 주는 절망감도 크고, 기대가 크면 실망감도 큰 법이다. 그러니 이것저것 다 해달라고 보챌 것이 아니라 정치적 자유 한 가지만 실현해도 그럭저럭 봐줘야겠다. 실망이 크니 그만큼 관대해진다.

둘은 선술집에서 꿈틀거리는 것에 관한 실없는 대화를 나눈다. 꿈틀거리는 것을 사랑하느냐 묻는 안의 질문에 나는 버스에서 여자의 아랫배가 오르내리는 것을 사랑한다고 말한다. 취향이 참 묘하고 독특하다. 그 움직임을 보고 있으면 마음이 편안해지고 맑아진다나. 실은 그 반대일 것 같은데.

대학원생은 시위대가 꿈틀거리는 것을 사랑한다고 말한다. 그는 또래의 친구를 알게 되면 꿈틀거림에 대한 얘기를 하고 싶다는 것이다. 이 단편이 한일 청구권 협정이 체결되던 해에 발표됐으니 대학원생이 꿈틀거림에 대해 강박증을 가질 만도 하다. 남자의 목울대도 꿈틀거리는 것 중의 하나다. 시위하다가 쓰러져 피투성이가 된 채 들것에 실려 가는 수학과 학생 김치호도 꿈틀거리다가 병원에서 과다출혈로 숨이 멎는다.

작가는 8개월 전 『무진기행』에서 부인의 전보를 받은 주인공 윤희중을 급히 서울로 다시 올려 보냈으나 서울은 빈곤이 만연하는 욕망의 집결지일 뿐 호락호락한 곳이 아니었다. 그래도 시민들의 모토는 서울을 사수하자였다.

두 사람 사이에 아내가 죽은 책 외판원이 끼어든다. 공교롭게도 카프카의 『변신』의 주인공 그레고르 잠자의 직업과 같고 마지막에 맥없이 죽음을 맞이하는 것도 같다. 힘없는 그 사내는 한쪽 눈으로는 웃고 다른 쪽 눈으로는 울고 있다. 아내의 시신을 판 돈 3000원으로 두 사람에게 한 턱 내겠다고 한다. 이렇게 그로테스크한 장면이 어디에 또 있을까. 나무들 나뭇잎마저 다 떨어진 겨울의 거리 풍경은 을씨년스럽고 살풍경하다.

"거리는 영화에서 본 식민지의 거리처럼 춥고 한산했고, 그러나 여전히 소주 광고는 부지런히, 약 광고는 게으름을 피우며 반짝이고 있었고, 전봇대의 아가씨는 '그저 그래요'라고 웃고 있었다."[16]

사내는 택시를 타고 소방차를 쫓아가 불구경을 하다가 남은 돈을 불 속에 던져버린다. 다음날 그는 여관에서 시신으로 발견된다. 두 사람이 헤어질 때 나는 대학원생 안에게 '재미 많이 보세요' 하고 뜬금없는 말을 한다. 같이 술 마시던 사람이 아내를 잃고 자살했는데 재미는 무슨 재미겠는가? 뫼르소는 어머니를 잃고 바닷가 햇빛에 눈이 부셔 권총을 쏘았다지.

"버스에 올라서 창밖으로 보니 안은 앙상한 나뭇가지 사이로 내리는 눈을 맞으며 무언지 골똘히 생각하며 서 있었다."[17]

혹시 얼마 전까지만 해도 꿈틀거리다가 이젠 영영 꿈틀거리지 않는 것에 대해 생각하는 것이 아닐까. 하긴 삭발하면 당분간 머리카락 흩날릴 일은 없겠다. 영영 꿈틀거리지도 휘날리지 않아도 좋고.

---

16 김승옥, 『서울 1964년 겨울』, 일신서적출판사, 2005, 19쪽.
17 앞의 책, 28쪽.

언젠가 작가에 대한 슬프고 황당한 이야기를 듣고 의문도 좀 풀렸다. 『서울 1964년 겨울』 작품집이 베스트셀러가 되었으니 출판사에서 인세를 두둑하게 받아 형편이 크게 풀린 줄 알았는데 한 푼도 못 받았다는 것이다. 하필이면 황순원의 동생이 하던 출판사라 침묵을 지키고 꿈틀하지 않은 모양이다. 작가가 다른 여러 작가의 작품을 실은 어느 출판사 책에 자기 단편 하나를 실었다고 창우출판사에서 입을 싹 닦고 인세를 주지 않았다고 한다. 그래서 빈곤에서 벗어나지 못한 천재적인 작가는 70년대에 들어 시나리오 각색 일에 나서고 대중소설을 쓰게 되었던가. 슬프고 화나는 야만의 시절이다.

그리고 아버지가 1948년에 실종한 것으로 되어 있는데 실은 여순사건에 연루되어 죽음을 맞이했다니 참으로 애석한 일이다. 제주에 가서 동족을 학살하라는 명령을 거부한 것이 여순사건의 본질이다. 꿈틀거리다가 빨갱이로 몰려 고등학생들까지 죽음을 맞이한 것이다. 그래서 다음해 그 지역에서 안타깝게도 수많은 유복자가 태어났다.

그렇다면 「건」의 빨치산 이야기가 작가의 아버지 이야기가 될 수 있단 말인가. 그러면서도 작가는 제3자의 냉정한 시각으로 주검이 된 빨치산을 산에 묻고 있다. 이런 사실을 이문열, 이문구, 김원일과는 달리 말하고 다니지 않은 모양이다. 꿈틀하면 밟힐지도 모르니까.

2003년에 뇌졸중으로 말을 못하게 된 후 가진 이느 필담 인터뷰에서 드러난 사실이다. 그야말로 말 못할 사정이다. 작품들에 사회의식이 담겨 있지 않다는 평도 있다는데 나는 그렇게 보지 않는다. 작가에게 사회의식이 차고 넘치지만 숨이 막혀 절제하며 작품에는 흘리지 않고 위악을 부린 것으로 보인다.

11 일본의 카프카 아베 코보의 『모래의 여자』―구덩이에 빠진 남자

아베 코보의 대표작으로 1962년에 출간되어 그에게 일약 세계적인 명성을 안겨준 작품이다. 작가는 사막 같은 만주에서 살았던 자신의 경험과 치밀한 상상력을 바탕으로 모래 속 인물들을 구체적으로 생생하게 그려내고 있다. 끊임없이 흘러내리는 모래 구덩이 속에 세워진 집이라는 설정은 허구적인 알레고리이다.

일본의 카프카라 불리는 아베 코보는 초현실적 기법으로 인간 소외와 정체성 상실, 출구 없음 등의 문제를 파헤치는 실존주의적 작품을 쓴 작가로 유명하다. 그런데 『모래의 여자』는 극히 사실주의적 기법으로 현대인의 출구 없음의 문제를 천착하고 있다. 초기의 소설 『막대기가 된 남자』는 카프카의 변신의 모티프를 다루고 있다. 회사원이 퇴근 후 막대기로 변신한다는 내용이다. 『모래의 여자』의 주인공도 자신이 벌레가 된 것이 아닌지 의심하기도 한다.

아베 코보는 이 작품에서 작가의 존재에 대해 한 마디 한다. "작가가 되고 싶다는 것은, 말인즉 꼭두각시를 조종하는 쪽이 되고 싶다는, 자기를 꼭두각시와 구별하고 싶은 에고이즘에 지나지 않죠. 여자들이 화장을 하는 것과 본질적으로 차이가 없어요."[18]

도쿄 의대를 졸업한 다음 해인 1949년 아베 코보는 일본 공산당에 입당하나 『모래의 여자』를 발표한 1962년에 제명 처분을 당한다. 1956년 체코 프라하에서 열린 작가대회에 참가한 후 집필한 여행기 『동구를 가다-헝가리 문제의 배경』이 문제가 되었다. 그 여행기에서 1956년 헝가리를 침공한 소련을 비판하다가 일본 공산당의 미움을 사고, 1961년 공산당 강령 개정에 반대하다가 당에서 제명당한 것이다.

줄거리는 간단하고 읽는 재미도 쏠쏠하다. 영화도 잘 만들어졌다. 한 남자가 잿빛 일상에서 탈출하기 위해 곤충 채집을 하러 떠났다가 모래 구멍에 갇히게 된다. 20미터나 될 정도로 깊게 파인 모래 구덩이다. 그 구덩이에 30대 초반의 여자가 혼자 살고 있다.

이 구덩이는 성서에 나오는 요셉의 구덩이를 생각나게 한다. 형들은 요셉을 죽여 구덩이에 던지고 악한 짐승이 잡아먹었다 하자고 모의한다. 형들은 요셉을 잡아 물이 없는 빈 구덩이에 던져 넣는다. 언젠가 이 구덩이에 빠진 요셉이 구덩이에 던진 형들을 구원하게 되는 것을 까맣게 모르고. 요셉은 이집트에 노예로 팔려가서 친위대장의 지하 감옥에 갇힘으로써 두 번째로 구덩이에 빠진다. 또 이집트에서의 노예 신분도 넓은 의미에서 하나의 구덩이라 할 수 있다.

교사 니키 준페이는 이름 없는 곤충을 채집해서 곤충도감에 자기 이름을 남기고 싶은 욕망 때문에 모래사막 지역으로 2박 3일간 여행을 떠난다. 바닷가 모래 마을에서 그는 마을 사람들의 계략으로 모래 구덩이에 갇히게 된다. 흘러내리는 모래에 집이 파묻혀 버리지 않도록, 마치 쉬지

---

18 아베 코보, 『모래의 여자』, 김난주 옮김, 민음사, 2001, 110쪽.

않고 돌을 굴려야 하는 신화 속의 시시포스처럼 매일 삽질을 해야 하는 상황에 처한다.

모래를 파지 않으면 집이 파묻히고 그렇게 되면 동네가 위태로워진다고 여자는 하소연한다. 어이없게도 자기 혼자서는 그곳 생활을 견디기가 벅차다는 것이다. 한 집이 붕괴되면 사구砂丘에 자리 잡은 마을 전체가 붕괴되기 때문에 작업을 멈출 수가 없다고. 그는 공짜 인력을 제공하는 노예 상태가 된다. 마을에서는 겨우 목숨만 붙어 있게 물과 생필품을 공급해준다. 남자의 협박과 반항도 모두 모래 속에 파묻혀 버릴 정도로 희망이라곤 꿈꿀 수 없는 곳이다. 남자는 경멸하던 여자와 관계를 맺고 동네 사람들의 부당함에도 익숙해진다.

여자는 구덩이 속의 생활에 순응하고 매일 열심히 모래를 퍼내지만 남자는 다양한 방법으로 그곳을 벗어나려고 한다. 모래 퍼내는 것쯤은 훈련 받은 '원숭이'도 할 수 있는 일이 아니냐며. 자기에게도 좀더 그럴 듯한 존재 이유가 있을 것이 아니냐고 절규하며 수차례 탈출을 시도한다. 드디어 남자는 탈출에 성공하지만 도망치다가 모래 늪에 빠져 죽을 상황에 처한다. 그래서 구조를 요청해서 붙잡혀 돌아오게 된다.

여자가 남자를 위로하는 장면에서 작가가 개입해 자기 견해를 밝힌다. "서로 상처를 핥아주는 것도 좋겠지. 그러나 영원히 낫지 않을 상처를 영원히 핥고만 있다면, 끝내는 혓바닥이 마모되어 버리지 않을까?"**19**

탈출에 실패한 남자는 풀죽은 목소리로 말한다.

"납득이 안 갔어…… 어차피 인생이란 거 일일이 납득하면서 살아가는

---

19 앞의 책, 198쪽.

건 아니지만…… 저 생활과 이 생활이 있는데, 저쪽이 조금 낫게 보이기도 하고…… 이대로 살아간다면, 그래서 어쩔 거냐는 생각이 가장 견딜 수 없어…… 어떤 생활이든 해답이야 없을 게 뻔하지만…… 뭐 조금이라도 마음을 달래줄 수 있는 게 많은 쪽이 왠지 좋을 듯한 기분이 들거든…….**20**

그러다가 남자는 모래 속에서 물을 끌어올리는 유수 장치를 우연히 발명한다. 그 이후 남자는 여전히 구멍 속에 있음에는 변함이 없는데, 마치 높은 탑 위에 올라 있는 듯한 기분을 느낀다. 그는 도망칠 수 있는 상황이 되었는데도 탈출을 뒤로 미룬다. 마을 사람들이 자궁 외 임신을 한 여자를 구덩이 위로 끌어올린 후 노끈 사다리를 치우지 않아서이다. 마을 사람 누군가에게 유수 장치에 대해 말하고 싶은 욕망 때문인가. 처벌이 없어서 도망치는 재미가 없어서인가.

남자는 모래의 눈으로 사물을 보는 법을 터득한다. 그것은 모래 구덩이 안의 세계와 밖의 세계가 결국 뫼비우스의 띠처럼 연결되어 있다는 생각이다. 안이 밖이고 밖은 안인데 굳이 탈출할 필요가 있겠는가.

남자는 아프리카 황금해안에서 사냥꾼에게 붙잡힌 원숭이와 비슷한 처지다. 원숭이는 왜 우리에서 탈출하지 않았을까? 「학술원에 보내는 보고서」에서 원숭이는 이렇게 말한다.

"이 사람들에 둘러싸여 마음을 안정을 얻게 됨으로써 저는 도망치는 것을 단념하게 되었습니다. 지금 와서 생각해보면 제가 살려면 어떻게든 출구를 꼭 찾아야 하지만, 도망을 쳐서는 이러한 출구를 찾아낼 수 없으

---

20 앞의 책, 198~199쪽,

리라는 것을 그때 적어도 어렴풋하게나마 예감했던 모양입니다. 그때 도망을 치는 게 가능했는지 저는 더는 알지 못하지만, 저는 원숭이라면 언제나 도망칠 수 있다고 생각합니다. [……] 하지만 저는 그러지 않았습니다. 그래보았자 무슨 이득이 있었겠습니까? 머리를 밖으로 내밀자마자 금방 다시 붙잡혀 더 나쁜 우리에 갇혔을 겁니다."**21**

아베 코보의 이 작품은 카프카의 『소송』과 『실종자』를 생각나게 한다. "8월 어느 날, 한 남자가 행방불명되었다. 휴가를 이용하여 기차를 타면 반나절 정도 걸리는 해안으로 떠난 채 소식이 끊어진 것이다. 수색 신청서도 신문 광고도 모두 헛수고였다."**22**라는 시작부터 그러하다.

남자는 안개의 소용돌이를 보면서 마음속으로 외친다. "재판장님, 구형 내용을 가르쳐 주십시오! 판결 이유를 알려주십시오! 피고는 이렇게 기립하여 기다리고 있습니다."**23** 이것은 분명 『소송』의 세계이다. 마을은 일종의 형 집행자이다. 남자는 종잡을 수 없는 불안과 혼란에 사로잡힌다. '나는 불안하다. 고로 나는 존재한다'라고나 할까.

마을 사람들은 바다를 보고 싶다는 남자의 소망을 들어주는 대신 그들이 보는 앞에서 성 관계를 가지라고 유혹한다. 관음증이 발동한 것이다. 남자는 마구 덤비고 여자는 냅다 도망친다. 그는 이제 희생자가 아니라 오히려 마을 사람들의 대리 집행인이 된다. "부탁이야…… 제발 부탁이야…… 어차피 진짜로 하지는 못한다고…… 흉내만 내면 된다고……"**24**

---

21 프란츠 카프카, 『변신 외』, 홍성광 옮김, 열린책들, 2009, 251쪽.
22 『모래의 여자』, 같은 책, 9쪽.
23 앞의 책, 205쪽.
24 앞의 책, 219쪽.

이처럼 발버둥을 치면 칠수록 모래 지옥, 즉 모래 늪에 빠져 허우적거리다가 자꾸만 가라앉게 되는 게 우리네 인생의 슬픈 실존이자 숙명이란 말인가? 구덩이에 빠져 있으면서도 우리는 그런 사실을 까마득히 모르고 있는 것은 아닌가? 그렇다면 작품 주인공은 남자가 아니라 제목처럼 모래의 여자가 아닐까?

12 하인리히 뵐의 『카타리나 블룸의 잃어버린 명예』

예술은 세상을 구원하지 못하고 다만 잊게 할 뿐이고, 시간은 고통을 치유하지 못하고 다만 희석시킬 뿐이다. 정치는 세상을 맑게 하지 못하고 혼탁하게 할 뿐이다. 하인리히 뵐의 소설 『카타리나 블룸의 잃어버린 명예』(1974)는 '폭력은 어떻게 발생하고 어떤 결과를 가져올 수 있는가'라는 특이한 부제를 달고 있다.

1970년대의 폭력에 관한 논쟁을 일으킨 이 작품에서 뵐은 극우 언론재벌 악셀 슈프링어의 문제를 비판적으로 다루고 있다. 뵐은 당시 적군파 테러리스트를 옹호했다가 악셀 슈프링어로부터 격렬한 비난을 받고, 보수 진영으로부터 테러리스트의 정신적 동조자로 치부되어 극심한 고초를 겪었다. 독일 당국에서는 적군파 회원이 뵐의 집에 은신해 있을지도 모른다고 많은 경찰을 동원해 그의 집을 수색하기도 했다. 이런 경험을 토대로 위의 소설이 생겨났다. 노벨문학상 수상자이고 국제 펜클럽 회장이지만 언론과 경찰의 공격 앞에서는 속수무책이다.

뵐은 머리말에서 소설에 나오는 인물이나 사건은 자유로이 꾸며낸 것이며, 묘사된 내용 중에 《빌트》지와 유사한 점이 있다고 해도 그것은 의

도한 일이거나 우연의 산물이 아니라 불가피한 일일뿐이라고 밝히고 있다. 그러나 액면 그대로 받아들이기는 어렵다.

뵐은 이 작품을 통해 눈에 보이지 않는 또 다른 폭력인 언론의 폭력을 이야기하고 있다. 이 소설의 주인공인 카타리나는 평범한 보통 사람이다. 힘든 어린 시절을 보냈지만, 가사 도우미로 성실하게 일하고 검소하게 살아간다. 일처리도 꼼꼼해서 주위의 신망도 두텁다.

그렇게 평범한 그녀의 일상은 예기치 않게 갑자기 무너져 내린다. 축제에서 우연히 만난 남자에게 호감을 느끼고 하룻밤을 같이 보내게 되는데, 믿기 어렵게도 그 남자는 경찰의 추적을 피해 도망 다니던 범죄자였다.

경찰은 카타리나를 남자의 공범으로 생각하고 수사를 해 나간다. 자신의 결백을 증명하면 다 끝날 줄 알았는데 언론이 추측성 기사들을 쏟아내면서 일이 꼬이게 된다. 졸지에 그녀는 범죄자와 잠자리를 같이 한 매춘부가 되고, 범죄를 모의한 공범이 되어버린다.

언론은 그녀의 주위 사람들과 인터뷰를 하고, 인터뷰한 이야기를 교묘히 왜곡해 그녀에 대한 이미지를 부정적으로 만들어낸다. 급기야는 아파서 병원에 입원한 그녀의 어머니까지 찾아가고, 충격을 받은 그녀의 어머니는 죽음을 맞이한다.

게다가 그 기자는 그녀 어머니의 죽음마저도 그녀의 올바르지 못한 행실 때문이었다고 카타리나에게 책임을 전가한다. 주위의 있던 지인들은 기사 내용만 믿고 하나 둘 그녀 곁을 떠나간다.

도저히 참을 수 없게 된 그녀는 자신에 대한 추측성 기사를 쏟아냈던 그 기자를 찾아간다. 자기의 삶을 송두리째 파괴한 그 인간의 꼴이 어떻게 생겨먹었는지 알아보기 위해서다. 절망의 끝에 서 있던 그녀에게 그

기자는 '왜 그렇게 넋 놓고 쳐다보는 거지? 귀여운 블룸 양, 우리 일단 하룻밤을 같이 보내는 게 어떨까?'라고 집적댄다.

모욕감을 느낀 그녀는 총을 꺼내 들고 그를 향해 방아쇠를 당긴다. 그리고 경찰서로 가 자수를 한다. 이처럼 27세의 이혼녀 카타리나 블룸은 언론에 의해 개인적인 명예를 무참하게 짓밟히고 그 결과 기자를 살해하게 된다. 눈에 보이지 않는 폭력에 의해 눈에 보이는 폭력을 저지르게 된 것이다.

이 소설은 하인리히 뵐이 실제로 겪은 경험을 바탕으로 쓰였다. 독일의 한 작은 도시에서 은행 강도 사건이 벌어졌는데 악셀 슈프링어 계열의 황색 극우 신문인《빌트》지가 범인으로 어느 과격한 학생운동 그룹을 지목했다. 그러자 뵐은 제대로 된 근거 없이 추측성 기사를 남발하는《빌트》지를 비판한다. 그러자《빌트》지와 다른 보수적 성향의 신문들까지 가세해 사실들을 왜곡하면서 하인리히 뵐을 인신공격한다. 뵐은 1964년 대학 강연 내용을 엮은 「프랑크푸르터 강의」에서 '혼자서 글을 쓰고 있지만, 자신은 혼자라고 느낀 적이 없고 뭔가에 연결되어 있다고 느낀다. 시간과 동시대성에 연결되고, 한 세대가 체험하고 경험한 것에 연결되어 있음을 느낀다.'고 말한다.

고 노회찬 의원도 집안에 아내 전용 운전기사가 있다는 비난을 받기도 했다. 이런 사람이 노동의 희망인 양 노동자를 대변한다면서 언론에서 화살을 쏘아댔다. 정의당 관계자가 제대로 된 설명을 했음에도 언론사는 기사를 정정하기는커녕 앞뒤 논리가 맞지 않는 이야기들을 쏟아냈다. 그 운전기사가 자원봉사자라고 하니 돈을 안 준 게 더 문제라고 상식 이하의 대응을 하기도 했다. 나중에 가서 언론사의 사과 기사가 조그맣게 나왔지만 이미 엎질러진 물이었다.

아마 언제, 어느 곳에서나 카타리나는 있어 왔을 것이다. 누구든 당할 수 있고 당하면 명예를 훼손당하고 죽음을 맞을 수 있다. 사실을 알면서도 조작하는 펜의 힘이 총칼의 힘보다 더 무섭고 잔인하다.

13 『장벽을 뛰어넘는 사람』—카베의 이야기

북한 군인이 시속 80킬로로 남쪽을 향해 달리다가 차를 버리고 초속 8미터의 속도로 죽음을 무릅쓰고 달려왔다. 눈에 보이지 않는 장벽을 넘으면서 몇 초 만에 간발의 차이로 그의 생사가 갈렸다.

『공산당 선언』이 '유령 하나가 유럽에 출몰하고 있다'로 시작되듯이, 정말로 유령 하나가 엘베 강 동쪽에 정착했다. 차츰 가공할 만한 국가로 성장했지만 서독인에게 그것은 여전히 있는 듯 없는 듯 유령으로 치부되었다. 우리도 유령 취급받는 체제의 위협과 협박 속에 살아가고 있다.

1961년 8월 13일 베를린 장벽이 건설되었다. 역사적인 날이다. 장벽을 설치한 쪽이 진 것이다. 그전까지는 한쪽은 반공, 다른 쪽은 반파쇼를 기본 이념으로 내건 적대 체제였지만 하루 5천여 명의 사람들이 동과 서의 베를린을 자유롭게 왕래할 수 있었다.

이런 상황이 하룻밤 만에 급변했다. 동독에서는 장벽을 국경으로 간주했지만, 서독에서는 그것이 경계표시 또는 불법 장애물로 치부되었다. 그것은 하나의 수치였다. 동독 국경을 따라 260개의 감시탑이 설치되었고, 그 두 배나 되는 감시병들이 밤낮으로 망을 보고 있었다.

그래서 수천 명의 동독 사람들이 몰래 장벽을 뛰어넘으려고 시도하다가 98명이 사살 당했고, 서베를린에서도 4백여 명의 사람들이 벽을 넘으려다 그중 일곱 명이 희생되었다.

이들이 장벽을 뛰어넘는 이유는 다양했다. 정식으로 허가를 받아 동독으로 갈 수 있었지만 여행허가를 받지 못했거나 심리적인 문제가 있어 담을 뛰어넘었다. 술에 취해 객기를 부리는 경우나 만용을 부리는 경우도 있었다.

페터 슈나이더는 소설 『장벽을 뛰어넘는 사람Mauerspringer』(1982)에서 장벽을 뛰어넘은 몇 개의 실제 일화를 수용하고 있다. 서베를린에서 동베를린으로 가는 경우, 영화를 보기 위해 동에서 서로 가는 경우, 동과 서를 드나들면서 이중간첩 역을 수행하는 경우가 그것이다. 또 동에서 서로 가서 홀로 대동독전을 치르다가 장벽의 자동기계에 의해 희생되는 이야기도 있다.

그런데 이들이 벽을 넘는 동기는 정치적인 것이 아니고 심리적인 것이다. 산을 오르고자 하는 열망과 다르지 않다. 장벽이 거기에 있기 때문이다. 권태 때문에 장벽을 넘기도 한다.

실업자 카베는 열다섯 번이나 장벽을 뛰어넘는다. 동독에서는 그를 정신병원에 데려가 정신 감정을 했으나 장벽을 넘고자 하는 병적인 욕구 말고는 아무것도 찾아낼 수 없었다. 세 달 동안 잘 보살핌을 받다가 그는 서독에 넘겨진다. 세 달 동안의 사회연금이 모이자 그는 파리에 가서 살다가 다시 장벽을 뛰어넘는다.

서독 법에는 국경 개념이 없기 때문에 그를 처벌 할 수 없다. 그는 거주자유권을 행사한 것에 지나지 않기 때문이다. 병원에 강제 수용하려고 편법을 생각해내기도 했지만 몸과 정신이 멀쩡해 그것도 불가능했다.

카베는 병원에서 나오는 즉시 장벽으로 향했다. 이런 식으로 그는 모두 열다섯 번이나 장벽을 넘었다. 뛰어넘은 동기를 물으니 카베는 이렇게 대답했다.

"집 안이 너무 조용하고, 밖은 너무 흐리고, 안개는 너무 짙고, 그리고 아무 일도 안 일어나면, 이런 생각을 하죠. 아, 또 한 번 장벽을 뛰어넘어보자."[25]

1989년에 실제적인 장벽은 무너졌지만 사람들 동서독인의 머릿속 장벽은 지금도 여전히 허물어지지 않고 있다.

---

25 페터 슈나이더, 『장벽을 뛰어넘는 사람』, 김연신 옮김, 문학과지성사, 2010, 38쪽.

14   이청준의 단편 「누군들 초장부터 꾼으로 태어나랴」

옛날 1970년, 1980년대에 운동권 대학생들이 공장에 위장취업하던 시절이 있었다. 그때 일어난 재미있는 일화가 있다. 어느 지인이 대학교 다닐 때 전공 공부를 하지 않고 무슨 운동에 전념했다고 한다. 그러다가 뜻한 바가 있어 그때 으레 그랬듯이 인천의 모 공장에 위장취업을 했다. 무척 성실하고 예의바른 사람이라서 그런지 공장 일도 아주 잘한 모양이다. 온화하고 부드러운 성품을 지닌 사람이 그런 위험한 위장취업을 했으리라고 잘 믿어지지 않는다.

그런데 그 친구에게 뜻하지 않은 문제가 생겼다. 너무 일을 잘해서인지 사장이 그에게 구사대 일을 맡긴 것이다. 사장이 어떻게 보았기에 그를 철석같이 공원으로 믿었던 모양이다. 자기 말로는 가짜가 진짜보다 더 진짜 같았다고 한다. 사장이 볼 때 그에게서 대학생 냄새가 전혀 나지 않았던 모양이다. 그러나 사장의 호의적인 은밀한 제의를 받아들일 수 없어 하는 수 없이 공장을 그만두었다.

「누군들 초장부터 꾼으로 태어나랴」는 이청준의 소설은 암울했던 그 시절 이야기를 그리고 있다. 소설 제목에도 검열이 들어왔는지 제목이 좀 이상하고 애매하다. 소설은 소 값 파동과 시골에서 중학교 정도 마치고 상경해 공장에 취업한 오누이 이야기를 다룬다. 누나가 먼저 와서 남동생을 서울에 끌어올린다. 박종철 고문치사 사건이 일어나기 2년 전이다. 1월 14일이 바로 그가 물고문으로 죽임을 당한 날이다. 소 값 폭락으로 농민이 시위를 해도 보도관제 때문에 당시 언론에서는 다루어주지 않는다.

누나 길순이는 유부남이면서 총각이라며 결혼하자고 유혹하는 상사의 아이를 배고, 동생 길동이는 임금 인상을 외치다 공장에서 해고된다. 그런 줄도 모르고 아버지는 자식들이 서울에서 취업하여 잘 지낸다고 자랑을 하여 동네사람들의 부러움을 산다. 아버지 공만석은 리틀 돈키호테 같은 사람이다. 이청준은 세르반테스처럼 검열을 피하기 위해 그를 우스꽝스럽게 묘사한다. 그는 각자 자기가 생산한 것을 먹자고 일갈한다. 그러면서 도시인은 전자제품이나 텔레비전을 먹어야 한다고 주장한다. 방송은 그의 편도 자식들의 편도 아니고 거꾸로 나무라고 핍박하는 쪽이었다.

15 『좀머 씨 이야기』에서의 걷기 강박

좀머Sommer는 여름이란 뜻이다. 그러니까 좀머 씨는 하夏 씨인 셈이다. 파트리크 쥐스킨트의 『좀머 씨 이야기』는 독일 통일 직후에 나온 소설이다. 쥐스킨트는 언론과 방송에 얼굴을 드러내지 않는 것으로 유명한 괴짜 작가이다. 소설에서 소년은 1인칭 화자 '나'의 시선으로 좀머 씨와 세상을 바라본다.

좀머 씨는 밤낮없이 쉬지 않고 걸어 다니는 사람이다. 일종의 걷기 강박이다. 이른 아침부터 늦은 밤까지 마을의 호수 일대를 쉬지 않고 걸어 다닌다. 배낭을 메고 지팡이를 짚으며 모자를 쓴 채 비가 오나 눈이 오나 일 년 사계절 내내 걸어 다닌다.

누가 뭐라고 물으면 마지못해 콧잔등에 파리라도 앉아 있는 양 고개를 가로저으며 알아들을 수 없는 혼잣말로 뭐라고 중얼거리기만 할 뿐이다. 정작 이상한 일은 그에게 아무런 볼일이 없다는 사실이다.

그런데 그가 왜 그렇게 계속 걸어 다니는지 아는 사람은 아무도 없다. 어디를 그렇게 다니고, 걷는 목적이 무엇인지, 끝없는 방랑의 목적지가 어디인지 아는 사람은 없다. 한동안 그의 이런 기괴한 행동은 마을 사람

제5부 소설 읽기

들에게 신기한 소문거리가 된다.

하지만 시간이 흐르면서 그의 이상한 행동과 존재가 더 이상 마을 사람들의 관심거리가 아니게 된다. 들판의 야생화나 매일 떠오르는 태양처럼 당연한 하나의 풍경으로 받아들여지기 때문이다. 전쟁 직후에는 다들 배낭을 메고 다녀서 좀머 씨의 행동이 이상해 보이지 않는다. 휘발유도 자동차도 땔감도 먹을 것도 없고, 버스는 하루에 딱 한 번만 운행되기 때문이다. 필요한 생활품을 구하려면 몇 시간이나 걸어서 갔다가 물건들을 손수레에 싣거나 배낭에 짊어지고 집에 운반해 와야 한다.

몇 년 후 사람들이 필요한 물건들을 모두 마을에서 살 수 있게 되었을 때도 좀머 씨만은 예나 다름없이 아침 일찍 배낭을 짊어지고 걸어 다닌다. 지팡이를 손에 쥐고 서둘러 집을 떠나서 들판과 초원을 지나 크고 작은 길을 걸으며, 호수 주위의 숲을 지나 시내로 갔다 오기도 하고, 이 마을에서 저 마을로 늦은 밤까지 사방을 쏘다닌다.

그러던 어느 날 돌풍이 치고 당구공만한 우박이 쏟아지는 날씨 속에서도 한 남자가 길을 가고 있다. 바로 좀머 아저씨다. 소년의 아버지는 그가 험한 날씨 속에서도 걸어가는 것이 염려되어 차에 타라고 권유한다. 아버지가 몇 번이나 권유했음에도 그는 차타기를 거부한다. '그러다가 죽겠어요.'라는 걱정의 말에 그는 침묵을 깨고 드디어 말문을 연다. 그에게서 처음이자 마지막으로 들은 유일한 말이다. "그러니 나를 제발 좀 그냥 내버려두시오!"[26]

그날 소년의 가족들은 좀머 씨에 대한 이야기들을 하나 둘씩 꺼내 놓는다. 엄마는 그가 폐소 공포증Klaustrophobie 때문에 쉬지 않고 걸어 다닌

26 파트리크 쥐스킨트, 『좀머 씨 이야기』, 유혜자 옮김, 열린책들, 1992, 37쪽.

다고 말한다. 누나는 걸어 다니지 않고 가만히 있으면 몸에 경련이 일어나는데, 몸을 떠는 모습을 남에게 보이기 싫어 계속 걸어 다닌다고 한다. 밖을 돌아다닐 때만 경련이 일어나지 않는다는 것이다.

형은 그림 형제 동화에 나오는 '달리기 잘 하는 사람'과 좀머 씨의 사정이 같아서 집에 오면 다리 하나를 가죽 끈으로 높이 붙들어 매야 할 거라고 한다. 아버지는 혹시 좀머 씨 발이 세 개나 있어서 매일 그렇게 걸어 다녀야 하는지도 모르겠다고 한다.

그러나 소년은 좀머 씨가 밖에서 돌아다니는 것을 그냥 좋아하기 때문이라고 생각한다. 소년 자신이 나무 위를 오르는 것을 좋아하듯이 말이다. 자기 자신의 만족과 즐거움을 위해 걸어 다니는 것뿐이라는 것이다.

그러다가 소년은 고등학교 시절 좀머 씨가 옷을 입은 채 호수 안으로 들어가는 것을 목격한다. 소년은 좀머 씨의 행동을 바라만 볼뿐 다른 어떤 행동도 할 수 없다. 좀머 씨는 결국 어두컴컴한 호수 속으로 사라지고 만다. 좀머 씨는 그렇게 호수 속으로 자기만의 안식을 선택한다.

결국 소설은 좀머 씨의 죽음으로 끝난다. 그런데 좀머 씨가 왜 눈이 오나 비가 오나 사시사철 걸어 다니는지 알 수 없다. 제2차 세계대전의 트라우마 때문이라고 추측하는 사람도 있다. 그런데 헤세의 에세이 『도피처』와 연관시키면 하나의 실마리가 풀릴지도 모른다. 어디까지나 내 생각이다. 좀머 씨가 한 유일한 말은 헤세에게서 가져온 것으로 보인다.

헤세 역시 세속생활을 떠나 도피처나 은신처를 꿈꾸기 때문이다. 호숫가의 조그만 집, 알프스에 있는 벌목꾼의 오두막, 어느 동굴이나 조그만 폐허, 선실과 같은 도피처를. 그러면서 어느 기인畸人의 시구를 떠올린다. 그는 세상을 등지고 마을 일에는 무관심하게 사는 괴짜이다. '내버려다오, 오, 세상이여, 오, 나를 내버려다오!'

이 시구는 좀머 씨가 한 말 '그러니 나를 제발 좀 그냥 내버려두시오!' 를 연상시켜준다. 헤세는 어려움에 처해 있을 무렵 숨을 곳, 숲 속이든 바 다든 안전하고 조용한 은신처나 피난처를 갈망한다. 그러다가 헤세는 동 굴이나 선실이 아닌 내면에서 도피처를 찾고 열망한다. 오직 자아만 존 재하는 점 같은 공간에서 말이다. 그곳, 내면은 산속이나 동굴보다 더 안 전하고, 관이나 무덤보다 더 잘 숨겨져 있다. 그곳에는 아무것도 침입할 수 없어야 하고, 그래야 온전한 자아가 된다.

"오, 깊은 도피처! 어떠한 폭풍우도 그곳에 닿지 못하고, 어떠한 불길 도 그곳을 태우지 못하며, 어떠한 전쟁도 그곳을 파괴하지 못한다. 내면 의 조그만 방, 조그만 관과 조그만 요람, 그것이 나의 목표이다."[27]

좀머 씨 역시 걸어 다니면서 도피처를 찾고 있는지도 모른다. 그러나 그의 탐색은 실패로 끝나고 만다. 결국 허망하게 죽음에서 안식을 구할 뿐이다. 한국 학생들은 이 소설에서 도피처와 안식을 구하려고 했다. 독 일에서 이 작품은 그 해의 최악의 소설로 선정되기도 했다.

---

27 헤르만 헤세, 『잠 못 이루는 밤』, 홍성광 옮김, 현대문학, 2013, 94쪽.

16   노벨문학상 받은 페터 한트케─『어느 작가의 오후』 읽기

그동안 토마스 만 상, 카프카 상을 비롯하여 각종 문학상을 휩쓸면서도 노벨상과는 인연이 없었던 페터 한트케가 폴란드 출신 올가 토카르추크와 함께 드디어 노벨상을 받았다. 학살자, 인종 청소자를 옹호한 그가 과연 노벨상을 받을 만한지?

그런데 별건 수사와 별장 문제 때문인지 올해는 노벨문학상이 덮여버린 느낌이다. 잠잠하다. 실은 아는 것이 별로 없기 때문이기도 하리라. 아무도 관심이 없는 것 같아 모수자천이라고 나라도 나서본다. 한트케는 '이제 작품이 빛을 보는 것 같다'고 감격스러워하며 '한림원의 전화를 받고 4시간 동안 숲속을 거닐었다'고 말한다. 걷고 걸어도 시간이 흘러가지 않았을 것 같다.

오래 전부터 노벨문학상 단골 후보였던 한트케는 정치적 논란 때문에 그동안 상을 받지 못했다. 그의 문학적, 정치적 활동은 그야말로 기존의 선입견에 대한 과감한 도전이었다. 나름 자신만의 길을 걸은 그는 철권 통치를 휘두르던 밀로셰비치 전 유고 연방 대통령을 옹호하는 입장을 보여 논란에 휩싸였고, 2006년 사망한 그의 장례식에 참석하기도 했다. 정치적인 면에서는 문제가 많고 납득이 잘 안 된다.

1942년 오스트리아 그리펜에서 태어난 한트케는 친가가 있는 동베를린에 두 살에서 여섯 살까지 살다가 다시 고향 그리펜으로 돌아왔다. 그의 어머니는 전쟁 중 오스트리아 주둔 독일 장교를 사랑하여 한트케를 임신했지만 그 남자는 이미 유부남이었다. 아비 없는 자식을 낳아서는 안 된다는 가족의 성화로 어머니는 독일군 하사관과 내키지 않는 결혼을 하게 된다.

한트케는 어린 시절 전쟁과 가난을 겪으며 자신과 주변세계에 대해 부정적 감정을 지니고 자라게 된다. 실러나 토마스 만, 헤세처럼 이미 열두 살 때부터 작가가 되겠다고 마음먹은 그는 기숙학교에서 포크너, 조르조 베르나노스, 뷔히너, 도스토옙스키, 카프카의 영향을 받는다. 그들 중 특히 주변세계에 쉽게 융화하지 못하고 외롭게 살아가는 카프카의 주인공들에 매료된다. 카프카의 문체뿐 아니라 세계관에도 영향을 받는다.

오스트리아 그라츠 대학에서 법학을 전공한 한트케는 젊은 예술가들의 모임에 가담하면서 문학 활동을 시작한다. 1965년 졸업 직전에 『말벌들』 원고가 주어캄프 출판사에 채택되자 전업 작가가 되기 위해 법학을 포기한다. 1966년 24세의 한트케는 47년 그룹 모임에 참가하여 '창조성과 성찰이 부족하고, 무미건조하고 어리석다'며 당대 독일 문학을 과격하게 비판한다. 그 여파로 하인리히 뵐과 귄터 그라스를 배출한 이 그룹은 이듬해 힘없이 해체되고 만다.

1960년대 후반 한트케는 『관객모독』 『내부세계의 외부세계의 내부세계』 등의 작품을 발표하여 언어극이라는 장르를 개척하며 기존 규범의 파괴를 시도한다. 『페널티킥 앞에 선 골키퍼의 불안』은 언어 문제에서 자아 탐구의 문제로 넘어가는 경계선에 선 작품이다. 1970년대에 나온

대부분의 작품은 실험적이고 전위적인 카프카의 영향으로 살해의 도식을 갖는다. 『긴 이별에 짧은 편지』의 주인공도 자신을 살해하려는 아내의 위협을 받으며 쫓긴다.

처음에 과거의 문학 전통을 거부하던 한트케는 차츰 전통적인 문학 형식을 받아들이며 사회와의 화해를 시도한다. 그런데 사실 1970년대에 들어 한트케가 전통적 형식을 채택했지만 이는 오히려 전통적 소설을 파괴하기 위한 것이었다.

『소망 없는 불행』과 『긴 이별에 짧은 편지』에서는 정서불안과 우울증의 문제가 제기된다. 특히 『소망 없는 불행』은 어머니가 다량의 수면제를 복용하고 자살한 뒤에 쓴 작품이다. 그는 그 작품에서 어머니의 불행한 일생을 회상하며 전후의 사회적 모순과 정치적 상황, 가정과 사회에서 억압당한 여성의 자의식을 섬세하게 묘사하고 있다. 45세가 되어 등단 20년이 넘은 중견작가이던 1987년에는 『어느 작가의 오후』가 나왔고, 〈베를린의 하늘〉(일명 〈베를린 천사의 시〉) 시나리오 작업에 참가해 영화평론가와 관객들에게 좋은 반응을 얻기도 했다.

1966년 참여문학에 반대하고 내면의 세계로 침잠해 자아성찰의 여행을 떠났던 한트케는 1990년대 들어 돌연 정치적인 행보를 보인다. 유고 내전이 일어나자 그는 서방의 획일적 여론에 반론을 펴다가 언론의 십자포화를 맞는다. 이에 대해 그는 저널리즘의 획일성과 흑백논리에 과감하게 맞선다. 그러자 비평가들은 한트케에게 분노하며 '머릿속에 버섯만 들어있는 자'라고 비난을 퍼붓는다.

2006년에는 한트케가 하이네 상을 수상한 일로 찬반 논쟁이 벌어지자 시의회에서는 수상을 취소해버렸다. 그러자 대부분의 작가들은 한트케와 정치적 견해는 달리한다면서도 수상 취소에 대해서는 부정적인 견해를 피력했다. 특히 귄터 그라스는 대인배답게 독재자 밀로셰비치에 대한 한트케의 견해에는 조금도 동의하지 않지만 문학적 기준에 따라 심사한 것을 정치적 이유로 번복하는 것에는 반대한다고 밝혔다.

그럼 『구보씨의 일일』처럼 어느 작가의 평범하지만 평범하지 않은 일상을 다룬 『어느 작가의 오후』를 살펴보기로 한다. 작가나 그 지망생이라면 꼭 읽어봐야 할 만한 작품이다. 소설 속의 작가는 한트케 자신으로 보인다. 그렇다면 한트케는 글쓰기를 통해 자신의 병과 대면하며 그것을 치유하려 한 모양이다. 그런데 길지 않은 중편이지만 읽어도 무슨 내용인지 도대체 종잡을 수 없는 작품이다.

책 맨 앞에 괴테의 『타소』에 나오는 글귀가 인용되어 있다. '…… 모두가 있는 곳에서, 난 아무것도 아니다.' 난 아무것도 아니라는 점에서 무無의 철학이다. 이 소설은 '작가'의 시선에서 바라본 외부 세계를 묘사한다. 작가가 산책길에 만난 사물과 풍경 및 사람들을 묘사하면서 저자는 자기 자신을, 그리고 한트케 식 글쓰기인 정확한 관찰, 감정이입 된 묘사, 시적 사유의 아름다움의 표본을 보여준다.

어느 12월(정확히는 크리스마스이브) 오후 작가는 오전의 글쓰기를 마치고 긴장을 풀기 위해 산책길에 나선다. 그러면서 '오, 머물러라, 너희, 신성한 예감들이여'라고 하는 표현은 『파우스트』에 나오는 '머물러라, 너 참 아름답구나'라는 말을 생각나게 한다.

그날 분의 글쓰기는 끝났고, 다음 날 아침에야 다시 글쓰기를 계속할 것이다. 서두는 글쓰기에 지친 작가의 산책이라는 점에서 『베네치아에서의 죽음』을 연상시킨다. 작가가 바라본 외부세계는 절망적이면서도 아름답다. 그리고 그것은 다름 아닌 '작가'의 내면 풍경이기도 하다.

외출하기 전 몇 시간 동안 작가는 바깥세상이 더 이상 존재하지 않고,

자기 혼자 방 안에 살아남아 있을지도 모른다는 강박관념에 시달린다. 그래서 밖으로 나가 산책을 하면서 자기가 만난 사람과 사물을 묘사하기 시작한다. 대인기피증이 있는 작가는 망상에 사로잡혀 현실과 환상을 제대로 구별하지 못한다. 그래서 사람과 마주치지 않으려고, 주변 세계의 눈에 띄지 않으려고 조심한다.

양파 모양의 나무 지붕이 있는 우물을 보고 작가는 전에 가본 적이 있는 모스크바에 다시 온 듯한 착각에 빠진다. 가판대에서 신문을 사며 부들부들 떨고, 신문의 머리기사를 보는 순간부터는 판매원의 인사에 대답도 못하고 고개만 끄덕일 뿐이다.

그는 서재에서 멀리 벗어나 광장을 이리저리 걸어 다니면서도 일이 계속 자기를 따라다녀 여전히 작품 활동을 하고 있는 것처럼 생각한다. 거리의 골목에서 그는 자신을 조롱하고 비방하며 적대적인 시선을 보내는 사람들과 마주친다. 검은 옷을 입은 어떤 사람은 그의 길을 가로막고 집게손가락을 집어 들고는 '나는 당신의 문학을 기소합니다!'라고 엄숙하게 통고하기도 한다. 교외로 빠지는 고속도로 옆 숲 속에서는 나뭇가지에 매달려 있는 늙은 부인을 보며, 호숫가에서는 노인과 손자에 대한 환영을 본다.

산책길에서 그는 '작품'이란, '문학'이란, '작가'란, '글쓰기'란 무엇인지 끊임없이 생각한다. 자신의 '적'과 '독자'와도 맞닥뜨리며, 먼 나라에서 자신을 찾아온 번역가를 어느 카페에서 만나 그의 경험담을 듣기도 한다. 글쓰기는 작가뿐 아니라 누구에게나 탈출구이자 악몽이기도 하다.

"젊은 시절의 꿈에서 작가에게는 문학이 모든 나라들 중 가장 자유로운 나라였고, 이 나라에 대한 생각이야말로 일상적인 비열함과 굴종에서 벗어나 당당하게 동등한 능력을 얻을 수 있는 유일한 탈출구였다."[28]

"그가 악몽을 꾸는 경우는 오로지 글을 쓸 때였다. 그때 행위는 없고 늘 같은, 밤새 되풀이되는 판결만 있었다."[29]

그는 온갖 종류의 망상을 두루 체험하고 다시 집으로 돌아오지만, 집으로 돌아오는 길을 어떻게 찾았는지도 제대로 기억하지 못한다. 그런 와중에서도 밤에 강 아래쪽의 제방에서 물이 쏴쏴 소리를 내도록 색소폰을 불고 있던 사람만은 망상의 소산임이 분명하다고 생각한다. 그와 동시에 자신이 정원에 있는 것도 하나의 망상이 아닐까 생각한다. 심지어 그는 자기 자신이 칼에 찔리고 총에 맞거나, 자동차 사고를 당해 어딘가에 죽어 있는 게 아닌가 생각하기도 한다.

그리고 마침내 그냥 누워 다음 날에 대해 생각하고, 일하기 전의 아침 시간에 오랫동안 정원을 이리저리 거닐기로 마음먹는다. 지나간 오후를 다시 더듬어보지만 나뭇가지와 개만 나타날 뿐, 그 무엇도 기억나지 않는다.

이 작품에서 한트케는 카프카를 연상시키는, 현실과 망상이 교차하는 독특한 글쓰기를 선보인다. 그는 집 안의 여러 사물들에 낯설고 서먹한 기분을 느낀다. 그 공간은 『변신』의 그레고르 잠자가 갇혀 있는 방을 연상시킨다. 그러나 거실로 나왔다가 아버지에게 쫓겨 돌아가는 잠자와는 달리 작가는 집안 곳곳을 돌아다니고, 외부로의 탈출을 감행한다.

소설 속의 작가는 틀에 박힌 규칙보다 변덕, 우연, 영감을 중시한다. 자신의 작가생활조차 일시적인 것으로 보는 그의 모토는 '만물은 유전한

---

28 페터 한트케, 『어느 작가의 오후』, 홍성광 옮김, 열린책들, 2010, 48~49쪽.

29 앞의 책, 95쪽.

다' 또는 '아무도 같은 강에 두 번 발을 담그지 못 한다'는 헤라클레이토스의 명제이다.

작품에서 유일하게 사건이라 부를 만한 것은 첫눈 내리는 장면과 번역가를 만나는 장면이다. 그에게는 작가로서의 나가 아니라 나로서의 작가를 보여주는 것이 중요하다. 그의 직업 문제는 자신의 존재의 문제에 대한 비유이다. 집 안에서부터 시작된 망상은 산책의 길목 곳곳에서 계속된다.

그는 거리에서 자신이 정상이 아님을 알아챘다. 작가의 정신상태는 뷔히너의 소설 「렌츠」의 주인공 렌츠와 『요양객』의 작가 헤세를 보는 듯하다. 영화 〈뷰티풀 마인드〉도 생각난다. 신문을 사면서 몸을 떨고, 거스름돈을 계산하면서 실수를 저지른다. 판매원의 인사에는 고개를 끄덕일 뿐이다. 대인기피증에 사로잡힌 그는 행인과 맞닥뜨리자 움찔 놀란다. 그는 단순히 외부세계를 관찰하는 것이 아니라 외부세계를 보며 내부세계를 탐구한다. 그럼으로써 자아 내지는 정체성을 탐구하는 것이다.

작가는 언어에도 강박증이 있다. 바깥으로 나가다가 다시 발걸음을 돌려 원고지의 어떤 단어를 다른 단어로 바꾸고 나서야 안도한다. 그는 작품과 작가에 대해 고찰하며, 『베네치아에서의 죽음』의 작가 아셴바흐처럼 내는 책마다 성공을 거듭했던 어느 작가, 바로 그 자신에 대해 생각한다.

작가는 소설 속 인물인 번역가의 입을 통해 작가로서의 고뇌와 불안을 이야기하면서 번역가로서의 즐거움과 그에 대한 동경을 드러내기도 한다. 작가는 번역가 뒤를 미행하며, 번역 원고가 든 그의 가방을 아기 모세가 들어있는 바구니로 생각한다. 작가는 산책에서 돌아와 거실에서 상념에 잠긴다. 이런 저런 질문들이 꼬리에 꼬리를 문다. 침실 창밖으로 보이는 낭떠러지를 보고는 연필 깎은 부스러기가 많이 쌓이면 떨어질 때 충격이 덜할 거라고 상상한다.

한트케는 글을 쓸 때 소위 현실에는 관심이 없고 언어에만 관심이 있다고 말한다. 그런 점에서 그의 문학은 '예술을 위한 예술'처럼 '언어를 위한 언어'가 되고 있다. 왠지 '에로틱을 위한 에로틱'에 집착한 마 교수가 떠오른다. 외모도 재능도 정신적 상황도 비슷해 보인다. 한트케는 이념으로부터 초월했다고 볼 수 있으나 오히려 무의식의 차원에서는 이데올로기에 구속되어 있고 제약을 받는다. 현실도피와 내면칩거는 원하건 원치 않건 기성 지배체제의 현상유지에 한 몫 하는 경우가 많다. 그래서 코소보 사태에서 보듯이 그의 현실적인 정치참여는 우스꽝스러우며 대중의 지지를 못 받고 있다.

그럼 작가란 어떤 존재여야 하는가? 헤세는 작가의 임무란 무엇이 중요하고 의미심장한지를 결정하는 것이 아니라고 말한다. 그는 반대로 "사소하고 하찮은 것에서 영원하고 어마어마한 것을 인식하고, 신은 어디서나 존재하고 모든 사물에 깃들어 있다는 이러한 보물, 이러한 지식을 번번이 발견하고 알려주는 일"[30]을 작가의 임무라고 본다.

독자들은 뚜렷한 줄거리가 없고 문장들이 서로 아무런 맥락 없이 단절되어 따로 겉도는 듯한 느낌에 당혹함과 지루함을 느낄 수 있다. 또한 반대로 정확하고 유려한 묘사, 환상과 현실을 오가는 사유의 자유로움, 시적 리듬에 경탄을 표할 수도 있을 것이다.

---

30 헤르만 헤세, 『헤세의 문장론』, 홍성광 옮김, 연암서가, 2014, 183쪽.

17   소년과 호랑이의 위험한 동거 ─〈파이 이야기〉

소년과 호랑이의 동거가 가능할까? 그것도 좁은 구명보트 안에서. 소년
은 달려드는 뱅골 호랑이를 피해 구명보트와 임시 뗏목을 오간다. 부커
상 수상작가 얀 마텔의 파이 이야기는 이러한 기묘한 이야기를 다루고
있다. 거장 리안 감독이 이 소설을 영화화해 큰 성공을 거두었다.

  주인공 파이의 본명은 피신 몰리토 파텔이다. 친구들이 오줌을 뜻하는
피싱이라 부르며 놀려서 무리수 3.14를 뜻하는 파이로 바꾼다. 파이의 아
버지는 인도의 폰디체리에서 동물원을 운영하다가 꿈을 찾아서 캐나다
로 이주하기로 결정한다. 동물원에 대한 지원이 끊겨 운영이 어려워지고
자유를 제한받기 시작하기 때문이다. 가족은 파이 부모와 형, 네 명이다.

  파이는 힌두교뿐 아니라 기독교, 이슬람교를 모두 믿는 16살 소년이
다. 그는 중학교 시절 생물 선생한테 강한 인상을 받는다. 그 선생은 종
교는 암흑이고 미신 같은 허튼소리라며 신은 존재하지 않는다고 말한다.
'우리가 감각으로 경험하는 이외의 것을 믿는 것은 합리적이지 않다'는
표현은 칸트의 말처럼 들린다.

"현실에 대한 과학적인 설명을 넘어설 만한 근거가 없단다. 우리가 감각으로 경험하는 이외의 것을 믿는 것은 합리적이지 않아. 명석한 지성을 가지고, 세부 사항에 주의를 기울이고, 약간의 과학 지식을 동원해보면, 종교는 미신적인 허튼소리에 불과하다는 게 드러날 게야. 신은 존재하지 않아."**31**

아버지는 호랑이를 비롯한 동물들이 얼마나 위험한지 알려주기 위해 파이에게 동물원을 구경시켜준다. 그러나 동물원에서 가장 위험한 동물은 누구인가? 바로 인간이다. 인간은 지나친 포식성 때문에 지구 전체를 먹이로 만들어버리지 않았는가.

하지만 그들을 태우고 캐나다로 가던 일본 화물선 침춤 호가 예상치 못한 폭풍우에 침몰한다. 파이는 간신히 구명보트에 오른다. 구명보트에는 다리를 다친 얼룩말, 굶주린 하이에나, 오랑우탄, 그리고 보트 밑바닥에 몸을 숨기고 있었던 벵골 호랑이 리처드 파커가 올라타 있었다.

허기에 지쳐 있던 하이에나는 다리를 다친 얼룩말과 이어서 오랑우탄을 공격해 죽인다. 소년이 공포에 떨고 있을 때 방수포 커튼 아래에 몸을 숨기고 있던 호랑이가 튀어나와 하이에나를 물어뜯어 죽인다. 결국 남은 것은 파이와 벵골 호랑이 뿐이다. 파이는 호랑이를 죽이려 하지만 그것은 불가능하다. 허기와 갈증, 분노의 화신인 호랑이가 배의 밑바닥에서 나와 달려들려고 하면 막대기로 위협하며 바닥으로 밀어 넣는다. 파이의 삶은 공포와 권태 사이를 오간다.

그러면서 둘이 같이 살아가는 방법을 모색한다. 영리한 파이는 동물원

---

31 얀 마텔, 『파이 이야기』, 공경희 옮김, 작가정신, 2004, 43쪽.

에서 맹수를 조련하는 방법을 써서 호랑이를 길들이고자 한다. 물고기를 잡아 호랑이에게 주면서 그때마다 힘차게 호루라기를 분다. 점차 리처드 파커와의 관계에서 지지 않고 우위를 차지한다. 호랑이는 힘은 더 세지만 2인자로 전락하는 신세가 된다.

파이는 리처드 파커와 함께 바다 위에서 살아가는 법을 습득하게 되고, 식충 섬에도 가는 등 다양한 사건을 경험하면서 배가 침몰한 지 227일이 지난 뒤 극적으로 구조된다.

일본의 조사원이 찾아와 파이의 이야기를 듣고 믿을 수 없다고 말한다. 그러자 파이는 다른 이야기를 들려준다. 파이와 험상궂은 요리사, 다리를 다친 대만 선원, 어머니가 살아남았는데 요리사가 대만 선원을 죽이자 어머니와 다툼이 일어나 요리사는 어머니마저 살해한다. 그러자 파이는 요리사를 죽인다는 이야기이다.

두 이야기에 묘한 공통점이 있다. 요리사는 하이에나 역할을 하고, 다리를 다친 선원은 역시 다리를 다친 얼룩말이 된다. 어머니는 오랑우탄 역할을 맡는다. 그럼 나 파이는 호랑이가 된다. 나와 호랑이가 혹시 동일한 존재가 아닐까 의심해본다.

호랑이의 원래 이름은 목마름thirsty인데 서기의 실수로 사냥꾼 이름인 리처드 파커로 기재된다. 소설에서 갈증은 중요한 모티프가 된다. 파이도 바다에서 끝없는 허기와 갈증에 시달린다. 영화에서 소년이 성당에 갔다가 몰래 성수를 마시다 들키는 장면이 나오는데 사제는 '목마른 모양이구나You must be thirsty'라고 말한다. 이 말은 다르게 읽으면 '넌 목마름임에 틀림없다'가 된다.

그렇다면 파이와 호랑이는 동일 인물이 된다. 파이는 자아, 호랑이는 본능, 즉 에고와 이드가 된다. 이성을 신뢰하는 아버지와 신심이 깊은 어머니는 초자아의 영역을 대변한다. 파이가 호랑이를 보트 밑바닥에 밀어 넣는 행위는 이드를 무의식의 영역으로 밀어 넣는 행위가 된다. 이드가 의식의 영역인 보트를 장악하게 되면 에고의 설 자리가 좁아진다. 그래서 호랑이는 끊임없이 나오려고 하고 파이는 계속 밀어 넣는다.

그렇다고 이드를 죽일 수는 없다. 그러면 자아도 살아남지 못한다. 결국 이드를 제어하고 지배해서 길들이는 수밖에 없다. 파이는 물고기를 줄 때 호루라기를 불면서 자신의 우위를 각인시킨다. 호랑이가 밖으로 나오면 호루라기를 시끄럽게 불면서 막대기로 위협한다. 이드가 의식의 영역에서 활개를 치면 안 된다.

이렇게 위험한 동거이긴 하지만 파이는 호랑이한테 잡아먹히지 않고 뭍에 도달하여 227일 만에 극적으로 구조된다. 그가 살아남은 것은 시간 개념 자체를 잊은 덕분이다. 시간이란 우리를 갈망하게 할 뿐인 환영이기 때문이다. 그의 표류는 바람과 조류에 의해 정해졌다. 그 길은 삶의 길이 되었다.

보트가 육지에 닿자 호랑이는 뒤도 돌아보지 않고 숲 속으로 사라진다. 이렇게 자아의 영역이 확대되면서 이드의 위험성도 함께 사라진다. 이처럼 단순하게 보면 소설은 신기한 모험 이야기 같지만 보다 깊은 차원에서 우리 내면의 자아 투쟁의 이야기가 된다. 그런 점에서 이 소설은 영화 〈파이트 클럽〉과 비슷한 점이 있다.

한국 호도 폭풍우와 높은 파도에다 주변에 어슬렁거리는 하이에나와 호랑이 때문에 생존이 힘들다. 날뛰는 호랑이를 어떻게 길들이고 처리해야 할까?

18   『달과 소녀』 — 프랑크푸르트의 어느 신혼부부 이야기

마르틴 모제바흐의 『달과 소녀』(2007)는 갓 결혼한 젊은 중산층 부부가
그들의 결혼 생활을 이해하기 위한 과정에서 뜻하지 않은 어려움과 혼란
을 겪는 이야기이다. 주인공들은 단순하고 기묘한 세상에 살지만, 많은
인물들은 균형을 잡고 있으며, 이야기는 매력 있고 멋지고 가벼운 유머
가 있다. 작품은 무더운 여름 프랑크푸르트에서 한스와 이나의 삶을 중
심으로 전개된다.

  한스가 함부르크에서 공부를 마치고 프랑크푸르트에서 첫 직장생활
을 시작하기 전에 그들은 결혼한다. 그러나 한스의 업무 일정 때문에 그
들은 신혼여행을 가지 않는다. 이나는 항상 일을 주도하는 어머니와 함
께 남쪽으로 여행을 가고, 한스는 먼저 프랑크푸르트로 가서 신혼집을
구하러 다닌다. 이것은 보통의 신혼부부가 결혼 초기에 보여주는 모습은
아니며 전혀 낭만적이지도 않고 매우 드문 일처리이다. 이 소설에서 전
체 내용을 조명하는 것의 중의 하나가 한스의 장모인 클라인 부인이다.
그렇기 때문에 모든 걸 자기가 끌고 가려 하고 자신의 의견과 방식만을
고집하는 이나의 어머니가 두 사람에게 문제의 원인이 된다는 것을 알

수 있다.

직장에 들어가고 매혹적인 이나와 갓 결혼한 한스는 행복하다고 여긴다. 그는 아내가 장모와 남쪽으로 여행간 동안 프랑크푸르트의 역 주변에 초라한 셋집을 마련한다. 여행에 돌아온 이나는 침실에 죽은 비둘기가 있는 것을 보고 소스라치게 놀란다. 이어 결혼반지가 사라지고, 같은 집에 사는 세입자들은 마적魔的인 인물로 드러나고, 술자리는 마녀들의 춤으로 변모한다. 여배우인 아랫집 여자 브리타의 유혹에 한스의 결혼생활은 시련에 처한다.

한스가 평소에 생각하고 원하던 집을 구하는 것은 매우 어렵고 힘들었다. 마침내 그가 구한 집은 딱히 어떤 장점이 있어서라기보다는 일단 값이 쌌기 때문이다. 그 집은 시끄러운 시장 가까이 있는 건물의 5층인데 철도역이 가깝고, 길 건너에는 사창가가 있다. 그 집에는 이전 세입자의 물건들이 아직 남아 있었는데 수완 좋은 아파트 관리인 수아드가 사람을 시켜 모든 물건을 치우고 페인트로 다시 칠하게 한다. 그래서 한스는 정리를 하면 그 집이 더 나아질 거라 기대하며 이나에게는 그저 당분간만 살 곳이라고 말한다.

한스와 이나는 이제 신혼 생활을 그 집에서 시작하려 한다. 그런데 이나가 프랑크푸르트에 도착하기 전 갑자기 천둥 번개가 치고 많은 비가 내린다. 그 결과로 이나가 그 집에 처음 들어가서 본 것은 침실에 갇혀 몸부림을 치다 죽은 비둘기이다. 이나가 세상에서 가장 무서워하는 것이 죽은 비둘기이다. 그러니까 이 사건은 두 사람의 출발이 순조롭지 않음을 나타내는 하나의 복선이다. 그리고 그 집 또한 전에 살았던 사람들이 이미 결혼에 실패했던 곳이다. 전前주인인 지거가 신혼부부인 이나와 한스의 일상에 끼어들게 된다.

한스는 이 도시에서의 직장생활 뿐만 아니라 그의 인생에서 시작되는 모든 변화들에 쉽게 적응한다. 그는 아래층에 사는 여배우 브리타와 그녀의 남자친구인 닥터 바테킨트와도 쉽게 친해진다. 그리고 밤마다 열기를 피하기 위해 에티오피아인이 운영하는 식당의 뒤뜰에 모이는 사람들과도 잘 어울린다. 그들은 달의 형상이 변함에 따라 행동이 영향을 받는 사람들이다. 그래서 그들은 현실성이 없는 이야기들을 끊임없이 늘어놓는다. 반면 지극히 단순하고 순진한 이나는 평범하지 않은 이웃들에게 잘 적응하지 못한다.

이웃에 대한 이나의 위축된 접근 방식과 대조되게 한스는 이웃들에게 열린 마음으로 대하는데 그래서 문제가 일어난다. 한스의 직장 동료 파티에 한스와 이나가 하루 늦게 간 사실은 그리 놀라운 일이 아니었다. 여배우 브리타가 한스를 유혹하면서 그의 손에서 빼낸 결혼반지가 일을 더욱 복잡하게 만든다. 여기서 두 개의 결혼반지가 문제가 된다. 하나는 세입자가 바뀌어도 부엌 창가의 유리병에 그대로 남아있는 지거의 결혼반지이고, 다른 하나는 한스가 끼는 걸 귀찮아하던 그의 결혼반지이다. 이나는 세차장과 반지 문제로 혼란을 겪고 자신의 판단력에 자신을 잃는다.

소설에서 전체 내용을 조명하는 것의 중의 또 다른 하나는 달이다. 이야기는 달의 사이클에 따라 일어나는데 달의 주기 현상은 이나의 결혼생활의 혼란을 나타낸다. 사건들은 점점 더 예상치 못하는 방향으로 흘러가게 되고, 한스와 이나의 관계는 위협을 받는다. 그들이 앞으로 함께 계속 살아가는 것이 불가능해 보인다. 마침내 이나는 결심을 한다. 그런데 그 변화가 얼마나 극적인지에 대해서는 마지막 장에 단지 일반적인 인상만을 기술하기 때문에 우리는 상상을 해야 한다. 그리고 전체적으로 동화 같은 이 작품은 엔딩 또한 동화의 끝맺음과 같아서 표면상으로는 그저 흐릿한 어두움을 독자들에게 모호하게 상기하게 해 준다.

이 작품에서 모제바흐의 문체는 마법과 같은 방식으로 현재를 다른 모습으로 나타나게 한다. 셰익스피어의 『한여름 밤의 꿈』에 존경을 바치는 것으로 읽히기도 하는 이 작품은 셰익스피어의 작품과의 관계를 유추할 수 있게 해줌으로써 특별한 매력을 부여한다. 특히 비평가 파울 얀들Paul Jandl은 마르틴 모제바흐의 새 소설을 크게 칭찬하며 "결혼식을 올린 직후에 프랑크푸르트의 한 은행에 취직하여 역과 고속도로 구역 사이의 낡은 건물로 이사 가는 젊은이를 둘러싼 이야기는 셰익스피어의 『한여름 밤의 꿈』과 독일 현실이 섞인 것 같은 분위기를 자아낸다."[32]고 평한다. 그리고 울리히 바론Ulrich Baron은 "이 매혹적인 소설의 매력은 현실과 환상, 공포물과 창작동화 사이의 미묘한 변화에 있다."[33]고 말한다. 19세기의 위대한 고전작품의 면모를 풍기는 『달과 소녀』는 한 페이지 한 페이지 넘길 때마다 독자에게 몽환에 잠기게 하는 환상과 스릴을 느끼게 해 준다. 이러한 점은 요즈음의 대부분의 책이 독자에게 제공해줄 수 없는 보기 드문 강점이라 할 수 있다.

---

32 《노이에 취리허 차이퉁》, 2007년 8월 7일.
33 《벨트 암 존탁》, 2007년 8월 12일.

제6부

소설과
인물 비교

1 『니벨룽의 노래』와 에첼(아틸라 대왕) — 훈족, 흉노와 투후 김일제

『니벨룽의 노래』는 중세 독일 기사문학의 최고 걸작이다. 이 영웅 서사시의 제1부는 군터 왕의 여동생 크림힐트와 지크프리트의 결혼 및 지크프리트의 죽음을 다루고, 제2부는 훈족 왕 에첼의 아내가 된 크림힐트의 복수를 다루고 있다.

여기서 에첼 왕은 일반적으로 칭기즈 칸, 나폴레옹과 아울러 세계 3대 정복자 중 하나로 거론되는 아틸라 대왕으로 간주된다. 크림힐트는 남편 지크프리트가 군터왕의 충복 하겐에 의해 살해되자 13년 동안 혼자 살다가 에첼 왕의 청혼을 받아들여 그와 결혼한다. 그녀는 결혼 후 7년째 되는 해에 오빠인 군터 왕 일행과 하겐을 초청한 후 그들을 모조리 죽이고 남편의 원수를 갚는다.

이 작품은 한 가지 역사적 사실을 근거로 하고 있다. 그것은 훈족이 부르군트 왕국을 멸망시킨 일과 453년 훈족의 왕 아틸라가 갑자기 잠자리에서 각혈咯血하고 동고트족의 왕비 곁에서 급사한 일이다. 그런데 게르만족에게 이것은 왕비가 일족의 복수를 위하여 왕을 살해한 것으로 전승되었다. 부르군트족 멸망의 노래도 여기에 기원한 것이며 이것이 니벨룽의 노래 속에 통합된 것으로 보인다. 일부 살아남은 부르군트족은 프랑스 부르고뉴 지방으로 가서 포도 재배를 하며 살았다고 한다.

5세기 초엽 북방의 가장 강력한 게르만 부족은 부르군트족이었다. 이 부족은 라인강을 중심으로 왕국을 건설하고 로마와 훈족을 상대로 여러 해 동안 치열한 전쟁을 벌이다 436년 보름스 공방전에서 결국 패배했다. 이 전투에서 전사한 군다하르 왕은 『니벨룽의 노래』에서 군터 왕으로 등장한다.

아틸라는 16세 많은 사촌형 블레다와 공동으로 왕권을 물려받았으나 그를 살해하고 왕이 된 것으로 보인다. 블레다는 항시 아틸라를 의심하고 혹시 있을 그와의 전투에 대비해 많은 황금을 쌓아두었다고 한다. 그것이 후일 라인강의 황금으로 전해지고 있다.

한편 진시황이 만리장성을 쌓자 흉노는 북쪽으로 물러나게 된다. 그러다가 한고조 유방이 30만 대군을 이끌고 흉노의 왕 묵특 선우를 침공하나 백등산에서 포로로 잡혀 굴욕적인 협상을 하게 된다. 그 후 한나라는 흉노에게 공주와 비단, 술, 곡물을 바치게 된다.

경제 때의 후궁으로 중국 4대 미인 중 한 명인 왕소군도 그래서 선우의 왕비로 보내진다. 화공이 뇌물을 바치지 않은 왕소군을 못생기게 그려 그녀가 선택되었다고 한다. 뒤늦게 왕소군이 절세의 미인인 것을 알게 된 황제는 격분해 화공을 처형시켰다.

한무제는 이런 굴욕적인 관계를 타개하고자 일곱 번의 정벌에 나서 흉노족을 멀리 서쪽으로 몰아낸다. 이때 지금 감숙성 지방의 휴도왕 아들이 포로로 잡혀 왔다. 그는 한나라에서 말을 관리하는 일을 하다가 한 무제 암살을 막아 높은 자리에 오른다. 그 공로로 그는 한무제로부터 김씨라는 성을 하사받아 김일제라는 이름을 얻게 된다.

김일제는 죽기 직전 성을 다스리는 투후秺侯가 된다. 반고班固의『한서』에 나오는 이야기다. 세습관직인 투후와 그 일족은 왕망의 신 건국을 도운 혐의로 그 후 후한이 들어서자 무참히 살해당했다. 이때 겨우 살아남은 김일제의 후손 김알지가 경주로, 김일제의 동생 김윤의 후손 김수로가 가야로 도주해 왕족이 되었다고 한다. 그러므로 투후 김일제가 신라 왕족 김씨의 먼 조상인 것이다.

문무왕릉인 대왕암 비문에서도 투후를 김씨의 조상으로 밝히고 있다. 흉노와 신라의 김씨 왕족은 금관, 금관 위의 새 모양, 동복(청동솥), 적석목곽분, 편두 등에서 공통점이 드러나고 있다. 아틸라와 로마 장군 아이티우스 간의 전투가 있었던 샬롱에서 발굴된 황금보검과 신라의 대릉원에서 나온 황금보검의 모양이 비슷한 것도 흥미를 끈다.

흉노와 훈족의 연관성이 확실히 밝혀진 것은 아니지만 여러 가지 유물과 생김새로 볼 때 둘이 밀접한 관계가 있는 것은 분명해 보인다. 훈족은 375년 연쇄적인 게르만 민족 대이동을 초래한다. 훈족이 볼가강을 건너 맨 먼저 동고트족을 치자 동고트족은 서고트족을 치고 그러자 겁에 질린 서고트족은 다뉴브강을 건너 로마 제국 안으로 들어온다. 이것이 476년 서로마 제국 멸망의 원인이 된다.

이 과정에서 훈족이 부르군트족을 멸망시키고 아틸라가 피정복민의 여자 일디코를 후궁으로 받아들였다가 급작스럽게 죽고만 깃이다. 이 사건이 게르만의 시각으로 다르게 전해지다가 13세기 초에 이르러『니벨룽의 노래』라는 작품이 생겨나게 되었다.

　　　　　　　　　　　　　　　　　제6부 소설과 인물 비교

2   『독일. 어느 겨울동화』와 『공산당 선언』의 닮은 점과 다른 점

'유령 하나가 유럽에 돌아다니고 있다'로 시작되는 『공산당 선언』의 유명한 첫 문장에서 유령은 『독일. 어느 겨울동화』에서 화자를 따라다니는 무시무시한 '분신Doppelgänger'을 상기시킨다. 그 분신의 생김새는 섬뜩하고 소름 끼친다. 분신은 화자의 사고를 그대로 집행하는 행동의 역할을 한다. 화자의 분신은 봉건 군주에게 철퇴를 가하고, 공산주의라는 유령은 부르주아 계급을 깨뜨린다. 『겨울동화』에서의 화자와 그 분신은 『공산당 선언』에서 공산주의자와 그 분신인 프롤레타리아와 같은 관계이다.

그런데 마르크스의 전체 사상을 집약한다고 볼 수 있는 『공산당 선언』은 『겨울동화』의 기본 전제에서 한걸음 더 나아가고 있다. 『공산당 선언』과 『겨울동화』 둘 다 봉건 타파, 속물 부르주아 비판, 혁명의 필요성, 종교의 거부에 공감하고 있다. 『겨울동화』가 독일의 봉건 영주, 물질주의에 경도된 속물 시민을 비판하고 있다면, 『공산당 선언』은 프롤레타리아 계급을 위해 부르주아 계급의 타도를 외치고 있다.

1840년대에는 공산주의가 대체로 기독교의 급진적 전통이나 프랑스 대혁명에서 비롯되는 자코뱅적 합리주의의 극단과 동일시되었다. 마르크스는 하이네의 아이러니 수법을 이용해 『공산당 선언』에서 먼저 부르주아지와 현대 부르주아 사회에 찬사를 바친다. 당시 부르주아지는 급진 공화주의자들에 의해 사유재산과 이기주의의 화신으로 매도되었는데도 말이다.

"부르주아지는 이집트 피라미드나 로마의 수도 시설, 고딕식 성당과는 전혀 다른 놀라운 업적을 이루었다."[1]

"부르주아지는 백년 남짓 계급지배를 하는 동안 과거의 모든 세대가 이룬 것을 모두 합친 것보다 더 대규모의 엄청난 생산력을 창출했다."[2]

이렇게 먼저 부르주아지를 짐짓 칭찬한 다음 마르크스는 부르주아지의 몰락과 프롤레타리아트의 승리가 똑같이 불가피하다고 말한다. 부르주아지는 자신에게 죽음을 가져올 무기를 벼렸고, 이 무기를 휘두를 사람들, 즉 노동자계급도 탄생시켰기 때문이다. 하이네와 마르크스는 '종교는 민중의 아편'이라고 생각한다는 점에서는 견해가 일치하지만, 사유재산의 철폐, 프롤레타리아 계급의 독재에 관해서는 견해를 달리한다.

하이네에겐 비판의 자유가 없는 사회란 상상할 수 없다. 그에게는 저 세상에도 천국이 없지만 이 세상에도 천국은 없다. 더 나은 세상이 있을 뿐이다. 반면 현실 사회주의는 지상천국을 건설했다고 억지 주장하면서 체제 비판을 절대 금지하며 시민의 자유를 억압하고 있다. 또한 다르게 생각하는 사람의 자유를 억압하는 나라는 제대로 된 민주국가라 할 수 없다.

---

1 하이네, 마르크스와 엥겔스, 『독일. 어느 겨울동화. 공산당 선언』, 홍성광 옮김, 연암서가, 2014, 247쪽.

2 앞의 책, 249쪽.

마르크스는 『공산당 선언』에서 사회주의라는 용어를 피하고 공산주의라는 용어를 선택한다. 그는 여러 가지 종류의 사회주의를 비판하고 공산주의를 주장하기 때문이다. 마르크스는 부르주아지에게 충격을 가하기 위해 노동자 계급을 유혹하는 봉건적 사회주의의 우스꽝스러운 모습을 서술하면서 프랑스 정통 왕당파들의 일부와 보수적인 '청년 영국파'의 진면목을 보여준다. 귀족이 대중을 자기 뒤에 결집시키기 위해 손에 깃발을 들고 프롤레타리아의 동냥자루를 흔들어댄다는 것이다.

그러나 "대중은 그들을 뒤따를 때마다 그들의 엉덩이에 낡은 봉건적 방패 문장紋章이 찍힌 것을 보고는 불경스럽게 큰 웃음을 터뜨리며 흩어졌다."(277쪽) 『공산당 선언』에 나오는 '그들의 엉덩이에 낡은 봉건적 방패 문장紋章이 찍힌 것'이란 표현은 하이네의 『겨울동화』에 나오는 다음 구절을 상기시킨다.

"투구는 중세를 그처럼 멋지게 상기시킨다.
가슴 속엔 충성심을 품고
엉덩이의 진중 근무복엔 방패 문장이 찍힌
기사의 시종과 종자들을."[3]

이렇게 봉건주의자들은 그들의 착취방식이 부르주아지의 착취와 다르다는 점을 지적하면서도, 그들 역시 이전 시대에 다른 상황과 조건 하에서 착취했다는 사실은 잊고 있다. 또한 봉건주의자들은 자신들의 지배 하에서는 현대 프롤레타리아 계급이 존재하지 않았다는 점을 보여주면

---

3 앞의 책, 58쪽.

서도, 바로 그 현대 부르주아 계급이 그들의 사회질서에서 나온 필연적 후예라는 사실은 망각하고 있다.

그런데 마르크스는 봉건적 사회주의뿐만 아니라 기독교적 사회주의, 시스몽디를 지도자로 삼는 소시민 사회주의, 프루동의 부르주아적 사회주의, 게다가 속물을 모범으로 삼는 독일 사회주의나 오언과 푸리에의 비판적·유토피아적 공산주의도 거부한다. 이처럼 마르크스가 사회주의를 거부하고 단호히 공산주의를 주장하는 것은 당시 사회주의는 중간계급의 운동이었고, 공산주의는 노동자계급의 운동이었기 때문이다. 마르크스는 '노동자계급의 해방은 노동자계급 자체의 작업이어야 한다'는 견해였다.

고대 세계는 중세에, 노예제는 봉건제에, 봉건제는 산업 부르주아지에게 길을 내어주었다. 이러한 이행은 평화적으로 이루어지지 않았으며 투쟁과 혁명을 통해 탄생했다. 그도 그럴 것이 기존 질서가 싸우지 않고는 물러나주는 법이 없기 때문이다. 그리하여 이제는 단 하나의 계급, 기술 진보의 산물인 프롤레타리아 계급만이 땅도 재산도 없이 극빈상태와 노예상태에 놓이게 되었다. 이미 그들에겐 사유재산 자체가 무의미하게 되었으며, 160년 전 이래로 부르주아 계급과 프롤레타리아 계급의 재산 격차는 갈수록 더 벌어지고 있다. 그렇지만 인간은 얼마 안 되는 재산이나마 자기 것을 가지려는 욕망을 버리지 않는 존재이다. 소규모 집단의 유토피아적인 실험도 다 실패로 끝나고 말았다.

1960년대까지 무자비하고 잔인하긴 하지만 정력적인 근대성의 이미지와 동일시되었던 공산주의는 1989년 베를린 장벽의 붕괴, 1992년 소련의 몰락으로 중국과 북한, 쿠바를 제외한 전 지역에서 결국 급작스럽고도 볼썽사납게 역사에서 퇴장했다. 구동독의 시민운동가와 여성운동가들은 현실 사회주의를 비판하고 인간다운 사회주의를 주창했으나, 동독의 경직된 사회주의 체제는 대중의 물욕과 욕망 앞에 허망하게 무너지고 말았다. 공산주의자들은 인간의 욕망이나 탐욕을 이해하지 못하고 인간의 본성이 선하다고 보는 잘못을 범했다.

그런데 이 세 나라도 이젠 스스로를 공산주의가 아닌 사회주의 국가라고 칭하고 있으며, 엄밀한 의미에서 마르크스가 지향한 공산주의가 아니라 봉건 전제국가와 비슷하다. 생산수단을 국유화하고 경제를 계획적으로 운영했지만, 정부 관료나 기업 경영자가 모든 주민이나 일반 근로자를 억압하고 지배하는 현실 사회주의는 마르크스가 생각한 공산주의가 결코 아닐 것이다.

계급이며 계급대립과 아울러 낡은 시민사회 대신 '우리는 각인의 자유로운 발전이 모두의 자유로운 발전을 위한 조건이 되는 하나의 결사체를 가지게 된다.'는 마르크스의 말은 현실 사회주의를 볼 때 공허하게 들린다. 또한 여성 고용의 증가와 보다 개인화된 정치적 관심사가 확대되고 다양성이 존중됨으로써 노동자 계급을 당으로 전환하려는 열망도 사그라졌다. 머지않아 공산주의 사회가 도래할 것이라는 신념은 물론 미래의 공산주의 사회가 바람직할 것이라는 유토피아적 전망 또한 소멸했다.

이러한 새 시대에 『공산당 선언』의 원리는 이제 주목할 가치를 잃게 되었다. 하지만 이 책이 역사적인 중요성을 가진다는 점에는 이의가 있을 수 없다. 그 책은 우리에게 자본주의를 비판할 수 있는 관점을 제공하고 있다. 또한 부르주아 계급이든 프롤레타리아 계급이든 '한 시대의 지배적 이념은 언제나 지배계급의 이념일 뿐이었다.'는 구절도 정당성을 잃지 않는다.

마르크스는 니체와 마찬가지로 기존의 법, 도덕, 종교에 부정적이었다. 그것들은 프롤레타리아에게 많은 시민적 편견과 마찬가지이며, 그 뒤에는 똑같이 많은 시민적 이해관계가 숨어 있어 있기 때문이다. 마르크스는 근대 경제의 무제한적인 힘과 지구적인 확장력을 처음으로 환기했다. 사유재산의 폐지는 공산주의 사회에서 실패로 끝났지만 피케티가 말하는 무거운 누진세의 적용은 대안으로 여전히 유효하다고 하겠다. 또한 시인으로서 하이네의 공산주의에 대한 어두운 전망과 예언은 시대를 훨씬 앞서 절묘하게 맞아떨어졌다고 할 수 있다.

3   루쉰의 아Q와 니체의 말인末人

루쉰과 니체, 전혀 무관해 보이는 두 사람이다. 그리고 아Q와 말인을 연결시켜본다. 니체는 위버멘쉬, 즉 초인의 반대극으로 최후의 인간, 즉 말인을 들고 있다. 위버멘쉬는 초인으로도 번역되어 왔는데 최근에는 오해의 소지가 있어 원어 그대로 위버멘쉬로 쓰기도 한다. 위버멘쉬란 '넘어가고 건너가는 존재'이다.

니체에 의하면 우리 인간은 짐승과 초인 사이에 있다. "인간이란 짐승과 초인을 연결해주는 밧줄, 심연 위에 걸린 하나의 밧줄이다."**4** 인간이 보기에 원숭이는 웃음거리이거나 고통스런 수치이듯이, 초인이 보기에 인간도 웃음거리이거나 고통스런 수치일 것이다.

그러면 초인은 어떻게 할 때 가능해지는가? 인간이 자기 자신을 힘 의지라는 창조의지를 갖고 있는 존재로 인식하고 긍정하며, 영원회귀 사유를 적극적으로 긍정하는 것이라는 조건을 충족시켜야 비로소 초인이 가능해진다.

---

4   프리드리히 니체, 『차라투스트라는 이렇게 말했다』, 홍성광 옮김, 펭귄클래식, 2009, 60쪽.

초인은 매 순간 자신의 삶을 부단히 극복하고 한계를 뛰어넘기 위해 노력하는 인간 유형으로 볼 수 있다. 신의 자리를 대신할 절대적이고 초월적인 인격이나 슈퍼맨이 아니다. 초인은 니체의 핵심사상인 자기극복, 영원회귀, 힘 의지와 서로 긴밀히 얽혀 있다. 스스로 주체적인 입장에서 새로운 가치를 창조하여 같지만 조금씩 바뀐 모습으로 힘차게 자꾸 되돌아오는, 자유정신을 가진 인간이 바로 초인이다.

이 초인은 주체적인 인간 유형이다. 주어진 규범을 그대로 따라서 살지 않고 자신이 직접 삶과 삶의 가치를 창조한다. 신이 없다고 하면 '그럼 이제 어떻게 살라는 말인가!'라고 탄식하지 않고 이제부터 내 멋대로 살 수 있게 되었다고 쾌재를 부른다. 웃고 노래하고 춤추며.

이 초인의 반대유형이 바로 최후의 인간, 말인이다. 말인은 더 이상 창조적 삶을 살 수 없고, 자기극복의 과정을 경험할 수 없다. 또 자기 스스로 명령하고 평가하는 삶을 살 수 없게 된다. 이런 세계는 바로 새로운 가치의 설정과 새로운 목표의 설정이 가능하지 않은 허무적 세계이다.

차라투스트라는 말인의 모습을 '자기 자신을 경멸할 수 없는 자기보존적인 존재'로 이해한다. 자기 자신을 경멸할 수 없다는 것은 자신에 대한 회의를 하지 못한다는 것을 의미한다. 회의가 없으면 극복을 통한 발전은 있을 수 없다. 오히려 자신의 현 모습에 만족한 채로 그 모습의 보존만을 원한다. 이런 자는 순화되고 길들여졌으며 어리석은 자기만족에 빠진 채 평균적인 잣대를 가지고 사는 대중과 무리의 일부가 된다. 이런 자를 차라투스트라는 '가장 경멸스런 인간의 모습', '경멸스럽기 짝이 없는 모습'으로 강하게 비난한다.

그러면 루쉰의 아Q는 어떤 유형의 인간인가? 날품팔이를 하는 아Q는 사람들에게 수모를 당해도 아무 소리 못 하고 금방 잊어버린다. 일종의 생존 수단으로 소위 정신 승리법을 몸에 익힌 것이다. 그러면서도 약자에게는 모질게 군다. 처지가 비슷한 날품팔이꾼과는 사투를 벌이며, 자기보다 약한 젊은 비구니한테는 나름대로 남성으로서 행동도 취한다.

아Q는 자신의 이름도 성도 모르는 하찮은 존재다. 그래서 이름도 괴상하게 지었다. 그러면서도 그는 자신을 '한때는 대단했고 견식도 높았으며 게다가 진정한 일꾼으로 거의 완벽한 인간'이라 여긴다. 머리에 있는 몇 군데 부스럼 자국만이 그의 유일한 약점일 뿐이다. 자기긍정의 강자이니 자신에 대해 조금도 역겹게 느끼지 않는다.

하지만 아Q의 자기긍정은 현실을 회피하고 자신을 속이기 위한 수단에 불과하다. 깨어나지 않으려는 몸부림! 깨어나지 않으면 영원히 승리하리라는 환상! 마치 노예라는 자각을 피하기만 하면 노예가 아닌 것이 되는 것처럼 착각한다. 그러나 '노예'라고 인정하는 순간이라야 자신을 새롭게 창조하려는 의지가 생기지 않겠는가. 차라투스트라는 말한다.

"그대들이 살아 체험할 수 있는 최상의 것은 무엇인가? 그것은 위대한 경멸이다. 그 순간 그대들의 행복, 그대들의 이성, 그대들의 덕은 역겨움이 될 것이다."[5]

자존심도 강한 아Q는 자신의 비극을 피하기 위해 혁명당에 가입하려하나 '가짜 양놈'의 불허로 계획이 수포로 돌아가고 오히려 도둑 누명을 쓰고 처형당하고 만다. 혁명당에 가입해 그 동안 자기에게 밉보인 이들의 목을 '싹둑' 치려고 했는데 말이다. 죽음의 순간에도 살다보면 '목이 날아가는 일도 있으리라'며 절망하지 않는다. 그저 쇠로 된 방 안에서 깨어나지 않기만 바랄 뿐이다.

---

5 앞의 책, 58쪽.

그러나 차라투스트라는 '복종하지 말고 차라리 절망하라'고 한다. 삶의 심연을 깊이 들여다보아야 고통도 깊이 들여다보기 때문이다. 하지만 아Q는 자신의 삶을 깊이 들여다 볼 용기도 의지도 없다. 거기에는 지옥이 있을 것이기 때문이다. 자신의 지옥을 대면하기 두려운 나머지, 몇 가지 마취제를 동원하여 자신의 천국을 만들어 낸 것이다. 하지만 천국에서는 자신을 극복할 가능성도 필요성도 존재하지 않는다.

루쉰이 보기에 당시 중국 민중은 노예 도덕의 소유자들이다. 그들은 강자에게 대항하는 대신 겸허와 선량함으로 자신을 기만하며 순종하고 살아간다. 강자에게 비굴하게 굴며 그들의 자비와 동정을 얻으려고 한다. 유교의 보수적 전통과 노예근성이 그들의 의식을 마비시켜버린 것이다.

아Q 역시 전통적인 남녀유별 의식에 매몰되어 있고, 반역이라면 소스라치게 놀라고 증오한다. 하지만 그러던 그가 위세 당당한 거인 영감이 혁명을 무서워하는 것을 보고 혁명당에 이끌리게 된다. 그래서 혁명이라는 것도 괜찮은 것이라 생각한다. "개 같은 놈의 세상, 뒤집어엎어져라! 빌어먹을, 우라질…… 나도 혁명당이나 되어야지!"**6**

루쉰이 원하는 참다운 민중은 니체가 이상적인 인간형으로 제시한 주인 도덕의 소유자와 대응된다. 위대한 민중은 몇 세기에 걸쳐 자신의 노예 처지를 한탄하고 자유와 평화를 꿈꿀 뿐 아니라, 오랫동안 중국에 군림해온 억압자들과 투쟁할 줄 아는 자이다. 주인 도덕의 소유자는 기존의 도덕규범에 맹목적으로 복종하지 않는 자이다. 루쉰은 니체의 주인 도덕 사상을 통해 낡은 관습과 타성에 갇혀 있는 민중의 의식을 깨뜨리

---

6 루쉰, 『아Q정전』, 허세욱 옮김, 범우사, 1983, 101쪽.

려 했다. 게다가 루쉰은 니체를 넘어 혁명으로 나아갔다.

　루쉰은 『아Q정전』에서 니체의 말인을 자기 식으로 받아들인다. 그것은 아Q라는 모습으로 나타난다. 아Q는 우매하면서도 선량한 인간, 선량하지만 사유는 못 하는 인간, 그러면서도 사악하지 못한 인간이다. 행복을 삶의 목표로 삼으며 그 이상의 가치는 모르는 인간이다.

4   헤세의 『데미안』과 니체의 초인

헤세와 니체

스피노자는 우리에게 일어나는 모든 일들은 필연에 의한다고 말했다. 스피노자의 필연의 법칙에서 보자면 헤세의 데미안은 니체와의 필연의 산물이다. 망치를 든 철학가가 열정으로 부수어 놓은 세계에서 문학가는 망치의 분노가 왜 필요한지를 이야기하고 부수어진 벽돌이 다시 쌓아야 할 또 다른 세계에 의미를 부여한다.

니체는 근대 철학을 마감하고 현대 철학을 새롭게 연 경계의 문지기로 망치를 든 철학가라 불린다. 플라톤 이후 2500년간 서구인들이 가져왔던 중심 가치인 이성, 도덕, 종교 등을 가차 없이 깨부수고 새로운 가치를 창조하려고 했기 때문이다.

니체는 1844년에 태어나서 1900년에 세상을 떠났고, 헤세는 1877년에 태어나 1919년에 『데미안』을 발표하였다. 헤세가 그 해에 『차라투스투라의 귀환』(부제. 어느 독일인이 독일 젊은이에게 보내는 한마디 말)이라는 정치 팸플릿을 쓴 것을 보면 그는 쇼펜하우어뿐만 아니라 니체의 사상을 잘 알고 있었음을 알 수 있다. 머리말에 나오는 "자연의 주사위 던지기"[7]라는 표현도 그러하다. 이 표현은 니체의 말을 연상시킨다. 니체에 의하면 우리의 삶은 신들의 주사위 놀이이고, 우리의 존재 하나하나는 하늘에 던져졌다가 땅에 떨어진 주사위이기 때문이다. 일찍이 플라우투스는 인간의 삶은 주사위 놀이와 같으니 '우연이 가져다주는 것으로 더 나은 결과를 만들어내야 한다. 그것이 기술이다.'라고 말하기도 했다.

이처럼 『데미안』에서는 니체가 중요하게 등장한다. "나는 교외의 낡은 집에서 조용하고 멋진 생활을 했으며, 내 책상 위에는 니체의 책이 몇 권 놓여 있었다. 나는 니체와 함께 살았고, 그의 영혼의 고독을 느꼈으며, 끊임없이 그를 몰아댄 운명을 감지했다."[8] 이로써 싱클레어는 데미안의 도움을 받아 니체처럼 가차 없이 자신의 길을 걷는다.

생철학

『데미안』의 머리말에서 싱클레어는 "내 속에서 솟아나오려는 것, 바로 그것을 나는 살아보려고 했다. 그런데 그것이 왜 그토록 어려웠을까."[9]라고 묻고 '모든 사람의 삶은 제각각 자기 자신에게 이르는 길이다'라고 답하고 있다. 그러나 그것은 사람들이 제일 싫어하는 것이기도 하다. "아, 이제 와서야 나는 인간이 이 세상에서 가장 싫어하는 일은 자기 자신에게 이르는 길을 가는 것임을 깨달았다!"[10]

---

7 헤르만 헤세, 『데미안』, 홍성광 옮김, 현대문학, 2013, 10쪽.
8 앞의 책, 188쪽.
9 앞의 책, 7쪽.
10 앞의 책, 66쪽.

니체는 생 철학자였다. 생이라는 것은 활동적이고 부단히 약동하는 다양한 모습을 지니고 나타나며 인간의 생도 이것에 의해 진실로 구체적인 것이 된다고 주장한다.

니체는 생을 격정, 정신력 등으로 해석했다. 사회는 인간을 획일화 시키지만 인간은 다양한 모습을 갖고 있으며 이성으로만 설명될 수 없다고 주장한다. 헤세는 데미안 소설 전반에 걸쳐 삶의 획일성을 거부하고 다양한 이면과 현실을 보여주며 지금, 현재를 살라고 역설한다.

반기독교주의

1888년에 출간된 『안티그리스도』에서 니체는 실제 종교로서의 기독교를 비판하며 기독교 절대존재의 허구성과 기독교적 덕의 오류를 지적하며, 기독교가 인간을 구원할 수 없고 진리를 구현하는 것은 오직 인간이라고 주장한다. 기독교는 모든 진실을 배척하고 거짓을 진실인 양 떠받드는 종교라고 비판하는 것이다. 그가 기독교를 비판하는 것은 기독교의 허무주의, 즉 내세에 기반을 두면서 이 세계의 것들을 업신여기고 경멸하는 태도 때문이었다.

『데미안』에서 헤세는 '카인과 아벨'의 이야기, '겟세마네 언덕에서 회개한 도적의 이야기'를 통해 성경을 다양한 관점에서 해석하며 기존 교회가 성경을 자신들의 기득권을 유지하고 사람들에게 두려움을 주는 수단으로 이용한 것을 비판하고 있다. 카인과 아벨의 이야기와 관련하여 데미안은 독특한 관점을 제시한다. "그렇게 하라고 우리에게 표지가 찍혀 있는 거야. 두려움과 증오를 불러일으키고, 그 당시의 인류를 협소한 목가적 세계로부터 위험하고 더 넓은 세계로 몰아갈 수 있도록 카인에게

제6부 소설과 인물 비교

표지가 찍혀 있었던 것처럼 말이야."**11**

반도덕주의

니체에 의하면 선악의 절대적인 기준은 어디에도 없다. 기독교에서 말하는 인간이 마땅히 지켜야하는 삶의 규범과 보편적인 선은 인간을 구속하는 도구일 뿐이다. 그러면서 도덕을 두 가지로 나눈다. 주인 도덕과 노예 도덕이다.

『선악의 저편』에서 주인 도덕은 자기 자신에 대한 자발적 긍정에서 성장하고, 스스로 가치를 설정하며 선과 악을 결정하는 자의 도덕이다. 노예 도덕은 스스로 가치를 설정하지 못하고 복수심, 원한, 감정 등의 집단적 본능에서 성장하여 자신이 아닌 것 전부에 대해 부정할 뿐이다.

니체는 주인 도덕을 통하여 자기극복을 통한 강한 의지가 선이 되며 자기 극복의 덕을 가진 자가 고귀한 인간 즉 귀족적 인간이며 우리가 지향해야 할 인간상이라고 말한다. 데미안은 싱클레어에게 선과 악의 기준에 얽매이지 말고 선과 악을 동시에 품어 스스로 가치를 판단하고 생산하라고 말한다. 두려움에 떨며 노예의 도덕에 따라 가지 말고 선과 악을 스스로 설정하는 주인이 되어 주체적인 삶을 살라며 아브락삭스를 제시한다.

초인

니체에게 있어 초인은 삶의 원초적인 본능과 의지를 잃지 않고, 끊임

---

11 앞의 책, 208쪽.

없이 자기를 창조해 나가는 능동적인 인간의 모습이다. 니체가 데미안을 보았다면 초인의 현신이라 했을 것이다.

소설에서 선과 악을 포용하고 스스로 가치를 판단하는 능력과 새로운 세계의 도래를 능동적이고 주체적으로 받아들이고 헤쳐 나가는 데미안의 모습이 초인이며, 연약함이 자신의 본질인 줄로 알던 싱클레어가 참 자신을 지향해가는 과정 속에서 초인의 조건들을 보여준다. 그리고 싱클레어의 성장을 통해 누구든 노예의 길을 버리는 자는 초인의 길을 갈 수 있다고 이야기한다. 마지막에 가서 싱클레어는 데미안과 하나가 됨으로써 스스로 자신의 길을 가는 인간이 된다. "그러나 내가 가끔 열쇠를 찾아내어 어두운 거울 속에 운명의 영상이 잠들어 있는 나 자신 속으로 완전히 들어가면, 나는 검은 거울 위로 그냥 몸을 굽히기만 하면 되었다. 그러면 내 친구이자 인도자인 그, 이제 완전히 그와 닮은 나 자신의 모습이 보였다."[12]

디오니소스와 아폴론

니체는 그리스인의 생활과 예술 창조에서 두 가지 대립적인 요소를 찾아냈다. 혼돈과 쾌락 황홀경의 신인 디오니소스적인 요소와, 이성과 질서의 신인 아폴론적 요소이다. 디오니소스는 감정, 욕망을 상징하고 아폴론은 이성을 대표한다.

니체 이전의 서구 사회는 이성 중심의 관념론을 중시함으로써 디오니소스적인 요소를 나쁜 것으로 규정했다. 이는 그리스 비극의 핵심 요소

---

12 앞의 책, 235쪽.

제6부 소설과 인물 비교

인 디오니소스 정신을 무시한 처사였다. 소크라테스가 시작하고 플라톤이 규정하고 기독교가 확대해서 그렇게 되었다. 니체는 아폴론적인 것만이 인간을 구성하는 것이 아니라 디오니소스적인 것도 인간을 구성하며 두 개의 세계가 공존한다고 보았다.

어린 싱클레어가 혼란스러워 하던 두 개의 세계가 디오니소스적인 요소와 아폴론적 요소이다. 깨끗한 집과 질서가 있는 밝은 세계와 어둡고 지저분한 뒷골목의 세계가 그러하고 김나지움 시절 술집을 전전하며 방황하던 시기와 베아트리체를 안 이후의 삶 역시 디오니소스적 요소와 아폴론적 요소의 대립이다. 훗날 싱클레어는 디오니소스적 요소와 아폴론적 요소마저 넘어서는 존재가 되려고 노력한다.

자기극복

니체의 철학은 자기극복에서 출발한다. 니체의 저서에 모순되는 말이 많은 것처럼 보이는 것은 이처럼 이전의 자신을 부정하여 자꾸 자기극복을 하기 때문이다. 결국 그는 계속 다른 사람이 되어 갔지만 결국 조금씩 변한 동일한 사람이라 할 수 있다. 이와 마찬가지로 차라투스트라는 정신의 세 단계 변화에 대해 말한다. 정신의 자기극복이다. 정신이 낙타에서 사자가 되고 마지막에 아이가 되는 변화다. 아이가 되면 위버멘쉬의 상태가 되는 것이다. 마태복음에 '수고하고 무거운 짐 진 자들아, 다 내게로 오라, 내가 너희를 쉬게 하리라.'라는 구절이 있다. 성서에서는 고통 속에서 번민하며 살아가는 인간을 무거운 짐을 지고 사막을 건너가는 낙타의 신세로 본다.

그러나 우리의 정신은 낙타에 머물러서는 안 되고 사자의 정신으로 변화해야 한다. 사자의 정신은 자유의 쟁취와 가치의 창조를 꿈꾼다. 그러나 사자에 머물러서는 안 된다. 사자처럼 으르렁거리지 않고 잘 웃는 아이가 되어야 한다. 천진한 어린아이는 도덕을 필요로 하지 않는 비도덕적 존재이다. 사자의 힘든 싸움이 어린아이에게는 재미있는 놀이인 것이다.

자기극복이란 자기 자신을 극복해서 주인의 삶, 더 나아가 초인의 삶을 사는 것을 말한다. 이와 관련해서 니체는 낙타(노예)와 사자(주인) 어린아이(초인)의 예를 든다. 낙타는 권위와 스승에 의존하는 단계이고 사자는 이로부터 벗어나 자유를 쟁취한 단계, 어린아이는 독자적인 가치와 궁극적 목표에 헌신하는 단계이다. 낙타는 자신의 가치관보다 사회적 가치, 또는 타인으로부터 주입된 가치에 의해 살아가는 사람들이다. 사자는 자신을 제외한 어떤 짐도 지려고 하지 않는 존재이다.

어린아이 위버멘쉬

니체는 사자에 만족하지 않고 인간의 자기 발전의 최종적 단계로 어린아이를 설정했다. 사자는 자유를 위한 싸움의 긴장에서 영원히 풀려 날 수 없다. 정신의 평화는 아직 획득되지 못한 것이다.

어린아이는 모든 가치를 전복하고 새로운 가치를 창조해낸다. 기존 질서나 가치에 얽매이지 않고 자신만의 독특한 생각과 방식으로 생을 즐기며 늘 색다른 것을 추구한다. 사자처럼 부정만 해서도 안 되고 낙타처럼 긍정만 해서도 안 된다. 자신이 갖고 싶은 것을 위해 적극적으로 투쟁하며 기존 질서로부터 완전히 자유로운 존재가 위버멘쉬이다. 기존 관습을 거부하고 어린아이의 천진함을 간직하고 있는 펭수도 위버멘쉬의 변종이라 볼 수 있다. 또한 펭수는 기성세대를 불신하고 한국적인 겸손과 예의의 도덕을 가차 없이 쳐부수며, 스스로 슈퍼스타가 또는 셀럽이 된 것을 자랑스러워하고 있다.

자기극복은 『데미안』의 핵심 주제다. 데미안은 싱클레어에게 선도 악도 그냥 받아들이라고 한다. 그리고 선과 악에 대하여 스스로 판단하라고 한다. 즉 자신의 의지로 세상을 살아가라는 것이다. 낙타였던 싱클레어가 사자가 되고 어린아이 위버멘쉬가 되어가는 과정을 보여주는 것이 『데미안』이고 헤세가 제시하는 인간의 지향이 어린아이, 즉 위버멘쉬이다.

니체에 대한 오해와 소문

니체가 미쳐서 글을 썼다는 오해가 있는데 말년에 정신질환으로 고통받은 것은 사실이나 대부분 저술활동은 발병 전에 이루어졌다. 니체는 여성들을 혐오했다고 하지만 그 시대의 보편적 남성우월주의를 공유했던 것은 사실이나 여성적 특질의 우월성을 강조한 것 또한 사실이다. 니체가 나치였다는 왜곡된 소문이 있지만 니체의 여동생 엘리자베트가 니체-나치즘 신화를 조작했을 뿐이다. 그는 파시스트를 적대시했으며 개인적 독창성과 창의력을 믿는 사람이었다. 그는 인종주의자인 여동생 남편 푀르스터를 증오해서 둘의 결혼식에도 참석하지 않았다.

니체의 저작에는 유대인들을 증오하는 표현이 있지만 니체는 독일인을 더 싫어했고, 나아가서 인류를 우주의 질병이라고 했으며, 유대교를 박해하는 기독교인들을 더 싫어했다. 그가 기독교를 싫어한 것은 기독교의 허무주의 즉 내세에 기반을 두면서 이 세계의 것들을 업신여기고 경멸하는 태도 때문이었지 예수라는 존재는 흔쾌히 인정했다. 그러므로 그가 신앙인은 아니었지만 신성을 거부한다는 의미의 전형적 무신론자는 아니었다.

니체는 권력을 숭배한 것이 아니라 힘에의 의지라는 이름하에 생의 충일과 창조적 에너지를 찬미했다. 니체는 전쟁을 찬미했다고 해서 그를 숭배한 '다리파' 화가들이 전쟁에 참전하기도 했다 그러나 그가 군사훈련이나 군대의 형식성, 정확성을 좋아했지만 그는 반군국주의자였다. 그가 마음에 품고 있던 싸움은 자신과의 싸움, 건강과의 싸움, 기독교 부르주아적 교육과의 싸움, 유약함, 연민, 원한 등과의 싸움이었다. 그가 전사, 전쟁에 대해 말하는 것 대부분은 은유였을 뿐이다. 또한 니체는 이기주의자로 비치긴 하지만 그가 말하는 이기주의는 자기본위나 부와 권력을 자기에게 모으는 것과는 다르다. 그는 이타주의와 이기주의 사이의 대립적 이분법을 거부했다. 위대한 인물에게 자기 이해의 만족은 더 큰 선의 이익과 같다고 할 수 있다.

5   『그리스인 조르바』와 니체의 초인

조르바는 크레타를 배경으로 하는 니코스 카찬차키스의 작품 『그리스인 조르바』의 주인공 이름이다. 조르바는 일찍이 보지 못한, 기존의 틀을 뛰어넘는 대단한 인물이다. 크레타는 제우스와 에우로페 전설의 배경이 되는 섬이다.

소설은 광부 조르바 노인과 갈탄 광산을 운영하는 주인공 '나'의 대화가 주를 이룬다. 그래서 조르바는 나를 '젊은 두목'이라고 부른다. 35세의 소설 화자인 나는 고향 크레타로 돌아와 갈탄 광산을 운영하겠다는 계획을 세우고 피레아스 항구에서 배를 기다리다가 우연히 조르바와 조우하게 된다.

나는 금욕적인 불교 신자에 이상주의적인 지식인이라 처음에는 조르바와 충돌하기도 한다. 나는 불경을 베껴 쓰면서 문학 공부를 하는 사람이다. 그런 점에서 쇼펜하우어나 톨스토이를 연상시키는 금욕적 지식인인 반면 조르바는 니체와 그의 초인을 연상시키는 역동적 인물이다.

조르바는 책들을 다 쌓아놓고 불 질러 버리라고 나에게 다그치기도 한다. 그러면 혹시 제대로 된 인간이 될지 모른다면서. 책에 쓰여 있는 그

엉터리 수작을 믿지 말고 자기 같은 사람을 믿으라는 것이다. '나'는 조르바와 대화하면서 모두에게 자신의 키에 알맞은 행복이 있다고 느끼며, "진정한 행복이란 욕심이 없으면서도 세상의 야망은 다 품고 말처럼 일하는 것"[13]임을 점차 깨닫는다.

항구의 한 카페에서 어떤 사람이 산다는 것은 징역살이이며, 그것도 종신형이라고 푸념을 늘어놓는다. 나는 오랫동안 조르바 같은 인물을 찾아다녔지만 만날 수 없었는데 드디어 "야성의 영혼을 가진 사나이, 아직 어머니인 대지에서 탯줄이 떨어지지 않은 사나이"[14]를 만나게 된다. 땅콩 장사를 한 적도 있는 조르바는 곡괭이를 다루는 광부지만 산투리도 켜는 사람이다. 그가 왕이니, 민주주의니, 국민투표니, 국회의원이니 하는 것을 깡그리 무시하는 점에서도 니체적인 면모가 보인다.

'나' 역시 젊은 시절 초인超人에 대한 갈망과 충동에 사로잡혀 이 세상일에 만족하지 못한 적이 있었다. 그러나 차츰 나이를 먹으면서 얌전해졌다. "나는 한계를 정하여 가능한 것과 불가능한 것, 인간적인 것과 신적인 것을 나누고 신에게로 띄운 내 연鳶을 놓치지 않으려고 꼭 붙잡고 있었다."[15]

소설은 조르바 옹이 들려주는 이야기가 상당한 비중을 차지하므로 조르바의 인생 이야기라고 할 수도 있다. 그가 들려주는 수많은 무용담에 따르면 젊은 시절 산투리에 꽂힌 그는 결혼 자금을 몽땅 털어다가 산투리를 사서 터키인 사부에게서 켜는 법을 배운 뒤 이리저리 떠도는 삶을 시작한다. 그는 책이 아니라 때로는 전쟁, 때로는 여자, 때로는 술, 때로

---

13 니코스 카잔차키스, 『희랍인 조르바』, 김종철 옮김, 청목, 1994, 157쪽.
14 앞의 책, 20쪽.
15 앞의 책, 398쪽.

는 산투리에 빠져 있었다고 고백한다.

그러다가 조국 그리스 독립 투쟁에 참가하기도 하는 그에게는 해방과 자유가 가장 중요하다. 그래서 나는 내 말은 머리에서 나오는 것이라 피가 흐르지 않는 반면 그의 말에는 피가 흐르는 것을 느낄 수 있다. 조르바의 단점이자 장점은 여자를, 특히 과부를 너무 좋아한다는 점이다. 조르바는 여자가 애원하는 소리를 들으면 마음이 약해지는 경향이 있어서 과장하면 여자가 흘린 눈물 한 방울이 그를 익사지경에 빠트릴 수도 있다고까지 말한다. 한 마디로 그가 그리는 천국은 "벽에는 예쁜 옷이 걸려 있고, 비누 냄새가 나고 푹신푹신한 침대가 있고, 옆에는 여자가 누워 있는 아늑한 방"**16**이다.

조르바가 들려주는 말에 의하면 그는 가는 곳마다 과부와 염문을 뿌리고 다녔다. 광부로 일하면서 잠시 출장을 나간 사이 그는 그 새를 못 참고 롤라라는 술집 여자와 사귀기도 한다. 가히 카사노바 뺨치는 실력이다. 크레타에서는 여관 여주인인 오르탕스 부인과 사귀다가 나의 장난으로 엉겁결에 그녀와 결혼까지 하게 된다. 젊었을 때는 아름다운 외모로 숱한 염문을 뿌렸다는 소문이 있으며, 한때 미모의 카바레 가수로 인기를 얻기도 하면서 숱한 염문을 뿌리고 다닌 그녀는 과거의 좋았던 시절을 추억하며 현재의 추레한 자신을 잊으려고 한다.

조르바는 나와 달리 본능적으로 여자를 감동시키는 법을 알고 있다. 그는 여자를 유혹한다기보다는 여자가 자기에게 저절로 다가오게 만든다. 그의 생각은 이렇다. "진정한 여자는 남자에게서 사랑을 받는 것보다 자기가 사랑을 줄 사람을 찾은 것에 훨씬 더 큰 기쁨을 누리는 법

---

16 앞의 책, 197쪽.

입니다."**17**

작품에서는 수도원과 수도자에 대해 부정적으로 다룬다. 소설에는 마을의 수도원에 사는 정신이 이상한 수도자 자하리아가 등장하는데, 그는 자신의 마음속에 '요셉'이라는 악마가 산다고 생각한다. 그래서 사순절 금식 기간에도 자기를 위해서는 올리브와 빵 같은 소박한 금식용 식사를 먹고, 그 후에 이번에는 요셉 차례라며 술과 고기를 입에 댄다. '나'와 조르바가 그가 사는 수도원에 가보니 수도자들이 절인 대구와 신문 같은 속세의 물건에 굶주려 있다.

내가 점점 조르바에게서 삶의 많은 것을 배우게 되면서 전에는 그토록 매혹적이던 말라르메의 시들이 허황된 말장난으로 보이고, 시편들이 느닷없이 지적 광대놀음, 세련된 사기극으로 보인다. 나중에 나는 조르바와 춤을 함께 출 정도로 그에게서 큰 영향을 받는다. 이런 면은 '웃고 노래하고 춤춰라'라는 차라투스트라의 모토와 겹치고 있다. 귄터 그라스도 힘이 넘치고 정열적이며 춤을 무척 좋아한다는 점에서 비슷한 부류이다.

조르바는 허리띠를 풀고 말썽을 일으키는 게 바로 삶이고, 산다는 게 곧 말썽이라는 신조를 지니고 있다. 살다 보면 가파른 오르막과 내리막이 있는 법인데, 적절히 브레이크를 거는 분별 있는 보통 사람과 달리 그는 진작 브레이크를 버린 사람이다. 그는 쫘당 부딪치는 걸 두려워하지 않는다. 이처럼 조르바의 행동은 그야말로 파격을 달리면서도 거침이 없는데, 주인공 '나'는 그의 행동에서 자신이 옛날에 그만 둔 초인의 의지를 발견하게 된다.

조르바에게는 과거나 미래는 중요하지 않고 오늘, 이 순간에 일어나는

---

17 앞의 책, 361쪽.

일만이 중요하다. 조르바는 봄이란 짓궂은 장난꾸러기이자 악마의 발명품이라고 이죽거린다. 그는 예쁜 여자, 봄, 애저구이, 술은 악마의 발명품이라며 칭송하고 하느님이 만든 것은 기껏해야 수도승, 금식, 카마이멜런 차, 못생긴 여자 따위라며 격하한다. 이런 발언에도 니체의 냄새가 풍기고 있다. 이런 무신론적이고 신성모독적인 발언 때문에 그는 그리스 정교회로부터 격렬한 비판을 받았다. 그래서 두 번 후보에 올랐지만 결국 노벨문학상을 못 받았는지도 모른다.

나는 좋은 사람이든 나쁜 사람이든 모두 불쌍한 존재로 생각한다는 점에서 쇼펜하우어적인 연민 도덕의 소유자이다. 누구든 먹고 마시고 사랑하고 두려워한다는 점에서 모두 똑같은 가련한 인생이라는 것이다. "이 사람 속에도 하느님과 악마가 있고, 때가 되면 죽어 널빤지처럼 땅 밑에 꼿꼿하게 누워서는 흙으로 돌아간다. 불쌍한 것 같으니라고! 우리는 모두 한 형제간이야. 모두가 구더기 밥이 될 테니까."[18]

그러면 조르바의 기행奇行은 어디서 비롯된 것일까? 카잔차키스는 자신에게 영향을 준 인물들로 호메로스, 니체, 그리고 베르그송을 들었다. 베르그송은 대학시절 그가 강의를 들은 스승이기도 하다. 그에게는 지식인인 '나'와 초인인 조르바의 요소가 함께 들어가 있다. 영국의 평론가 콜린 윌슨은 '카잔차키스가 만약 러시아인이었다면 톨스토이나 도스토옙스키와 어깨를 나란히 했을 것이다.'라며 아쉬워하기도 했다. 카잔차키스는 이후에 발표한 소설 『미할리스 대장』 등도 문제가 되어 결국 동방 정교회로부터 파문당했으며, 그의 시신은 성당 내의 묘지에 묻히지 못하고 크레타 성문 바깥에 묻히게 되었다.

---

18 앞의 책, 299쪽.

카찬차키스가 태어났을 당시 크레타는 오스만 제국의 지배를 받고 있었고, 어린 시절 그는 시내 한복판에서 터키에 저항하다가 공개 처형된 그리스인들의 시체를 목격한다. 그 이후 그는 조국 크레타를 터키의 지배로부터 해방시키는 독립투쟁에 나선다. 그 다음에는 내부의 무지, 악의, 공포로부터 해방을 쟁취하는 투쟁을 이어갔으며, 마지막으로 모든 우상들로부터의 해방과 자유를 쟁취하고자 했다. 이 세 가지의 투쟁은 결국 육체적 자유, 감정적 해방 그리고 정신적 해방이라는 자유와 해방으로 귀결된다. 육체적 자유와 정신적 해방을 추구했다는 점에서 초기와 후기 실러의 삶과도 겹친다.

니체의 위버멘쉬超人는 낙타, 사자, 어린아이 세 단계의 정신 변화를 겪는다. 위버멘쉬는 기존 가치들을 무조건 따르는 단계에서 벗어나 사자처럼 자유로운 영혼이 되어 거부하는 단계로 나아간다. 마지막 단계는 무한히 반복되는 단순한 놀이에서도 기쁨을 느끼며 삶을 즐기는 천진난만한 아이가 되는 것이다. 조르바는 하루하루를 즉흥적으로 사고하며 행동한다. 하고 싶으면 하고, 하기 싫으면 하지 않는다는 점에서 니체의 영향이 엿보인다. 그런데 조르바가 자유를 위한 독립 투쟁을 하고 여성의 마음을 쉽게 사로잡는다는 점에서는 초인의 업그레이드 버전이라 할 수 있다.

소설의 막바지에서 갈탄 광산이 망해 '나'가 상심해 있을 때 조르바는 '나'에게 술과 음식을 권하고 '나'는 그에게 춤을 가르쳐달라는 제안을 한다. 그러고는 둘이 덩실덩실 같이 춤을 춘다. 이 대목에서 '나'는 조르바에 동화되어 그의 자유의지를 받아들이는 모습을 보인다.

6   이청준과 토마스 만

이청준 선생이 돌아가신 지도 어언 12년이 지났다. 그동안 강산이 얼마나 여러 번 변했던가. 살아있다면 지금쯤 여든하나가 되었을 것 같다. 헤어지고 나면 더 생각나고 귀한 사람, 다시 만나면 더욱 반가운 사람이 있다. 60학번이지만 비슷한 연배의 선배들 말에 따르면 동기들보다 두 살쯤 많았다고 한다. 아마 형편이 어려워서 늦게 초등학교에 들어가는 바람에 대학입학도 늦어진 모양이다.

옛날에 이청준 선생의 절친 동기를 알고 지낸 적이 있었는데 그때 술집에서 가끔 작가와 얽힌 일화를 듣는 게 소소한 낙이었다. 어눌하고 말이 없는 사람, 남의 흠을 지적하기보다는 먼저 자신의 허물을 고백하던 사람, 리틀 YS라는 별명을 가졌던 사람. 유명작가가 되고 나서도 독문학 전공자라는 사실이 화제에 오르면 예의 곤혹스러운 표정을 짓던 사람. 혹시 머리가 너무 좋아서 입이 미처 머리를 따라가지 못하는 것은 아닐까? 달변에는 아무래도 구라가 섞여 있다.

나는 대학시절 『1964년, 겨울』『무진기행』의 작가 김승옥, 『광장』을 쓴 최인훈의 작품을 좋아했지만 특히 이청준의 작품들을 열심히 읽었다.

그런데 대학원 이후에는 그의 작품 읽기를 소홀히 하게 되었다. 한 친구에게 빌려준 이청준 책들이 사라졌기 때문이다. 무려 열 권 가까이나 되고 당시까지 나온 이청준의 모든 작품을 망라하고 있었다.

언젠가 선생의 인터뷰를 보니 국어사전을 너무 많이 봐서 사전이 너무 자주 떨어졌다고 한다. 해마다 갈았다던가. 나는 왼쪽 팔뚝이 아프도록 독한사전을 봤는데도 사전이 그리 자주 너덜거리거나 떨어지기는커녕 팔만 욱신욱신 아프던데. 아, 내 생각에 그는 대가니까 사전을 안 보고 쓱쓱 써내려간 줄 알았는데 그게 아니었다. 토마스 만도 「산고의 시간」에서 실러의 입을 빌려 글쓰기의 어려움을 토로하고 있다. 괴테는 쉽게 글을 쓰는 것 같은데 실러 자신은 왜 그렇지 않느냐 한탄하면서. 그게 소박작가와 성찰작가의 차이겠지.

며칠 전에 페북에서 오랫동안 해직생활을 하다가 복직하고 나니 너무 자주 월급이 나와 처음에는 적응이 잘 안 되더라는 어느 교수 이야기를 읽은 적이 있었다. 그런데 그것에 적응되고 나면 너무 좋을 것 같은데. 아마 점차 그렇게 되었겠지. 심지어 액수가 너무 적다고 느껴지기도 할 테고. 이와 비슷한 이청준 선생의 이야기를 아는 분한테서 들은 적이 있었다. 이청준은 1980년대 중반 모 대학 국문과 교수로 잠깐 재직한 적이 있었다. 왜 금방 교수직을 그만뒀는지 그 분이 조심스럽게 물어보니 작가가 말했다.

"거 말이지요, 교수란 직업을 갖고는 도저히 글을 쓸 수가 없겠대요. 월급날이 얼마나 빨리 돌아오는지 손을 놓고 가만히 있어도 그럭저럭 살아가겠더라구요. 사람이 게을러져서, 원!"[19]

---

19 안삼환, 『괴테, 토마스 만 그리고 이청준』, 지음, 2014, 218쪽.

제6부 소설과 인물 비교

감동적인 말이다. 이 말을 듣고 그 후배 교수 얼굴이 화끈거렸다나. 피로써 글을 쓴다는 니체의 말을 듣지 않더라도 교수와 작가를 겸해서는 제대로 된 작품을 쓰기 어렵다는 말이 아닐까. 토마스 만의 중편 『토니오 크뢰거』의 말이 생각난다.

"그는 생활하기 위해 창작하는 사람이 아니라 창작 이외에는 아무것도 원하지 않는 사람처럼 창작했다. 그는 소인배들, 완전한 창조자는 죽어서 밖에 될 수 없다는 사실을 알지 못하는 소인배들을 경멸하면서 말없이 사람들과 떨어져서 남의 눈에 띄지 않게 창작했다."[20]

그 때문인지 토니오는 치열한 의식이 없이 감상에 젖어 시를 낭송하는 자칭 문학군인을 경멸스럽게 바라본다. 하긴 문학군인이나 문학교수나 도긴개긴이다. 이청준이 『소매치기, 글쟁이』 연작에서 예술가를 범죄자나 사기꾼과 비슷하게 보는 점도 토마스 만의 영향으로 보인다. 토니오는 화가인 여친 리자베타에게 예술가란 유형에 대해 사람들이 요술사나 곡예사들에게 품었을 법한 수상쩍은 혐의를 품고 있다고 말한다. 『토니오 크뢰거』를 감명 깊게 읽은 카프카가 약혼과 파혼을 거듭한 것도 위의 구절 때문이 아니었을까.

이청준의 작품들인 「퇴원」 『병신과 머저리』 「매잡이」 『남도사람』 『서편제』 『당신들의 천국』 『소문의 벽』 『잔인한 도시』 등에서 보이는 지식인 소설 특성, 액자소설 방식, 철학적 진지성, 심오한 상징성, 치밀성과 정교성, 시민성과 예술성의 갈등, 음악적 특성을 지닌 작품 구성에서 토

---

[20] 『베네치아에서의 죽음 외』, 같은 책, 145쪽.

마스 만의 영향을 읽을 수 있다. 요양원 소설인 『당신들의 천국』에서는 어렵지 않게 『마의 산』의 흔적을 볼 수 있다.

그리고 『마리오와 마술사』에 나오는 마술사 치폴라는 「예언자」의 홍 마담을 연상시킨다. 홍 마담이 가죽 회초리를 들고 다니며 곰 조련사처럼 굴며 우 씨 앞에 군림하듯이 관중들은 치폴라의 최면에 노예적 굴종을 보인다. 권력이 대중한테 거는 최면술과 대중의 굴종적인 영합은 예나 지금이나 비슷하다.

이청준은 군에서 제대한 뒤 기거할 곳이 없어 한때 문리대 강의실에서 밤을 보내기도 했고, 하숙생활을 하면서도 하숙비를 못내 늘 쫓겨날 위험에 처해 있었다. 자취를 하면서는 먹은 것이 없어 변비에 걸렸는데 이를 해결하기 위해 참기름을 들이마셨다가 설사하는 바람에 죽을 고생을 했다는 글을 읽은 기억이 있다. 「치질과 자존심」이라는 요상한 글도 있었지.

이청준은 제대 후 강의실 뒤 구석자리에 숨은 듯이 앉아있다가 쉬는 시간이면 홀로 창가에 서서 곤혹스러운 듯한 표정으로 멀리 낙산을 바라보며 줄담배를 피워댔다고 한다. 죽음과 허기. 어린 시절 동생과 맏형이 죽어 죽음의 체험이 그의 의식을 무겁게 내리누르고 있었다. 노모에게는 죄스러운 마음이 든다. 서울에 가서 출세해 남보란 듯이 고향 장흥으로 귀향해야 하는데. 일단 서울에서 살아남는 게 일차 목표다. 그러나 마이너스의 손을 가졌는지 그가 입사한 회사마다 문을 닫았다고 한다.

이청준 소설 주인공들은 대개 생활능력이 떨어지는 불효자의 모습을 하고 있다. 고향의 노인은 도회지로 나간 아들이 출세하기를 바라지만 자식은 그런 노인을 조금씩 실망시키고 있다. 아들은 대낮에 고향에 가는 것도 겁난다.

그래서 「살아있는 늪」의 주인공은 '어둠을 타고 집을 들어섰고 어둠 속으로 집을 나섰다'고 고백한다. 고향 나들이 길을 그는 언제나 저녁 어둠과 새벽녘 미명만을 이용해왔던 것이다. 동네 사람들이 손가락질을 할까봐 두렵고 그런 게 노모에게 다시 짐이 되어 돌아오기 때문이다. 토니오도 고향 뤼벡으로 여행을 가던 중 돌아가신 아버지의 기대에 부응하지 못하고 소설이나 끼적거리고 심지어 범죄자로 몰리기까지 하는 자신을 되돌아보며 회한에 잠긴다.

이청준은 어렸을 때 죽은 맏형이 남긴 소설책을 열심히 읽었다. 그래서 작품에 그려져 있는 것이 진짜 세상이고 현상의 세계는 마치 책 속의 세계의 어떤 그림 같은 것, 늘 변하는 가짜의 세계 같은 것으로 느껴져서 변하지 않는 진짜 세계를 책 속의 추상에서 찾는 버릇이 생겼다고 고백한다.

『부덴브로크 가의 사람들』에서 어린 하노도 죽은 할아버지의 영정 그림을 보고 죽은 할아버지는 가짜고 영정 그림이 할아버지의 진짜 모습 같다며 비슷한 감정을 느낀다. 토마스 만에게 글쓰기가 자기 구원의 몸짓이었듯이 「벌레 이야기」에서 보듯 이청준에게도 마찬가지가 아니었을까. 〈밀양〉이라는 제목으로 영화화된 「벌레 이야기」는 죄와 은총이라는 면에서 토마스 만의 『선택받은 남자』와 연결되고 있다. 내가 토마스 만을 전공하게 된 것도 알게 모르게 이청준과 그의 작품이 은밀한 영향을 끼치지 않았나 싶다.

7   구스타프 말러와 토마스 만의 관계 — 말러와 『베네치아에서의 죽음』

토마스 만은 15세 연상인 구스타프 말러 숭배자였다. 유대인인 말러는 바그너를 무척 존경했고, 부인이 유대인인 토마스 만은 니체처럼 반유대주의자 바그너에 대해 애증이 교차했다. 말러는 대학시절 니체가 채 알려지기도 전에 니체 읽기에 열성을 보이기도 했다. 토마스 만은 1911년 5월 베네치아를 여행했는데, 자신의 소설 속 캐릭터인 구스타프 폰 아셴바흐처럼 글쓰기의 어려움에 탈진하여 탈출 욕구를 느꼈기 때문이다.

물의 도시이자 운하의 도시인 베네치아에 토마스 만은 1905년과 1911년 머문 적이 있었다. 헤세도 젊은 시절 베네치아를 즐겨 방문했다. 이 베네치아는 토마스 만에게 꿈과 비밀의 도시이자 잊을 수 없는 마음의 고향이기도 했다. 1925년 세 번째로 베네치아를 방문하고 쓴 에세이에서 그는 '이 도시를 다시 보고 또다시 말할 수 없는 감동에 빠졌으며, 고향에 온 듯 마음이 평온해졌다.'라고 말한다.

이처럼 베네치아는 토마스 만이 결코 잊을 수 없는 환상적이고 꿈결 같은 도시이다. 그에게는 어떤 도시도 베네치아를 능가할 수 없었다. 그는 노를 저을 때 나는 찰삭거리는 소리와 뱃머리에 부서지는 둔탁한 파도 소리를 뒤로 한 채 '아픈 마음을 안고' 베네치아를 떠난다.

그러나 만과는 달리 결국 베네치아를 떠나지 못하는 아셴바흐는 시민과 예술가의 대립을 극복하고 내면적 조화를 이룬 고귀하고 근엄한 예술가이다. 그는 베네치아의 해변에서 미소년 타치오Tadzio를 만나 그 아름다움에 매혹된다. 그 무렵 이 지방에 콜레라가 유행하여 다른 피서객들은 거의 철수하였으나, 미소년의 포로가 된 그는 타치오를 두고 떠날 수가 없어 그의 뒤를 따라다니다가 오염된 딸기를 먹고 결국 죽음에 이르고 만다. '재의 천川 ashbrook'을 의미하는 '아셴바흐'라는 이름 자체도 이미 죽음을 암시하고 있다.

『베네치아에서의 죽음』은 저자 자신의 삶의 실제 사건에서 큰 영감을 받았다. 이 여행에서 가장 핵심적인 체험은 타치오의 모델이 된 열 살짜리 폴란드 귀족을 만난 사실이다. 토마스 만의 부인 카트야 만은 회고록에서 '무척 매혹적이고 그림 같이 아름다운 소년이 토마스 만의 마음에 들었으며, 남편은 언제나 그 아이가 해변에서 친구들과 노는 것을 관찰했다.'고 적고 있다.

하지만 토마스 만이 그 소년을 실제로 사랑했다기보다는 그의 내면의 동성애적 동경이 그 소년에게 투사된 것으로 보인다. 뫼스라는 이름의 그 소년은 1964년 『베네치아에서의 죽음』의 폴란드어 번역자에게 자신이 타치오의 모델임을 밝히고, 그때 찍은 가족사진 몇 장을 토마스 만의 딸 에리카 만에게 보냈다. 이 소설에 묘사되는 그 외의 다른 인물들과 에피소드들도 『토니오 크뢰거』에서와 마찬가지로 대부분 토마스 만이 여행 중 실제로 체험한 것이었다.

1911년 5월 18일 토마스 만은 브리오니 체류 중 신문에서 쉰한 살을 일기로 사망한 작곡가 구스타프 말러의 부음을 읽고 작품 구상이 떠올랐다. 이에 따라 만은 말러의 외모에 기초해 아셴바흐의 모습을 그렸다. 둘의 이름이 구스타프로 같은 것도 우연은 아니리라. 그런데 아셴바흐는 말러처럼 작곡가나 지휘자가 아니고 괴테나 토마스 만 같은 고전작가이다.

"구스타프 폰 아셴바흐는 중키가 좀 못 되고, 갈색 피부에 면도를 말끔히 하는 사람이었다. 거의 아담하다고 할 수 있는 체구에 비해 머리는 지나치게 큰 편이었다. 뒤로 빗어 넘긴 머리카락은 정수리 부분에서는 이미 성깃했으나 관자놀이 쪽에는 덥수룩하고 세어 있었다. 머리카락에 감싸인 훤칠한 이마는 주름이 많이 져서 마치 흉터가 난 것처럼 보였다. 테 없는 금테 안경의 코걸이는 품위 있는 곡선의 코의 윗부분에 끼워져 있었다. 입은 커서, 가끔 느슨해지기도 하고, 가끔은 갑자기 오그라들어 팽팽해지기도 했다. 야윈 뺨은 주름이 깊고, 뚜렷한 턱 선은 부드럽게 나뉘어 있었다."[21]

화자는 깊은 행복을 주었다가 더 빨리 소모시키는 전투와도 같은 예술의 영향으로 이러한 인상이 만들어졌다고 말한다. 토마스 만은 고전작가 아셴바흐가 죽음을 맞이하는 마지막 장면을 이렇게 묘사한다. 1911년 5월 18일 51세의 말러가 죽던 날 폭풍이 거세게 불고 비가 심하게 내렸다고 한다.

"그리고 몇 분의 시간이 흐른 후에, 의자에 앉은 채 옆으로 쓰러져 있

---

21 『베네치아에서의 죽음』, 같은 책, 306쪽.

　　　　　　　　　제6부 소설과 인물 비교

는 남자를 도우려고 사람들이 황급히 달려왔다. 그는 자신의 방에 옮겨졌다. 그리고 바로 그날 세상 사람들은 충격적이게도 존경해마지 않는 그 작가가 사망했다는 소식을 듣게 되었다."[22]

토마스 만은 말러의 외모를 알고 있었다. 실제로 말러를 만난 적이 있기 때문이다. 4년 전인 1907년 9월 12일 뮌헨에 살던 토마스 만은 말러의 8번 교향곡 초연에 참석해 공연 후에 열린 축하연에도 참석했다. 그때 말러 숭배자인 토마스 만은 말러와 처음 개인적으로 인사를 나누었다. 며칠 뒤 토마스 만은 말러에게 보낸 편지에서 이렇게 쓴다.

"경애하는 말러 선생님, 9월 12일에 받은 감명에 대해 제가 얼마나 빚을 지고 있는지, 저는 지난번 저녁 호텔에서는 말할 수 없었습니다. 선생님께 적어도 암시라도 드리고 싶은 것이 저의 강한 욕구인지라 동봉한 책을 — 제가 최근에 낸 책입니다— 부디 흔쾌히 받아주시기 부탁드립니다."[23]

한두 시간 정도 남는 시간에 재미삼아 읽어보기를 권한 토마스 만의 이 책은 『대공전하』였다. 대중소설에 관심이 없고 남는 시간도 없었던 말러가 그 책을 읽어보았을 가능성은 희박하다. 말러는 뭔가를 재미삼아 하는 사람이 아니었기 때문이다. 말러는 토마스 만의 처남 클라우스 프링스하임과도 관련이 있다. 말러처럼 지휘자였던 그는 젊은 시절 말러의 측근에 있는 사람들의 동아리에 받아들여지는 특권을 누렸던 것이다.

---

22 앞의 책, 398쪽.
23 옌스 말테 피셔, 『구스타프 말러 2』, 이정하 옮김, 을유문화사, 799쪽.

말러와 만에게는 공통점이 있다. 둘의 학창시절은 신통치 않았던 것이다. 토마스 만의 마지막 소설 『사기꾼 펠릭스 크룰의 고백』의 주인공 펠릭스 크룰은 자신의 학창시절에 대해 '내가 살아갈 수 있는 삶의 유일한 조건은 정신과 상상력이 속박되지 않는 것이다.'라고 보고하면서 그에게는 규율에 얽매이는 학창시절이 교도소 생활보다 나을 게 없다고 말한다. 말러와 토마스 만의 경우도 이와 다르지 않았으리라. 그래도 둘 다 종교 과목 점수가 그나마 좀 나은 편이었다.

그러면 말러의 소년 시절은 어떠했는가? 말러는 음악적 성향이 뚜렷하고 피아노 연주 재주가 빼어나며 감수성이 예민하고 상상력이 풍부한 소년이었다. 그러나 몽상과 집중력 결핍 때문에 눈에 띄는 학생이었다. 그런데 그는 하노 부덴브로크처럼 병약한 아이가 아니라 강인한 육체와 초인적 에너지를 가진 소년이었다. 그는 수영 실력이 뛰어나고 산지 도보여행을 할 때면 좀처럼 지칠 줄 몰랐다. 그러나 말러는 몸을 아끼지 않고 과도하게 일을 하는 바람에 중년에 가서는 걸핏하면 앓아눕곤 했다. 딸 아나 말러는 아버지의 몸이 편찮은 적이 아주 많았다고 회상한다.

말러는 창조적인 인간들에게 흔히 나타나는 현상이듯이 죽음에 관심이 많았고 그에 대한 생각에 일생 동안 매달렸다. 많은 형제들이 유아기에 사망한데다가 특히 친했던 남동생 에른스트가 일찍 죽은 탓도 있으리라. 자신이 죽음을 면할 수 없는 존재임을 인식한 그는 토마스 만의 『마의 산』에 나오는 '인간은 착한 마음씨와 사랑을 위해 자신의 생각에 대한 지배권을 죽음에 넘겨주어서는 안 된다'는 말에 공감했을 것으로 보인다. 이 말은 카스토르프가 눈 속에서 꿈을 꾸고 깨달은 내용이다. 나중에 만은 독일 공화국에 관한 연설에서도 이 문장을 반복하며 그것을 공화제적인 복음으로 나타내고 있다.

토마스 만의 소설 『베네치아에서의 죽음』은 영화로도 만들어졌다. 타치오 역을 맡을 당시 15세였던 스웨덴 배우 비요른 안드레센의 조각 같은 아름다움은 지금도 화제가 되고 있다. 원조 꽃미남이라 할 수 있다. 그러나 때 이른 성공을 견딜 수 없었던지 약물과 마약으로 삶과 얼굴이 망가졌다. 루키노 비스콘티 감독이 1971년에 제작한 이 영화에 개봉 당시 걸작이라는 찬사와 퇴폐적이라는 비난이 동시에 쏟아졌다. 이 영화는 1971년 칸 영화제 25주년 기념상을 수상했고 에드워드 시대를 고증한 화려한 의상으로 아카데미 의상상을 받기도 했으며 유럽에서 크게 흥행하기도 했다.

영화에서 아셴바흐의 모습은 토마스 만이 생전에 존경해 마지않았던 구스타프 말러의 모습과 흡사하게 분장되었다. 영화에서는 더구나 주인공의 직업도 소설가에서 작곡가로 변경되었으며 세부적인 캐릭터 또한 말러처럼 연출된다. 또한 토마스 만의 다른 소설인 『파우스트 박사』에서 따온 장면—아셴바흐가 타고 온 에스메랄다라는 증기선 이름과 유곽에서 창녀 해태라 에스메랄다를 만나는 것—들을 포함해 줄거리가 구성되었다. 그리고 소설에서 등장하지 않는 알프레드는 영화에서 12음 기법을 창안한 독일 작곡가 쇤베르크의 모습을 띠고 있다. 마치 파우스트 박사가 니체의 외양을 띤 음악가인 것처럼 영화에서는 소설 『베네치아에서의 죽음』과 『파우스트 박사』의 줄거리가 혼합되어 소설가가 음악가로 바뀐 모습으로 나타난다.

이 영화의 매력적인 특징은 회상 장면의 아름다운 분위기와, 타치오를 감싸고 있는 신비로움과 대비되며 구스타프의 곁을 떠나지 않는 죽음의 분위기다. 영화 전반에 자주 등장하는 음악은 독일의 후기 낭만파 작곡가인 말러의 교향곡 5번 4악장 아다지에토이다. 이는 영화에서 주인공이 소설가가 아닌 작곡가로 설정된 때문이다. 이 영향으로 말러가 음악으로 귀를 현혹시키는 대중적 작곡가로 승승장구하기 시작했다. 말러는 자신의 사후 50년 정도는 명성이 유지될 거라 생각했는데 사후 60년이 지나서야 비로소 대중에게 알려지게 된 것이다. 영화의 힘이 크다.

한편 토마스 만은 말러의 전 부인 알마 말러 때문에 미국에서 홍역을 치르기도 했다. 12음 기법 작곡가 쇤베르크와의 논쟁에 휘말렸기 때문이다. 알마 말러는 남편이 죽자 바우하우스 창립자 그로피우스와 결혼했다가 이혼한 후 유대계 작가 프란츠 베르펠과 결혼하여 미국으로 갔다. 마침 집 부근에 쇤베르크가 살고 있어 자주 어울렸다. 둘은 비엔나에 있을 때부터 아는 사이로 쇤베르크는 말러가 극진히 보살핀 제자였다.

1947년 토마스 만의 장편 『파우스트 박사』가 나오자 알마 말러가 중간에서 책을 왜곡해서 전달했다. 작품에 12음기법의 작곡가가 나오는데 그가 매독에 걸렸다고 밑도 끝도 없이 전한 것이다. 사실 쇤베르크는 그 책을 알지도 읽어 보지도 못했는데 말러의 전 부인이 입을 잘못 놀렸다. 그래서 2년간 둘 사이에 여러 차례에 걸친 논쟁이 벌어진다.

그래서 무척 좋았던 두 사람의 사이는 금이 가게 되었고 쇤베르크는 이성적인 사람이었지만 거세게 항의까지 했다. 12음 기법 음악체계를 마련한 원래 창조자의 이름을 거론하지 않았다는 이유를 들면서. 토마스 만은 그런 항의가 부당한 것 같았지만 첨예하게 논쟁하고 싶지 않아서 그다음 판부터는 소설의 끝에 이 작품이 쇤베르크의 12음 기법에 도움을 받았음을 밝힌다.

"이 소설의 제22장에서 서술한 바 있는 '12음 기법' 혹은 '음렬기법'이라는 명칭의 작곡 기법은 사실 우리 시대의 작곡가이자 이론가인 아널

　　　　　　　　　　　제6부 소설과 인물 비교

드 쇤베르크의 정신적 자산인데, 필자가 특정한 이념적 맥락에서 이 소설의 비극적 주인공인 가공의 음악가에게 그 기법을 적용했다는 사실을 독자에게 알려 두고자 한다. 이 소설에서 음악 이론에 관한 구체적인 서술은 상당 부분 쇤베르크의 화음론을 원용한 것이다."[24]

그러나 쇤베르크는 자신의 초상과 마찬가지라고 착각한 주인공 아드리안 레버퀸이 매독에 걸려 정신병자로 죽는 것이 자신에 대한 모욕이라고 비난하며, '동시대의 어느 작곡가이자 이론가'라는 표현 때문에 흥분했다. 자신이 싫어하는 아도르노의 도움으로 토마스 만이 음악가 소설을 쓴 것도 쇤베르크의 마음에 들지 않았다.

그래서 1949년 1월 1일에 나온《토요 문학 리뷰》라는 잡지에서 토마스 만은 이 소설이 '니체 소설'이며 거기에 자신의 모습도 투영되어 있다고 밝혔다. 더 이상 논쟁을 연장시키고 싶지 않았던 토마스 만이 1949년 12월 19일자의 편지에서 쇤베르크의 진정한 적이 자신이 아님을 이야기한 것이 계기가 되어 두 사람은 화해하고 논쟁을 끝마친다.

---

24 토마스 만,『파우스트 박사 2』, 임홍배·박병덕 옮김, 민음사, 2010, 507쪽.

8   『무진기행』과 『마의 산』의 인물들은 어떻게 닮았는가?

『무진기행』과 『마의 산』, 젊은 시절 좋아하고 심취했던 두 작가의 대표
작이자 문제작으로 오랜 세월이 지난 지금도 그 진한 여운이 아련하게
남아 있다. 언제까지나 잊을 수 없는 마법의 작품들이다. 허접한 거 잔뜩
읽는 것보다 대표선수 몇 개 정독 재독하는 것이 더 나을지도 모른다. 토
마스 만은 이 작품을 분기점으로 삶과 민주주의로 전환하며, 『무진기행』
도 비근대성과 결별하는 작품으로 평가된다.

　민주주의가 국민과 함께 하는 것이듯 작품 분석도 독자와 함께 하는
것이라야 되지 않을까. 이론이 과하면 독자가 뜨악 하는 수가 있고, 좋은
뼈는 오래 다릴수록 깊은 맛이 우러나오는 법이다.

　특히 감수성의 끝판 『무진기행』을 보는 시각은 기존의 국문과 시각과
판이할 것으로 짐작된다. 이 작품 말고 김승옥의 『서울 1964년 겨울』이
특히 마음에 든다. 두 작품만 가지고도 그는 1960년대 대표선수의 자격
이 있다. 대학 시절 작품집 『환상수첩』을 읽고 환상에 빠져버린 기억이
있다. 함부로 읽다가는 미쳐버릴 것 같은 예감에 두려움을 느끼기도 했
다. 그러니 영혼을 홀리는 책은 독성과 위험도 아울러 담고 있는 것이 아

닐까 하는 생각도 든다.

『무진기행』은 국어 교과서에도 나온다고 하니 충분히 검증받고 높이 평가되는 작품인 모양이다. 그런데 전혀 무관해 보이는 두 작품의 인물들에 유사한 모습이 보인다. 어느 순간 두 작품을 하나의 줄에 꿰어 비교 분석 해봐야겠다는 생각이 들었다. 감이 온 것이다. 그래서 몇 년 전에 온 가족이 순천만 여행과 주변의 낙안읍성 여행을 하기도 했다. 하도 더워 이성이 가출할 뻔했다.

한 작품은 30분이면 읽을 수 있지만, 다른 방대한 작품은 다 읽으려면 일주일에서 보름은 걸릴지도 모른다. 아니 결코 읽을 수 없을 것이다. 한 작품은 단숨에 써내려갔지만, 20세기 초 유럽 정신사의 파노라마를 보여주는 다른 작품은 완성하는 데 무려 12년의 세월이 걸렸다. 김승옥은 이 작품을 대충 쓴 것으로 말하지만 그것이 의미하는 바는 단순하지 않다. 가히 그의 대표작이라 할 수 있다.

두 주인공 카스토르프와 윤희중의 여행은 심층적 의미에서 보면 단순한 공간적 여행의 차원을 넘어서서 무시간적이고 비이성적이며 원초적인 세계, 죽음의 세계로 떠나는 여행이다. 그러기에 둘은 자아의 동요와 분열을 겪는다.

『마의 산』에서 카스토르프가 사랑하는 쇼샤는 『무진기행』에서 윤희중이 사랑하는 하 선생과 비교된다. 카스토르프와 윤희중은 여행한 곳에서 방종한 자유를 만끽한다. 이성이 제 기능을 발휘하지 못한다. 그러니 마음대로 욕정이 풀어헤쳐진다. 두 사람이 옛날 결핵을 앓았다는 점에서 속으로 탄성이 터져나온다. 참으로 기묘한 일이다.

주인공이 아닌 인물들도 비교가 가능하다. 카스토르프의 사촌 요아힘은 박 선생과 비슷한 기능을 한다. 힘에의 의지를 구현하는 술집 여자는

『마의 산』에서 생의 알레고리인 페퍼코른과 유사한 기능을 담당한다. 우연한 일 치고는 참으로 신기하다.

『마의 산』은 함부르크 시민계급 출신 카스토르프의 요양원 여행 이야기 보고로 시작한다. 그는 조선회사 입사시험에 합격한 후 피로도 풀 겸 휴양 차 사촌 요아힘을 방문하기 위해 3주 예정으로 다보스의 결핵 요양원으로 여행을 떠난다.

여행을 떠날 당시 카스토르프는 겉으로 보기에 완전한 평지 시민으로서 요양원을 방문한다. 그가 자란 시민사회나 자신에 대한 이해는 함부르크의 상인사회에 의해 특징지어지는 규범과 일치하고 있다.

『무진기행』에서 윤희중은 신선한 공기를 쐬고 새로 건강을 회복하기하기 위해 서울에서 남쪽 끝 무진으로 여행을 떠난다. 윤희중도 무진으로 가는 버스에서 반수면 상태에 빠져서도 여전히 직무와 관련된 생각을 한다. 그도 카스토르프처럼 시민사회의 건실한 규범을 충실히 수행하려는 의지를 품고 있다. 서울 역에서 기차를 탈 때에도, 전송 나온 아내와 회사 직원에게 일러둘 말이 너무 많은 것으로 보아 그는 시민사회와 아무 문제가 없어 보인다.

그러나 카스토르프의 요양원 여행은 겉보기와는 달리 극히 애매한 여행이다. 함부르크에서 다보스 요양원으로 가는 길은 '짧은 체류기간에 비하면 너무 먼 거리이다.' 인간 존재의 한계영역까지 가는 여행처럼 보인다. 이 여행은 동시에 경험 바깥의 비현실적 영역으로 들어가는 여행이 된다.

서울에서 광주를 지나 무진으로 오는 윤희중의 여행 역시 비현실적 영역으로 향하는 머나먼 여행이다. 무진 10km 전방에서 무진까지 가는데도 30분이라는 긴 시간이 소요된다. 이정표를 보면서 그는 시간이 죽어 있다는 느낌과 그것이 잡초에 가려질 듯한 느낌을 받는다.

광주에서 만난 미친 여자는 무진에 대한 비합리적 기억들을 되살려준다. 이리하여 무진이라는 곳은 시민사회로 표상되는 서울과 반대되는 비현실적 영역이라는 사실이 암시되고 있다. 하 선생이 윤희중에게 무진은 '밤엔 정말로 멋있는 고장이에요.'라고 말하는데 이러한 말에서 무진이 낮의 세계가 아니라 밤의 세계임이 암시된다.

무진의 안개도 중요한 의미를 갖는다. 평자들은 무진의 안개를 허무나 허무의식으로 이야기하지만, 안개는 이성의 영역 이편과 저편을 가르는 베일의 기능을 한다고 볼 수 있다. 저편은 무시간적인 하데스의 영역이다.

윤희중은 버스를 타고 무진으로 들어가면서 반수면 상태에 빠진다. 그는 장시간의 여행으로 피곤한데다가 바닷바람 때문에 잠에 빠져들지만 소설의 내재적인 구조로 보면 이것은 이성의 영역 저편 세계에 발을 들여놓는 전주곡으로 볼 수 있다.

카스토르프는 평지의 건실한 시민이지만 일보다는 자유로운 시간을 더 중시한다. 그런데 엔지니어로서의 의무와 일에 대한 거부 사이의 충돌은 그의 무의식적인 자아의 분열을 나타내준다. 요양원 체류는 이러한 잠복적인 성향을 활성화시켜준다. 카스토르프의 '귀족적이지는 않지만 손질이 잘 된 손'은 그의 의식이 분열되어 있음을 보여준다. 정성스레 손을 손질한 것은 충동적이고 비합리적인 것에 대한 그의 의식적인 방어를 드러내고 있다.

요양원에서 만난 러시아 여자 쇼샤에게 카스토르프는 '거부와 매혹'의 양면감정을 느낀다. 카스토르프의 체온 변화는 금지된 세계에 대한 애착과 불안의 내적인 투사로 볼 수 있다. 그의 불안이 증가함에 따라 심장의 고동이 극심하게 되며 체온의 변화가 심해진다.

『무진기행』에서 하 선생은『마의 산』에서의 쇼샤의 영역에 속하는 방종한 인물이다. 하 선생이 부르는「목표의 눈물」은「나비 부인」의 반대편의 세계를 보여주는 알레고리로 기능하고 있다. 하 선생의 말에서 무진의 비밀이 벗겨진다. 그녀는 '여긴 책임도 무책임도 없는 곳'이라고 한다.

하 선생이 집에 바래다주기를 청하는 장면은 쇼샤가 문을 쾅 닫으면서 카스토르프를 유혹하는 장면과 비슷하다. 하 선생은 윤희중이 광주에서 만난 미친 여자의 모티프와 연결된다. 쇼샤가 요양원의 수호신이듯이 하 선생도 무진에서 그와 유사한 기능을 하고 있다.

윤희중의 바닷가 옛날 집은 시간의 흐름으로부터 벗어나 있는 공간이다. 카스토르프가 시공이 상실되는 '발푸르기스의 밤'에 쇼샤의 유혹을 받고 그녀와 관계를 맺듯이 윤희중은 하 선생의 조바심에 칼을 빼앗기듯 넘어가고 만다.

윤희중의 가슴 두근거리는 불안감은 하 선생의 세계에 빠져들면서 서울의 시민세계와 멀어지면서 생기는 동요이다. 만약 그가 의사의 진찰을 받아보았다면 카스토르프처럼 예전의 폐병이 재발해 무진을 쉽게 벗어나지 못했을지도 모른다.

요양원의 환자들은 책임과 의무로부터 벗어나 있기 때문에 자유롭다. 어린 카스토르프에게는 낙제로 인한 자유로운 상태에서 '굴욕적인 동시에 방임된 상태'에 처했던 기억이 있다. 의사 베렌스에 의해 요양원 체재가 결정되자 그는 '방종한 자유의 쾌감과 양심의 의무' 사이에서 혼란을 겪는다. 삼촌 티나펠 영사가 카스토르프를 평지로 데려가려던 시도가 실패로 돌아감으로써 그는 완전히 자유의 몸이 되고, 영사의 죽음으로 그의 자유는 완벽해진다.

윤희중은 이러한 방종한 자유의 세계에 휩쓸리지 않기 위해 무진에 도착한 직후 신문 구독을 신청한다. 이는 자신의 위험한 본래적 기질을 인식하고 현실 시민세계를 벗어나지 않겠다는 처절한 싸움으로 보인다. 무진에서 신문 구독자가 없는 까닭은 그곳이 비현실적 영역에 속하기 때문이다. 카스토르프도 요양원 세계에 완전히 편입되었을 때 신문 구독을 포기한다.

그러나 윤희중의 자유는 너무 일찍 끝난다. 카스토르프가 7년 동안 자유를 맛보는 반면 윤희중의 자유는 단 사흘 만에 끝나고 만다. 윤희중의 아내는 급히 상경하라고 전보를 친다. 윤희중은 전보와 타협하기로 하고 주어진 한정된 책임 속에서만 살기로 약속한다. 김승옥은 『무진기행』을 정점으로 하강 국면에 들어선 반면, 토마스 만은 『마의 산』을 분기점으로 삶의 세계로 전환하여 5년 후 노벨문학상을 수상하게 된다. 사흘로는 내공을 쌓기 어려우니 좀 아쉽다고 볼 수 있다.

카스토르프가 제 힘으로 요양원을 벗어나지 못하듯이 윤희중도 약정된 시간을 지키지 못하고 떠밀리듯 조급하게 무진을 탈출한다. 윤희중의 아내는 남편에게 내재해 있는 방종한 자유의 위험성을 알고 있는 것으로 보인다.

윤희중은 하 선생에게 편지를 쓰고 나서 그 편지를 찢어 버린다. 이로써 윤희중의 방종한 자유는 금방 끝이 나고 그는 억지로 시민적 현실세계의 품으로 되돌아간다. 아내라는 구속력 있는 끈이 그를 서울로 가게 하는 반면 가족도 아내도 없는 카스토르프는 오랫동안 방종한 자유를 누리게 된다.

카스토르프에게는 비합리적인 충동의 세계에 대한 공감 말고도 욕망의 부정에 대한 경향도 함께 발견된다. 『무진기행』에서는 음악선생 하 선생에 대한 박 선생의 관계에서 이와 유사한 모습이 엿보인다.

카스토르프가 요양원에 도착하여 러시아인 부부와 요아힘 사이의 방에 묵는다. 요아힘은 이성과 명예심을 존중하는 근엄한 군인인 반면, 러시아인 부부는 시도 때도 없이 난잡한 행위를 하는 부부이다. 결국 카스토르프는 쇼샤적인 비합리의 세계를 경험하는 반면, 사촌 요아힘은 마루샤로 대표되는 충동적인 욕망의 세계에 저항하다가 파멸하게 된다.

윤희중도 카스토르프가 쇼샤에게 그랬듯이 하 선생에게 매혹과 거부의 감정을 동시에 느낀다. 하 선생이 그의 팔을 잡았다가 놓자 갑자기 흥분되었지만 이마를 찡그려 흥분을 가라앉힌다. 이 장면은 카스토르프가 근엄하게 얼굴을 찡그리는 장면과 기능적으로 연결되고 있다. 즉 윤희중도 처음에는 에로틱한 세계에 매혹당하지만 동시에 그 세계에 저항하고 그것을 부정하려고 한다. 그러나 통금 사이렌 소리에 윤희중은 관능의 영역에 이끌리면서 하 선생의 세계를 긍정하게 된다.

『무진기행』에서 군인 요아힘과 유사한 역할을 하는 인물은 박 선생이다. 요아힘이 '엄격함'으로 특징지어지듯이 하 선생은 '엄숙함'으로 특징지어진다. 그는 「목포의 눈물」의 세계를 거부한다. 그러나 마루샤에게 요아힘이 우스꽝스럽게 보이듯이 그는 하 선생에게 조롱의 대상이 될 뿐이다.

요아힘이 마루샤에게 적극적으로 다가가지 못하듯, 박 선생은 그녀에게 적극적으로 다가가지 못하고 하 선생은 이런 박 선생에 전혀 관심이 없다. 하 선생은 그가 보낸 편지를 조 서장에게 보여줌으로써 박 선생은 아이러니의 희생자가 되어버린다.

하 선생의 세계에 깊이 들어간 윤희중은 책으로 표상되는 이성의 세계에 관심을 잃는다. 카스토르프도 처음에는 『대양기선』이라는 전공 책을 가끔씩 펴보기도 하지만 점차 그 책을 멀리 하게 되듯이, 윤희중도 점차 책에 무관심해지게 된다.

디오니소스적인 힘에의 의지를 구현하는 술집 여자는 『마의 산』에서 생의 알레고리인 페퍼코른과 유사한 기능을 담당한다. 생에 대한 자신의 충만된 감정과는 모순되게도 두 사람은 자살하고 만다. 두 사람은 삶에의 의지의 자기 자신과의 모순을 극명하게 드러내준다. 조 서장은 세템브리니처럼 자신의 존재에 의해 자신의 견해가 부정되는 희화적인 인물로 그려지고 있다.

카스토르프가 전쟁의 발발로 요양원을 탈출할 수 있었듯이 윤희중도 아내의 전보를 받고 마지못해 무진을 떠난다. 그러면서 그는 부끄러워한다. 왜? 죽음의 공간에 있었던 자신이 부끄러워서? 그의 부끄러움은 이중적인 의미를 지니고 있다. 즉 본래적인 자기를 떠나 기만적인 가상의 세계로 떠나는 것이 부끄러운 것이며, 그와 동시에 자발적으로 죽음의 세계를 벗어나지 못하고 외부의 힘에 의해 떠난다는 것이 부끄러운 것이다.

이렇게 두 작품의 여러 인물을 비교하면서 유사점을 나름대로 최대한 간략히 살펴보았지만 두 작품을 잘 알지 못하는 독자에게는 도대체 뭔 소리인지 이해하기 어려울 것 같다. 그래도 『무진기행』은 대체로 읽어 보았겠지만. 아무튼 40년이라는 시간적인 간극이 있는 두 작품에 이 같은 유사점이 있다는 사실은 참으로 이상야릇하고 놀랍기 그지없다.

9 토마스 만의 『마의 산』과 무라카미 하루키의 『상실의 시대』

두 작품이 과연 무슨 관계가 있다는 말인가? 가장 재미있는 인기 소설과 제일 지루하다는 비인기 소설이. 독자들은 무슨 소리냐고 고개를 갸웃할 것 같다. 하긴 『마의 산』을 읽어보기는커녕 제목을 아는 사람도 드물 테니.

두 작가의 인생 역정도 비슷한 점이 있다. 비주류 작가에서 출발해 자국을 대표하는 작가가 된다. 그러면서도 배신자로 몰리기도 한다. 그래서 자기 나라에 살지 못하고 여러 나라를 떠돌아다니기도 한다. 그러나 둘 다 독일과 일본을 사랑하는 진정한 애국자다. 토마스 만은 종전 후 미국 망명에서 서독이나 동독으로 돌아가지 않고 중립국 스위스에서 여생을 마친다. 『광장』의 주인공 이명준이 남과 북에 환멸을 느끼는 것처럼.

『노르웨이의 숲Norwegian Wood』은 우리나라에서 『상실의 시대』라는 제목으로 나왔다. 하루키는 '노르웨이의 숲'이라는 제목을 비틀즈의 동명의 팝송에서 따왔는데, 우드Wood는 숲이 아니라 가사를 보면 '땔감 또는 화목火木'이라고 하는 게 맞지 않을까 싶다. 이 작품에는 모차르트에서 비틀즈, 재즈에 이르기까지 온갖 음악이 빈번하게 등장하고, 스콧 피츠제럴드의 『위대한 개츠비』, 샐린저의 『호밀밭의 파수꾼』, 헤세의 『수레바퀴 밑에』등이 중요한 역할을 한다. 그런데 눈에 보이지 않는 중요한 소설이 있다. 바로 토마스 만의 『마의 산』이다. 주인공 카스토르프도 음악 소리에 꿈꾸는 듯한 멍한 표정을 짓곤 한다.

와타나베와 나가사와가 친해진 계기가 된 소설이 『위대한 개츠비』이고, 『수레바퀴 밑에』는 와타나베가 중학교 시절 이미 읽은 것으로 나오는데 그것에 대해 그리 나쁘진 않다는 평가가 내려진다. 그는 미도리의 서점에 와서 다시 그 소설을 구입한다. 그러나 『마의 산』은 계속 읽고 있다. 도무지 끝날 것 같지 않다. 술집에서도 틈틈이 읽고 요양원에서도 계속 읽는다. 레이코는 그런 소설을 읽는 와타나베를 보고 기가 차다는 표정을 짓는다. 왜 그럴까?

술집에서는 와타나베가 책을 읽는 것을 보고 여자들이 순순히 자리에 동석한다. 책을 읽으니 무해하다고 생각해서일까? 그 책도 『마의 산』이다. 그런데 주인공은 그 소설에 대해 아무런 논평도 하지 않는다. 그러니 독자들은 무심코 넘어갈 수도 있다.

내가 『노르웨이의 숲』 이야기를 시작한 것은 두 작품이 어떤 관계에 있는지를 살펴보기 위해서이다. 하루키는 일본소설보다 영국과 러시아 소설에 많은 영향을 받았다고 밝히고 있다. 물론 아버지가 국어교사라서 일본 고전문학은 열심히 읽었다고 한다. 독일 문학에 대해서는 분명한 언급이 없는 것 같다.

와타나베는 자신을 보통 사람이라고 칭하는데 『마의 산』의 주인공 카스토르프에 대해 화자는 평범한 젊은이라고 밝히고 있다. 카스토르프의 이름이 한스인 것도 평범함을 암시한다. 그러나 둘 다 보통 젊은이로 보이지만 평범한 젊은이가 아닌 것이 분명하다. 남과 달리 힘들게 자신의 길을 가기 때문이다. 『마의 산』에서는 그것을 독창적인 길이라 한다. 삶에 적응되지 않고 익숙해지지 않는다는 표현과 '인생이란 으레 그런 것이듯이'라는 표현도 두 작품에 공히 등장한다. 또한 손에 대한 관심도 공통점이다.

신경 요양원 사람들이 '여기와 바깥세상'으로 구분하듯이 해발 1500미터의 고산지대에 위치한 다보스 요양원에서는 세상을 '이 위와 저 아래'로 구분한다. 병원에서는 중환자가 대우 받는다. 두 요양원 모두 의사도 수위도 이상하다. 그래서 정상과 비정상의 구별이 모호해진다. 그들은 오히려 자신들이 정상이라고 주장한다.

와타나베는 기존의 사회질서, 기숙사 생활규칙에 쉽게 순응하지 않는다. 그는 일본의 국가주의 성향에 반대하고, 저녁에 국기 하강식을 하는 것에도 삐딱한 시선을 보낸다. 국기를 내리면 밤에 일하는 사람들은 누가 지켜줄 거냐면서. 평범하면서도 평범하지 않은 비범한 시각이다.

학생 운동권의 행태에 대해서도 비판적 시각을 보이는데 그 점에 있어서 미도리와 견해가 일치한다. 미도리는 운동권 학생들이 고급 김밥을 좋아하고 재료가 시원찮은 자기 김밥을 외면하는 것에 분노한다. 동맹휴업을 주장해놓고 언제 그랬냐는 듯이 수업에 참여하는 것에 와타나베는 위선적이고 비열하다며 분개한다. 그래서 그는 출석 점호에 대답하지 않는다. 그러니 주변 학생들은 그를 이상한 시각으로 바라본다.

도쿄대 법학부 출신으로 어려운 외무고시에 쉽게 합격하는 나가사와는 니체의 초인을 모델로 한 것으로 보인다. 출세에는 관심이 없다는 그역시 자신만의 길을 간다. 공부도 쉽고 여자도 쉽다는 부류이다. 세상의 게임 규칙만 파악하면 말이다. 그는 능력의 인정에만 관심이 있지 기존 사회의 도덕에는 초월해있다. 능력은 뛰어나지만 자못 위험한 인물이다. 『마의 산』의 모토인 자기극복과도 어울리는 유형이다.

『노르웨이의 숲』은 단편을 중편으로 개작하려다가 장편이 되었고, 『마의 산』은 원래 『베네치아에서의 죽음』의 후속 작품으로 계획했는데 점점 방대한 작품으로 늘어났다. 레이코는 처음에 요양원에 7개월 있었고, 와타나베가 나오코를 찾아갔을 때는 레이코가 7년째 요양원 생활을 하는 중이었다. 카스토르프가 요양원에 온 지 7개월 되어 소설의 1부가 끝나고 2부가 끝날 때는 7년째 되던 해이다. 우연의 일치치고는 신기하고 묘하다.

신경 요양원 가는 길이 도쿄에서 멀고 먼 길이듯이 스위스의 다보스 요양원도 함부르크에서 무한히 멀고 먼 길이다. 또한 요양원은 숲속에 있다. 다보스 요양원도 원래 이름은 숲 요양원Waldsanatorium이었다. 눈이 많이 온다는 점과 그래서 요양원에서 스키를 탄다는 것도 두 작품의 공통점이다. 레이코가 제 힘으로 요양원을 벗어나지 못하듯이 카스트로프도 제1차 세계대전이 발발함으로써 자연의 힘에 의해 요양원을 탈출한다. 레이코는 나오코의 자살로 요양원을 탈출할 힘을 얻는다.

그럼 『노르웨이의 숲』은 시대소설인가 개인적인 사소설인가, 철학소설인가 성애소설인가? 『마의 산』과 마찬가지로 이 모든 요소가 다 들어 있다. 카스토르프가 음란한 부부와 근엄한 사촌 사이의 방에 묵는 것은 우연한 일이 아니다. 푸짐한 음식을 제공받는 요양원 환자들은 발정 난 짐승들 같다. 결핵에 걸리면 성욕이 배가 된다는 속설이 있다. 그래서인지 두 작품은 성욕의 발산을 만끽하고 있다.

쇼펜하우어의 독창적인 점은 철학자들 중 최초로 성애를 철학의 영역으로 받아들였다는 사실이다. 그는 솔직하다. 토마스 만이 그의 철학에서 받아들인 것이 바로 에로틱한 요소이다. 그러나 『마의 산』에서 에로틱한 묘사가 전면에 부각되지 않고 배경에 어렴풋이 드러나듯이 『마의 산』도 『노르웨이의 숲』의 배경으로 어렴풋이 드러나고 있다.

자살과 죽음도 두 작품의 공통점이다. 기즈키, 하나코, 하쓰미가 자살하고, 나프타, 페퍼코른은 자살하고 카스토르프의 사촌 요아힘은 결핵으로 죽는다. 카스토르프는 처음 요양원에 도착해서 썰매에 실어 시신을 산 아래로 내려 보내는 광경을 보고 웃음을 참지 못한다. 썰매를 타고 산 아래로 신나게 내려가는 시체라니.

13세 여제자와 31세 피아노 선생 레이코의 동성애 장면도 『마의 산』에서 그 흔적을 찾을 수 있다. 거기에 레즈비언인 두 여자가 작은 에피소드로 나오는데 상대방이 배신했다며 한 여자가 난리를 피운다. 그래서 온 요양원에 소문이 나고 만다. 거짓말의 달인인 13세 여제자는 거짓 소문을 내서 피아노 선생을 곤경에 몰아넣어 파탄에 이르게 한다. 악마 같은 꼬맹이의 무서운 복수다.

그리고 『노르웨이의 숲』에서 삶과 죽음에 대한 철학적 대화와 호수에서의 뱃놀이도 『마의 산』의 장면을 연상시킨다. 이렇게 보면 와타나베가 아무 생각 없이 『마의 산』을 읽은 것이 아님을 알 수 있다. 하루키는 그 작품을 읽으면서 눈에 띄지 않게 자기 소설 속에 담아놓은 것이다.

하루키는 처음부터 인물을 어떻게 묘사하겠다고 정해놓고 쓰는 작가가 아니라 소설을 쓰면서 인물이 스스로 알아서 행동하고 말하게 하는 작가이다. 위의 분석으로 하루키의 글쓰기 방식과 비밀도 어느 정도 살펴볼 수 있다.

하루키가 이 소설을 쓰면서 『마의 산』을 염두에 둔 것은 분명해 보인다. 다른 점이라면 한 작품은 재미있는 반면 다른 작품은 무척 지루하지만 의미심장하다는 것이다. 그런데 현대인에게 부족한 인내심도 살아가는 데 중요한 덕목이다.

10   하인리히 만의 『오물 선생』 「퇴위」와 이문열의 『우리들의 일그러진 영웅』

하인리히 만의 만년은 그리 행복하지 않았다. 전기적으로 볼 때 그는 1871년 독일 북부의 유서 깊은 한자동맹 도시 뤼벡에서 태어나 1950년 미국 캘리포니아의 산타 모니카에서 쓸쓸하게 생을 마감한 독일 작가이다. 토마스 만의 형으로 평생 동생의 명성에 가려진 불우한 삶을 살았다.

그는 어떻게든 동생을 거꾸러뜨리기 위해 평생 엄청난 양의 글을 썼지만 아쉽게도 현재 문학성이 높은 것으로 인정받는 작품은 몇 편 되지 않는다. 결국 동생 토마스 만이 최종적으로 승리한 셈이다.

하지만 독일에서 하인리히 만은 단순히 저명한 작가 정도가 아니라 정치 참여를 통해 20세기 초반 중요한 역할을 담당한 국가적·국민적 인물이었다. 어떠한 작가도 빌헬름 황제 시절, 제1차 세계대전 기간, 바이마르 공화국 시절 민주주의를 위해 하인리히 만만큼 열정적으로 참여운동을 한 사람은 없었다. 그는 문학과 정치를 통합시켜야 한다는 신념을 가진, 독일에서도 그 예가 드문 작가였다.

그는 문학을 통해 그리고 사회참여를 통해 바이마르 공화국의 민주주의 창조와 보전을 위해 노력했다. 바이마르 공화국은 민주공화국이었고,

모든 권력은 국민으로부터 나오는 국민의 나라였다. 하인리히 만의 모든 목적은 민주주의 수호였다. 그는 민주주의와 반파시즘 투사였다. 이러한 그의 행동은 나치 시절 작품이 공개적으로 불태워지는 불행한 결과로 이어졌다. 작품이 불태워지면 사람도 불태워진다고 하듯이 그도 그런 경우였다.

이러한 정치 사회적 배경을 감안할 때 하인리히 만의 망명은 단순한 일개인의 망명이라기보다 어느 한 시대와 사회를 대변하는 지식인의 망명, 또 다른 한편으로는 바이마르 공화국의 대표적인 작가가 독일을 떠난 상징적 망명을 의미한다.

독일 문학사에서 토마스 만은 누구도 부정할 수 없는 20세기 최고의 작가다. 그렇다고 하인리히 만을 서열상 뒤에 놓기에는 문제가 있다. 두 형제는 비슷한 성향의 문학을 지향하지 않았기 때문이다. 문학관이 다를 뿐이었다. 토마스 만이 인생과 예술에 대해 고민했다면, 하인리히 만은 세상과 사회에 대해 말하고자 했다.

하인리히 만을 애독하는 독자들은 그를 20세기 전반기 최고의 작가로 숭배한다. 괴테와 실러를 좋아하는 사람들이 갈리는 것과 마찬가지다. 괴테와 톨스토이를 좋아하는 사람이 있고, 실러와 도스토옙스키를 좋아하는 사람이 있다.

특히 1970년대 정치적 격변기에는 독일에서도 하인리히 만을 토마스 만보다 높이 평가하기도 했다. 그 당시 토마스 만을 따르고 추종한다는 작가는 별로 없었다. 이는 정교하게 짜인 카펫처럼 극히 정교하게 조탁한 그의 작품을 능가할 수 없기 때문이기도 했다.

그런 하인리히 만에게 과오는 없는가. 지금 시각에서 볼 때 어느 누구든 완벽한 인물은 존재하지 않는다. 1890년대 중반 15개월 동안 그는 국수주의적이고 반유대적인 월간지 《20세기》지의 발행자로 활약했다. 그가 빌헬름 제국 시절 쓴 정치적이고 문화비판적인 에세이들 중에는 반유대적인 에세이도 일부 있었다. 그도 한국의 청문회에 선다면 심각한 부적격자가 될지도 모른다. 줄곧 술집에 드나들며 술집 여자들과 문란한 생활을 한다고 동생의 핀잔을 듣기도 했다. 토마스 만 역시 20세에 군주제, 국수주의, 반유대주의를 표방하는 잡지를 발간했는데, 후일 그는 이 사실을 침묵으로 은폐하려고 했다. 한때 과오가 있는 두 형제인 셈이다.

그러던 그가 『오물 선생』(1905), 단편 「퇴위」(1906)를 쓰면서부터 군주주의자에서 민주주의자로 방향전환을 하게 되었다. 니체적인 미적 권력에 경도되어 있던 그가 사회적 권력으로 관심 방향을 바꾼 것이다. 엘리트주의에 매몰되어 있으면 진정한 민주주의자가 되기 힘들다. 이 무렵 처음 구상한 그의 인기작 『충복』(1918)도 제1차 세계대전이 발발하기 두 달 전에 완성된 것이었다.

그는 30대 중반에 가서 현실도피와 예술지상주의를 주장하는 플로베르에 반기를 들고 삶에 기여하는 예술을 주장하는 상드의 입장을 지지하면서 괴테도 부정적으로 본다. 괴테라는 이름이 독일에서 아무것도 변화시키지 못했고 비인간성을 근절시키지도 못했으며 더 나은 시대로 나아가는 길을 개척하지도 못했다는 것이다. 빌헬름 시대의 독일을 회의적인 시각으로 바라본 형을 동생은 못마땅해 했다.

『오물 선생』이 폭군 같은 교사를 통해 빌헬름 시대 권력의 한 모습을 다룬다면 「퇴위」는 폭군 같은 학생을 다루고 있다. 공교롭게도 이문열의 『우리들의 일그러진 영웅』(1987)은 폭군 교사와 폭군 학생을 다룬다는 점에서 전혀 무관한 하인리히의 두 소설과 비교해볼 수 있다. 그러나 이 작품들을 쓴 작가의 정치적 입장은 극명하게 엇갈린다.

한 사람은 현실 비판적이고 민주적인 작가로 탈바꿈한 반면 다른 한 사람은 이후 독재를 옹호하는 보수적인 색채를 노골적으로 드러내게 된다. 그나마 그의 작품들 중 정치적 색채가 미약한 제일 괜찮은 작품인데 그 자신이 마치 찌그러진 진주처럼 일그러지고 찌그러진 영웅이 되고 말았으니 참으로 안타까운 일이다. 『우리들의 일그러진 영웅』의 업그레이드 현대판이 김연수의 단편 「비에도 지지 말고 바람에도 지지 말고」(2002)이다.

오물 선생 라트는 학생의 성적을 평가하고 학생을 처벌할 수 있는 권력을 극단적으로 휘두르며 폭군으로 군림한다. 학생들은 그런 그를 '운라트'라는 별명으로 부르며 조롱하는데, 이는 '오물'이라는 뜻이다.

당시 황제 빌헬름 2세는 학교가 신에 대한 두려움과 조국애를 고양시킴으로써 건전한 국가관을 길러 사회민주주의가 나쁜 것이라는 것을 가르치고 민족적인 독일 젊은이를 교육시켜야 한다고 주장한다. 라트는 이런 제국주의적 윤리의식에 매몰되어 국가권력을 지키는 파수꾼 역할에 깊이 빠져 있다. 그는 국가권력의 대리인이자 국가 이데올로기의 전파자다.

하지만 이런 그가 술집 밤무대 가수 로자를 좋아하게 되면서 역시 그녀를 좋아하는 자기 반의 세 학생들에게 경쟁의식을 느낀다. 결국 라트는 그녀를 독점한 후 우쭐대며 승리감을 만끽한다. 하지만 그는 거석 묘재판의 증언과 로자와의 스캔들이 문제되어 교직에서 쫓겨나게 된다.

그러자 그는 이제 자신을 조롱하는 옛 제자들, 그에게 박탈감과 무력감을 안겨주는 지도층 인사들을 상대로 지배욕과 권력욕을 표출하기 시작한다. 로자와 결혼한 라트는 그녀의 성적 매력을 이용해 남자들이 유혹에 빠져들어 파탄에 이르게 만든다.

노벨레 「퇴위」에서는 소년들의 학교 세계에서 생겨나고 몰락하는 현실 권력이 다루어진다. 여기에는 제도화된 현실 권력의 여러 특징들이 비유적이고 희화적인 모습으로 반영되어 있다. 이 작품은 폭군적인 학생 펠릭스의 권력 장악과 지배를 거쳐 그의 죽음으로 끝을 맺는다.

펠릭스는 딱히 힘이 세지는 않지만 단호한 말이나 눈초리로 위협하고 주먹질까지 해서 지배권을 장악한다. 자기의 명령에 반항하는 아이는 발로 차서 쓰러뜨려 제압한다. 그는 다들 축구를 하자고 할 때 달리기를 고집해서 결국 자기주장을 관철시킨다.

펠릭스는 자기의 지배권을 확립하기 위해 물리적 폭력뿐만 아니라 자신의 육체적·정신적 고통도 감내한다. 그는 자신의 머리를 짜내어 아이들을 조종한다. 또한 교사를 괴롭히려고 달궈 놓은 쇠자를 실수로 손으로 잡은 후 고통을 감내하기도 한다. 이는 자신의 정신적 우월함과 육체적 강인함을 입증하는 과정인 동시에 확고부동한 지배자로 성장해가는 시련과 자기 단련의 과정이기도 하다.

경멸적인 별명 붙이기도 지배 권력을 강화해가는 한 방법이다. 고기완자, 불량배, 직립원인 등의 별명은 개인의 자유로운 인격과 개성을 말살해서 아이들을 굴종적인 피지배적 존재로 격하시키는 놀이라고 할 수 있다. 또한 그는 펌프의 물을 아이들 머리에 뿜어 물놀이를 하고는 교사에게는 세례를 주었다고 태연히 말한다. 물론 그러고는 여섯 시간의 구류 처벌을 달게 받아들인다. 기독교의 세례의식을 따라한 것이다. 아이들의 죄를 씻겨주고 그들을 새롭게 자기의 어린 양으로 만들겠다는 듯이.

하인리히 만의 「퇴위」에서 펠릭스와 한스 부트의 관계는 『우리들의 일그러진 영웅』에서 엄석대와 한병태의 관계와 비슷하다. '나' 한병태는 서울의 명문 초등학교에서 시골의 작은 초등학교로 전학 가게 된다.

1960년 4·19혁명이 발발하기 전 자유당 독재가 마지막 기승을 부리던 무렵 이야기다.

그 학교에는 선생님의 두터운 신임과 아이들의 절대적 복종을 받는 독재자이자 반장인 엄석대가 있다. 한병태는 처음에 반장의 물 당번을 거절하면서 그의 세력에 반항적인 도전을 시도한다. 하지만 엄석대의 경계 대상이 되면서 친구들의 놀림과 괴롭힘을 당하고 소외감과 외로움을 느낀다.

그래서 나는 그의 비행, 폭력, 억압을 선생님께 낱낱이 일러바치지만 오히려 선생님은 못들은 체 한다. 결국 나는 엄석대에게 굴복하고 그의 보호를 받는 쪽을 택하게 된다. 하지만 편안히 지내던 '나'와 아이들은 6학년에 올라가 새 담임선생님을 만나면서 변화하게 된다.

새 담임선생님은 엄석대가 반장 선거에서 몰표에 가까운 표를 얻은 것을 수상하게 생각하고, 그의 비정상적인 성적을 의심한다. 또 '나'를 불러 엄석대의 비행을 폭로하게끔 설득한다. 그리하여 엄석대가 그때까지 부정행위로 전교 1등을 유지했다는 사실이 밝혀진다.

결국 시험 날 엄석대가 우등생을 시켜 완성한 시험지를 조작한 사건이 드러나면서, 동요한 학생들은 엄석대의 비행을 낱낱이 일러바치고, 그로 인해 그는 몰락하게 된다. 엄석대는 이 사건을 계기로 학교에 불을 지르고 어디론가 사라져버린다.

그 후 사업에 실패해 실업자가 된 나는 우연히 수갑에 채워진 채 경찰에 연행되는 석대를 보며 회한에 잠긴다. 이 작품은 엄석대의 몰락을 통해 권력의 허구성을 지적하고, 병태와 다른 학생들의 모습을 통해 불합리한 현실에 굴욕적으로 순응하는 소시민적 근성을 비판하고 있다.

이 소설은 시골 초등학교를 배경으로 반 친구들 사이에 군림하는 엄석대라는 인물을 통해 권력의 속성과 무기력한 대중들의 모습을 알레고리적으로 보여준다. 한국 사회와 역사, 권력의 속성, 지배자와 피지배자의 관계를 예리하게 그려낸 작품이다.

엄석대는 전두환, 어린 한병태는 당시의 지식인들, 화자인 다 큰 한병태는 이문열 자신, 다른 학생들은 일반 국민들, 5학년 선생은 독재를 묵인하던 미국, 6학년 선생은 독재정권을 버린 미국이라는 해석이 그럴 듯하다. 다 큰 한병태가 수갑을 차고 끌려가는 독재 반장 엄석대를 보고 회한에 잠기는 것이 작가의 심정이 아닐까.

하인리히 만의 「퇴위」에서 뚱보 한스 부트는 한때 펠릭스의 경쟁자였지만 아이들로부터 고립되자 결국 펠릭스의 밑에 들어가게 된다. 펠릭스는 한스 부트를 일종의 속죄의식으로 철저하게 지배한다. 그는 급우들을 선생님으로부터 보호해주고, 시험 시간에 뒷사람에게 답을 보여주는 아량을 베풀기도 한다. 그런가 하면 새로 전학 온 토지 귀족 아들이 거만하게 굴며 아이들을 끌어 모으자, 펠릭스는 아이들을 선동해 그를 마구 때린 후 자기 휘하에 거느린다.

이제 펠릭스는 별 의미 없는 폭군 같은 명령들까지 내린다. 어떤 애는 어두워진 후 시내로 나가 지정된 집에다 오줌을 누어야 한다. 백작의 아들은 4시 정각에 자기 방에서 막대기를 흔들며 만세를 30번 외쳐야 한다. 그러면 문 밖에 서 있던 다른 아이는 만세 소리가 날 때마다 위를 향해 '넌 바보야!'라고 외쳐야 한다.

이런 비이성적 명령들의 가장 극단적인 형태는 서로의 얼굴에 침 뱉기이다. 지금까지는 채찍과 당근을 주었다면, 이제는 집단적으로 서로를 모멸하는 전체주의적 질서로 들어선 셈이다. 피지배자들 스스로 굴욕감을 자체 생산하는 지경에까지 이르렀으니 말이다. 이런 아이들을 보며 펠릭스는 누가 자기 얼굴에 침을 뱉어주었으면 좋겠다고 생각한다. 그 희생자는 그에게 가장 심한 모욕과 억압을 받아왔던 뚱보 한스 부트이다.

그리고 여기서 나아가 부트가 자신에게 명령할 것을 자청하고 그를 자신의 주인으로 삼기까지 한다. 그리하여 펠릭스는 '부트, 어디로 갈까?'라는 말로 명령을 이끌어내서 냇가를 건너고 계단을 오르며 빵집에도 간다. 펠릭스는 이제 지배하고 명령하던 폭군에서 스스로 명령에 따르는 피지배자로 퇴위한 것이다. 그는 장소와 때를 가리지 않고 부트에게 명령을 내려달라고 하여 그 명령을 수행한다.

그는 명령 이행에 너무 철저한 나머지 명령자가 자신의 명령을 취소해도 원래대로 수행해버린다. 이렇게 되니 때와 장소를 가리지 않고 명령을 내려야 하는 부트가 오히려 괴롭힘을 당하는 형국이다. 어느 날 펠릭스가 한밤중에 호숫가에서 또 명령을 내려줄 것을 요구하자 부트는 홧김에 '빌어먹을, 이제 그만해! 물고기에게나 내려가!'라고 명령을 내려버린다.

결국 부트는 자신의 명령의 심각성을 깨닫고 '아니야, 침대 속으로야!'라고 명령을 수정하지만 펠릭스는 물속에 빠져 죽어 세상에서 사라짐으로써 명령을 원래 그대로 실행한다. 지배와 복종의 원칙을 철저하게 믿는 나머지 한 번 내려진 명령은 목숨을 바쳐서라도 철저히 수행해야 함을 몸소 보여준 것이다.

이 작품에서 폭군 펠릭스와 어린 피지배자들을 통해서는 전체주의 사회의 비이성적인 폭군과 어리석은 대중들을 엿볼 수 있다면, 펠릭스의 비이성적 명령 수행과 돌연한 퇴위를 통해서는 독재 권력의 자의적 횡포를 읽어낼 수 있다. 그리고 펠릭스의 자살을 통해서는 독재 권력의 몰락을 읽어낼 수 있다. 권력자의 고독한 속성상 독재적 권력은 결국 권력자 자신에게 타격을 가하게 되는 것이다. 독재적인 권력의지는 죽음을 통한

　　　　　　　　　　　　　　　제6부 소설과 인물 비교

염세적 구원으로 끝을 맺는다. 토마스 만은 이 작품에 대해 마치 자신이 직접 느낀 것처럼 그에게 친숙하다고 말한다.

김연수의 「비에도 지지 말고 바람에도 지지 말고」는 『내가 아직 아이였을 때』(2002)에 수록된 단편이다. 일본 어느 지역의 논에 '비에도 지지 말고 바람에도 지지 말고 내일로'라는 피해 지역을 응원하는 시 구절이 있다고 한다. 괴테의 시 '폭풍우를 만난 여행자의 노래'에도 '정신이여, 네가 곁을 지키는 자는 비도 폭풍도 그의 심장을 떨게 할 수 없으리라.'라는 비슷한 구절이 있다. 비에도 지지 말고 바람에도 지지 말고, 눈에도 여름 더위에도 지지 않는 튼튼한 몸으로 살아가라는 뜻일 게다. 그냥 그대로 참고 견디다가는 자신의 삶을 망쳐버릴 테니, 네 삶을 지키려면 용기를 내야 한다.

이 소설에서 선생님들에게 권력을 위임받은 강력한 반장은 경호다. 아이들은 경호 앞에서 끽 소리도 못한다. 어느 날 학교의 조 선생은 체력장에 대비한다는 명목으로 체력단련 시간을 마련하고 아이들을 공식적으로 괴롭힌다. 그 시간의 통제자는 보통 반장 경호이다.

하지만 고아원 출신인 태식이가 이런 틀을 과감히 깨버린다. 그가 원산폭격을 받다가 갑자기 일어나 경호를 쓰러뜨리는 것이다. 이렇게 분연히 떨치고 일어나 행동으로 나아가는 점에서 그는 나약한 뚱보 한스 부트나 지식인 유형의 한병태와는 다르다.

원재는 영원할 것 같았고 무척 강한 줄 알았던 경호가 무너지자 충격을 받는다. 다음날 선생은 그 둘을 불러 폭력을 행사한다. 다시 태식이는 부당한 폭력에 대응해 몽둥이를 손으로 막고는 선생에게 박치기를 날리고 몽둥이를 창문으로 던진 뒤 도망친다. 그 모습을 본 원재는 선생의 폭력이 진짜 학교 폭력이라 생각해 경찰에 신고를 한다.

11   헤세의 「험난한 길」과 무라카미 류의 『타나토스』

두 작품 모두 정신착란에 대해 다루고 있다. 그러나 결과는 정반대다. 건강을 자신하는 사람도 언제 어떻게 될지 알 수 없는 일이다. 「험난한 길」의 주인공은 안내인의 도움으로 험준한 길을 따라 정상에 이르면서 어려움과 망상을 극복하고 리비도적 삶의 의지를 갖는다. 제1차 세계대전 중 헤세가 처했던 실제 상황이다. 산을 오르는 것은 치유과정을 의미한다. 하지만 『타나토스』의 주인공의 운명은 그렇지 못하다. 타나토스, 즉 자신을 파괴하고 싶어 하는 죽음 본능에 시달리는 그녀는 부서진 텔레비전처럼 결국 파멸에 이르리라.

「험난한 길」의 주인공 나는 안내인을 따라 험준한 산을 오르고 있다. 너무 힘들어 나는 좀 쉬었다 가자고 안내인에게 말한다. 이런 불쾌한 바위 문을 지나며 고생하는 것, 이런 차가운 시냇물을 건너는 것, 어둠 속에서 이런 좁고 험한 길을 기어오르는 것도 나에겐 고약한 일이다.

눈앞의 길이 끔찍해 보여 안내인을 설득해 되돌아가고 싶은 심정이다. 앞으로 올라갈 길보다 떠나온 길이 더 아름다워 보인다. 영웅이나 순교자 노릇을 하느니 햇빛이 잘 드는 골짜기에 그냥 죽치고 있고 싶지만 오들오들 떨려 그곳에 오래 머물 수 없다.

안내인은 나를 이해하고 배려해준다. 그는 나의 불안과 두려움을 알고 있다. 하지만 나는 그를 증오하면서도 사랑한다. 무엇보다 그의 지식, 주도권과 냉정함, 사랑스런 약점의 결여를 증오하고 경멸한다. 내 마음속에서 그가 옳다고 인정하고, 그에게 동의하고, 그와 같은 존재가 되어 그를 따르려고 했던 모든 것을 증오한다.

그렇지만 슬픔에 잠겨 말없이 안내인을 따라간다. 한 순간이라도 지체한다면 나의 슬픔과 절망적인 우울감이 너무 심해져 견딜 수 없을 것 같다. 나의 정신은 언제까지나 이 모욕적인 무의미와 미망의 영역에 사로잡혀 있을 것 같다.

산을 계속 기어 올라가면서 안내인은 발걸음을 뗄 때마다 박자에 맞춰 '나는 하리라, 하리라, 하리라!'라는 노래를 부른다. 나는 안내인의 노래에 같은 박자와 음조로 화답하지만 반항심에 가사를 바꿔 '나는 해야 돼, 해야 돼, 해야 돼!'라고 노래 부른다. 시간이 흐르자 그는 나를 압박하며 자기 노래를 따라 부르도록 한다. 어느 순간 머리 위로 험준한 산봉우리가 모습을 드러낸다. 두 사람은 마지막 험로를 한 발짝 한 발짝씩 올라간다.

산봉우리의 돌 틈에 나무 한 그루가 자라고 있다. 나무는 고독하고 진기하게, 견고하고 고집스럽게 서 있다. 나무의 맨 꼭대기에는 한 마리의 검은 새가 앉아 거친 노래를 부르고 있다. 새는 '영원이여, 영원이여!'라는 노래를 부른다. 매서운 눈으로 우리를 바라보고 있는 새의 시선과 노래를 견디기 힘들다. 무엇보다 이 장소의 고독과 공허함, 황량한 하늘의 현기증 나는 광활함이 두려운 것이다. 죽음은 상상할 수 없는 희열이고, 이곳에 머무는 것은 말할 수 없는 고통이다.

새가 가지에서 날아오르더니 추락하듯 우주공간으로 몸을 던진다. 나의 안내인도 훌쩍 뛰어올라 푸른 하늘 속으로 추락한다. 그리고 나는 이미 떨어져 추락했다가 뛰어올라 날고 있다. 차가운 대기의 소용돌이에 휩쓸려 매우 행복하게, 희열의 고통에 경련하며 무한한 공간을 지나 아래쪽으로, 어머니의 가슴을 향해 화살처럼 날아간다.

나는 이제 지팡이와 같은 안내인 없이 혼자 살아갈 힘을 얻는다. 여기서 안내인은 정신과 의사를 암시한다. 헤세의 여러 작품에서 새들은 상징적인 존재이자 미래의 사자使者 역할을 한다. 새는 대담성과 신뢰를 대변하는 동시에 예측 불가능성, 꺼림, 떠다니는 것, 방랑벽, 무중력 상태, 높은 곳에서의 조망을 상징한다.

『타나토스』의 주인공 레이코는 자신의 정신착란을 정리하기 위해 쿠바에 온다. 그녀는 뮤지컬 배우이다. 쿠바는 노예 후손들의 나라로 백인과 흑인 사이에 태어난 뮬라토가 인구의 절반 이상을 이루고 있다. 여자는 뮬라타라고 한다. 그녀는 26세의 사진사 가자마를 만나 선생님이라는 남자 야자키, 그리고 게이코와 관련된 자신의 어두운 성적 과거를 고백한다. 사디즘과 마조히즘이 뒤섞인 병적 일탈의 관계다. 그녀의 종잡을 수 없는 이야기는 어디까지가 진실이고 허구인지 불분명하다.

레이코는 왜 처음 만난 낯선 남자에게 그런 비밀스런 고백을 했을까? 아마 자신의 이야기를 들어줄 거라는 본능적인 직감을 느꼈으리라. 그녀의 정신은 비정상이지만 과거를 정확히 기억하고 있다. 그녀는 어린 시절 여동생과 함께 아버지한테 매 맞은 일이 있다. 그것이 그녀의 삶에 어두운 그림자를 남긴다. 그 후 뮤지컬 배우를 꿈꾸던 레이코는 당시 심사위원이었던 야자키를 만나 그의 성 노예가 된다.

그러던 야자키는 자신의 부재를 받아들이라며 레이코에게 결별선언

　　　　　　　　　　　　　　제6부 소설과 인물 비교

을 한다. "인생은 돌이킬 수 없는 것의 연속이야. 죽음을 받아들이듯 나는 너의 부재를 받아들였어. 우리는 언젠가부터 아무런 관계도 없어."**25** 그러자 그녀는 야자키에게 강렬한 악의를 품고 살아간다.

레이코는 쿠바에서 가자마의 안내로 카르도소라는 샤먼을 찾아가 자신의 운명과 미래를 듣는다. 샤먼은 자기 주위 세계에 대한 전망을 가지지 못하기 때문에 그녀 스스로 자신의 길을 찾는 것은 불가능하다고 말한다. 그녀는 어린 시절에 일어났던 중대한 사건에 지배당하고 있다는 것이다. 그녀는 재현의 고통 때문에 아름다운 풍경을 받아들이지 못한다. 아름다운 것과 함께 하고 싶다는 생각은 하지만 그것을 손에 넣으려 하지 않는다. 그것이 손에 들어오면 스스로 도망치고 만다. 그녀는 자신과 같이 살아가는 사람은 절대로 행복해져서는 안 되고 안정을 얻어서는 안 된다고 생각한다. 자기 자신에 대한 평가도 낮다. 그래서 샤먼은 그녀를 한 마디로 망가진 텔레비전이라고 말한다.

샤먼은 그녀가 황량한 풍경의 험한 산 중턱의 좁은 공간에서 자신을 많이 닮은 남자 나그네가 황량한 풍경 속으로 다가오기를 기다리고 있다고 말한다. 스핑크스가 나그네를 기다리듯이 말이다. 이윽고 한 나그네를 발견하는데 그는 화가 머리끝까지 나 있다. 그렇게 분노에 떠는 인간이라야 그녀의 눈에 들기 때문이다.

산 중턱에서부터 그녀가 길을 안내하며 나그네에게 산양의 젖과 빵을 준다. 그것은 나그네에게 힘을 주지만, 그녀는 그것을 절대로 인정하지 않는다. 어릴 적에 중대한 사건이 일어났을 때, 소중한 사람에게 우유나 빵을 주지 못했다고 생각해서 우유나 빵이 나그네에게 힘을 주는 것임을

---

25 무라카미 류, 『타나토스』, 양억관 옮김, 웅진닷컴, 2002, 68쪽.

인정하고 싶지 않아서이다. 그녀가 진정 우유와 빵을 주고 싶은 것은 나그네가 아니라 옛날의 가장 소중했던 어떤 사람이다.

그러므로 그녀는 구원받을 수 없다. 나그네는 그녀에게 감사하고 그녀를 사랑한다. 그러나 그녀는 구원받을 수도 치유될 수도 없다. 샤먼이 그녀에게 말한다. "당신은 나그네와 함께 산을 넘기 위해 걷기 시작할 거야. 그 길은 험악하면 험악할수록 충족감을 느끼게 해주지. 음식도 물도 없고, 잠도 못 잘 정도로 춥고, 칼 같은 돌이 발바닥에서 피가 나도록 굴러다니는 길을 선택하게 되는 거야."**26**

그녀는 그런 길을 걸어가는 나그네를 사랑하고 싶다고 생각하나 그것은 걸을 때뿐, 나그네가 산을 넘으리란 것을 아는 순간, 그를 떠날 것이라고 샤먼이 말한다. 그가 그녀를 갈구하면 그녀는 그에게 환멸을 느끼게 된다. 그는 그녀를 갈구해서는 안 된다. 그는 그녀를 채찍질하고 고통스럽게 하지 않으면 안 된다. 그녀는 자기를 고통스럽게 해달라고 그에게 요구한다는 것이다. 그러면 그녀는 그 이상한 고난을 견뎌내고, 다른 사람들이 자기를 마조히스트라 여길 정도로 견딜 수 없는 고통을 참는다고 한다. 샤먼은 말한다.

"그리고 심판의 날이 찾아와서 당신은 그 나그네를 절벽으로 밀어뜨리는 거야. 너만큼 나를 고통스럽게 한 사람은 없어, 라고 하면서 등 뒤에서 그를 밀어버리는 거야. 그는 놀란 표정으로 당신을 흘끗 보고, 절벽 아래로 떨어져 내려. 당신은 깊은 슬픔에 잠겨 들지만, 그 슬픔이야말로 당신이 살아가는 힘이야. 자기와 같이 사는 남자는 반드시 추락해야 한

---

26 앞의 책, 217쪽.

다고 생각하고 있어. 그런 슬픔 외에 당신을 지탱해주는 힘은 아무것도 없어."[27]

레이코는 변화 가능성이 없다. 외부세계를 이해할 수도 없고, 그것에 흥미를 가질 수도 없으니까. 구원을 거부하고 혼자서 살아가기로 작정한 것도 삶의 한 방식이라면 방식이다. 레이코와 사진사 가자마는 그곳에서 나와 카페로 간다. 레이코는 헛것이 보이는지 빈 의자를 향해 혼잣말을 한다. 정말로 그녀의 눈에 야자키와 게이코가 보이는지, 아니면 없다는 것을 알면서도 연기를 하고 있는지는 알 수 없다. 하지만 레이코는 환상의 두 사람을 향해 건배하고 잔속의 민트 잎을 유리 막대기로 잘게 짓이긴다.

이처럼 우리는 리비도적 본능과 타나토스적 본능 사이에서 아슬아슬하게 줄타기하며 살아가고 있다. 보통의 경우 리비도적 본능은 선으로 이어져 있는 반면 타나토스적 본능은 점으로 이어져 있다. 그 반대도 있는데 그 경우는 문제가 심각하니 치료가 필요하겠다.

간밤에 세금 악몽을 꾸었다. 세금이 터무니없이 너무 많이 나왔다. 실제보다 100배 정도나. 비싼 쌀을 먹었다나. 미칠 것 같았다. 그래서 이대로는 도저히 살 수 없으니 민란을 일으켜야 되겠다고 생각하는데 잠이 깼다. 죽음보다 더 무서운 세금 폭탄이다. 잠에서 깨어나 너무나 행복했다. 지금 이대로가 이렇게 행복할 수 있다니.

이런 상황에서 마시따 밴드의 노래 「돌멩이」가 우리에게 살아갈 힘과 용기를 주려나.

---

27 앞의 책, 218쪽.

"흙먼지가 날리고 비바람이 불어와
뼛속까지 아픈데 난 이를 악문다
아등바등 거리는 나의 삶을 위해서
내 맘 둘 곳 찾아서 난 길을 떠난다."

12 한강의 소설 『채식주의자』와 니체, 카프카, 헤세

한강의 소설 『채식주의자』를 채식과 단식 그리고 나무로의 변신과 관련해서 니체의 글, 카프카의 소설, 헤세의 동화와 비교해본다. 소설에서 평범한 영혜는 어느 날 꿈을 꾼 후 느닷없이 채식주의자가 된다. 그러다가 정신병원에 가서는 신경성 거식증환자가 되고 나무가 되려고 한다. 그런데 영혜의 채식주의는 건강을 위한 일반적인 채식과는 거리가 있다.

니체는 「바그너의 경우」에서 채식주의자에 대해 부정적으로 쓴다. "채식주의자란 신체를 건강하게 하는 섭생법이 필요한 존재이지요. 해로운 것을 해롭다고 느끼고, 해로운 것을 의식적으로 포기할 수 있다는 것은 젊음과 생명력의 징표입니다. 해로운 것은 지쳐버린 자를 유혹합니다. 채소는 채식주의자를 유혹합니다. 질병 자체는 삶의 자극제가 될 수 있습니다. 단, 사람들이 이 자극제를 이겨낼 정도로 충분히 건강해야만 합니다."[28]

중요한 점은 채소를 먹느냐, 육식을 하느냐가 아니다. 채식주의자란

---

[28] 프리드리히 니체, 『니체 전집 15. 바그너의 경우. 우상의 황혼 외』, 백승영 옮김, 책세상, 30쪽.

채식을 해야 할 정도로 건강하지 못하다는 방증일 수 있다. 채식을 고집하는 영혜는 정신적인 면에서 이미 건강하지 못하다. 여기서 니체는 채식주의자 바그너를 공격하고 있다. 바그너가 원기의 고갈을 촉진시켜 허약자와 고갈된 된 자를 유인한다는 것이다.

그러나 영혜는 신경성 거식증 환자가 됨으로써 카프카의 「단식 예술가」와 연결된다. 1922년 봄에 완성된 「단식 예술가」는 1922년 10월《새전망Neue Rundschau》지에 실렸다가, 카프카가 죽은 지 8일 후인 1924년 6월 11일 다른 세 개의 단편과 함께 책으로 출판되었다. 이것은 관중에게 자신의 뛰어난 단식법을 보여주는 예술가에 관한 이야기이다. 흥행주는 그에게 40일까지만 단식하라고 허락하지만, 그는 그 이상 단식하다가 대중의 외면을 당해 쓸쓸하게 죽고 만다. 광야에서 40일간 단식한 예수보다 더 오래 단식하려는 그의 오만함에는 신을 모독하는 요소가 담겨있다고 할 수 있다.

단식 예술가에 대한 관중들의 관심은 날로 커져 밤에도 구경꾼들이 몰려든다. 40일 후 흥행주는 단식 예술가에게 다시 음식을 조금 먹을 것을 설득한다. 그리고 관중들과 함께 단식이 성공적으로 수행되는 것을 축하하는 작은 축제를 벌인다.

그러나 몇 년 후 상황이 급변하게 된다. 단식 예술가에 대한 관중의 흥미가 점점 줄어드는 바람에 거의 공연을 하지 못하다가, 결국 그는 어느 곡마단에 취직을 하게 되고 여기서 동물 우리 옆에 방을 하나 배정받는다. 얼마 후 관리인은 이 예술가의 존재를 까마득히 잊고 만다. 그리하여 그의 단식 일수를 기록할 사람이 아무도 없었지만 그는 완전히 탈진할 때까지 단식을 계속한다. 죽기 직전 그는 자신의 입맛에 맞는 음식을 발견할 수 없어 단식했다고 털어놓는다. 그가 죽고 난 후 그의 빈 우리에는

제6부 소설과 인물 비교

젊고 팔팔한 표범이 들어온다.

헤세의 동화 「픽토어의 변신」은 두 번째 부인이 된 루트 벵어를 위해 쓴 글이다. 이 이야기는 헤세의 작품 중 가장 즐겁고 낙관적인 동화이다. 그 동화는 두 사람의 사랑의 정점에서 생겨났기에, 그가 이 시기에 품었던 희망을 고스란히 보여주기 때문이다. 헤세는 1923년 부활절에 그 원고를 루트 벵어에게 선물했고, 1924년에는 그녀와 두 번째 결혼을 하게 된다. 픽토어는 낙원에 발을 들여놓았다가 붉은 보석을 획득하고 나무로 변신하게 된다. 그는 몇 번이나 나무가 되기를 원했다. 그런데 보석에게 소원을 말하면 원하는 대로 변신할 수 있다가 뱀이 일러줬기 때문이다. 나무는 그에게 평화와 힘과 품위로 가득 찬 것처럼 생각되었다.

"픽토어는 한 그루의 나무가 되었다. 그는 땅 속에 뿌리를 내렸고, 하늘 높이 기지개를 켰다. 잎들이 돋아나고, 사지에서 가지들이 뻗어갔다. 그는 이런 것에 매우 만족했다. 목마른 섬유 조직으로 서늘한 대지 깊숙이 물을 빨아들였고, 나뭇잎들로 푸른 하늘 높이 바람에 나부꼈다. 그의 껍질 속에는 딱정벌레들이 살고 있었다. 발치에는 토끼나 고슴도치가 살았고, 가지에는 새들이 둥지를 틀었다."[29]

나무가 된 픽토어는 낙원에 있는 자기 주위의 모든 존재가 대단히 자주 변신한다는 것을 깨닫는다. 그는 확고하고 안정되며 지속적인 것은 별로 없고, 모든 것이 변화를 겪고, 변신을 꿈꾸며, 소멸과 새로운 탄생을 기다리며 숨어 있다고 생각한다.

---

29 헤르만 헤세, 『환상동화집』, 홍성광 옮김, 현대문학, 2013, 296쪽.

픽토어를 가장 매혹시키는 것은 나무들이다. 몇몇 나무에는 자기에게 사라진 것이 있고, 나무는 남과 여, 해와 달, 도가道家에서 말하는 이원론으로 삶의 양극인 음양을 합일시키기 때문이다. 그런데 나무가 되면 더 이상 변신할 수 없다. 그런 사실을 알게 된 이후 픽토어의 행복은 사라져버린다. 하지만 그는 소녀를 만나 제대로 영원한 변신을 하고, 그 이후 자신이 원하는 대로 계속 변신할 수 있게 된다. 그러기에 매시간 일어나는 창조에 영원히 참여할 수 있게 된다.

단식 예술가는 구도적인 예술가의 상징으로 보인다. 관중에게는 단식법이 힘들게 얻어지는 능력으로 보이지만 예술가에게는 그것이 자신의 본질과 일치하는 욕구이자 충동이다. 단식 예술가에게는 세상에서 가장 쉬운 일인 단식이 스스로를 치료하는 성격을 지니고 있다. 다른 사람들에게는 그것이 엄격한 금욕이지만 그에게는 자연스러운 행위이자 예술적 삶에 대한 자기 확인인 것이다. 카프카가 자신이 문학 창작에 늘 회의를 느꼈고, 외부 사회와의 소통이 이루어지지 않는 내면세계의 문학을 고집한 것처럼 예술가의 단식도 동일한 특성을 보여준다.

처음에는 관중이 많이 몰려들어 예술가의 내면세계가 사회와 소통을 이루는 것처럼 보이지만, 그것은 늘 재미만을 찾는 대중의 일시적인 변덕에 지나지 않는다. 그들의 관심이 점점 줄어들면서 그는 할 수 없이 나중에 대형 곡마단으로 옮겨 가고, 거기서도 관객들이 동물들한테만 흥미를 보이자, 결국 그는 대중의 무관심 속에 죽어가는 것이다. 하지만 처음부터 그가 사회와 진정한 소통을 했다고는 볼 수 없다. 그가 스스로 좋아서 한다는 단식의 이유를 관중은커녕 흥행주 자신도 이해하지 못하기 때문이다.

여기서 일반 관중들은 다른 한편으로 자기만족만 추구하는 비정한 집

제6부 소설과 인물 비교

단으로 천박하게 묘사되어 있기 때문이다. 카프카는 예술과 시민적 삶 사이에서 분명한 결정을 내리지 않고 있는 셈이다. 다만 언어기능을 상실한 『변신』의 그레고르 잠자처럼 외부환경과 전혀 소통되지 못하는 공간 속에서 자신의 예술에 대한 유일한 관객으로 존재하는 단식 예술가는 소외된 개인의 숙명적인 모습을 보여준다고 할 수 있고, 사회와 소통이 단절된 개인의 실존은 출구가 없는 모습으로 암시된다고 할 수 있다.

「픽토어의 변신」에서 발전 과정을 촉진시키는 요소가 사랑이라는 사실에는 생생한 전기적 근거가 있다. 1919년 7월에 헤세는 21세의 루트 뱅어를 알게 된다. 헤세가 뱅어의 여름별장이 있던 카로나로 소풍 간 이야기가 『클링조어의 마지막 여름』에 묘사되어 있다.

"오늘 새가 노래하네. 동화 속에 나오는 새가, 나는 그 새소리를 이미 아침나절에 들었다네. 오늘 바람이 부네. 동화 속에 나오는 바람이. 이 바람은 잠자는 공주들을 깨우고, 머릿속의 이성을 흔들어대는 천상의 아이라네. 오늘 꽃이 피네, 동화 속에 나오는 꽃이. 이 푸른 꽃은 평생 한 번만 핀다네. 이 꽃을 꺾는 사람은 축복 받은 사람이라네."[30]

헤세는 자신의 잠자는 공주 루트 뱅어를 만났을 때 이런 예감이 들었다. "언제나 그러했다. 체험은 결코 혼자 오지 않았다. 언제나 새들이 그에 앞서 날아왔고, 항상 그에 앞서 사자使者와 전조가 먼저 왔다."[31]

나무가 된 픽토어는 낙원에 있는 자기 주위의 모든 존재가 대단히 자

---

30 헤르만 헤세, 『클링조어의 마지막 여름』, 황승환 옮김, 민음사, 2009, 32쪽.

31 앞의 책, 42쪽.

주 변신한다는 것을 깨닫는다. 그는 확고하고 안정되며 지속적인 것은 별로 없고, 모든 것이 변화를 겪고, 변신을 꿈꾸며, 소멸과 새로운 탄생을 기다리며 숨어 있다고 생각한다.

픽토어를 가장 매혹시키는 것은 나무들이다. 몇몇 나무에는 자기에게 사라진 것이 있고, 나무는 남녀, 해와 달, 도가에서 말하는 이원론으로 삶의 양극인 음양을 합일시키기 때문이다. 그런데 나무가 되어 더 이상 변신할 수 없다는 사실을 알게 된 이후로 픽토어의 행복은 사라져버린다. 하지만 소녀를 만나 제대로 영원한 변신을 하고, 그 이후 자신이 원하는 대로 계속 변신할 수 있었기에, 매시간 일어나는 창조에 영원히 참여할 수 있게 된다.

A. P. 휘터만, 『성서속의 생태학』, 홍성광 옮김, 황소걸음, 2004.

게오르크 뷔히너, 『보이체크·당통의 죽음』, 홍성광 옮김, 민음사, 2013.

그림 형제, 『그림 동화집 1, 2』, 홍성광 옮김, 펭귄클래식, 2011.

김승옥, 『서울 1964년 겨울』, 일신서적, 2005.

니코스 카찬차키스, 『희랍인 조르바』, 김종철 옮김, 청목, 1994.

닐 게이먼, 『북유럽 신화』, 박선령 옮김, 나무와철학, 2017.

라이너 마리아 릴케, 『말테의 수기』, 전영애 옮김, 서울대출판부, 1997.

루쉰, 『아Q정전』, 허세욱 옮김, 범우사, 1983.

루트비히 비트겐슈타인, 『전쟁일기』, 박술 옮김, 인다, 2016.

뤼디거 자프란스키, 『니체. 그의 사상의 전기』, 오윤희·육혜원 옮김, 꿈결, 2017.

뤼디거 자프란스키, 『쇼펜하우어 전기』, 정상원 옮김, 꿈결, 2018.

마르틴 모제바흐, 『달과 소녀』, 홍성광 옮김, 창비, 2010.

무라카미 류, 『타나토스』, 양억관 옮김, 웅진닷컴, 2002.

무라카미 하루키, 『상실의 시대』, 유유정 옮김, 문학사상사, 1989.

무라트 쿠르나츠, 『내 인생의 5년』, 홍성광 옮김, 작가정신, 2007.

박지원, 『호질/양반전 외』, 박정수 엮음, 청목, 2000.

버트런드 러셀, 『서양철학사』, 서상복 옮김, 을유문화사, 2019,

볼프 슈나이더, 『위대한 패배자』, 박종대 옮김, 을유문화사, 2005.

소포클레스 외, 『그리스 비극 걸작선』, 천병희 옮김, 숲, 2010.

아르투어 쇼펜하우어, 『쇼펜하우어의 행복론과 인생론』, 홍성광 옮김, 을유문화사, 2013.

아르투어 쇼펜하우어, 『의지와 표상으로서의 세계』, 홍성광 옮김, 을유문화사, 2019.

아베 코보, 『모래의 여자』, 김난주 옮김, 민음사, 2001.

얀 마텔, 『파이 이야기』, 공경희 옮김, 작가정신, 2004.

옌스 말테 피셔, 『구스타프 말러 1, 2』, 이정하 옮김, 을유문화사, 2018.

요한 볼프강 폰 괴테, 『괴테와의 대화 1, 2』, 장희창 옮김, 민음사, 2008.

요한 볼프강 폰 괴테, 『시와 진실』, 전영애, 최민숙 옮김, 민음사, 2009.

요한 볼프강 폰 괴테, 『젊은 베르터의 고뇌』, 홍성광 옮김, 펭귄카페, 2014.

요한 볼프강 폰 괴테, 『파우스트』, 장희창 옮김, 을유문화사, 2015.

우라야마 아키토시, 『어른들을 위한 안데르센 동화』, 구혜영 옮김, 대교베텔스만, 2004.

유르겐 도미안, 『태양이 사라지던 날』, 홍성광 옮김, 시공사, 2010.

이종찬, 『열대의 서구. 조선의 열대』, 서강대출판부, 2016.

테오도르 슈토름, 『슈토름 대표 단편선. 이멘 호 외』, 우효순 옮김, 혜원, 2006.

토마스 만, 『로테, 바이마르에 오다』, 임홍배 옮김, 창비, 2017.

토마스 만, 『마의 산』, 홍성광 옮김, 을유문화사, 2008.

토마스 만, 『베네치아에서의 죽음』, 홍성광 옮김, 열린책들, 2007.

토마스 만, 『부덴브로크 가의 사람들 1, 2』, 홍성광 옮김, 을유문화사, 2001.

토마스 만, 『사기꾼 펠릭스 크룰의 고백』, 윤순식 옮김, 아카넷, 2017.

파트리크 쥐스킨트, 『좀머 씨 이야기』, 유혜자 옮김, 열린책들, 1992.

프란츠 카프카, 『중단편집. 변신』, 홍성광 옮김, 열린책들, 2007.

프란츠 카프카, 『성』, 홍성광 옮김, 펭귄클래식, 2008.

프란츠 카프카, 『소송』, 홍성광 옮김, 펭귄클래식, 2009.

프란츠 카프카, 『아버지에게 드리는 편지』, 이재황 옮김, 문학과지성사, 1999.

프리더 라욱스만, 『철학의 정원』, 홍성광 옮김, 황소걸음, 2003.

프리드리히 니체, 『니체 전집 15. 바그너의 경우. 우상의 황혼 외』, 백승영 옮김, 2002, 책세상.

프리드리히 니체, 『도덕의 계보학』, 홍성광 옮김, 연암서가, 2011.

프리드리히 니체, 『차라투스트라는 이렇게 말했다』, 홍성광 옮김, 펭귄클래식, 2009.

플라톤, 『소크라테스의 변명』, 황문수 옮김, 문예출판사, 2012.

하인리히 폰 클라이스트, 『펜테질레아』, 이원양 옮김, 지만지, 2011.

하인리히 하이네, 마르크스와 엥겔스, 『독일. 어느 겨울동화. 공산당 선언』, 홍성광 옮김, 연암서가, 2014.

하인리히 하이네, 『노래의 책』, 이재영 옮김, 열린책들, 2016.

하인리히 하이네, 『신시집』, 김수용 옮김, 문학과지성사, 1989.

하인리히 하이네, 『아타 트롤』, 김남주 옮김, 창비, 1991.

한강, 『채식주의자』, 창비, 2007.

헤르만 헤세, 『대표 시선』, 전영애 옮김, 2007.

헤르만 헤세, 『데미안』, 홍성광 옮김, 현대문학, 2013.

헤르만 헤세, 『수레바퀴 밑에』, 홍성광 옮김, 현대문학, 2013.

헤르만 헤세, 『요양객』, 김현진 옮김, 을유문화사, 2009.

헤르만 헤세, 『잠 못 이루는 밤』, 홍성광 옮김, 현대문학, 2013.

헤르만 헤세, 『클링조어의 마지막 여름』, 황승환 옮김, 민음사, 2009.

헤르만 헤세, 『환상동화집』, 홍성광 옮김, 현대문학, 2013.

헤르만 헤세, 『헤세의 문장론』, 홍성광 옮김, 연암서가, 2014.

헬렌 짐먼, 『쇼펜하우어 평전』, 김성균 옮김, 우물이 있는 집, 2016.

홍성광, 『독일 명작 기행』, 연암서가, 2015.

Heinrich Heine, *Heinrich Heine Werke. Gedichte. Band 1*, Ausgewählt und herausgegeben von Christoph Siegrist, Insel Verlag, 1968.